Frédéric Valabrègue

# Nina Violetti

*Roman*

*P.O.L*
33, rue Saint-André-des-Arts, Paris 6^e^

ISBN : 978-2-8180-6068-1
www.pol-editeur.com

## Gargouille

Les vacances d'été étaient trop longues pour nos parents. La solution était de nous envoyer en colonie de vacances et il m'arrivait de quitter le pensionnat pour la colonie organisée par la direction de ce même pensionnat, passant de l'école Lacordaire située dans le quartier Saint-Just à Marseille au monastère Notre-Dame d'Auriens dans l'Aveyron dont les dépendances accueillaient notre colonie. Nous étions accoutrés en enfants de troupes en culottes courtes, nous nous coiffions d'un képi pour lever les couleurs au matin et nous portions des épaulettes avec le chevron noir sur blanc des dominicains.

L'office était chanté en plain-chant. Nous étions agenouillés entre les bancs de la nef et écoutions des voix venues d'une chapelle latérale fermée par des barreaux de fer. Auriens, le tympan, la cloche. Nous étions dans une caisse de résonance recueillant le bruit de la rivière. La voix des bénédictines derrière leur grille murmurait avec le Rance à l'endroit du gué. Des filets de voix trouvaient des harmoniques de diapason en frappant la pierre. La tête courbée par nos prières hypocrites, nous imaginions des fillettes. La messe dite, les religieuses sans visage disparaissaient en silence. Je n'aurais jamais rien su d'elles si je ne m'étais pas glissé dans l'ouverture d'une partie de la grille restée ce jour-là ouverte. Je les avais rejointes dans une sacristie où elles demeuraient un instant avant de regagner le monastère. Ma présence les avait offusquées mais c'était moi qui avais battu en retraite. C'était des vieillardes sans sourcils, sans cils, sans paupières, des yeux perdaient leur prunelle, des peaux écaillaient des squames. Leurs chants jaillissaient de la tombe. Ils étaient le souffle du caveau, ils sentaient la terre retournée où la bêche tape sur un os.

Le frère Raphaël, le responsable de notre colonie, était une terreur. À Lacordaire, il dirigeait notre section des petits. Nous avions assisté à son ordination. Il était entré en trombe dans la chapelle de l'école pour s'allonger face à l'autel. Nous étions impressionnés par la trombe, le pas de cavalerie. Il était là de tout son long, ventre contre les dalles froides, avec les bras en croix. Ce n'était pas pour cette vision que je le craignais, mais parce qu'il avait pris pour chouchou mon condisciple Jean-Paul Dufit qu'il gardait près de lui dans son bureau de la section des petits empoisonné par la fumée des Gauloises. Jean-Paul illustrait le garçonnet de dix ans des livres de louveteaux. La condition du chouchou est difficile parce qu'elle l'éloigne de ses camarades. Celle de Jean-Paul était d'autant plus difficile que ses parents économiquement défavorisés bénéficiaient d'un accord particulier de paiement dans cette fabrique du bourgeois qu'est l'école Lacordaire. Tous les enfants ressentent avec exactitude où en est la condition de leurs parents par rapport à l'ensemble de la société. Ça fait partie de l'instinct élémentaire de survie. Mes camarades et moi savions très bien que la présence de Jean-Paul ressortissait d'une rubrique consacrée aux bonnes œuvres et au devoir de charité, ce que Jean-Paul ressentait mille fois plus fort que nous dans son humiliante condition de chouchou du frère Raphaël. Notre instinct de survie ne nous trompait pas dans la mesure où les réflexions cruelles de certains condisciples nous démontraient sa perspicacité. Impossible de nous raconter que nos dix ans ignoraient cet état de fait. Mon camarade Jean-Luc Degonde m'avait confié que ses parents avaient eu cette remarque à propos de ma famille : « Les Valabrègue sont pleins aux as mais ils s'habillent comme des clochards. » C'était la première fois de ma vie que j'entendais des nouvelles de ma famille prononcées par quelqu'un n'en faisant pas partie. Que nous soyons « pleins aux as », j'en acceptais avec curiosité la bonne nouvelle, vu que je ne m'en étais jamais rendu compte. « Plein aux as », c'était le saloon de nos bandes dessinées. Que Jean-Luc, garçonnet de dix ans, ait une opinion, même placée dans la bouche de ses parents, au sujet de ma situation économique, n'avait rien d'étonnant parce que cette disposition est à la base même de la fabrique du bourgeois. Par contre, jamais je ne pourrais prétendre qu'à l'âge de dix ans j'ai pu comprendre ce que signifiait le fait d'être à la fois considéré comme le riche et le pauvrement vêtu. L'insulte se cachant derrière une telle réflexion, ma naïveté ne me permettait pas de l'entendre.

Aux récréations, le frère Raphaël séquestrait Jean-Paul Dufit dans son bureau rempli de fumée, alors que ce même garçonnet modèle aurait été mieux parmi nous à faire du patin à roulettes.

Au dortoir des petits, Jean-Paul et moi étions côte à côte et s'il s'agitait dans son lit, je pouvais l'entendre, et s'il devait se tourner et se retourner dans son lit toute une nuit, je l'entendais encore. Nous partagions des périodes d'insomnie et nous pouvions demeurer les yeux au plafond. Nous serions encore tous deux côte à côte dans un autre bâtiment, lorsque nous aurions rejoint la section des moyens, mais dans un dortoir fait de box séparés par une cloison de bois. Là, dans le dortoir de la section des petits où nous étions une soixantaine d'enfants à mélanger nos haleines, une veilleuse révélait l'obscurité et creusait la pénombre. C'est bien après l'extinction des feux que la porte du dortoir s'entrouvrait et qu'une grande forme noire enveloppée dans l'immense cape à capuche des dominicains venait s'agenouiller dans la travée entre le lit de Jean-Paul et le mien, pour y rester prostré et prosterné dans un murmure empressé de questions adressées à mon condisciple bredouillant avec sa voix d'enfant, en un duo de répons, en un duo dont le conciliabule mené sur deux tons courait sur les deux lits, avec moi qui, les poings serrés, me claquemurait dans la contrefaçon du sommeil, avec Jean-Paul dont je percevais l'empressement des réponses angoissées, avec la voix basse du Savonarole agenouillé ayant rabattu les énormes pans de sa cape par-dessus son dos, sorte de Batman à effusions dont les questions paternelles couvraient d'inflexions tendres son petit Jésus en sucre. Puis le duo se taisait et je n'entendais plus que des froissements.

C'était une délivrance quand l'immense forme noire se retirait. Je devinais le visage terrorisé de Jean-Paul. Par contre, je ne savais pas du tout s'il était conscient de la véritable signification d'un pareil agissement parce que nous n'en parlerions jamais. Jusqu'au moment où je le perdrais de vue définitivement, vers l'âge de cinquante ans, parce qu'il m'avait prévenu que, s'il était condamné à rester enfermé dans un établissement psychiatrique spécialisé, il ne reprendrait contact avec plus aucun de ses amis, nous n'échangerions pas deux mots à propos de cet épisode sinistre. Jamais je n'établirais de lien entre sa maniaco-dépression sévère et les scènes nocturnes auxquelles j'avais assisté. Ce dont je suis sûr, c'est qu'au moment où elles ont eu lieu, pendant au moins deux ans, en huitième et en septième, j'étais de mon côté parfaitement au courant de leurs motifs et de leurs buts.

Avant d'entrer chez les dominicains à l'école Lacordaire, mes frères et moi avions été en pension chez les lasalliens à Cavaillon. Ils portaient une soutane noire et un plastron blanc plutôt bavoir que collerette. Ils imposaient une discipline de fer calquée sur le XIXe siècle, avec châtiments corporels et brimades, dont les retenues. Mes frères et moi ne comprenions pas pourquoi nous n'avions rien pour « cantiner », comme le font les détenus dans les prisons. Les lasalliens nous avaient alloué un petit tiroir à cadenas où remiser beurre et confiture nécessaires au petit-déjeuner fournis par les parents, les curés n'assurant que le pain sec. Nous n'avions jamais de quoi cantiner contrairement à tous les autres élèves de l'établissement et nous nous demandions pourquoi. C'était notre pépiement, notre vexante jérémiade.

Mes frères et moi nous nous retrouvions dans des porte-à-faux, comme cette fois où j'avais promis à mon institutrice de l'école Lasalle-Charles de lui apporter des petits poupons noirs en plastique parce qu'elle avait formé le projet avec la classe de composer pour Noël une crèche africaine. Je m'étais avancé. Je m'étais vanté et ma proposition devenait une torture tellement l'institutrice qui comptait sur moi me la rappelait chaque jour. C'est que mon père, Richard, et mon grand-père, Jacques, dirigeaient une industrie nommée France-jouets, ils fabriquaient des poupons en matière plastique de toutes formes et de toutes tailles, dont ceux qui auraient été idéaux pour notre crèche africaine. J'avais oublié un détail important, c'est que mes frères et moi ne voyions plus mon père Richard ni mon grand-père Jacques et que, n'étant plus en rapport avec eux, je ne pouvais rien leur demander.

Un curé à la soutane graisseuse venait chaque soir dans le dortoir des petits suggérer dans l'oreille de notre plus jeune frère « de lui faire comme il fait à sa maman ». Personne n'aurait eu besoin de nous apprendre que ce prêtre avec du coton jaune et gras de cérumen dans les oreilles était dégueulasse. C'était le même qui, le jeudi en fin d'après-midi, n'autorisait à voir un épisode de *Zorro* à la télévision qu'aux élèves capables de lui réciter les prières au bas de l'autel en latin. C'était un supplice raffiné parce que les recalés de l'exercice devaient passer cet examen pendant qu'ils entendaient l'épisode se dérouler et bientôt se terminer. Ils s'en tordaient les doigts, d'entendre l'unique plaisir hebdomadaire leur échapper.

Nous avons alarmé nos parents. Nous avons insisté pour être crus. Nous avons protesté contre le fait d'être placés dans un établissement dangereux. Nous avons été déçus quand nous avons appris, au retour d'une entrevue avec le principal de l'école, que notre mère ne porterait pas plainte comme elle en avait émis l'intention, gonflée à bloc, avant d'entrer dans le bureau. C'est comme cela que nous avons quitté les lasalliens de Cavaillon pour nous retrouver chez les dominicains du quartier Saint-Just de Marseille (remis entre les griffes de Torquemada !).

Jean-Paul et moi n'en parlerions jamais par une sorte de pudeur mutuelle. Mais le jour où le frère Raphaël, irrité par le fait que je n'aie pas levé la tête suffisamment tôt du jeu de billes m'absorbant, juste après la cloche marquant la fin de la récréation, se soit emparé de mon sac pour en disperser violemment le contenu dans la cour, je l'avais traité de salaud, insulte lancée de bon cœur à l'aide de cordes vocales n'ayant jamais projeté un son aussi clair, de sorte que toute la cour où les élèves se mettaient en rang était restée médusée. Le frère Raphaël marchait sur moi, blanc de rage et demandant : « Qu'as-tu dit ? Veux-tu répéter ce que tu viens de dire ? » Je tremblais comme une feuille et je recevais immédiatement le châtiment du double soufflet, celui qui fait bourdonner les oreilles et pose sur les joues un fer à repasser. Envoyé chez le père prieur, le principal de l'établissement, je reçus « un avertissement solennel » (il en fallait deux pour être exclu).

L'année suivante, Jean-Paul Dufit, passé avec moi de la cour des petits à la cour des moyens et du dortoir des petits au dortoir des moyens, s'était retrouvé déchu de sa position de chouchou et abandonné par un frère Raphaël qui lui avait tourné le dos du jour au lendemain sans rupture et sans explication, montrant en cela que ses passions étaient des toquades résolues par quelques séances de mortifications. Il avait suffi de quelques mois pour que le garçonnet mue en préadolescent, et du passage de la septième à la sixième pour que sa voix de chanteur du type « à la croix de bois » – Jean-Paul étant le soliste de la chorale – s'enraye. Il était répudié et renvoyé à une solitude où il devait endurer la méchanceté de ses condisciples voyant en lui une gonzesse à curés. Jean-Paul était soucieux de ses affaires parce que la pauvreté de ses parents les recouvrait de mille recommandations et la moindre niche consistant à lui chiper un taille-crayon ou une gomme le jetait dans un désespoir disproportionné. Il s'enfonçait dans le retrait. Il ne recollait plus au groupe.

Partir en colonie de vacances à Notre-Dame d'Auriens, pas loin de Saint-Sernin-sur-Rance, c'était se remettre sous la coupe d'un homme que je considérais comme un démon, alors qu'il était la coqueluche de la plupart des mères de mes camarades, toutes s'avérant d'une curiosité insatiable à son sujet et vantant son physique de jeune premier. Il était démoniaque comme la séduction glacée, la punition sans pardon, le tarif appliqué. Nous subissions avec rage mais sans haine. Nous avions la rage de l'impuissance. Mais nous étions trop incapables de dévisager les hommes devant qui il fallait baisser les yeux pour ressentir de la haine. Il fallait que nous nous rappelions que son frère aîné, le père Demange, le directeur de la section des moyens, aux yeux affleurants, à la joue trouée par une ancienne blessure, avait survécu au camp de Dachau, pour ne pas être empoisonnés par le fiel de notre propre vésicule. Jamais nous n'aurions pu reprocher quoi que ce soit au père Demange, un tempérament large qui se tenait devant nous dans la cour des moyens comme un colosse imperturbable, tirant sur la pipe qui le tuerait, comme son propre frère à l'étole noire serait tué par ses Gauloises.

Pour ne pas le haïr totalement, j'avais le secours de la mythologie grecque où les dieux s'accouplaient avec les animaux de la ferme, les arbres, les ruisseaux et même avec les pâtres. Les dieux ne se trompaient pas d'objet : nous-mêmes nous frottions la queue en enlaçant un arbre. Il y avait des corydons dans les écoles et nous étions parfois consternés par les grands organisant des expéditions punitives dans les toilettes. Nous aurions accordé des circonstances atténuantes à l'ogre, au serpent, au scorpion, mais pas à frère Raphaël parce qu'il détenait la règle en fer de la punition. Elle nous cerclait les yeux de fatigue. Écopant d'une dette de je ne sais combien d'heures de colle, je partais dans la cour shooter dans les cailloux en faisant bâiller mes chaussures...

M. de Rosière, homme entiché de sa noblesse d'autrefois et qui assurait le secrétariat de l'établissement, avait confié à ma mère Odette, un jour où elle l'avait pris en voiture pour le déposer à l'autre bout de la ville, que le père Dastarac, le régent des études, était menacé par de méchantes affaires sur plaintes des parents. Je haïssais le régent des études, aux rengorgements de poule, parce qu'il était prêt à assassiner n'importe qui pour un bon mot. Je l'avais entendu lancer devant les autres élèves à propos de mon aîné marqué par l'âge ingrat : « Il ressemble à un fromage de Hollande surmonté d'une perruque ! » Le gosse ne devait pas être à son goût. Une telle épigramme pour une si faible cible... La charge était lourde ! Quelle réparation pour un affront aussi mortel ? Le père Dastarac blessait salement. Il frottait ses flèches d'une humiliation pourrie. Il faisait monter en moi l'idée du soufflet et du duel. Mes condisciples disaient à son propos : « Si tu vas à confesse, gare à tes fesses » parce qu'il avait la réputation de placer les gamins à genoux entre ses jambes écartées sous la soutane, pour les entendre raconter des bobards tout en les pelotant.

Avec mon aîné et mon benjamin, nous ne comprenions pas pourquoi Odette, mise au courant par M. de Rosière, nous laissait dans un pareil endroit. Était-ce pour que nous continuions à faire l'apprentissage de la survie dans des conditions extrêmes ? En ce tout début des années soixante du XX$^{e}$ siècle, il semblait que cela faisait partie des périls ordinaires auxquels n'importe quel garçon était confronté, et les adolescents de la section des grands nous lançaient avec cynisme : « Il faut bien prendre les choses par un bout ! », ce qui ne rassurait personne.

Le milieu où nous étions plongés générait des malaises à en avoir mal au cœur. Nous avions le cœur tordu comme une serpillière. Tout ce que nous percevions de juste et de vrai, Dastarac lui écrasait la tête. Tout ce que nous percevions d'évident n'avait pas lieu d'être ni droit de cité. Ce qui se disait était le contraire de ce que nous ressentions. Pour être en phase avec le monde où nous avions été crachés, il fallait être et parler double. Nous étions à Lacordaire pour faire l'apprentissage de la duplicité. Nous avions une mère qui savait et ne savait pas. Il fallait aussi que nous sachant ne sachions pas. La vérité, elle est dans ton poing serré. Il fallait jeter un trouble, un brouillard, une nébuleuse sur toutes les impressions premières que nous recevions du monde. Nous apprenions à avaler l'immense mensonge global. Nous étions plongés dans une suite de pièges et de traquenards.

Quand, plus tard, je rejoindrais la cour des grands, j'apporterais au père censeur un livre d'André Gide intitulé *Si le grain ne meurt*. Le père Grégoire, un Égyptien bâti comme un lutteur, aux colères si tonitruantes que nous le surnommions Zeus, m'avait refusé le tampon obligatoire à l'entrée de l'ouvrage dans l'établissement. C'était un homme craint mais en qui j'avais confiance. Sa présence à Lacordaire était pour moi une oasis. Il m'avait dit en m'enjoignant de ne pas ouvrir ce livre : « Pense à ton âme ! » Pourtant toute cette littérature de bordel colonial puait le pensionnat catholique et le foutre rance.

La colonie du mois de juillet passait rapidement grâce à de nombreuses activités : courir dans les prés ou se baigner dans la rivière, tenir un journal imprimé à la ronéo à alcool, raconter une histoire en ombres chinoises derrière un drap tendu, remettre sur le tourne-disque le tube de l'été. Un jour où j'avais mis la face B du microsillon *Les jolies colonies de vacances* qu'on nous passait en boucle, ce pour faire jouer une chanson intitulée *Quand le soleil est là* dont je me souviens du seul passage : « Fais-moi l'amour et fais-moi du café », le frère Raphaël s'était précipité sur l'électrophone et avait saisi un coupe-papier pour rayer la face B. Il m'avait dit avec une colère froide : « Comme ça, tu ne l'écouteras plus... »

Les deux clous du séjour avaient consisté en une visite de l'aven Armand, sous le causse Méjean, et en une sorte de pèlerinage obligatoire à la maison mère de notre école, Sorèze. Il aurait fallu que nous soyons tous pénétrés de l'importance de cette visite à la maison mère d'où la plupart des pères de notre école étaient issus, dont Dastarac, notre régent et bientôt prieur. Tout Sorèze sentait l'embrigadement et la caserne. Nous regardions les photos de classe avec les élèves en uniforme, et chaque gosse était oblitéré par son nom et surtout la fonction qu'il allait occuper dans la société : préfet, commissaire, général, principal, professeur, juge, avocat. Nous regardions ces photographies de classe illustrant les différentes promotions des futurs responsables de la société française et c'était les mêmes que celles des albums et agendas de notre propre école où les différentes personnalités siégeant à la distribution des prix étaient toutes honorées par un titre. Nous étions la relève, surtout que nous portions le même uniforme dans sa version estivale, la chemisette grise, l'écusson noir et blanc et le képi passé dans l'épaulette...

Au retour, nous avions fait halte à Albi. Sortant du car aux alentours de la cathédrale Sainte-Cécile, les jeunes colons avaient quartier libre pour faire des emplettes dans les boutiques de souvenirs. Je n'avais jamais vu une cathédrale faite de briques, autant dire une cathédrale en terre n'ayant besoin d'aucun vitrail pour réverbérer une lumière rose. Je n'avais jamais vu une cathédrale qui aurait pu être bâtie avec la salive d'une guêpe maçonne. C'était la termitière à son apothéose. Le nom de l'architecte catalan ayant bâti Sainte-Cécile n'avait à ce moment-là pour moi aucune importance. Jamais je ne me serais souvenu du patronyme de son bâtisseur s'il n'avait pas été celui de Louis Pons, le compagnon de ma grand-mère paternelle, Suzanne, l'ancienne épouse de mon grand-père Jacques.

Cependant, une ruelle plus loin, je tombais sur un petit soulier rose glacé comme une confiserie, un petit soulier qui, dans ses proportions impeccables, n'aurait pu appartenir ni à une poupée ni à un enfançon de trois ans et qui se trouvait là tout seul sur le pavé. C'était la taille de ce soulier pimpant qui en faisait la singularité. Je l'avais mis dans ma poche pour l'offrir à Louis. Je l'avais entendu dire combien il appréciait que ses amis participent à ses collectes d'objets et surtout combien il aimait qu'on entre dans son jeu en lui adressant des objets qui lui ressemblent, c'est-à-dire pouvant faire partie de ceux qu'il accumulait en vue d'en faire ce qu'il appelait un assemblage ou un montage. J'avais donc trouvé un premier cadeau à offrir et ce n'était pas ce qui me remplissait de joie : j'avais trouvé un objet qui ressemblait à ceux collectionnés par Louis, ce qui prouvait que j'avais saisi son jeu. J'avais cédé à l'intuition, heureux de la découvrir en l'instant même.

Un peu moins d'une décennie plus tard, Louis me montrerait un montage, tableau-relief de petit format intitulé *La vie en rose* au centre duquel était fixé ce même petit soulier en me disant : « Tu t'en souviens ? C'est toi qui me l'as donné ! » Et devant mon air dubitatif, parce que j'entreprenais déjà une recherche dans les plis de ma mémoire, il était passé à autre chose…

Nous avions une heure de liberté à Albi, une heure à ne plus savoir où donner de la tête. Les petites panoplies militaires que nous étions s'étaient précipitées dans une sorte de bar-tabac et maison de la presse aux tourniquets de cartes postales, aux tables couvertes de livres et de brochures à propos de la cathédrale. Je m'étais mis à feuilleter dans une grande boîte en bois des séries de cartes postales anciennes représentant des édifices religieux romans ou gothiques classés par fiches, et j'étais tombé presque immédiatement sur une image que j'avais extraite du casier parce qu'elle montrait une gargouille dont je n'avais pas vu au premier coup d'œil ce qu'elle figurait ni signifiait. Je m'étais empressé de l'apporter à la caisse pour y acquérir aussi une enveloppe et un timbre et l'on m'avait donné une pochette en papier où j'avais glissé l'ensemble. J'avais su que je tenais là le cadeau qui plairait à Suzanne.

La carte postale en noir et blanc montrait en contre-plongée un bouc hilare s'accouplant avec ce que je croyais être un serf ou celui que le Moyen Âge nommait un manant. La gargouille insolente et lubrique du XIII^e^ siècle éclairait de son blasphème l'église Notre-Dame-des-Marais de Villefranche-sur-Saône identifiée comme la région natale de Suzanne. Elle n'était pas la seule gargouille collectionnée par la caisse en bois mais c'était pour moi la plus étrange. En même temps, si je l'avais choisie sans hésiter, ça n'était pas parce qu'elle était scandaleuse, ça n'était pas parce que je l'avais trouvée troublante, commotionné par le rire du bouc et la passivité de ce personnage à la frange naïve nouant ses bras à des pattes terminées par des sabots pour favoriser la chevauchée, mais parce que Suzanne et Louis avaient offert à mes parents Odette et l'oncle Jean un livre que j'avais emporté dans ma chambre et qui s'intitulait *Le diable dans la cathédrale* de l'abbé Denis Grivot. Au fond, je n'inventais ni ne découvrais rien mais révélais mon intention de plaire à Suzanne et à Louis. Je ne m'en rendais pas compte, mais tout ce que je croyais découvrir comme par effraction et dans un grand fracas du cœur était déjà en moi. Ce livre-objet, édité par Robert Morel, aux rabats noirs fermés par des boutons-pressions et rempli par des bas-reliefs de pierre aux cris béants, concernait l'enfer du tympan de la cathédrale d'Autun, mais son titre m'avait dit l'essentiel et confirmé l'expérience que mes frères et moi avions du pensionnat catholique : la maison du diable. Il vivait là où l'on parlait du péché. Le diable avait pour domicile la cathédrale et le corps des curés.

## Rognette

L'envoi à Suzanne et à Louis de cet objet et de cette carte postale devait me laver d'une accusation lancée contre moi l'année précédente. Je ne voulais pas qu'un malentendu me sépare d'eux. Ils ne m'étaient pas encore proches, mais parce que je désirais qu'ils le soient, la mauvaise impression que je pensais leur avoir laissée me tournait dans la tête. Je tentais de l'effacer avec mes cadeaux.

L'année de la naissance de ma sœur Sophie, alors que j'étais en septième, je connaissais une crise embarrassante. Ça n'était pas une crise à proprement parler mais une série de malaises. J'essayais des choses dont je ne savais pas tenir le bout. Je prenais le monde par la queue de la chimère et quand elle me montrait sa gueule, c'est moi qui me décomposais.

J'expérimentais un curieux troc sacrificiel. J'étais incapable d'identifier l'intoxication religieuse. Je ne mesurais pas combien elle s'était mise à ramper en moi. Je pratiquais des macérations secrètes. Je me remplissais de petites combines chargées de me permettre ce que je ne pouvais pas me permettre et d'avoir emprise sur ce que je ne pouvais pas atteindre. Il n'y avait rien de concret, rien de tangible et je n'aurais pas pu nommer une circonstance. Ce que j'expérimentais consistait à s'accrocher à un courant d'air ou à escalader une muraille d'eau. Je n'aurais exprimé mon état que par ce constat : j'étais plus léger que l'air. Mes membres, mes organes et mes sens me semblaient hystériquement dopés par la lumière. J'étais entré dans un délire de surpuissance me permettant de résoudre toutes mes lourdeurs. Je n'étais pas anorexique mais je volais. Je m'étais mis à réussir tout ce que j'entreprenais. Cela ne mangeait pas de pain parce que je n'aurais pas su dire ce que j'entreprenais. Les choses me venaient sans que je les entreprenne ni que je les retienne : le calcul mental, par exemple. J'attrapais la solution par un cheveu, ou par un fil d'araignée flottant dans l'air. Quand je me suis trouvé cette disposition, je m'en suis délecté. J'ai aussitôt imaginé que le plaisir pris à l'exercice de ce don allait m'en séparer. Il ne fallait pas que j'en fasse état sous peine de disparition. Surtout, il ne fallait pas que je l'anticipe ou le précède. Cette superstition était censée protéger le petit pont suspendu m'amenant à l'intuition. Voici comment se passait cet exercice oral : en classe, sur l'estrade, pas loin de l'instituteur qui les posait, je recevais des données qui s'accumulaient pour me perdre : une addition, plus une soustraction, plus une multiplication, plus une division, etc. Dans le brouillard, une petite insistance montrait l'aiguille d'une boussole… La synthèse s'affichait d'un coup, éclatante. Il fallait que je la déclare en aveugle sans remords. J'aurais été incapable de faire le chemin à rebours ! J'avais la solution sur le bout de la langue et je l'énonçais. Maintenant, épargne-toi de triompher sous peine de tout perdre ! File à ta place en baissant la tête !

Je rabrouais toute satisfaction. Je conjurais. Une condition étrange entrait dans les manigances menées avec mon corps : mes dispositions miraculeuses devaient être celées. Elles ne devaient se manifester aux autres que dans la mesure où je ne les annonçais pas, où je n'en parlais pas. Je devais être et me taire. Je cultivais le retranchement et la part de silence. Tout ce à quoi je renonçais au quotidien me donnait accès à la porte des courants d'air. J'étais dopé à l'air comprimé. J'étais gay. J'accomplissais les choses comme en riant, et cela allait des devoirs aux jeux et des jeux aux obligations de la discipline. Je frisais la perfection et si je me l'étais annoncé à moi-même, rien que cette vantardise aurait tout fiché par terre. Je marchais donc sur des œufs, sur des braises et sur l'eau de sorte qu'aucune matière n'aurait enregistré mon pas.

Odette et l'oncle Jean avaient rendez-vous avec Suzanne et Louis Chez Françoise, un restaurant situé dans le Haut-Var en pleine campagne, pas loin d'un carrefour où se croisaient la route de Barjols à Sillans-la-Cascade, et celle de Cotignac à Fox-Amphoux. Nous nous retrouvions dans l'ancienne gare de Rognette devenue restaurant, pas loin d'une mine de bauxite abandonnée et d'une voie de chemin de fer désaffectée où nous aimions mes frères et moi jouer sur le ballast, étant à l'âge où les repas familiaux paraissent interminables. Ma mère venait de donner naissance à notre sœur Sophie, nourrisson dont la première sortie était la présentation à sa grand-mère paternelle, et nous étions tous attentifs au moindre vagissement.

Chez Françoise, le plat de résistance du menu consistait en une gibelotte dont mes frères et moi assistions à la préparation consistant à pendre un lapin par les pattes à la branche d'un arbre de la cour, à lui crever un œil pour recueillir le sang dont le roux accompagnerait des nouilles au romarin, puis à lui tirer la peau de haut en bas, démaillotant un corps nacré et sanguinolent. Or, jusqu'à présent, cela n'avait jamais coupé mon appétit. Ni la vision du couteau de Françoise ni le sang rouge gouttant dans le bol blanc n'avaient eu raison du grand appétit déclenché par les galopades. Même le roux-brun coagulé sur les pâtes ne le dissuadait pas.

J'avais décidé ce jour-là de ne pas manger sans aucune raison. J'avais refusé le plat comme une mule refuse d'avancer mais sans faire aucun bruit. Je savais qu'il ne fallait presque rien dire pour ne pas attirer l'attention. La décision de jeûner m'était tombée dessus sans préméditation et sans prétexte : Sophie était née en avril et nous étions en mai, ce n'était plus carême que, par ailleurs, je ne suivais pas. Je ne m'étais pas dit que mon jeûne serait propitiatoire ou qu'il serait favorable au destin de ma sœur qui, dans son berceau d'osier, nous semblait être comme un ajout, une pièce rapportée à la team que nous formions à trois. Jamais je n'aurais pu comparer le nourrisson rendu écarlate par la dernière tétée au lapin démailloté que nous avions vu pendre à la branche d'un arbre. Je me faisais simplement petit devant mon assiette vide, me contentant de déclarer que je n'avais pas faim. Je ne sais plus qui me demanda si j'avais eu mal au cœur dans la voiture et pourquoi je répondis : « Non, c'est pas la voiture. » Le contraire m'aurait garanti la paix. Odette comprenant que, plus on s'inquiétait de moi, plus je risquais de me braquer, ne prêtait pas attention. Je m'en excusais presque et ne touchais à rien. Et puisque j'étais en si bon chemin dans mes dispositions de mule silencieuse, je refusais même de goûter à la très bonne tarte aux pommes de la mère Françoise. Ils ne le savaient pas, mais je me figurais bien qu'elle était succulente. Cela excita l'ironie ou même un peu de goguenardise. On se mit à se soucier trop de moi qui désirais garder toute ma concentration sur mes refus. Et soudain, puisque je repoussais sans raison des nourritures terrestres, c'est parce que j'avais des dispositions de « cureton ». Je ne sais pas si le mot fut prononcé par Louis ou l'oncle Jean. Je fus tout d'un coup cuisiné. Et comme ils ne me lâchaient plus et que maintenant mon jeûne les excitait vraiment, j'avais fini par sortir, alors que j'étais bouleversé par la remise en question de ce qui était l'expérience d'un gamin : « Un jour, vous verrez !

– On verra quoi ? Qu'un jour tu te feras curé ? »

Ça y était ! « Oh, le petit saint ! Oh le joli cureton ! » Jean y allait et Louis redoublait et Nicolas faisait sentir combien il se désolidarisait de mon attitude et toute la famille s'y mettait, empourprée par le bourdonnement de mai, le vin rouge et le boudin de sang de lapin…

« C'est tout ce qu'il a trouvé pour se faire remarquer… »

Ça m'a cassé les bras, d'être aussi bête.

« Un jour, vous verrez ! » J'avais dit cela avec une conviction butée. Cette proclamation signait ma naissance à la vie.

Vous allez voir ce que vous allez voir !

Je voulais simplement faire allusion à la disposition qui, grâce à l'air de la nuit, me donnait l'impression de courir plus vite que mes jambes de sorte que j'étais sur le point de décoller.

J'étais fou. J'avais foutu en l'air mon don pour le calcul mental !

J'étais bouleversé parce que je ne savais pas où j'en étais et parce que toute l'existence que nous vivions, mes frères et moi, ne nous permettait pas de savoir où nous en étions. À la séparation de notre père Richard et d'Odette, nous avions été placés dès notre plus jeune âge, trois ans pour José, six pour Nicolas et moi au milieu, chez les visitandines de Sion dans le Valais. Puis Odette nous avait mis chez les lasalliens de Cavaillon, puis les dominicains de Lacordaire… Cependant, il ne fallait pas que nous nous étonnions d'y avoir été placés par des parents s'avérant anticléricaux dans le cercle familial. Peut-être voulaient-ils par là mettre à l'épreuve nos jeunes entendements ? Bien qu'il fût évident que nous grandissions dans une famille prompte à se moquer avec verdeur du clergé, une famille où l'on ne rencontrait pas le moindre signe de pratique religieuse, ni de ce que l'on appelle « la foi », il ne serait venu à l'idée de personne de relever cette contradiction. Faut-il dire la vérité aux enfants, aux malades, aux condamnés ? C'est à hurler de rire, non ? Tous les porte-à-faux que nous ressentions nous disaient que nous n'étions pas nés sous le signe de la transparence. Nos parents nous avaient placés chez les curés parce que c'est ce qui se fait chez les bourgeois. Ils nous avaient placés en pension parce que c'était le moyen le plus pratique de ne pas se soucier de leurs garnements. Notre mère et l'oncle Jean avaient besoin de nous éloigner pour refaire ensemble une vie dont témoignait la naissance de Sophie.

Dans le restaurant de Rognette, le fait de ressentir autour de moi, surtout de la part de Jean et de Louis, une moquerie parce que j'avais pris la décision de jeûner, me peinait puis me faisait rentrer dans un tourbillon de questions. Je n'avais pas cherché à faire comme « un cureton ». Je m'étais éloigné dans la magie.

Je m'accrochais du coin de l'œil à la présence amusée de Suzanne qui avait clos les moqueries en lançant : « C'est un gosse. Foutez-lui la paix! »

Je l'appelais au secours. Je lui faisais confiance parce que, tout en riant avec les autres, elle me faisait partager son sourire. Elle possédait la double vue. En son seul visage, il pouvait y avoir double expression : la moquerie et la complicité. Je guettais en elle appui et réconfort, même si elle me laissait patauger, tout en me faisant entendre qu'elle serait là pour me tirer de la noyade.

L'année précédente, à la même époque, elle m'avait déjà tiré d'un autre mauvais pas. Elle m'avait soulagé de ma première crise d'asthme, celle qui aurait pu s'avérer la plus angoissante et la plus mortelle parce que je ne savais pas ce qui m'arrivait. Je m'étouffais avec des chats dans la gorge, des sifflements de vipères dans les bronches. Elle avait sorti de sa trousse en cuir sa poire de Dyspné-inhal terminée par un petit bec de verre pour me faire respirer deux bouffées qui avaient desserré le garrot.

L'oxygène était revenu. J'en avais éprouvé une reconnaissance infinie. Nous avions cette maladie chronique en commun et j'étais heureux de la partager avec elle. Plus tard, j'ai pu imaginer que c'est pour partager quelque chose avec elle que je suis devenu asthmatique. J'ai mis la charrue avant les bœufs. Ou je me suis embrouillé dans l'ordre des choses.

Elle était là quand j'ai eu cette première crise, et je me suis dit qu'elle avait amené l'asthme et le remède, que ça signifiait que je voulais la suivre dans la maladie et la guérison. Jamais je n'aurais pu comprendre à ce moment-là qu'on pouvait mettre à la même place la maladie et la guérison.

Il n'y avait personne qui soit plus loin de la tendresse. Il n'y avait rien de plus sauvage que sa bouche ourlée et charnue qu'on aurait dit bourguignonne, comme il y a un nez bourbon. Les yeux étaient étonnament larges, interrogation méfiante ou expectative. Ses yeux marquaient l'arrêt comme un chien courant. C'était de ce qu'il y avait de plus liquide dans son visage que provenait le tranchant. La mobilité des mains fines aux ongles travaillés n'évoquait pas le crochu de la sorcière. Ses mains étaient ce qui reste de la vamp.

Sa poire de Dyspné-inhal tirée d'une trousse en cuir rouge n'était pas un talisman, pas plus que n'était ensorceleur le geste machinal de poser le bec du petit alambic de verre sur ses dents, presque au coin de sa bouche, de presser la poire en caoutchouc deux ou trois fois, afin de cesser de siffler dans la conversation. Elle n'avait pas besoin d'attributs comme il en est besoin dans les chefferies. Personne n'aurait soupçonné les deux teckels dont elle était accompagnée en permanence, l'un à ses pieds et l'autre sur ses genoux, aristocratiques chiens-saucisses dont les pires détracteurs auraient relevé combien ils étaient bien éduqués, de lui servir de blason. Elle n'avait besoin d'aucun colifichet distinctif pour être présente, même pas des mantilles qui lui couvraient les épaules.

Il était rare que mes frères et moi levions les yeux de nos jeux lorsqu'une voiture entrait dans le jardin de La Louise et que des adultes en sortaient. Il n'arrivait jamais que nous les interrompions pour remonter en trombe du fond du jardin pour savoir qui nous rendait visite. Nous n'avions que de rares week-ends pour regagner un territoire que nous aimions par-dessus tout, un jardin fait d'un grand escalier de restanques étendu jusqu'à l'aqueduc de la Clue enjambant la route des Quatre-Saisons à Allauch, dans le onzième arrondissement de Marseille. Les heures filaient trop vite jusqu'au moment où nous nous serrions dans la voiture de Jean pour regagner le pensionnat avec, au cœur, le spleen du dimanche soir. Nous étions déposés dans la cour où nous nous séparions, mes frères et moi, chacun regagnant sa section pour ne plus nous voir de la quinzaine, nous croisant en nous ignorant. Pourtant, à La Louise, sur un territoire où nous étions à nouveau une fratrie, où nous avions notre chambre entre les poutres de la charpenterie du toit, où nous savions que l'on ne pouvait rien nous prendre, surtout pas notre temps à nous, si une fête ou un repas dominical annonçait la venue de Suzanne et de son compagnon, mon aîné et moi grimpions aussitôt les murets de pierres sèches en prenant le plus court chemin pour accueillir la voiture conduite par notre grand-mère venue de Sillans-la-Cascade. Nous nous révélions plus extravagants qu'à l'accoutumée, uniquement parce que nous aimions la faire rire. J'ai toujours gardé une photo couleur où, lors de ma communion, je relève mon aube pour danser devant elle le chahut du french cancan. Le cureton savait s'y prendre pour la faire rire aux éclats.

## Soufflerie

Mes frères et moi sommes nés au début des années cinquante au moment où l'ombre portée de la Seconde Guerre mondiale s'est épaissie. Il a fallu compter sur un effet retard. Les coups destructeurs ne font pas mal sur le coup. Les dernières ondes d'un ébranlement sont celles qui s'étendent. La force d'inertie s'enfonce en profondeur.

J'en ai fait l'expérience sur l'autoroute nord allant de Marseille à Aix-en-Provence, la première construite dans la région. Elle était bondée, propice aux hécatombes et considérée comme un mouroir. Un véhicule juste devant le nôtre avait accroché à pleine vitesse l'arrière du précédent qui avait déboîté sans mettre de clignotant. La voiture avait alors tracé un arc de cercle et fait une queue de poisson à celle qu'elle doublait avant de s'écraser pleine face sur une bordure de béton. Le choc avait explosé tôles et verre et les quatre portières s'étaient ouvertes.

Le conducteur en était aussitôt sorti droit sur ses jambes de pantin. Il avait marché vers le véhicule fautif arrêté brusquement, le nôtre, juste derrière, l'ayant évité d'un coup de volant. C'était un trentenaire sec, un bâton dressé. Il s'était planté devant la portière du chauffard qui venait de le tuer et il avait fait le geste de visser son index sur sa tempe avant de s'effondrer comme une flaque. Jean au volant passait son chemin et Odette nous criait : « Fermez les yeux ! Ne regardez pas ! » alors que nous avions tout vu, tout fixé par la vitre arrière et que nous demandions avec la bouche tordue par une grimace : « Il lui a fait toc toc, non ? »

Pour moi, la dernière guerre était ce mort qui marche encore, saignant du gris.

Je liais les choses entre elles d'une façon bizarre. Odette me demandait à propos de ma conversation : « Mais qu'est-ce que ça a à voir ? » Je restais perplexe en lui répondant : « Rien. » Ma façon de mettre les choses sur le même plan lui semblait sans queue ni tête. Elle me mettait dans l'embarras : « Bon sang, Frédéric, où est le lien ? » Je le cherchais en m'essuyant la bouche et en déposant ma serviette à côté de mon assiette, attendant qu'un ange passe et que notre conversation du soir glisse…

Nous baignions dans le gris et la cendre des journaux. Il était temps que l'on pratique la photographie couleur. Peut-être que la mémoire est une non-couleur, peut-être que l'Histoire est pour toujours en noir et blanc. Le pardessus des hommes était celui de la pluie, même là où il ne pleuvait pas. Les hommes eux-mêmes sentaient le chien mouillé et on pouvait se demander, en les voyant descendre de leur voiture, s'ils n'étaient pas de la police. Tout le pays ressemblait à une soupière, celle de M. et de Mme René Coty. Nous pensions que tous les adultes sentaient le tabac froid et que la guerre avait fait de la France un cendrier rempli de mégots. On naissait encore en complet-veston, toutes les maternités étaient remplies d'une jeunesse bedonnante et mal rasée ou d'une jeunesse en bigoudis et peignoir molletonné ayant l'âge d'un XIX$^{e}$ siècle qui n'en finissait pas. De certaines personnes, on dit avec méchanceté qu'elles sont nées vieilles et c'est vrai qu'après la guerre il nous semblait que les femmes n'accouchaient plus que de vieillards malodorants dans des chandails lourds, au temps où le pull-over était encore un chandail.

La guerre, nous semblait-il, avait fait un saut, ou avait joué à saute-mouton. Elle avait marqué un temps de répit au moment de la Libération avant de reprendre son cours aussitôt après. C'est qu'Odette nous présentait la Libération comme l'époque de son faste. Elle nous parlait sans arrêt de cette période où, provinciale de dix-sept ans, elle avait débarqué à Paris où elle avait ouvert en grand toutes les portes en une poignée d'années, avant de les refermer toutes avec l'arrivée de notre aîné. Nous l'écoutions bouche bée nous raconter sa gloire express, avant de finir l'histoire de l'étoile filante qu'elle avait été par cette fin qui était pour nous un véritable crash, qu'en tout cas nous entendions comme une chute en piqué : « Puis je suis tombée enceinte de Nicolas et je n'ai jamais rien regretté. » Elle était « tombée ». C'est l'argot des caïds partis pour zonzon. Toutes les condoléances étaient pour nous. Comme elle soulignait cette conclusion avec un grand sourire de tendresse, nous nous recroquevillions imperceptiblement à la table où nous prenions nos repas d'été. Nous avions les yeux qui brillaient à l'évocation des rôles lui tombant tout rôtis dans la bouche, ce attesté par les images des magazines *Cinémonde* et *Noir et Blanc*. Nous attendions la fin de l'histoire avec son atterrissage forcé qui, sans qu'elle s'en rende compte, ne nous faisait pas du bien.

Les histoires entendues étaient celles que nous rencontrerions dans les images et les livres. Nous les précédions. Nous entrions dans le déjà-lu et le déjà-vu et nous les reconnaissions avant même de les rencontrer dans les magazines et les livres. C'est que nous étions tirés à des millions d'exemplaires. Il n'y avait pas une histoire personnelle qui ne soit pas une histoire collective. Ce qui constituait une histoire était un ensemble de mots appartenant à tous. Il fallait du temps pour comprendre qu'elle était impersonnelle.

Je retenais beaucoup plus que ce que j'entendais. J'étais insatiable de détails et chacune des paroles d'Odette devenait un climat. Elle racontait une tournée avec la compagnie Charles Dullin dans une Allemagne détruite, juste après la capitulation, où elle jouait Électre dans *Les mouches* de Jean-Paul Sartre sur des tréteaux dressés devant des ruines ou dans des salles de fortune entre deux immeubles écroulés. Il n'y avait pas la moindre place pour le reproche ou la culpabilité, ni de la part des visiteurs ni de celle des Allemands. Il n'y avait pas la moindre place pour l'arrière-pensée que ce peuple circulant entre des pans de murs effondrés et occupé à colmater des brèches ait été celui des vaincus. Il n'était pas question d'oubli non plus. La violence de la guerre avait fait place aux besoins absolus de la vie, comme la douleur du ventre pour manger et s'accoupler, une fille pour une boîte de singe ou des cigarettes. La honte était balayée par l'orgie. La partouze relayait le massacre. On passerait du carnage au festin.

Nous ne comprenions pas tout, sauf qu'à la déflagration du succès avait succédé la chute avec notre venue au monde. Odette nous avait donné la vie et nous aurions emporté une partie de la sienne. C'était, mine de rien, ce qui nous était donné à entendre.

Peu d'années après la Libération, au moment de notre naissance, la fumée des crématoires est passée sous la porte de la chambre des enfants. Une génération d'enfants-perroquets, dont j'étais, avait reçu d'on ne sait qui une science infuse leur dictant : stalag, kapo, block, lager en un sabir germano-polonais. Nous étions les perroquets d'un coup souterrain circulant sous le sol comme le dernier métro.

Entre la septième dans la cour des petits et la sixième dans la cour des moyens, je me suis mis à dégurgiter, en chien ayant un os en travers de la gorge, des épisodes de la déportation. Je les avais attrapés comme on attrape la grippe ou la crève. Je n'avais pas eu besoin de regarder le petit train transportant un rébus meublant les interludes à la télévision. Je n'étais pas le seul animal savant capable de dégoiser. La ventriloquie du coup de poing dans la gueule reçu par l'humanité qui s'en remettrait pour en donner d'autres venait nous retourner l'estomac sans que nous identifiions la source de notre savoir. Parce que je n'étais pas le seul. Ça nous était entré par les narines. Lavoisier raconte que si l'on brûle tout Paris, il est possible de retrouver toute cette masse évanouie dans les airs « au grain près ». Aucune prédisposition atavique : Pierre Paldacci m'avait avoué avoir partagé la même obsession durant son enfance. Il m'avait confié, alors qu'au milieu de la vingtaine nous travaillions côte à côte dans une maison éloignée de tout, au lieu-dit de l'Écluse au bord du Caramy – lui à ses recherches mathématiques, moi à l'écriture de *Nina Violetti* –, avoir connu au même âge que moi une semblable crise de psittacisme, sachant tout du génocide jusqu'au moment où il avait été dépossédé de ce savoir aussi vite venu que reparti. Pierre était incapable de vantardise. Il était l'honnêteté intellectuelle incarnée. Personne n'était plus réservé que lui, moins enclin à la confidence. N'y aurait-il eu, en guise de pleureuses spontanées, que Paldacci, Valabrègue et le chien de Philippe ? C'était l'Europe tout entière qui se prenait la fumée des crématoires, comme trente ans après elle se prendrait le nuage de Tchernobyl ! Et cela se manifestait par le deuil général.

Par la suite, j'ai cherché ce que cela signifiait, avoir attrapé cette odeur qui est une neurasthénie. J'ai retourné le verbe, je suis resté avec une de ses variantes : « être rattrapé ». Des mains sorties de terre auraient attrapé mes jambes pendant que je fuyais ? J'entendais dire de tel écrivain, tel philosophe qu'il ou elle avait été rattrapé… Qu'après avoir connu les camps, regrimpé le versant de la vie pour des amours, des succès, des naissances et des chansons, il ou elle avait recroisé une odeur de fièvre ou succombé à nouveau à la fascination du blême et que, comme pour une vocation, il ou elle avait été « appelé ». Il y avait bien des fées appelant les enfants pour qu'ils se lèvent dans la nuit, traversent le jardin et se perdent dans les bois…

De mes condisciples Bruno Garcin, Yves Portier et Xavier Maurin, on disait qu'ils étaient « appelés » : ils avaient la vocation, ils seraient tous trois abbés.

« Appelés » et « rattrapés » étaient aspirés par le même gouffre. Ils n'avaient pas pu échapper à l'appel, ils avaient été rattrapés, ils tomberaient dans l'abîme... Il fallait se faire ligoter au mât, sur le pont, pour ne pas entendre les sirènes...

Ainsi chercherais-je longtemps à comprendre, avec consternation, le suicide-retard, parfois un demi-siècle après, de celui ou de celle qui s'en était tiré, semble-t-il...

Au fond de mon lit, dans le noir, je n'en menais pas large. Quelqu'un serait venu me chercher. J'aurais voulu me soustraire, me réduire. Je ne savais pas qui, mais quelqu'un était venu me rapter. Je n'avais pas devancé l'appel. Il y aurait encore, au fond du cul-de-sac, un interstice où se glisser, en poulpe dont on dit qu'il a la capacité de sortir de la boîte la mieux ajustée.

Dans la nuit des dortoirs, j'ai commencé par fuir. Dans la fuite même, j'ai encore fui dans les couloirs gigognes, les salles en poupées russes. J'ai été sur le point d'être rattrapé. Et même dans la chambre de La Louise, entre la charpenterie du toit, j'ai senti la proximité d'une haleine qui me liquéfiait. J'aurais plongé mon propre corps dans l'acide pour devenir un ectoplasme aux os de gélatine et fuir en tirant la chasse d'eau. Il fallait ne pas bouger, éteindre les battements du cœur, se dissoudre dans la sueur de la terreur glacée.

La guerre a continué. Elle a atteint une sorte de paroxysme dans la tôle froissée des rideaux tirés des magasins dont on disait au matin qu'ils avaient été plastiqués. La tôle ondulée du rideau des magasins ressemblait à un fourgon Citroën. Le mot plastique nous faisait sursauter parce qu'il évoquait Jacques et Richard dont c'était le métier. Dans les rues de Marseille, il y avait partout l'inscription O.A.S. à côté des devantures déchirées. Je voyais les images en noir et blanc se refléter sur l'œil d'Odette angoissée. Elle était enceinte de Sophie et l'oncle était appelé sous les drapeaux. Tous les quais du port étaient remplis de bateaux devant partir en face, dans l'autre moitié de la ville de l'autre côté de la Méditerranée. Il y avait un encombrement de départs sur le J4. Nous entendions les trompes de brume, regardions le panache de fioul.

Un homme en charge de famille aurait dû se faire réformer, mais Jean ne l'était pas encore. Impossible de se soustraire à l'appel. Il était en instance de départ pour l'Algérie au camp militaire de Sainte-Marthe. Nous savions qu'il s'était mis à pisser au lit. Il comptait sur cette incontinence pour se faire réformer. Nous partagions l'angoisse d'Odette. Le tableau que la propagande française faisait du fellagha nous faisait vivre avec les couilles dans la bouche. Il représentait le criminel psychopathe dans sa version rurale, semoule et méchoui. Nous n'imaginions pas un Jean pissant au lit crapahuter dans le bled. Il se serait fait égorger au détour du premier buisson.

Je me suis mis à rendre. Tout ce que je mangeais, je le rendais. Odette se demandait quoi me faire manger alors que je dégueulais à peu près tout. Les curés, eux, voyant que je n'avalais rien à la cantine, tentaient de me forcer. Je pourrais rejoindre la cour de récréation si je finissais mes salsifis. Quand ils constataient à mes hoquets que les salsifis ne passeraient pas, ils m'envoyaient à l'infirmerie tenue par M. Robert, un homme à béret qui boitait en m'apportant une tisane. La tisane me dégoûte. Ça sent le bonnet de nuit. M. Robert me répugnait parce qu'il avait une descente d'organes. Ses organes étaient descendus dans son pantalon. Peut-être avait-il l'estomac dans les chaussettes ? Toute cette masse accumulée dans un fond de culotte me faisait mal. La pharmacie de l'infirmerie sentait l'embrocation, l'onguent, la vaseline. Le père Dastarac pensait qu'il avait le talent de guérir en imposant sa main. Il mettait sa main à plat sur mon front, peut-être à un ou deux centimètres de ma peau, pour en aspirer la fièvre. Les Touaregs ont souvent avec eux une pierre noire aspirant le venin de l'aspic. Parfois, quand j'avais les yeux éclatés par les pollens, Odette passait sur mes paupières une bague d'argent qui me faisait du bien. Mais de voir le dangereux Dastarac à la nuque grasse vouloir me faire du bien en aspirant de la main les mauvaises humeurs me sortant de la tête, je me raidissais sur le lit pour ne rien émettre. Je rentrais en moi toute ma chaleur. Il ne sucera pas mon sang. Je ne serais pas l'oint du prieur. Je me tenais loin de son onction.

Il faut préciser. Mes frères et moi, champions des gnons sans remords, des morsures et arrachages de cheveux, champions de la galopade effrénée, du mouvement incessant remuant toutes les pièces et les objets de la maison cul par-dessus tête, glissant sur les rampes d'escalier, sautant par-dessus les marches, allant jusqu'à l'extrême bout de la dernière branche d'un arbre pour arracher un fruit avant de dégringoler, mis en pension peu après la naissance par leurs parents tellement ils étaient considérés comme insupportablement dissipés, peut-être à l'exception du benjamin, José, qui avait hérité d'on ne sait qui une humeur bouddha, n'auraient jamais voulu passer pour des maladifs. Jamais je n'aurais voulu jouer à la pâle figure devant Nicolas mon aîné qui m'aurait fichu un bon coup de pied au cul ni devant mes condisciples qui m'auraient flanqué une baffe. Les petites natures déclenchaient chez nous le besoin immédiat et sans pitié de les accabler. Nous désirions être par-dessus tout des sales gosses et nous réussissions dans cette ambition de telle manière que vivre vingt-quatre heures avec nous trois était, selon les paroles d'Odette, un véritable enfer. Au grand jamais je n'aurais désiré être un morpion maladif ni présenter le visage douloureux que mes condisciples les plus dessalés de la cour des grands auraient qualifié de christique. J'étais simplement tordu par des hauts et bas incessants, les coups de volant d'un corps à embardées.

À Lacordaire, j'avais pris mes habitudes à l'infirmerie qui était mon refuge. J'écrivais mon billet de permission avec un fort mal de mer, une houle de haut-le-cœur, et si le pion à qui je devais faire signer mon billet se mettait à me regarder comme un simulateur, alors que j'étais vert, je lui gerbais dessus. Dans mon pays, on utilise le mot rendre, il a rendu, mais on dit aussi : il s'est rendu à Allauch. On utilise, à propos d'un aliment provoquant des renvois, le verbe reprocher. La graisse de l'agneau bardé me reproche. Rendre et reprocher glissaient une confusion. Le reproche me fait rendre. Quand ces verbes me venaient à l'esprit, je marquais un temps d'arrêt. J'enregistrais un doute.

Les dominicains nous reprochaient de ne pas être capables de nous exprimer correctement. Ils nous corrigeaient : « Je n'ai pas compris, répète ! » « C'est bien embrouillé ce que tu dis là ! » « Apprends à t'exprimer ! » Quand, des années plus tard, je parlerais de cette période avec Jean-Paul, déjà dans un état désespéré, il me rappellerait : « Oui, mais ils nous ont appris à nous exprimer. » Jean-Paul concédait cela à notre éducation qui l'avait saccagé : « N'oublie pas qu'ils nous ont appris à réfléchir ! » C'était vrai. J'étais injuste. Mais durant tout le temps où je séjournais dans la cour des moyens, je retournais dans ma tête une contamination des termes qui n'avait rien à voir avec les réjouissances du jeu de mots. Cela ne concernait pas mon orthographe qui était correcte et je ne crois pas aujourd'hui que mes confusions aient pu provenir du fait qu'au cours élémentaire première année on se soit efforcé de me faire passer de la main gauche à la droite, ce à quoi je résistais comme José le fera après moi. Ce dont j'ai l'intuition aujourd'hui et uniquement aujourd'hui, c'est que l'état éruptif incontrôlé et panique où se trouvaient mon corps et ma santé agissait sur mon usage des mots.

Quand la médecine était convoquée, rien ne réussissait à éclaircir quoi que ce soit dans ma cervelle. Au contraire, chaque diagnostic jetait un trouble. Le docteur Vidal, le pédiatre de la famille, avait résolu des crises de sinusite, tellement douloureuses qu'elles me faisaient vomir, en m'ordonnant un traitement pour le foie. Je touchais mon arcade sourcilière et un point dans l'os facial de la pommette, zones constamment enflammées, là même où Dastarac, en sourcier, avait repéré une activité volcanique, puis j'enfonçais deux doigts à l'emplacement du foie, cherchant le point de côté sans repérer aucune douleur. Je ne voyais pas le rapport. Je ne trouvais pas le lien, celui qu'Odette et les dominicains m'invitaient à faire dans mes propos.

Là-dessus, mes crises d'asthme devinrent chroniques. Elles arrivaient avec les odeurs du soir, par exemple l'odeur d'eau qui est dans sa fraîcheur, particulièrement quand le soir ramène l'humidité de la fenaison. C'était mon moment préféré. J'adorais le moment où les grenouilles se mettent à coasser dans le bassin de La Louise, les plus fluettes ayant le coassement le plus gras, tandis que le crapaud verruqueux, né pour être écrasé par des pneus de voiture, a toujours un chant flûté. Le grillon fait monter la température. La bourre du platane écorche les yeux. Les herbes ont verdi les genoux.

Que l'on ne me parle pas d'inappétence alors que je suis de ceux pour qui cueillir des asperges sauvages trouve sa récompense en les pissant ! Que l'on ne me parle pas de souffreteux alors que j'aimais sentir l'acidité de ma sueur réveiller mes écorchures ! Que l'on ne me parle pas de Monsieur Pur Esprit alors que, si je réagissais fortement aux odeurs de la colline, c'est parce que j'habitais dedans, les retenant en moi en frottant leur essence et en les mettant dans ma bouche ! Il n'y avait pas de soirs où nous ne nous foutions pas des peignées de tous les diables pour arriver au lit en dormant debout ! Il n'y avait pas de baignades hurlantes sans que j'en sorte pour allonger toute ma peau sur la margelle bouillante du bassin ! J'aimais dégrafer de mon bras les épines du roncier dont j'avais piqué les mûres ! J'étais rejeté par ce qui se donnait à moi avec suavité, sensualité, désir brûlant ! J'étais rejeté par ce à quoi j'attachais le plus de prix, ma chair de poule, mes frissons !

Le désespoir, c'est pour ceux qui ont eu le temps d'espérer. La peur de la mort, c'est pour ceux qui ont eu le temps de vivre. On ne craint pas la mort quand on n'a pas eu le temps de peser le prix de la vie. Je n'ai pas eu peur un seul instant en m'appliquant à faire entrer un filet d'air dans ma cage étreinte. Quand ça serrait, coinçait, quand je sentais le garrot donner un autre tour de vis, alors je partais à la recherche du souffle, une goulée dans le courant d'air sous la porte.

Je savais ce que voulait dire nourrir un oisillon : il n'est pas sûr que la becquée prenne. Je m'appuyais sur le verbe prendre. Prendre l'air comme prendre le sein. Si le chaton sans mère ne prend pas le lait, la mie de pain diluée dans le lait de la soucoupe, va-t-il y passer ? La graine va-t-elle prendre ? La jeune pousse brisée, si on lui met une attelle, la sève peut-elle passer ? Il n'a pas pris, alors il est passé. Le ciment n'a pas pris, la greffe non plus. Apprends le verbe prendre pour que ton souffle se remette à passer... Apprends à souffler sur un bout d'amadou pour que le feu prenne dans tes poumons...

L'oncle m'accompagnait de onze heures du soir jusqu'à l'aube. Il posait une chaise à côté du lit et s'asseyait dessus. Je voyais venir le point du jour avec soulagement. Je n'avais pas besoin d'apprendre à dire merci. Dès la première pâleur au coin de la fenêtre, moment où Jean se retirait, venait la gratitude...

À cause de la sinusite, je développais le syndrome de Vidal me rendant allergique à l'aspirine. Encore aujourd'hui, une préparation ne contenant que faiblement de l'acide acétylsalicylique, prise par inadvertance, déclenche une crise d'asthme m'envoyant à l'hôpital en réanimation. Ce syndrome était aussi le nom de mon pédiatre et du bottin listant les médicaments. Je glissais dans l'homonymie informe vidal et vital.

Il n'y avait pas de crucifix dans la maison ni autour du cou de mes parents. Il n'y avait aucune représentation du crucifié, sauf dans ma chambre au-dessus de mon lit où j'avais accroché à la cloison de bois une gouache de dix centimètres de côté faite par François Ozenda et représentant une tête chevelue couronnée d'épines. La petite peinture était violente, avec une bouche comme amère ou enragée. Les couleurs de ce visage aux douleurs étaient le bleu marine et le jaune soleil. J'étais étonné par le mélange des paupières et des yeux, de sorte que je ne savais pas s'ils étaient ouverts ou fermés. Ce n'était pourtant pas une de ces photographies qui vous adressent un clin d'œil en les inclinant. La petite tête que j'aurais dite fulminante était mon démon nocturne. J'avais creusé derrière elle une cache dans la cloison de bois masquant la charpente de ce coin des combles que je partageais avec José. Sous le cadre, un trou du même format était appareillé à une boîte où je mettrais des friandises durant l'enfance, de l'herbe à l'adolescence, non pas par avarice ou pour les soustraire à l'œil de José avec qui je partageais tout, mais par goût du secret. En réalité, si j'avais ce Christ au-dessus de ma tête de lit, c'est parce qu'il venait de Richard et qu'il était un des objets survivant à la séparation. Il ne pouvait venir que de Richard, Odette et Jean ne s'intéressant guère aux arts visuels. Ce que j'avais mis au-dessus de moi, sans percevoir tous les échos de ce geste, c'était un peu de la présence de mon père qui, lui, avait fréquenté ce clochard magique qu'était Ozenda.

Par contre, dans la salle de séjour de La Louise, un dessin de Louis à la plume et à l'encre de Chine intitulé *La mort de Mussolini* représentait trois cadavres obèses pendus par les pieds. Je le regardais beaucoup. Il m'était entré dans la peau. Je ne regardais pas la façon, la facture ni la manière mais le supplice, les dépouilles et les cadavres. J'ignorais le trait mais je savais tout du suif de l'obèse et j'avais appris en allant acheter de la viande chez le boucher comment la carcasse est suspendue à son croc. Là encore, je pensais qu'il s'agissait d'un reliquat du partage consécutif à la séparation. C'est ce qui restait de mon père et me parlait de lui, même d'une façon indirecte.

Louis avait sans doute créé ce dessin à partir d'une photographie de presse parce qu'il en avait ponctué la surface de caractères typographiques, pochoirs légers n'occultant pas l'obscénité des cadavres. Pour moi, c'était le Golgotha à l'envers, le Golgotha des maudits. Lorsqu'il m'est arrivé de dormir juste en dessous, je craignais d'en recevoir les humeurs putréfiées ou de ce jus perlant au bec des bécasses, à cause d'une exclamation de bandes dessinées : « gibier de potence ! » Je mélangeais gibier et gibet.

Il arrivait à mes parents de me faire un lit dans la salle de séjour quand nous recevions notre généraliste, le docteur Mariani, un ami d'Odette, venu m'assister lors des périodes de crises sévères, pour ne pas l'obliger à monter dans les combles où il fallait enjamber des poutres. Dans sa longue carrière de médecin dans la vallée de l'Huveaune ne faisant jamais payer la visite (Odette se désolait qu'il n'osât pas refuser l'apéritif offert par chacun de ses patients), le docteur Mariani n'avait jamais assisté à des crises d'asthme comme les miennes, prétendait-il devant mes parents. Je n'en rajoutais pourtant pas pour lui faire plaisir tellement j'étais aux abois. J'étais quasiment inconscient et il n'y avait plus que la bête en moi pour prendre le relais. Il me regardait comme un possédé tellement ma carcasse faisait du bruit. Il y avait un moment où je revenais un peu à moi, c'est quand il me fallait prendre un suppositoire de théophylline, seul médicament disponible à ce moment-là pour un enfant. La théophylline n'est guère efficace. J'associais le suppositoire à Dastarac. Mon sphincter le rejetait. Le graisseux poissait mes doigts.

J'avais l'impression de me donner en spectacle. Je ne rencontrais pas le mot d'agonie dans la bouche du docteur mais dans ses yeux. Je le regardais à mon tour comme pour lui dire de ne pas se faire de bile. On pouvait m'acculer dans les cordes et me bourrer le buffet ! Mais j'étais si creusé par l'effort que je ne l'aurais pas fait rire. Je lui adressais un signe pour lui montrer que je n'avais pas dit mon dernier mot.

Cela a duré de huit ans à quatorze ans à plein régime d'avril à septembre et les mauvaises années de mars à octobre, à me demander ce que mon corps pouvait bien trafiquer à mon insu. Cela a duré dans cette intensité-là tant que je me suis trouvé dépendant des prêtres et de mes parents. J'étais devenu si malingre qu'en plus de l'appellation « sac d'os » reçue dans la cour de récréation, l'oncle m'avait, avec l'humour noir propre à la famille, surnommé Buchenwald, ce que j'accueillais avec un rire idiot.

Il y en a pour qui l'enfance est la période d'insurrection de tous les éléments d'un corps ligués les uns contre les autres. Ce n'était pas un corps mais une colère. Ce n'était pas un moteur mais il était rempli d'explosions. Ça hoquetait puis ça repartait. Il faudrait attendre longtemps pour que je sois sûr que ça reparte. Mon aîné et mon benjamin étaient stables. Je prenais du retard sur eux, dans la croissance, dans les expériences, et bientôt j'en aurais dans la puberté, ce qui est vexant. On fait semblant de regarder ailleurs quand la conversation arrive sur ce qu'on rougit de ne pas partager.

## Abbayes et châteaux

Je pratiquais la course à pied. Entre la crise d'asthme et la course à pied, j'aurais entendu le monde entier me demander : « Où est le lien ? » Il n'y avait aucune incompatibilité entre la course d'endurance et l'endurance à l'asphyxie. C'était la même façon d'aller chercher de l'air. À Lacordaire, il était pour moi hors de question d'être dispensé d'éducation physique. L'asthme me fichait la paix pendant la saison hivernale consacrée au cross-country. Je respire de novembre à février. J'avais remarqué que je réussissais à transposer des états propres à la crise d'asthme sur le terrain du cross. Je recyclais mon habitude de l'air raréfié. Je pouvais faire quelque chose avec l'apnée. J'avais du métier dans le manque d'oxygène. Je savais poursuivre un bout de route avec le souffle coupé.

Au bout de l'effort, on ne sait plus qui se met à courir, surtout à cinq cents mètres de l'arrivée, moment de l'emballage final, où un poulet sans tête persiste à pédaler. Une course de fond commence toujours quand on n'a plus rien dans les socquettes. Avant, ce ne sont que des préliminaires, même s'ils sont délicieux, quand la foulée caracole et qu'on ne sent pas encore ce que va coûter le passage d'une butte ou le saut par-dessus un tronc d'arbre. Au début, on joue avec sa buée, on fait des ronds de fumée avec l'air rempli par l'odeur des feuilles mortes. Rien n'empêche les pieds de sentir la succion de la gadoue tellement ils s'en dégagent promptement. C'est ensuite que ça se corse, quand le fondeur sent ses tripes fondre, quand il comprend que ça se joue à l'estomac.

Je courais au coude-à-coude avec Hervé Douchet. Douchet était heurté, il n'avait pas le physique famélique qu'il fallait, ni les cuisses de grenouille, mais il était dur au mal. Au château de Saint-Menet, à l'abbaye Saint-Michel de Frigolet, sur l'hippodrome d'Aix-en-Provence, à Fontblanche, il m'accompagnait avec son style de déménageur haletant. Puis, quand l'arrivée était en vue, il faisait un écart pour me souffler hors d'haleine : « À toi ! »

Il y avait d'abord la bousculade du départ. Nous étions une centaine sur une ligne approximative attendant le starter en se bousculant, jouant des coudes, cherchant une trouée. Puis c'était le sprint pour aller le plus rapidement à la corde. Douchet faisait le déblayeur. Je n'ai jamais compris pourquoi il se mettait à mon service. Il m'amenait sur sa selle jusqu'au moment où il me plaçait en orbite. Il le faisait calmement et nous rattrapions un par un tous ceux partis trop vite, dans les abrupts des fondrières, les ravines en boyaux. Nous étions plus à l'aise dans les collines et les sous-bois que sur les parcours plats où aucune diversité de paysage ne module le rythme. Quand on nous faisait courir sur un hippodrome, nous piétinions les flaques en laboureurs. Lors d'un départ dans la boue sur celui de Pont-de-Vivaux, crocheté malencontreusement ou pas, parce que le moment du starter est un baston, j'avais fini sur le ventre. Puis j'avais eu le temps de me changer et de me poster au bout de l'interminable ligne droite de l'arrivée où, de loin et dans son absence de foulée inimitable – il n'était même pas chaussé de pointes –, j'ai vu Douchet gagner à l'extrême limite de la déglingue. Il était à la rue. Passant la ligne, il avait pirouetté en toupie avant de chuter dans les flaques.

C'était des cross-countries de rien du tout, pour des minimes et des cadets, organisés par des fédérations liées à l'école privée et pour un sport aujourd'hui démodé n'ayant cours que dans les pays aux cieux bas, aux bois résiduels entre deux cheminées d'usine, un sport aux consonances anglaises transportant dans une autre géographie. Mais dès qu'il était question d'un ailleurs étranger à la famille et au pensionnat, mes bronches se dilataient sous l'effet d'une hyperventilation. J'avalais des Niagaras d'air glacé.

Douchet et moi nous entraînions ensemble en courant le long du canal de la Durance filant vers les Chutes-Lavie. Nous ne nous disions quasiment rien. De même lors des compétitions ayant lieu le samedi où nous avions encore moins envie de parler parce qu'elles nous obligeaient à renoncer au week-end. Le regret de ne pas sortir fondait dans l'acide lactique de nos jambes et nous regagnions le dortoir pour lever bien haut nos cannes endolories et les poser dans les lavabos. L'eau était froide. Nous nous livrions peu. Dans la répugnance de Douchet à la parole se devinait l'intention de ne rien laisser voir de la lassitude indiquée par la forme même de sa bouche.

Le père Chéhadé tenait le ciné-club ayant lieu une fois par mois en salle de classe. Il tendait l'écran sur le tableau noir et calait l'énorme projecteur. Nous appréciions le père Chéhadé pour sa nonchalance. Il riait comme un enfant aux plaisanteries les plus stupides, mais quand il vissait son cigare dans sa bouche pour commenter les films, nous n'étions plus certains de le suivre. Il faisait venir un critique renommé, Henri Agel, dont le fils Dominique était notre condisciple. Nous étions attentifs aux présentations faites par Agel parce que son humeur polémique éreintait les films qui ne lui convenaient pas, ce qui réjouissait l'auditoire. Tout ce qu'Agel nous projetait était marquant. Les films choisis étaient des paraboles plus édifiantes que celles nous catéchisant, ce qui aurait dû nous rendre méfiants, et pourtant nos yeux les buvaient.

Hervé et moi avions notre film. Nous étions des inconditionnels. La bobine nous avait noyés dans son rouleau. Quand Henri Agel, après bien des chefs-d'œuvre, nous avait montré *La solitude du coureur de fond* de Tony Richardson, nous en aurions pleuré. Nous sortions de la projection avec des valises sous les yeux. Nous étions brisés. Nous avions rencontré ce que nous voulions être, aussi bien le délinquant que celui qui s'arrête de courir à une vingtaine de mètres de la ligne d'arrivée, alors que sa victoire est acquise, pour laisser passer ses poursuivants. Nous voulions être cet adolescent renonçant à la victoire par révolte. Nous voulions développer suffisamment de capacités en nous pour mériter une victoire à laquelle nous désirions renoncer. Ce n'était pas la seule beauté qui était en jeu. Nous adhérions par instinct à la classe ouvrière parce que dessalée, canaille et voyou, et surtout parce qu'elle jurait avec ce que les dominicains attendaient de nous. Nous voulions être traîtres à notre classe. L'adolescent du film renonçait à la victoire par révolte contre la rédemption qu'on aurait voulu lui offrir. En cela, il trahissait les espérances de ses éducateurs. Cela nous transportait.

Le cross mené par le *rude boy* du film était au bord de la crise cardiaque. Nous l'étions avec lui.

Je n'en ai jamais parlé à Hervé pour ne pas écorner d'une réserve ce que nous mettions au plus haut, mais je n'ai jamais envisagé la course comme un moment propice aux flash-back. Le cinéaste Tony Richardson les accumulait. Au contraire, pour moi la course était l'occasion de les épuiser et de courir plus vite que les images. On ne pense à rien quand on court. Brigitte Bardot déclarait dans les magazines ne penser à rien quand elle faisait l'amour. Ce qu'il y a de bien dans la course, c'est que le coureur compte plus sur la bête que sur l'homme, une bête qui a une stratégie de course.

J'avais déjà expérimenté le sacrifice et cela m'avait valu d'être traité de cureton par ma parentèle, ce qui m'avait interloqué. Je ne parlais pas à Hervé ni à personne de ce que signifiait pour moi le fait de renoncer à ce qui a le plus de prix. Personne n'aurait compris que je veuille aménager dans ma cervelle une chambre de compression. Je voyais dans les quelques mètres infranchis avant la ligne d'arrivée un espace sans mesure. S'arrêter avant la ligne, c'était créer de l'infini avec de l'inachèvement. Personne n'aurait compris parce que mes notions confuses battaient la campagne. Je cherchais des analogies. Une parole gardée pour soi, non pas pour tourner et retourner sa langue dans sa bouche, concentrait de l'énergie. On pouvait agir plus fortement par l'abstention d'une parole que par sa prononciation. Je voulais creuser le manque, faire entrer le vide. Le secret créait un centre électrique. J'étais certain qu'en gardant le silence, j'exprimerais plus qu'en ouvrant la bouche.

Je ne l'aurais pas dit à Hervé parce que je craignais que ce soit jobard.

Je ne lui aurais pas dit non plus combien je trouvais de la grandeur au mot de solitude. Je ne m'en serais pas vanté, moi qui étais entouré par mes frères et trouvais si facilement ma place de camarade. J'admirais la noblesse ressentie dans ce mot. Le jeune délinquant s'était retiré de la course pour bien marquer le caractère obstiné de sa solitude. Son refus en était l'affirmation. Il n'était pas seul parce que orphelin, sans amis et sans amours, mais parce que l'épreuve de la course avait renforcé sa singularité d'individu. Il était seul parce qu'il avait décidé de se retrancher des autres. Il l'avait fait en ne désirant pas ce qui est commun aux désirs de tous : la victoire, la reconnaissance de sa valeur. Sa solitude déclarée était agressive. Elle déclarait la guerre à la loi commune.

En trois, quatre ans, j'aurais vu Jean-Paul Dufit s'isoler, surtout lors du passage de la section des moyens à celle des grands, jusqu'à sentir en lui la même solitude violente que celle du coureur de fond. Je la ressentais comme violente parce qu'elle le mettait en danger. Plus sa solitude violente le mettait en danger d'éloignement définitif et plus je l'admirais. Aussi cela avait-il été une sorte d'honneur pour moi que de le voir arriver dans l'allée de La Louise. Je ne le voyais pas en dehors du pensionnat et je ne savais pas qu'il avait mon adresse. Il était resté sur la terrasse. Il n'avait pas voulu entrer dans la maison de mes parents. Il était tiré à quatre épingles avec, sur les joues, un duvet blond parce que, m'avait-il dit, il ne se rasait pas pour laisser pousser une barbe naturelle. Sa gêne économique l'avait poussé vers un dandysme discret et il mettait des boutons de manchette. Parmi les élèves de seconde, il était le seul à sortir un briquet Dupont pour allumer une Craven A tirée d'une boîte en fer siglée en rouge et blanc. Il était le seul à se servir d'un stylo en laque aux incrustations de nacre. Il venait m'annoncer qu'il fuguait, il comptait s'enfuir à Paris, des ennuis avec son cousin... Il était très discret sur sa vie familiale et seule une oreille fine aurait tiqué au mot cousin... Nous partagions ce léger porte-à-faux, avec moi qui annonçais mon oncle et parfois mon parrain parce que mon oncle était mon parrain... Notre entrevue n'avait pas duré plus de dix minutes et nous nous retrouverions dix ans plus tard. Mais qu'il fugue pour s'en aller à l'aventure à Paris m'avait enivré. Plus tard, je saurais qu'il avait passé six mois à errer dans une ville où il n'avait pas su entrer, où il dormait sur les bancs et sous les ponts sans même avoir la science suffisante du clochard pour trouver à se nourrir. J'imaginais sa belle tenue de jeune homme impeccable se froisser puis s'encrasser... Il s'était bel et bien perdu...

Dominique Agel, le fils d'Henri, était lui aussi un des membres de cette chevalerie de mutiques que Lacordaire était capable d'engendrer. Peut-être que le fils d'un parleur redoutable, comme l'était le critique Henri Agel, catholique militant donc entrepreneur en démolitions, préférait se taire pour compenser l'intempérance verbale de son géniteur ? Dominique était d'une pairie semblable à celle de Jean-Paul. Son long cou, sa pomme d'Adam coulissant dans son col roulé, son nez busqué et sa tête de loup en broussaille allaient vers le dégingandé. Il fuguerait lui aussi et j'apprendrais le sort tragique de son évasion que je ruminerais souvent. Affamé dans les rues de Paris, il se serait résolu à un vol à l'arraché, un sac à main tiré du bras d'une femme qui se serait accrochée. Il aurait fui, poursuivi par une meute et aurait cru devoir son salut dans une porte d'immeuble ouverte dont il aurait grimpé les escaliers quatre à quatre jusqu'à se retrouver coincé dans le cul-de-sac du dernier étage par une foule qui l'aurait lynché. Quand j'y repensais, je me demandais si je n'étais pas en train de revivre les cauchemars de fuite, et de fuite dans la fuite, de recherche d'un trou de souris, dont je me réveillais en pleine crise d'asthme. Je me demandais aussi si cette fuite éperdue de rue en rue, et, d'un angle à l'autre, on se croit sauvé, on a semé la meute…, ne ressemblait pas trop à un de ces films que le père de Dominique nous aurait projetés.

## Pouillerie

Peu de temps après le repas au restaurant chez Françoise à Rognette à l'occasion de la présentation de Sophie à sa grand-mère paternelle Suzanne, le baptême du nourrisson eut lieu dans la paroisse des Accates à un kilomètre de La Louise, un village du onzième arrondissement de Marseille fait d'une placette et d'une église.

De la famille, il n'y avait là que femmes et enfants, Odette et Suzanne plus les trois fils d'Odette âgés d'une dizaine d'années de plus que Sophie commençant sa vie sous les auspices du doux, du tendre, du gentil, du mignon et des images qui ne blessent pas les yeux et des couleurs qui n'écorchent pas la vue – une accumulation ou plutôt un barrage d'édredons et d'étoupes, un tir groupé de coton rose amortissant préventivement on ne sait quoi. Sa venue avait fait pousser des gants roses de dix kilomètres au bout de toutes les mains. Ces pincettes à pompons ne parvenaient pas à signaler que, dès le départ, ce serait trop. Trop de mains tendues devenues pétales pour amortir la chute entre le ciel et le sol. Où se loge l'orage dans la dragée ? La fragilité de l'enfant appelle la blessure, l'agneau réclame le couteau…

Nous étions sous une voûte latérale de l'église ouverte sur un jardin. Une vasque était montée sur une colonne. Sophie était présentée au-dessus de la vasque dans du linge blanc. Il fallait réciter des prières tellement répétées que nous les disions en yaourt. Dans une chorale, il semble que les choristes se planquent les uns derrière les autres. Dans une chorale bien menée, aucune voix ne dépasse de l'autre et chacun s'applique à ne pas la faire dépasser. Tout ce que nous comprenions de nos voix récitantes, c'est qu'il fallait qu'elles s'effacent dans l'unisson. Sauf que Suzanne avait oublié ses prières depuis longtemps et que ses paroles d'abord hésitantes et se cherchant ne s'alignaient pas. Rien ne s'entend mieux que la fausse note. Rien ne cause plus de dégâts dans l'unisson que le dérapage ou la sortie de route d'une voix, ce que Suzanne entendit aussitôt qu'elle s'y était essayée. Il y avait pour elle deux solutions, battre en retraite et s'effacer ou continuer avec courage sur une voie aussi divergente. Nous n'entendions qu'elle. Nous entendions sa sortie de route d'abord zigzagante puis de plus en plus assurée. Campée dans l'impression de blondeur qu'elle dégageait, alors qu'elle ne l'était plus, devenue poivre et sel, dans la clarté bleue de ses yeux à ce moment-là plus grands que sa tête, une pluie de bleuets jetée sur le baptistère, elle improvisait, juste à côté de la plaque, courant après les paroles perdues pour en rencontrer d'autres, d'une tranquillité majestueuse dans l'erreur. C'était alors que nos propres paroles automatiques avaient levé la tête et l'avaient écoutée. Elle inventait pour Sophie les mots vivants à côté de leurs pompes, ceux des chemins traversiers pas encore battus. Quand on entend le chant de l'oiseau, il est évident que quelque chose s'ouvre en lui de plus grand que son bec. Le cœur d'un oiseau n'est pas aux dimensions de son chant. Suzanne ne priait personne ou peut-être le souvenir des saintes dont elle avait entendu parler dans son village natal de Bourgogne. Ses jambes noueuses de quinquagénaire se tenaient légèrement écartées pour se camper, camper sa prière avançant au bord du gouffre vers le défi. Elle communiquait en permanence une impression de puissance et de stabilité que la vieillesse ne lui ferait pas perdre. Elle n'était pas grosse ni mastoc, elle était puissante par l'élan contenu dans sa personne. Une force l'emplissait alors qu'elle n'était pas forte. Sa voix féminine avait quelque chose du bijou dans sa bouche charnelle.

Nous avions dressé l'oreille et entendu sa voix affirmer la tranquillité des paroles qui se trompent et n'ont lieu qu'une fois. Le curé n'aurait pas découragé sa ferveur en levant le sourcil. La prière de Suzanne ressemblait au mois de mai, aux tapisseries médiévales où le tisserand a semé des fleurs. Elle était fraîche parce qu'elle était celle de l'impie. Elle justifiait la prière auprès de nous qui n'en connaissions pas la nécessité mais la pratiquions au pensionnat dans l'obligation absente, levés de nuit pour courir à jeun à l'office. Elle nous proposait d'autres types d'usage, celui de la divagation, de la prière à nulle adresse, sans demande et sans supplique, une prière à blanc comme on le dit d'un coup de revolver.

C'est ce qui m'a fait l'aimer, la magnifique erreur.

Deux ans plus tard, durant les vacances d'été de mes douze ans, de retour de la colonie de Saint-Sernin-sur-Rance, je reçus de la part de Suzanne et de l'oncle une proposition enthousiasmante, les accompagner en Saône-et-Loire pour une campagne de prospections et de commandes dans des dépôts de meubles. Je ne savais pas pourquoi j'avais été choisi parmi mes frères et pourquoi j'étais tiré du grand corps de la fratrie, celui à trois têtes, six bras, six jambes... ? Pourquoi on m'extrayait du corps siamois de trois bouches à nourrir à la fois, du même vêtement passé de l'un à l'autre, dans l'ordre de l'élimé ? J'en concevais de la fierté. J'accédais au stade d'individu. Je pensais que Suzanne était persuadée que je me révélerais agréable. J'étais dans une période où j'écoutais sans dire un mot, cependant mes deux frères n'étaient-ils pas dans de pareilles dispositions ? Je ne saurais jamais pourquoi cette faveur me fut faite. Je ne comprenais pas comment le partage des faveurs se faisait dans notre fratrie.

J'avais l'occasion de découvrir le métier de Suzanne dont je ne savais rien jusqu'alors. Nous n'étions pas élevés dans la reconnaissance. Personne ne nous questionnait à la manière catholique : « À qui dois-tu ton pain ? » Personne ne nous aurait mis une telle question sur le dos. La bouchée mâchée n'aurait pas tourné vinaigre devant une telle question. Nous savions que nous devions tout à Odette et rien à Jean. Nous savions qui nous payait le pensionnat et notre entretien. Nous sentions que le métier de Suzanne n'était pas sa profession. Nous pensions qu'elle avait un métier mais pas de profession. Que l'on ne nous demande pas d'où nous tenions cette science, mais nous savions que les compétences de Suzanne ne constitueraient pas un métier. Nous ne percevions d'obligation quant à la nécessité du travail que pour Odette. Elle avait abandonné sa profession de comédienne à cause de nos naissances et de son divorce. Elle gagnait sa vie. Elle aurait plus volontiers affirmé qu'elle était comédienne que courtière dans l'immobilier. Nous reconduisions cette distinction sur Suzanne et pensions que les antiquités et la brocante étaient sa manière de gagner sa vie, mais qu'elle était autre chose que nous ignorions.

La conscience d'une différence entre le métier et la profession de notre mère nous disait qu'elle avait dû choisir un métier au détriment de sa profession. Cette pensée faisait naître l'impératif de nous faire un peu plus petits que nous l'étions. Nous en cessions nos dissipations et notre vacarme. Nous commencions à repasser le pli consistant à ne pas vouloir peser. Cette disposition travaillait en nous d'une manière inconsciente. Elle n'était pas vertu, elle procédait de la même rétractation des sentiments que celle ressentie au fond de la voiture quand nous étions ramenés après le week-end à Lacordaire.

Nous aurions pu intervertir sans dommage les deux termes, métier et profession. C'était indifférent. Ça ne comptait pas. Ce qui jetait le trouble, c'était la sensation de ressentir devant de trop nombreuses notions comme des grains de sable entre les dents.

Nous connaissions le négoce de Suzanne grâce aux panneaux, pancartes et enseignes faits main en grandes lettres et barbouillures accrochés par les soins de Louis dans les arbres au bord des routes du Haut-Var convergeant vers Sillans-la-Cascade et annonçant : « Antiquités, brocante, objets insolites, curiosités ». Ils conduisaient à leur maison de village qui n'était pas une boutique et où rien n'était vraiment montré, de sorte que les objets et les meubles participaient à leur quotidien traversé par des visiteurs. Ils auraient pu vendre la table où ils étaient en train de déjeuner.

Nous quittions Marseille, avec Jean comme chauffeur, dans la 404 de Suzanne. Le coffre et la plage de la vitre arrière étaient remplis de fagots de lavandin pour atténuer l'odeur de pisse qu'avaient laissée sur la banquette arrière, où j'étais assis, ses deux teckels restés avec Louis à Sillans. Suzanne vivait dans un environnement odoriférant que même sa voiture, l'annexe de sa maison, transportait. Entrant dans un véhicule d'un modèle récent qui aurait dû sentir le neuf, nous pénétrions dans un habitacle fait de paysages provençaux, ceux que nous avions connus sur le plateau du Montaiguet, au nord-ouest d'Aix, où Suzanne et Louis avaient leur précédente maison, contenant l'aigreur de la bûche calcinée et l'âcreté des terres rouges, puis ceux du Haut-Var que nous connaissions aujourd'hui, où l'odeur d'eau d'une rivière voyageait dans la bourre des peupliers.

Nous transportions cette bulle dans la verdure inaccoutumée d'un paysage de pluie et de bœufs charolais, lourds biftecks blancs, la langue dans les naseaux. Nous entrions dans des hangars et des remises encombrés de meubles et d'objets que l'œil de Suzanne discernait dans l'accumulation. Les mots pitchpin et galuchat revenaient. En plus des pétrins, des buffets aux reliefs en diamant attribués au style Louis XIII, elle faisait le plein de tout ce qui venait de l'école de Nancy, pâtes de verre ayant la texture du massepain. Ce qu'elle choisissait avait un temps d'avance sur les modes qui s'annonçaient puisque l'Art nouveau allait être relancé par l'art psychédélique et les hippies. Elle raflait les sulfures, bibelots facilement emportés par n'importe quelle clientèle. Je lui attribuerais toujours le don de sentir l'air du temps et le retour sur le devant de la scène de formes et de matières qui, la veille encore, auraient dégoûté tout le monde.

Les anciennes étables et écuries juste à côté des fermes fortifiées aux allures de manoir regorgeaient de ce dont la paysannerie se débarrassait pour adopter le formica. Elle jetait ce qui avait appartenu à la lumière brune du climat et du travail, elle se débarrassait de tout ce qui était du même ordre que le manche de l'outil qui avait bu sa sueur, pour s'équiper de ce qu'elle voyait sur l'écran de la télévision. Elle acquérait l'intérieur de la présentatrice des programmes de la RTF. C'était un changement complet de sensations : le paysan devenait l'agriculteur, la ferme l'exploitation. On évacuait le terroir et l'artisanat pour faire entrer l'industrie. L'exploitation prenait pour modèle la fabrique. La laiterie contiendrait autant d'aluminium et de métal brillant inoxydable que l'industrie chimique. La fermière choisirait ses vêtements dans le catalogue de La Redoute et l'éleveur trouverait sa carabine dans celui de Manufrance. Je ne savais pas encore qu'il y aurait aussi un moment où on regarderait d'un autre œil le formica. Suzanne, elle, anticipait déjà.

Ce qui inquiétait l'oncle, puis moi par ricochet, c'était la façon dont ses choix nous semblaient pléthoriques. L'armoire, le buffet, la commode, la tablée pour la noce paysanne dont le noyer a lustré les coudes... Jean constatait : « Il faudrait un semi-remorque. » Un hangar plus loin, il en faudrait un autre. L'attitude de Suzanne ne souffrait d'aucune hésitation. Sa campagne de renouvellement des stocks se devait d'être conséquente. Elle n'était pas de celles qui font les choses à moitié. Il y avait dans le hangar à machines agricoles un endroit vitré fermé servant de bureau où, en fin de visite, Suzanne disparaissait avec son calepin et le propriétaire du dépôt. L'oncle et moi attendions au-dehors, sans rien connaître des négociations. Il me prenait à témoin avec des termes techniques que je ne comprenais pas, du genre : « Elle n'a rien pour arrêter la vente ni pour déposer des arrhes... » Puis, quand nous la voyions sortir du bureau un peu cafoutche avec un air de triomphe, nous annonçant : « Ça y est, on peut y aller... », nous nous disions : « C'est affaire faite... » Dans la voiture, alors que nous l'attendions, j'ai entendu Jean se dire à lui-même : « Elle a un culot monstre... »

En réalité, de la traversée du Beaujolais jusqu'à l'entrée en Saône-et-Loire, nous avions déjà tellement fait de haltes et examiné de dépôts où Suzanne était attendue qu'il aurait fallu plusieurs camions pour redescendre toute cette marchandise à Sillans où elle n'aurait jamais pu entrer dans la maison. J'assistais alors au fin mot de notre campagne si extraordinaire dans son délire acheteur et si optimiste dans sa comptabilité : la décommande. L'euphorie acheteuse était effacée par la décommande, non pas honteuse, mais désinvolte, comme si la déception des différents vendeurs ne comptait pour rien. Le coup de téléphone effaçant la folie mégalomane de la veille n'aurait pas été donné par Suzanne mais par Jean, à qui elle confiait cette mission contre laquelle il protestait avec ennui : « Dans quelle situation tu me mets ? » Il fallait donc que ce soit elle-même qui efface l'ardoise le surlendemain, ce dont elle savait s'acquitter avec maestria. Quand, à l'hôtel, elle prenait le combiné en main, n'importe qui aurait été persuadé qu'elle le tenait pour proposer des affaires encore plus mirobolantes. Nous étions obligés de compter sur la patience et l'indulgence des marchands du cru. L'humanité n'est pas si méchante devant la folie douce, en tout cas, pas dans les milieux fréquentés par Suzanne. Elle prenait garde de ne pas effacer de sa commande de quoi contenter ses fournisseurs : une panetière à claire-voie, une bonnetière, un petit meuble d'angle... Un ou une, ce qui continuerait à la mettre en difficultés de paiement mais en sauvant la face... Un gérant de stocks m'avait glissé : « Grand-mère est une grande dame ! »

Après avoir dépassé Lyon, nous étions entrés dans le Beaujolais vert, à l'air piquant de petite montagne, pour nous arrêter à Lamure-sur-Azergues où se tenait l'hôtel-restaurant de Jeanne Ravel, cousine de Suzanne et marraine de Jean. Jeanne et Suzanne avaient fait la paire jusqu'à leurs quinze ans. Pour moi, il suffit qu'une personne soit mise en présence d'une autre pour qu'au contact de l'une à l'autre surgisse une autre vie maintenant ancienne où Jeanne et Suzanne auraient été servantes. Suzanne, que je ne verrais jamais mettre un tablier! J'apprenais que c'était là, dans l'hôtel-restaurant repris par Jeanne Ravel que Suzanne avait commencé à apprendre, dans son rôle de fille de salle, ce qu'étaient le monde et les hommes. Jeanne Ravel était la complice de ses débuts d'apprentissage à un savoir plus vaste que l'école laissée après le certificat et plus grand que le nid familial de Pouilly-en-Auxois, en Côte-d'Or, d'où Suzanne venait pour gagner sa vie chez sa cousine.

Surgissait la possibilité d'une autre Suzanne qui, malgré la superbe où tous l'auraient vue constamment, aurait commencé par la souillarde.

Toutes les femmes aimées, nous les imaginons petites filles. Rien ne m'était indiqué et c'était moi qui, entre deux phrases où les amies se reconnaissaient et évoquaient leur amitié, bouchais les trous. Ce qui se passait d'évident de l'une à l'autre, derrière leurs rires, c'était qu'il ne se serait jamais agi de deux demoiselles laborieuses et méritantes. Je les imaginerais toujours filtrant dans le brouhaha des clients de passage, représentants, maquignons, viticulteurs, céréaliers, noceurs, tout ce qui leur permettrait de gagner un peu d'altitude. Je me demandais comment elles en étaient sorties si altières. Combien de versions de soi-même peut-on rencontrer dans une vie sans en subir aucune ? J'étais rassuré, au moment même où j'apercevais d'où venait Suzanne, qu'aucune version d'elle-même, même la plus inimaginable pour moi, n'aurait jamais été subie. C'était la dimension même de Jeanne et la qualité de leur amitié qui me le disaient.

Il fallut aussi que nous poussions jusqu'en Côte-d'Or. Nous étions sur la ligne de partage des eaux et roulions le long du canal de Bourgogne. Nous nous trouvions sur un point de bascule géographique. C'est sur la ligne de ces collines que les rivières pleuraient comme des cheveux de part et d'autre d'un crâne, les unes pour s'en aller vers l'Atlantique, les autres vers la mer du Nord, les troisièmes pour descendre vers la Méditerranée. Provençaux, nous connaissions cela en miniature, la Sorgue se divisant en deux côtés, comme une fille se fait la raie au milieu.

Pouilly n'avait aucun intérêt, sinon d'être une artère principale, la rue de la Poste devenue rue de la République, et de porter le nom des déboisements hirsutes sur les mauvaises terres, là où on allait faire son bois de chauffe dans ce qui n'était plus la forêt mais la friche. Pouilly, commune rurale, avait la caractéristique d'être aussi anodine qu'un quartier ouvrier de banlieue, alors que des prés à vache s'étendaient derrière une rangée de bâtiments n'ayant rien de régional ni de paysan. Le seul intérêt du presque-bourg était, dans ses environs, un port à péniches à l'entrée du long tunnel du canal, la voûte de Bourgogne, où le halage était remplacé par le touage et le cheval par un toueur électrique que nous ne verrions pas et dont nous méconnaîtrions l'existence que Suzanne ne rapporterait pas. Il nous semblait que le village, plutôt que rural, était tourné vers les quelques mines des environs et qu'il était prêt à fournir en mineurs Montceau-les-Mines pourtant bien en contrebas. Il sentait l'exode rural. Les bars et les cafés adoptaient le même décor qu'un routier.

Nous nous sommes garés dans la rue unique. Je ne savais pas encore que cette rue de la Poste était celle où un événement déterminant l'existence de Suzanne s'était joué. Ça ne la faisait pas rire de se retrouver dans cette rue et de chercher l'emplacement de l'ancienne bourrellerie qui n'existait plus. Et même, cela aurait pu la faire pleurer si elle avait pleuré une fois dans sa vie, ce que je n'ai jamais vu d'elle. Elle a repéré un passage entre deux façades et elle s'est engagée dans ce qu'elle avait reconnu comme sa maison natale. Un couloir de ciment donnait sur un rez-de-chaussée en arrière-cour. Dans le passage étroit allant vers ce qui ressemblait davantage à un logement ouvrier qu'à celui d'un paysan, elle s'était arrêtée, avait regardé au sol et m'avait demandé de ramasser un petit objet en plastique blanc et léger que je lui avais tendu. Elle ne pleurait jamais mais là, elle était embuée. Quand les gens sont embués, le bas de leur visage se floute. Ils sont décomposés. Les os du crâne ne semblent plus si fermement attachés. C'est comme si la bouche n'appartenait plus au visage et si les yeux ne trouvaient plus la place de leur orbite. J'avais ressenti son léger passage à vide, son bref coup de pompe général. Elle m'a dit en trémulant la tête, comme elle le faisait quand elle était en état de scepticisme et d'ironie : « Une carotte de plastique ici, comme c'est drôle ! »

Une carotte de plastique est un objet insignifiant que seuls les spécialistes de la matière plastique savent nommer carotte, alors que l'objet ne ressemble en rien à ce légume. Elle est constituée d'une branche centrale d'où partent trois ou quatre paires de branches géométriques et symétriques parce qu'il s'agit d'un résidu industriel. À l'origine, le bout de chaque branche porte une pièce en plastique qui en est arrachée, la carotte étant le résidu du thermoformage. Quand la matière en fusion a été conduite dans le moule et qu'elle a refroidi dans les conduits, elle laisse ce déchet qui ne sert plus à rien sinon d'emblème à l'industrie de la matière plastique.

Suzanne a soigneusement déposé l'objet dans son sac à main et j'ai compris qu'elle avait trouvé dans ce couloir le signe de sa trajectoire, peut-être pas de toute sa trajectoire de vie, mais celui d'un des moments les plus importants. La trouvaille creusait en moi une intrigue. Elle ressemblait à la signalétique de la barrière d'un passage à niveau. Quand Suzanne la mit dans son sac, je me suis demandé si elle n'y avait pas enfermé la ligne de partage des eaux.

J'étais à l'arrière de la voiture. Je mettais le menton sur le fauteuil avant pour entendre. Je ne questionnais pas. L'enfance est embrumée par un curieux sommeil. J'écoutais dans le regret des questions que je ne posais pas. Je remplissais à ma façon les lacunes des récits. L'intérêt éprouvé pour Suzanne guidait mon ignorance. J'ai mis du temps pour mettre en ordre le peu qu'elle m'apprenait.

Elle était née Michon en 1904. Sa mère, Claire Simonot, moniale déchaussée, avait dû quitter en 1901 le carmel de Flavignerot, à quarante kilomètres de Pouilly, lors du grand sauve-qui-peut des congrégations, alors que les lois détruisaient les couvents. Claire avait fait son postulat, ses deux années de noviciat et venait de prononcer ses vœux. Rentrée au bercail, elle avait pris pour mari le plus beau gars du village, une jeunesse étincelante d'un an de moins qu'elle en ayant vingt, Étienne Michon, un sellier bourrelier blond et bleu. La beauté de Suzanne venait de son père. À treize ans, elle était la reine des liserons. En 1917, deux jours après son arrivée sur le front, Étienne fut gazé par on ne sait quelle brume rampante, phosgène ou ypérite. Il revint en loques, nourri à la cuillère et incontinent, langé par sa nonne devant une adolescente en révolution. Elle quitterait la maison dès son premier soutien-gorge. Claire retournerait au couvent vers 1930, la loi Combes oubliée, et Étienne enterré, dont rien ne rappellerait jamais le miracle d'espérance qu'il avait été, même pas l'enseigne de sa bourrellerie rue de la Poste.

Les paysages bordant la nationale étiraient le même ruban pendant que je ravaudais les morceaux entre la prière magnifique inventée par Suzanne dans l'église des Accates et son enfance de fille de bonne sœur. Il y avait la femme du curé dont nous nous moquions et ma grand-mère dont nous ne nous moquerions pas. En elle, il ne restait rien de ce passé, sauf le bougon orageux de sa bouche et le buté de son front, rien sauf le petit visage de souris vicieuse de sainte Thérèse de Lisieux encadré par le voile, photo qu'elle posait sur une étagère à côté du fauteuil où elle séjournait dans son salon de Sillans. Elle ne pouvait pas tourner la tête sans la voir dans son cadre, l'héroïne de sa mère.

Il n'était pas question qu'elle me raconte sa vie dont j'apprendrais les épisodes par bribes, fragments, allusions. À moi de recoller les fragments, ce que je faisais sans doute à l'envers, sans souci de chronologie ni de véracité. Ce n'était pas des épisodes que je cherchais mais des tons et des couleurs. C'était des coups au cœur que je cherchais, dans ce qu'ils avaient de romanesque, parce que n'importe quelle possibilité de récit m'apparaissait comme le fil érotisé où pendait mon désir. Ainsi n'apprendrais-je que bien plus tard en quoi la rue de la Poste de Pouilly-en-Auxois marquait le paroxysme du commencement.

Elle y avait été embarquée à quinze ans par une automobile. Il n'y avait guère d'automobile rutilante passant dans les villages à l'époque, guère de gommeux pour tenir un volant. Odette, dont les rapports avec Suzanne nous questionnaient, l'avait souligné : « Elle est montée dans une voiture qui passait par là et personne ne l'a jamais revue... » Il m'en aurait fallu plus : une voiture étrangère au village s'est rangée à côté d'une Vénus de trottoir... Suzanne ne faisait pas le trottoir, elle attendait quelque chose qui viendrait de la route.

## La Louise

Quand nous étions arrivés à La Louise, le terrain autour des chênes était occupé par des remises, des auvents, des hangars et des clapiers qu'il avait fallu abattre. Il avait appartenu à des maraîchers et toutes les restanques étaient recouvertes par des vestiges d'anciennes cultures légumières, une vigne morte et quelques fruitiers vieillis. Il était ceinturé par la branche du canal apportant les eaux de la Durance. Il passait sur l'aqueduc de la Clue après la restanque du haut, celle où se trouvait un pavillon de deux pièces à la façon de ceux construits au XIX$^{e}$ siècle dans la campagne marseillaise, rien n'annonçant le style pseudo-provençal des années soixante. Nous venions d'appartements comme celui du chemin de l'Armée-d'Afrique, après l'hôpital de la Timone, dont les fenêtres donnaient sur le cimetière Saint-Pierre. Ce pavillon aux pignons de terre cuite et aux fenêtres cernées d'un bandeau de blanc sali, avec sa teinte verdâtre entouré de niches à chiens où plus d'un se débattait au bout d'une chaîne, a été accueilli par mes frères et moi comme le nouveau monde. Nous découvrions la campagne, avec ses rigoles à drains et ses mottes remplies de lombrics. Juste au-dessus de nous, il y avait une ferme qui sentait le chou, pas le chou cuit, le vert et le rave. Le soir, toutes sortes de fumiers fermentaient, ceux des trognons, des poulaillers, des tas de feuilles mortes qui n'avaient pas été brûlés. Les grands chênes blancs des restanques du haut en accumulaient des liasses, des volumes noircis. Il y avait des serpillières croupissant dans des lessiveuses, des plumes et des poils, un bassin rempli de têtards. Je piquais des crises d'asthme mais je me sentais bien.

Les maraîchers nous laisseront un corniaud nommé Julot dont deux crocs sortaient de la babine. Il était le maraud, un gnome aux mochetés si puissantes qu'il attirait la sympathie, puis il y eut deux épagneuls frémissants, un frère et une sœur, deux compagnons du mistral. Ils étaient peignés par des courants d'air, avec des muscles de lévrier et des pattes douces de chasseur faites pour se poser dans le silence. Ils faisaient tellement peu de bruit que nous les aurions oubliés. Ils s'effaçaient, ils n'ont pas arrêté de s'effacer. Maurice Petitjean, un ami de Richard qui les avait offerts à Odette et Jean, nous reprochait de les avoir laissés mourir d'indifférence. « Je les ai vus s'éteindre à petit feu ! » avait-il tonné devant moi. Il aurait fallu les amener dans de longues balades.

Leur parler pour qu'ils ne meurent pas. Je n'avais pas trouvé le chemin avec les chiens. Je ne savais pas les cajoler. Je courais à côté d'eux mais je n'étais pas capable d'affection véritable. Plus tard, travaillant dans le jardin avec mes frères, nous retrouverions dans la terre les deux crânes des épagneuls aux prénoms oubliés. Ils nous rappelaient leurs tremblements de feuilles et leurs yeux brillants. J'ai été plus attentif avec Zaza, un papillon des Pyrénées. Je lui faisais les tiques. L'été, les plombs lui fardaient les yeux. Elle avait choisi d'aller mourir sous un abricotier où elle hurlait à la mort. Je la rejoignais. Je m'asseyais à côté d'elle et lui disais simplement que j'étais là pendant qu'elle hurlait.

L'oncle Jean nous demandait deux heures par jour de travail de déblaiement et de transport des décombres pendant les week-ends et les vacances. Parfois, je traînais des pieds, puis, quand je sentais que j'étais obligé d'y aller, je le faisais avec rage. Nicolas était indocile, mais il avait besoin de mettre à l'épreuve ses réserves d'énergie et de les épuiser. Nous créions une nouvelle restanque avec des décombres de briques et des parpaings que l'aîné fracassait. Il emportait des brouettes énormes. La charge tremblait à bout de bras. Nous voyions rapidement les effets spectaculaires produits par notre travail. À la place d'un hameau de cabanons maraîchers, il y aurait bientôt un petit pavillon où nous habiterions avant de l'abattre, aménageant dans des parties inachevées de la future construction au fur et à mesure qu'elle se bâtissait. Nous vivions dans un chantier. Rien de plus satisfaisant que de détruire, de voir la masse effondrer le mur parce que la campagne est derrière. Le relief est sous la broussaille. Nous exhumions l'Arcadie. L'aîné avait doublé de douze à quatorze ans. À force de casser des baraques, il en devenait une. Il était devenu carré. Nous parlions d'armoire. Il avait trouvé sa bagarre avec les contraintes de poids, les torsions blessant les mains. Il avait trouvé son territoire en un temps record, c'était celui de la main. Cette découverte lui a fait détester l'école.

L'aîné s'éloignait de José et de moi. Il avait sa chambre à part dans la charpente, à l'autre bout du toit. Il s'était dégagé du statut d'enfant parce que c'est nous qui l'étions par rapport à lui, mais d'une certaine manière, il l'était tout autant par ses entreprises. Il se lançait dans la mécanique, désirant monter un kart puis une moto avec des pièces récupérées. Pour le moteur du kart, nous étions partis chez un ferrailleur plus haut sur la route d'Allauch. Le ferrailleur était absent. Nicolas et José passant sous le grillage sont partis avec leurs outils pour démonter un cube. Je restais devant le grillage, chargé du guet. Le ferrailleur est arrivé dans sa camionnette avec son chien sur la place avant et il s'est garé à dix mètres de moi qui avertissais mes deux frères n'entendant pas mes cris d'alarme en démontant le moteur à coups de marteau. Nous nous en sommes tirés parce que le ferrailleur, un malabar gitan, voulait nous faire grimper dans sa camionnette pour nous amener à la gendarmerie et que nous nous sommes mis à arrêter les voitures, profitant de la confusion pour décamper. On avait eu chaud. Le kart n'a jamais roulé. Mais une moto, oui, une machine à la cylindrée disproportionnée par rapport à la fourche, avec une selle à ressort mais sans garde-boue, que Nicolas conduisait sur la petite route des Accates, parce qu'il n'avait ni l'âge ni les papiers, où il roulait à fond, décollant un jour sur une bosse pour atterrir sur le capot d'une voiture stationnée dans un virage. Il avait glissé sur le toit de la voiture et s'était retrouvé sur le goudron.

Nous avions toujours considéré l'oncle comme un enfant supplémentaire, un aîné sans droit d'aînesse n'ayant pas intérêt à nous commander, ce qu'il faisait tout de même. Nous voulions tirer avantage du fait qu'il était l'oncle et pas notre père en considérant sa surveillance et ses ordres comme illégitimes. Nous faisions valoir que l'oncle est du côté des neveux et qu'il est là pour être l'allié des enfants. L'oncle, c'est celui qui protège les enfants du père, et non pas un père de substitution. Normalement, pour les neveux, c'est celui à qui on peut parler sans qu'il y ait de rapports d'autorité. Avec lui, nous devrions jouir de tous les registres de parole, sauf ceux de l'autorité.

Au fond, nous ne voulions pas que l'oncle soit l'époux de la mère, mais ce fond-là, nous n'étions pas prêts à le concevoir ni à l'admettre. Nous n'aurions pas pu formuler une telle vilenie sans reconnaître en même temps que nous faisions de la basse morale, que nous avions pris parti pour la loi commune.

Peut-être que les époux avaient laissé filer comme un indice de gêne ou de culpabilité dans leurs rapports, malgré la force de leurs liens ? Nous l'avions senti et faisions pression sur le vice de forme.

Nous rechignions à obéir à Jean, et, en même temps, nous nous acquittions de la plupart des travaux dont il avait l'initiative. Dès qu'il se prenait pour un contremaître, nous marquions notre humeur avant de nous y mettre. Nous traînions des pieds uniquement pour lui montrer qu'il n'avait aucun droit sur nous, puis nous nous y mettions, les uns à la pioche, les autres à la pelle et à la brouette. Nous apprenions à nous servir d'un manche, à racler avec la pelle au bon endroit, comme trouver le défaut dans le feuilleté de l'huître. Secouer la pelletée pour qu'elle se cale dans l'outil et poser le manche sur la jambe pour mieux la soulever donnent du plaisir. Charger à ras bord la brouette. Manier la masse occasionne un ébranlement dans le bras quand la pierre sonne. Le boulet nous emporte. Frapper dans la brique provoque des spasmes sourds, comme taper dans le ventre. Choisir le bon poids pour enfoncer la tête d'un clou, c'est de la musique. Le clou rouillé, extirpé par la tenaille, grince en faisant de la musique.

À Lacordaire comme à La Louise, il nous était ordonné de ne pas répondre. Nous n'avions pas à répondre et Odette se serait écriée, offusquée : « Comment ? Tu oses répondre ! » Quant aux prêtres, ils avaient leur arsenal de châtiments, dont les colles. Il fallait donc se le tenir pour dit. Nous gardions pour nous nos réponses. Puis ça sortait plus vite que nous et nous étions dans la crainte de tout ce que cela allait déclencher.

Nicolas avait le secret de la réponse aigrelette, celle qu'on ne sait pas comment prendre, si elle est à côté de la plaque ou si elle est inoffensive. Il répondait par du mi-figue mi-raisin, mettant son interlocuteur dans l'indécidable et, en ça, il le froissait. L'oncle parlait d'« astuces ». Il lui disait : « Arrête avec tes astuces ! »

Nous aurions souhaité ne plus connaître de contraintes en dehors du pensionnat où nous obéissions à de nombreuses règles de discipline et d'emploi du temps. Notre propre maison, c'était temps libre. Nous avions peur de croiser Jean parce que cela aurait été l'occasion d'entendre un ordre : « Tu n'as pas oublié de laver les outils avant de les ranger ? » Dès que nous passions devant lui, c'était : « Eh bien, puisque tu n'as rien à faire, suis-moi... » Nous savions qu'il nous montrerait un tas de gravats à déplacer. Il venait s'asseoir à côté de moi sur la margelle où je rêvassais. Je prenais l'air bête, ailleurs, de celui qui n'a pas envie d'être vu. Il ne comprenait pas que je ne faisais pas rien quand je n'avais rien à faire. Ça l'embêtait qu'on glande. Nous étions soulagés quand arrivaient ses nombreux amis, jeunes étudiants avec qui nous avions fait un terrain de football sur une restanque. Il nous oubliait. Il ne nous tournait plus autour. Nous marquions une pause dans ce genre de griefs quand Odette rentrait du travail.

Une fois, pour rire de lui-même, il avait raconté que, lors d'un test psychologique, on lui avait dit qu'il ferait un excellent officier de réserve. Nous en riions avec lui, mais en ajoutant un excellent inspecteur de police. Nous ne voulions pas qu'il fasse intrusion dans la charpente que j'occupais avec José. Nous n'aimions pas le voir débarquer dans nos jeux comme s'il sortait d'un buisson.

Jean portait une barbe bien taillée de jeune homme. Chaque fois qu'il avait un accident de moto ou de voiture, ses passions étant la conduite et la vitesse, c'est-à-dire les trois fois où nous en avons été témoins, les infirmiers de l'hôpital étaient obligés de lui raser la barbe, ce qui le rendait méconnaissable. Nous arrivions dans la chambre où il était allongé avec une jambe plâtrée suspendue dans une gouttière et nous avions l'impression que la moitié du visage lui avait été supprimée. Sous la barbe, il n'avait pas de menton, ce qui lui faisait un visage rétréci. Juste après la bouche, ça fuyait. Nous ne le regardions pas.

Une fois, dans un choc frontal, il s'était pris le moteur dans les jambes. Ses os étaient couturés par des plaques de fer.

José et moi assistions aux craquements violents séparant Nicolas de la famille. Parmi nous, il prenait le large. Il se faisait un monde à part. Sa métamorphose en deux ans en faisait une brute. Jean lui a cassé un balai sur le dos sans le faire broncher. Il y aurait un jour où l'aîné ramasserait les morceaux du balai. Il tenait tête. Tenir tête était du même ordre que répondre. Jean disait de Nicolas qu'il était testard.

L'oncle avait créé un élevage de colombes à collerettes dans un pigeonnier en ruine. Elles nidifiaient mal. Peut-être ne connaissaient-elles pas les meilleures conditions pour la couvaison dans leur pigeonnier éventré ? Les parents tuaient souvent à coups de bec une progéniture mal formée. Les colombes nées tordues étaient assassinées, ce qui rougissait les plastrons. La mise à mort de leur progéniture indiquait bien que les oiseaux ne feraient jamais leur colonie dans ce pigeonnier.

Nous ne saurions pas si Jean avait voulu punir les infanticides, s'il se faisait justicier, mais nous jugerions sévèrement sa façon de ne pas admettre la loi propre aux animaux. Il est allé chercher son 22 long rifle et il a descendu son élevage. L'incroyable était que les colombes ne fuyaient pas et que, si elles s'envolaient, c'était pour revenir tout de suite au même point où elles étaient éclaboussées de sang. Jean s'était agenouillé pour viser avec sa carabine et nous comprenions qu'il tirait aux pigeons. Nous étions dégoûtés pas l'hécatombe. Nous espérions qu'on n'allait pas nous les donner à bouffer.

Nous pensions à une sorte d'enfant intermédiaire parce que ça n'est pas lui qui ramenait l'argent à la maison. C'était la dernière chose que nous lui aurions dite, mais comme nous disions toutes les autres, peut-être que celle-là seule s'entendait. Du fait même de nous empêcher de le penser, nous l'avions en réserve.

Il y avait des repas d'été dehors que nous attendions pour être avec Odette. Nous l'aidions à cuisiner. Je roulais les filets de morue dans la farine, elle les déposait dans la poêle. Puis, au lieu de nous raconter mutuellement des choses qui n'avaient rien à voir les unes avec les autres, comme quand on mange des spaghettis, Jean ne parlait que de sa voiture. Il pouvait passer le repas à réclamer le financement d'un nouveau train de pneus à notre mère. Son insistance nous faisait baisser la tête parce que ça ne nous regardait pas. Il tapait des pieds comme un enfant. Nous étions gênés pour lui. Odette subissait jusqu'à en être exaspérée. Elle répétait : « Jean, si tu veux bien, on parlera de ça un peu plus tard... » Sa bagnole prenait toute la place.

Il commençait à avoir des résultats. Il avait débuté par des courses de côte. Nous nous postions dans un virage, sur le bord de la route. Puis il a écumé le pays lors de reconnaissances. Il partait reconnaître dans les Cévennes, en Corse et dans les Alpes. Odette le rejoignait parfois et nous passions des week-ends seuls, comme cette fois où nous nous étions improvisés vendeurs de pommes. Nous avions sorti une charrette de marchand des quatre-saisons que nous avions remplie de pommes vertes. Nous étions allés au bord de la route d'Allauch trop passante pour que quiconque puisse s'arrêter. Nous avions fini par faire des bras d'honneur et une voiture avait pilé avec un fou qui s'était mis à nous poursuivre. J'avais couru dans un champ et j'avais buté pour tomber en bas d'une restanque, avec mon bras gauche tout gondolé. Un ami de Jean, un étudiant en médecine bienveillant envers nous, était venu me faire une attelle de fortune. Il se moquait de mon bras d'honneur. Puis on m'avait réduit à vif.

Nous avions pris soin de connaître tout le vocabulaire de la voiture, le scratch, par exemple : « Combien tu as fait au scratch ? » Nous savions que Jean cherchait à obtenir « un volant d'usine », c'est-à-dire un véhicule fourni et affûté par la marque, avec l'assistance de l'usine, le défraiement des reconnaissances, un salaire et des primes. Nous étions incollables sur les types de voitures performantes, sur le nom d'un metteur au point. Nous lui montrions notre intérêt grâce au jargon technique. Nous partagions quelque chose avec lui en parlant de la panne d'alternateur et du delco. Nous le faisions pour lui montrer que nous l'encouragions dans sa carrière de pilote, que nous prenions soin de la prendre au sérieux, tellement nous avions compris qu'Odette préférait que nous soyons dans ces dispositions.

Mes frères et moi, un jour où nous étions avec un inconnu dans la foule venue voir le départ de la Coupe des Alpes sur le Vieux-Port, l'avions entendu dire : « Jean Valabrègue, il paraît que sa femme lui paye tout… » Comme des andouilles réjouies, nous avions répondu : « C'est notre mère ! » Nous étions fiers d'elle en toutes circonstances.

Nous aurions été incapables de lui expliquer qu'il était désastreux pour sa carrière de pilote automobile d'être financé par sa femme. Jamais il ne pourrait obtenir « un volant d'usine » si la marque avec laquelle il courait recevait le double bénéfice de ses achats et de ses résultats. Jamais une usine ne donnerait un volant à un amateur aussi bénévole.

Cela ne se réaliserait pas parce qu'il se faisait une réputation de « gentleman du volant », comme les coupures de journaux l'annonçaient… Le « gentleman », ça n'est pas le « mort de faim » avec le couteau entre les dents… Il faut des chats de gouttière pour faire des résultats ! Tu mets un fondu dans le baquet ou tu ne mets personne !

Les résultats de Jean étaient « presque » excellents pour un amateur sans volant d'usine. Nous craignions la malédiction du « presque » propre à la famille. Nous étions une famille où c'était presque ça. Pas loin mais à côté. Quelque chose ne suivait pas. Cela ne donnait pas de l'amertume mais des rengaines.

Par exemple, Odette revenait beaucoup sur ses quatre années fulgurantes passées à Paris à la Libération. C'était un morceau de choix que de l'entendre parler des dramaturges et des metteurs en scène. À force, les années où elle avait été comédienne de théâtre résonnaient comme les plus intenses de sa vie alors qu'elle avait une petite trentaine quand elle nous les racontait. L'enviable, c'était le révolu. Il y avait un rendez-vous manqué. Ou la conscience qu'elle était passée à côté. Cela nous peinait de le saisir.

Jean disait que si Odette avait tant de succès dans l'immobilier, c'est parce qu'elle avait recyclé ses dons de comédienne dans la vente. Nous détestions cette phrase. Nous le trouvions lâche.

Un boom immobilier avait été provoqué par les rapatriements d'Algérie. La ville se remplissait de bâtiments d'urgence, de cités d'intervention, de provisoires définitifs, d'ensembles promis à la dégradation précoce, de copropriétés bientôt faillies. Odette partait dans la mêlée.

Nous nous souvenions de la fois où, vers nos dix ans, alors que nous avions été placés chez les Muguet, un couple du village de Villeneuve-la-Salle, elle était venue nous voir en scooter par une route enneigée. Elle était venue le temps d'un aller-retour. Elle était frigorifiée. Nous étions épatés, tout ce chemin dans la bouillasse... Elle était venue jusque-là pour deux heures et trois paquets de bonbons...

Jean n'aurait pas le volant mais la logistique d'usine, l'assistance et un metteur au point pour sa berlinette. Il nous parlait de sa façon d'entrer dans une courbe, comment il plaçait la voiture. Nous avions compris qu'il y avait un accord entre le nez de la berlinette et le centre du virage. Il nous amenait faire un tour sur quelques lacets dans Mimet-Logis-Neuf. Les virages étaient avalés dans un tourbillon. Nous allions plus vite que la route anticipée en un éclair. Ça glissait, ça piquait, ça rebondissait. Le virage nous tournait autour comme le taureau au bout de la muleta. Nous étions emballés. Aujourd'hui, je regarde les bagnoles dans la rue, les belles, pas les boursouflées, les jolis garages, ceux dont on remonte les ponts à la manivelle. Parfois un homme présente sa voiture au garage avec les quatre portes ouvertes et je tourne autour du bolide.

L'oncle avait été un temps mécanicien à Rome-Garage. Il réglait le moteur au son. Je ne conduis pas mais il m'a appris à écouter un régime. Il nous racontait quand Gaëtan Zampa lui remettait les clés de sa Ferrari. Il rentrait avec son salaire, chemin de l'Armée-d'Afrique, en jetant les billets en l'air pour les faire neiger sur nos têtes. C'était une grande partie de rigolade. Puis il a arrêté de travailler et Odette s'est demandé si ça n'était pas parce qu'elle gagnait dix fois plus d'argent en dix fois moins de temps. Il n'a plus jamais travaillé chez un patron.

S'il marchait fort sur la route, il n'était pas pressé d'aller nous chercher à l'école. Il nous est arrivé d'attendre après la tombée de la nuit, seuls dans la cour. Un soir où il était arrivé avec un retard exaspérant – les curés nous demandaient de rentrer –, nous lui avions jeté des pierres. Nicolas s'y était mis. Les pierres avaient sifflé. Puis Nicolas avait refusé de monter dans la voiture. Il voulait rester au pensionnat. C'était impossible. José et moi étions déjà sur la banquette arrière. Nous ne l'avons pas convaincu. Nous avons fait un tour, sortant par une entrée puis rentrant par une autre pour le convaincre à nouveau, et là, il n'était plus dans la cour.

## Copeaux

Nicolas peignait dans sa chambre en noir et gris : de la peinture au doigt, des silhouettes d'une seule tache sur des morceaux de carton. Nous l'avons su grâce aux odeurs de peinture industrielle, des fonds de pots trouvés dans le garage. Sa chambre sous les combles avait l'avantage d'être fermée par une cloison. Pour peindre heureux, peignons cachés. Il a mis du temps à nous montrer ce qu'il faisait parce que, malgré notre faible différence d'âge, José et moi avions été relégués dans l'enfance. Toutes ses attitudes nous prouvaient que cette différence était irrattrapable et que nous n'avions pas la moindre chance, les années passant, de la combler.

Il a d'abord montré ses petits formats à Suzanne et Louis. Il avait de la suite dans les idées parce qu'il avait su se procurer des cartons entoilés et il avait choisi des supports de bois. C'était une fantasmagorie d'ombres chinoises, dont une rude matrone au nez de fourmilier. Nous n'avons jamais su comment ça s'était passé, cette présentation d'une peinture sans couleur faite avec les doigts. À notre avis bien, parce que Suzanne et Louis avaient tenu les tableautins entre leurs mains sans dire un mot, regardant longuement, ce qui valait intérêt et approbation. C'est plus tard qu'il les a montrés à José et à moi sur le pas de sa porte. Nous partagions le même étonnement. Nous avons senti qu'il s'agissait là d'un événement transformant la vie de notre frère. Pour nous, cette dizaine de petits formats ressemblait à un engagement. Elle n'avait rien à voir avec les tâtonnements de qui chercherait sa voie. Ça n'était pas des essais. C'était des peintures tellement elles étaient seules dans leur simplicité. Elles avaient l'aplomb des choses présentes, au-delà du réussi ou du raté. Elles ne sortaient pas de l'enfance ni de l'adolescence mais d'un début hors du temps. Elles appartenaient à elles-mêmes. En les regardant, nous avons senti que Nicolas s'échappait de la maison. Il était parti et nous ne l'avions pas vu partir. Il avait chaussé des bottes de sept lieues en restant sur place.

Tenant les tableautins dans nos mains, José et moi avions l'impression que de telles peintures, ça se garde. Ça a un prix, nous voulions dire une préciosité, alors que ces peintures étaient brutes.

Nicolas a resserré ses liens avec Suzanne et Louis. Une amitié naissait. Ils faisaient partie de la même bande. Ils étaient de même sorte.

Je dessinais au crayon. J'ombrais à l'estompe. J'effaçais le trait au buvard. Je pomponnais des nuages. Puisque Nicolas m'avait montré ses peintures, je lui montrais mes dessins de rideaux de théâtre qui auraient été aussi bien des flancs de montagnes. Je ne m'étais pas encore lancé dans la végétation. José avait glissé et Nicolas n'avait rien dit, sinon : « Ah ? » J'aurais sans doute persisté jusqu'à les montrer à Suzanne et à Louis...

L'aîné est entré dans notre chambre en coup de vent. Il était fermé, comme quand il était blême de colère contre nous. Il m'a dit qu'il fallait que j'arrête avec mes conneries. « Il n'y a qu'un artiste dans la famille ! » Quand il m'a dit qu'il n'y avait pas d'artiste en dehors de lui dans la famille, j'en suis resté abasourdi tellement j'ai trouvé cela stupide. Il voulait être l'artiste de la famille ? Ça ne voulait rien dire. Famille d'artistes, c'est ridicule... Il m'interdisait de dessiner parce qu'il était jaloux d'un territoire qu'il confisquait. Tout ce qui était de ce genre d'initiatives lui appartenait. Toutes mes tentatives ne pourraient que dévaluer les siennes : il fallait de la distance entre nous pour faire la différence. Il ne voulait pas être approché par un voisinage le diminuant, dévaluant la solitude de son acte qui était l'exception. Son interdiction me disait qu'il ne tolérerait pas que je lui fasse de l'ombre et qu'il avait l'exclusivité sur un domaine que je n'avais pas intérêt à approcher.

En cas de conflit, il intimidait avec sa force physique. Il nous disait que c'est comme ça et pas autrement.

Je ne pouvais pas lui faire concurrence ni être un rival en grisant des montagnes. Ça n'était pas parce que j'avais fait des dessins que je me prenais pour un dessinateur. S'il fallait que je me pousse, je me pousserais. Nous en avions l'habitude, José et moi, depuis toujours. Nous n'empiétions jamais sur des plates-bandes qui changeaient de configurations. Il fallait se tenir au courant des prérogatives. Nous savions devant quelle barrière imaginaire il fallait s'arrêter. Je n'allais pas lui bouffer son air. Il n'avait pas d'imitateur. Je ne comptais pas marcher sur ses traces. Pour lui donner la preuve que, loin d'empiéter sur la propriété qu'il nous plantait dans le crâne, j'en avais une autre, je lui ai montré les embryons de textes que j'écrivais. J'avais un domaine loin du sien à explorer. Il m'avait jeté : « Tout ça, tu l'as copié dans des livres ! » Il ne voyait pas mes tentatives d'un bon œil. Même écrire lui semblait trop proche. Ça ne lui convenait pas que je puisse faire quelque chose dans un domaine approchant. Je ne lui montrais plus rien, je ne lui donnais plus rien à lire.

Dès le début, il avait indiqué notre place :

Frédéric le second, celui qui seconde…

José le conciliateur, celui qui va faire baisser la tension et les éclats de voix, dont nous nous rappelions que, marchant à peine, c'était lui qui amenait la nuit Nicolas aux chiottes tellement l'aîné était trouillard. Il n'y avait pas d'enfant plus terrifié par l'orage et la noirceur de la nuit...

José représentait la zone tampon, celui dont la patience aurait obligé à un pacte de non-agression entre l'aîné et le suivant...

Nous lui avions coupé un doigt par accident un jour où nous nous disputions entre deux portes. Il avait perdu la phalange d'un index dans l'une d'elles que nous avions claquée, ce qui lui dictait de s'éloigner de nous et d'aller faire sa vie en dehors de nos disputes...

L'aîné avait tendance à me regarder comme quelqu'un qui aurait pu le contester. Je voulais le persuader que non... Je n'étais en lice pour rien... Je ne pouvais pas être un concurrent. Et comme je me poussais depuis le début, je pouvais aussi arrêter le dessin... Je n'y tenais pas tant que ça... D'ailleurs, plus Nicolas me prouvait qu'il tenait mordicus à quelque chose devenue sa propriété jalouse, plus j'essayais de le convaincre que je n'y tenais pas tant que ça.

J'étais avec un aîné qui aurait préféré que je n'existe pas. Il était rempli de fureurs secrètes. Je comprenais que nous étions très fortement liés mais qu'il fallait que je me tienne sur mes gardes. J'avais toujours l'impression d'être à ma place, celle du cadet qui n'en a aucune. Le cadet laisse à Édom les fortifications et les propriétés. Il s'en va sur les chemins constituer sa propre fortune. Je préférais ma position à celle de mon aîné. J'étais incapable de planter un piquet dans le sol en disant : « C'est chez moi ! »

Il fallait que je fasse gaffe et que je joue serré. Je connaissais depuis l'enfance des manœuvres d'évitement et de contournement du bloc. Je passais à la limite de ce qu'il promulguait, je faisais mon chemin à la lisière. L'aîné aurait abaissé le cadet qui la ramène. L'oncle avait une expression quand on la ramenait : « Mets un bémol ! » Je le mettais. Je me tenais en arrière. Je ne faisais plus part de mes tentatives à Nicolas, même dans des domaines les plus éloignés du sien, parce qu'elles auraient été infériorisées. Il préférait que José et moi soyons des collégiens qui grattent la guitare ou écoutent des microsillons sur leur électrophone. Plus rien n'exciterait sa colère. Il valait mieux qu'il pense que j'avais cessé de faire quoi que ce soit.

Je n'avais renoncé à rien. Nicolas n'avait pas compromis une vocation ni étouffé dans l'œuf un dessinateur. J'avais du rechange et rien ne m'aurait empêché de continuer ce qui me plaît, si j'y tenais. Mais il m'avait contenu de manière à ce que je ne fasse pas étalage et reste dans mon coin.

Il y avait au fond de la Clue, à l'abrupt de la route d'Allauch, une maisonnette insalubre d'humidité remplie de vieux médicaments et de tout un passé de documents administratifs et de vieilles photographies que Nicolas avait déblayés pour se faire un atelier où il sculptait des personnages dans les troncs de chêne d'une coupe faite à La Louise. Il avait un maillet et une gouge, plus tard une herminette. Il calait la pièce de bois puis la taillait avec un son devenu notre refrain.

Il signait Manu. Louis lui lançait volontiers « Salut, Manu ! » ou « Alors, Manu ? » comme dans la camaraderie ouvrière. Nous entendions un prénom de compagnon. Manu était le manuel pour qui les mains sont plus intelligentes que la tête. C'était le sauvage sculptant des figures brutes pour le devenir encore plus. Manu, cela voulait dire que ses mains étaient aussi dures que le bois. Il taillait des blocs de refus engoncés dans le cylindre, des idoles jamais loin du morceau de bois. Il signait Manu comme on aurait signé Néandertal, leveur de pierres à Carnac, tailleur de phallus en Papouasie...

Remonté de Marseille avec le 12, il avait eu une altercation avec les contrôleurs. Furieux, il proclamait « vouloir tirer un coup de poignard dans le dos de la société ! ». L'oncle en avait profité pour se ficher de lui en répétant : « Attention, il va tirer un coup de poignard dans le dos de la société ! » La phrase est restée pour moquer le rebelle. Il disait non à tout. Il avait une ironie destructrice contre le verbiage. Tout ce qui se voulait sérieux était accueilli par un sarcasme. Ce qui ne ressortissait pas du monde qu'il se faisait à côté du monde n'avait aucune valeur.

Je descendais souvent à l'atelier au fond du jardin. Il était vide avec ses trois outils et ses trois billots dont un ou deux dégrossis. Mais c'était déjà impressionnant d'attente et d'excitation. L'aîné avait trouvé son lieu. Mes parents, Suzanne et Louis, José et moi sentions qu'il l'habitait complètement. Il était allé très vite vers ce qui lui est propre. Je restais à côté de lui en le regardant travailler. J'apprenais les rudiments techniques élémentaires, ce qu'est un bois à fils, un bois à grains. Surtout, je le voyais tourner autour du point fatidique où il en enlèverait trop. Il y avait dans la matière une ligne de non-retour. Il y avait ce suspens : tenir sur le fil entre le plein et le vide. C'est Nicolas qui m'avait indiqué que tout pouvait être gâché par quelques coups de gouge en trop. Soustraire demandait de la délicatesse, même pour faire quelque chose de brutal. Il ne fallait pas être intimidé par le dépassement du point critique. En observant l'aîné, je voyais que le bois le conduisait mais il ne perdait pas de vue l'impression d'ensemble. Il conduisait et il était conduit. Contrairement à bien des débutants, il ne cherchait pas à exprimer, juste à former. Il n'y avait aucune exagération sentimentale dans ce qu'il faisait. Il approchait un équilibre dans quelque chose de gauche et qui se cherche. Je le voyais parce que la tête de Nicolas cherchait toujours le bon angle quand il regardait ses sculptures. Il inclinait la tête et je me demandais s'il cherchait un axe. Il les regardait de travers pour ne plus être celui qui les a faites.

J'ai tout de suite trouvé ma place dans l'atelier. Que Nicolas m'appelle de temps en temps pour être son premier spectateur me gratifiait. J'étais flatté d'être mis dans ce rôle. La journée où une sculpture nouvelle était posée à l'écart des ébauches – un de ces cylindres romans s'efforçant de quitter la niche et de décoller du bas-relief, l'aîné cherchant la bonne négociation entre la face et le dos, ayant en tête le fait que la sculpture est l'art de tourner l'angle, d'amorcer la rotation… – me remplissait d'entrain. Il y avait quelque chose de printanier dans l'apparition d'un nouveau personnage. Je me suis absorbé dans ce qu'il faisait comme un encourageur. Je ne lui ai plus rien montré qui venait de moi. Je n'étais pas dans le même temps ni dans la même durée. Je lui laissais le champ parce que j'aimais être convié à ce qu'il faisait.

## La place des absents

Nous ne posions pas de questions à propos de l'histoire de la famille. Cela ne nous préoccupait pas plus que la face cachée de la lune. Nous n'étions pas désireux de créer de l'embarras à ce sujet. Les lacunes, nous ne cherchions pas à les combler. Parfois, nous butions sur un blanc, un trou, un manque, et l'instant d'après nous l'enjambions comme si nous ne l'avions pas remarqué. Notre nom de famille passait bien après nos prénoms. Il ne nous paraissait pas favorable parce qu'il nous reléguait en queue des registres. Nous nous impatientions pendant l'appel où nous étions les derniers, à l'exception de Zanetti. Il y avait ce suspens pendant que nous attendions nos notes, sauf que nous savions d'avance que Zanetti aurait les meilleures.

À propos de Valabrègue, nous savions que c'était un village dont nous avions vu la pancarte au bord du Rhône sur la route de Graveson. L'orthographe du nom du village était plus chargée que la nôtre. Il y avait des arènes et nous ne comprenions pas pourquoi il fallait le pluriel à un si petit cercle de planches en bois où plus d'un raseteur avait perdu la vie. Nous venions du pays du taureau et de cette monstrueuse tarasque qu'est le Rhône en crue.

Nous nous étions inventé une étymologie personnelle avec le falabréguier, l'autre nom du micocoulier à la peau d'éléphant ombrageant les places et les routes du Gard. Porter le nom d'un arbre ne nous aurait pas déplu, s'il y avait eu quelqu'un pour ne pas l'écorcher. C'était ce qui nous embarrassait, l'épeler. Chaque fois, nous nous entendions demander : « Deux l et un s ? » Un simple prénom, combien ça suffit ! Rémi par exemple, deux notes. Il vaut mieux être l'oiseau sur la branche que le micocoulier.

Les prénoms murmuraient l'affection de la mère. Séparés du père, nous portions gauchement son nom.

Heureusement que les enfants ont le nez creux et qu'ils n'ont pas besoin de tâter le terrain du bout des pieds pour savoir qu'il est glissant. Nous sentions confusément que nous avions été retranchés d'un monde prestigieux aux yeux d'Odette et de Jean qui ne le fréquentaient pas. Nous faisions partie d'une famille dont nous étions le côté mis de côté. On s'en fichait, mais ça nous la rendait antipathique. À bien y regarder, nous serions les déclassés. Nous découvririons que nous l'étions à plusieurs titres, mais déclassés, cela nous allait.

En réalité, notre nom ne provenait pas d'un village aux petites maisons de pierres blanches et crayeuses, s'il avait fallu se préoccuper de racines et d'origine, ce qui était le cadet de nos soucis, mais de la ville de Carpentras dans le Vaucluse et du gros bourg de Bollène dans le même département. Avant le divorce de nos parents, nous étions reçus à Bollène. Après nous ne l'étions plus. Déjà le fait d'être reçus ou pas n'indiquait rien de bon quant à notre position. L'expression aurait été adéquate dans le cadre d'un examen. Sa solennité ne nous prédisposait pas à la décontraction ni à la détente. Serait-ce des lieux où il faudrait serrer les fesses ?

Enfants, nous avions été présentés à notre arrière-grand-mère, la mère de Jacques et la grand-mère de Richard. On l'aurait dite sortie d'un tiroir. Elle était tassée, ratatinée. C'était une dame tellement ridée que sa bouche disparaissait dans ses rides. Son nez disparaissait dans les plis de son nez et ses yeux dans ceux de son front. Elle avait un chignon blanc tenu par un crayon. Elle était recroquevillée sur un pliant de toile et entourée de roses trémières dans la rue pavée d'une fabrique de briques où chaque passant avait quelque chose à lui demander et où elle distribuait les recommandations en provençal. Elle a été un peu déçue que nous ne parlions pas le patois. Elle nous a dit en grondant d'une façon comique : « Prigadiou ! Répète après moi ! » Quand elle a entendu que nous possédions le ou bref, elle nous a pincé la joue en disant que nous étions des bons garçons. Son prénom était Coralie, un prénom qui pour moi a la forme d'un coquillage. On entend la mer dans Coralie. Et son nom de fille était encore plus énorme : Carcassonne ! Nous aurions entendu : « Tu trembles, Carcasse », comme à l'école. Ou : « Le lendemain Aymery prit la ville », en confondant avec Narbonne. Ça n'était pas un petit village inondé par les crues du Rhône que la cité de Carcassonne ! Ceux d'entre nous qui ne portaient pas le nom d'un village portaient le nom d'une cité : il y avait à Carpentras et à Bollène des Marseille et des Lyon.

Coralie, toute fripée qu'elle fût à force de se ratatiner, portait la culotte et le pantalon. Elle avait éclipsé son époux bien avant d'être veuve. Elle menait son monde avec son franc-parler patois. Encore aujourd'hui, je l'associe aux roses trémières où je l'ai trouvée. S'il m'arrive de repenser à cette ancêtre antédiluvienne, c'est pour retrouver l'argile. Les Valabrègue viennent de l'argile comme le glébeux. Nous venions de la brique réfractaire dont André et Coralie tenaient la fabrique, avec son cartouche à notre nom posé sur la boîte aux lettres de La Louise.

Peut-être est-ce à cause de l'argile que j'ai toujours confondu comtadin et contadin, l'habitant du Comtat et celui qui travaille la terre ?

Jamais mes frères et moi n'aurions entendu sans ricaner la prophétie prononcée par André, le mari de

Coralie, sa veuve au moment de notre visite, à savoir que le mariage de son fils Jacques avec une gentille ferait le malheur de la famille. Nous ne savions plus de quel locuteur et témoin nous le tenions, sans doute de Suzanne. André exigeait sa conversion, il en faisait la condition du mariage. Cela la faisait sourire autant que nous, qu'elle ait pu passer pour gentille, alors qu'elle était tout sauf ça. Ça nous paraissait mièvre, la gentillesse. La réalité étymologique était dans la gens (l'engeance ?) ! Il n'aurait pas fallu se commettre.

La malédiction d'André serait réalisée quand Jacques verrait Suzanne partir avec un gamin de dix-huit ans, Louis, alors qu'elle en avait quarante, et quand le fils de Suzanne et de Jacques, Richard, verrait sa femme Odette le quitter pour son frère Jean âgé de seize ans. Il n'était plus question de fréquenter des pécheresses, l'une bourguignonne et l'autre corse. Nous étions exclus de Bollène et de Carpentras avec nos femmes de mauvaise vie. Nous étions chassés de la géographie patrilinéaire. Nous ne faisions plus partie du Comtat. D'instinct, nous aurions haussé les épaules. Nous nous souciions de ce vieux monde comme d'un croûton de pain. Nous aurions pris naturellement le parti des ostracisées et la défense de la mère. Mais la philosémie d'Odette était inébranlable. Quand elle nous rappelait qu'elle était une Carlotti d'Altagène, où elle allait à l'école sur un âne, elle situait le village en disant qu'il était à quatre kilomètres de Lévie. Elle ne disait pas qu'il était à six kilomètres de Sainte-Lucie-de-Tallano. Nous la charriions en demandant : « À vol d'oiseau ? »

C'était les ostracisées mêmes qui perpétuaient la légende, rappelaient la vieille appartenance qu'elles avaient rompue. Selon Odette, Suzanne serait allée montrer Jean âgé de trois ans à la Gestapo, alors que Jacques, recherché, était caché chez un fermier de Sault dans le Ventoux. Jean enfant était d'un blond germanique avec des yeux de lac tyrolien. Yod la la hi ho ! L'anecdote était foireuse. Comment Odette pouvait colporter des bobards aussi douteux devant son propre mari, surtout que l'oncle craignait d'être un bâtard et qu'il fallait sans arrêt le rassurer là-dessus ? Pour insister sur les infidélités chroniques de Suzanne ? Nous détournions la tête quand, après avoir involontairement semé le doute, elle essayait de se rattraper : « Alors là, Jean, je te rassure, tu es bien le fils de ton père ! » Nous étions gênés par ces moments de méli-mélo. Nous n'avions pas envie d'entendre ce qui se disait là-dessous. J'étais mécontent parce que Odette et Jean, au jeu des ressemblances exaspérantes dans les familles, me comparaient sans arrêt à Jacques dont on soupçonnait qu'à part Richard, ses enfants ne fussent pas de lui, surtout pas Anita notre tante dont nous pensions qu'elle était la fille d'un Espagnol. Je me fichais de mon soi-disant portrait craché – le même genre de lémurien, semblait-il –, dont j'entendais parler sans le connaître et à qui je ne voulais pas ressembler.

Odette tentait de recoller les morceaux, de raccommoder le fil. Nous commencions à gronder autour de la table. Nous lui lancions qu'elle voulait nous rabibocher avec le meilleur monde. Elle ne prenait pas l'accent pointu mais son ton sortait l'argenterie. Elle adoptait le style bristol d'une carte de visite, des circonlocutions de bouchon de calandre. Pomme Pont-Neuf. Elle prenait l'air de qui serait invité au château. Cela déclenchait chez nous une aversion incontrôlée.

Quand j'eus quinze ans, elle voulut à tout prix que je l'accompagne à Bollène pour rencontrer Georges, le frère de Jacques. Je ne l'avais jamais vu. Je ne savais pas quelle opportunité de rapprochement Odette avait favorisée. Cela me déplaisait parce que je supposais avoir été choisi parmi mes frères à cause de ma ressemblance physique avec Jacques. Était-ce l'occasion de présenter à Georges l'air de famille d'un vrai Valabrègue ? On en tient un ! Odette m'avait donné une tout autre raison exposée comme la véritable, c'est qu'elle voulait me présenter « quelqu'un qui, comme toi, aime la lecture et les livres ». Le nombre d'heures d'études au pensionnat avait fait de moi un bouquineur.

Nous avions deux grands-oncles que nous ne fréquentions pas, Raymond et Georges. Ils auraient dû demeurer de parfaits inconnus bien au-delà de l'indifférence, si Odette ne nous les avait pas proposés en exemples. L'aîné, Raymond, travaillait dans la politique. Les trois frères auraient été radicaux-socialistes. « Radicaux, radicaux... », nous les trois autres frères, nous en gloussions... Georges, le plus jeune, avait repris la briqueterie et développé une bibliothèque familiale installée dans un des bâtiments administratifs. Odette avait pris rendez-vous avec ce grand-oncle pour lui présenter l'aspirant-lettré de la famille. Si cela avait été en tant que spécimen de la carrière, prêt à porter la rouelle et à coiffer le chapeau jaune, cela nous aurait fait hurler de rire, comme quand Jean me balançait : « Tu montres ta tête, tu montes dans le wagon ! » La proposition surprenante d'Odette m'amenait à ce soupçon. Je ne savais pas à quel titre je me retrouvais dans sa voiture m'amenant à Bollène. Cela me gênait par rapport à Nicolas et à José parce que je craignais d'être vu comme le lèche-bottes de service. Je n'étais pas à l'aise parce que l'aîné dirait : « Frédéric, on ne sait jamais trop où il est... » comme si j'étais un agent double.

Je n'étais pas rassuré mais j'étais content d'être à côté d'Odette mettant pour conduire des gants de peau très fine ouverts à la naissance des poignets. Je ne me lassais pas de la manière dont elle les tirait sur ses doigts ni de la façon dont elle réajustait son rouge à lèvres dans le rétroviseur central qu'elle avait incliné. Elle avait fait bouffer sa robe en cloche sur les sièges avant et je me poussais pour ne pas mordre sur le tissu. J'oubliais la vexation de m'être endimanché pour aller dans la haute.

Présenter une personne à une autre parce qu'elles ont en partage le goût de la lecture n'est pas toujours la meilleure entame. C'est intimidant. On vous dit qu'on va vous présenter une personne « avec qui tu vas très bien t'entendre » et cela suffit à vous en éloigner. Nous étions arrivés dans la fabrique et il m'a tout de suite semblé que la démarche était forcée. La briqueterie était très vaste, elle montait dans les collines avec des rues, des travées. Nous nous étions retrouvés dans une salle dont les quatre murs étaient doublés par des livres en vitrine dans des meubles gris-vert. Georges (Jojo) était d'un chaleureux factice. Nous étions vraiment en visite. Ça ne décollerait pas. C'était un homme mince et chauve aux gestes longs. Sa politesse était empressée et j'aurais pu réduire toute sa personne au geste de tirer un siège devant ma mère. L'impression qu'il dégageait ressemblait à celle ressentie devant les couvertures des livres de poche illustrées d'images tristes et boueuses comme *Thérèse Desqueyroux* ou *Le nœud de vipères*, romans de François Mauriac trouvés dans la bibliothèque décousue d'Odette.

Je ne savais pas s'il fallait s'asseoir autour de l'unique table de lecture flanquée de quelques chaises ou si je pouvais aller vers les vitrines, Georges ne m'y invitant pas. Il demandait des nouvelles des uns et des autres, de tous ceux dont il se fichait éperdument et que nous ne fréquentions pas plus que lui. J'en ai profité pour me lever. Les vitrines étaient doublées par des rideaux. Je suis allé regarder la première et il y avait des Budé reliés ou pas. La couverture crème pour le grec, avec la chouette, et la couverture au rouge-orange délavé, avec la louve, pour le latin. J'étais familier. C'était mes pompes. Mais dans la plupart des autres armoires, je ne m'y retrouvais pas, tellement il s'agissait d'une bibliothèque consacrée à ce qu'on appelle en librairie la tradition. La franc-maçonnerie y avait une grande place. Je découvrais une bibliothèque rébarbative consacrée à de multiples essais à propos du compas et de l'équerre, de la pyramide, du fil à plomb ou du triangle avec un œil dedans. Je n'ai pas bronché quand j'ai découvert dans une bibliothèque plus petite que les autres les vieux livres qu'on ne pose pas par terre. Je ne savais pas ce que c'était mais j'entendais le bruit de fond. Rambam, j'ignorais qui c'était. D'ailleurs, je n'aurais pas pu déchiffrer ce nom parce que le cuir était frappé de lettres hébraïques. Je ne connaissais Rambam que par l'expression de Jean : « Qu'est-ce que c'est, ce ramdam ? »

Sur la route du retour vers Marseille, nous gardions le silence. Nous n'étions pas dépités mais tout avait ressemblé à un rendez-vous manqué avec des tentatives de conversations qui tournaient court.

J'aurais voulu consoler Odette. Elle avait sans doute désiré cette démarche pour mettre ses enfants sous la meilleure protection. Elle s'entêtait dans un projet de réconciliation impossible. Elle cherchait à nous attirer les bonnes grâces de gens avec qui nous n'avions pas la même bibliothèque et encore moins la même ambiance de vie. Elle m'avait présenté en tant que personne présentable et cela ne me donnait pas envie d'avoir la gueule de l'emploi. Là où je n'avais pas compris l'objet de cette visite, c'est que j'avais eu l'impression d'être mis en lice pour l'héritage de cette bibliothèque, Odette m'ayant répété que l'oncle Jojo était un vieux garçon. Nous n'avions pas envie d'être des héritiers. Nous n'avions pas envie de reprendre un flambeau ni montrer que les trois fils d'Odette vaudraient ceux d'André le porteur d'anathème. Nous voulions prendre fait et cause pour notre mère qui, elle, ne les prenait pas pour elle-même. Nous étions choqués de saisir que le rapprochement entre Odette et les Valabrègue pouvait être favorisé par sa récente prospérité. Quand elle s'était retrouvée sans rien, sans argent, sans pension alimentaire et Jacques ayant éloigné son fils Jean en Martinique chez sa sœur Anita, nous n'avions plus vu personne pendant des années ni entendu parler de quiconque. Elle était la femme adultère, la suborneuse. Pour nous, il fallait persister dans cette condamnation.

J'avais été déçu que Georges ne m'ait pas amené vers une partie de sa bibliothèque pour sortir un grimoire et me lire une page des anciennes aventures de la poussière. Je l'aurais bien imaginé se couvrir le chef pour déchiffrer en se trémulant. Je lui aurais volontiers lancé : « En plus, vous auriez pu être franc-maçon... » en parodiant Sammy Davis Jr. Je ne savais lancer les conversations que par une pique. Il m'aurait alors raconté ce qu'est un athée pour un Juif provençal qui aurait tout oublié... Oui, cela m'aurait intéressé de savoir ce qu'est un athée vivant dans une spiritualité « laïque ». Mon insolence aurait fait bonne pioche...

Mes frères et moi ne nous reconnaissions pas dans la partie de la famille venue de Bollène et de Carpentras, alors que notre mère désirait secrètement nous voir rejoindre ce giron de personnes respectables dont elle récitait avec admiration les diplômes à nous qui n'en voulions pas. Nous aurions volontiers entendu l'histoire de la carrière plutôt que celle de leurs carrières mais personne n'en prenait la peine ni ne la savait. Si l'un de nous avait interrogé Odette qui était notre source très lacunaire, ou Jean n'ayant jamais pris la peine de mener la moindre investigation, nous aurions entendu des choses fausses. Mieux valait ne rien entendre que des choses fausses.

## La carrière

Il m'est arrivé une chose désagréable dans ma vie, vers la cinquantaine, et qui me laisse mauvaise conscience. J'ai reçu dans ma boîte aux lettres une enveloppe grosse de toute la généalogie de ma famille du côté de Jacques. C'était écrit à la main avec des stylos à bille de couleur et c'était un travail de titan, cette liasse couverte d'arborescences de noms dont je ne savais que faire. Je ne l'avais pas demandé ! Je l'ai mis dans une boîte que je n'ai plus jamais ouverte et je n'ai pas remercié. J'ai pris cette fouille comme une indiscrétion. Toutes les bonnes intentions et l'incroyable cadeau de ce généalogiste devenaient policiers. Qu'est-ce que c'était, ce poids qu'on me mettait sur la tête ? Fallait-il que je change d'adresse ?

Il m'en est arrivé une autre dans le même ordre d'idée et au même âge. Gérard Albertini, le petit-fils d'un ancien associé de Jacques menant des études historiques dans les archives du Vaucluse, m'avait fait passer des photocopies de lettres de dénonciation mettant en cause des membres de notre famille. Je me souviens, entre autres, d'un Nicolas Valabrègue avocat à Cavaillon. Ces lettres avaient pour caractéristiques le même flou et une absence totale de délit. C'était des accusations de voisinage, des rancunes de palier, des ragots de village sans grief concret, des accusations impressionnistes sur le mode du vaseux, du douteux : « Un homme dont on ne saisit pas la profession. » « Le genre de type qui a du mal à vous regarder en face. » « Il a raison de raser les murs avec son air fuyant. » « Toute sa présence dégage quelque chose de pas net. » « Un de ceux qui sabotent la conscience nationale. »

Les insinuations insistaient sur des positions mal assurées : parasites et profiteurs. Les accusés, affaiblis par l'hostilité des regards, prouvaient leur culpabilité par leur humilité même. La politesse gênée était visée, comme si elle s'excusait de vivre. L'affabilité soucieuse de savoir si elle serait acceptée ne le serait pas. Les protestations de fraternité ne seraient jamais crues.

J'avais le même regard fuyant quand le frère Raphaël me demandait de le regarder dans les yeux avant de m'administrer le double soufflet, celui qui fait cuire les oreilles. Dans ce genre de moment, je voulais être l'enfant de la haine. Tout ce que le frère voulait anéantir sous les gifles, je voulais le porter. Ma haine désirait faire grandir en moi tout ce qu'il y a de sale et de malsain au monde. Ma haine était le corps en insurrection de tout ce que le catholicisme français voulait anéantir. Un jour, je serais le traître.

Je la désirais comme des habits de révolte, la parole bègue qui parle du nez, la bouche molle et sensuelle avide de succions, la façon crochue et rapace de compter la monnaie, la chair de champignon turgide engendrant le dégoût, comme si ma viande de juif était en caoutchouc.

Mes frères et moi savions nous faire rire avec ce qui nous tordait la bouche. Ce qui nous précipitait dans un mélange de rires jaunes et verts, nous en faisions de la loufoquerie. Nous imitions le regard du serpent. Le sang froid du reptile, nous savions comment le ramper. Il y aurait eu en nous quelque chose de vicieux, un venin mauvais, une dégueulasserie. Nous devenions le grouillant vivant dans l'humidité des feuilles sous une grosse pierre.

Nous étions des poignardeurs d'hosties, nous pissions dans le ciboire, nous chiions dans la sacristie. Nous mangions les enfants à la croque au sel. Nos mœurs sexuelles étaient écœurantes : les doigts dans le cul en permanence, juste avant d'aller manger. Bougres assurément, nous préférions enculer, bouffeurs de chattes, avec la sexualité de l'impuissant... Nous en ricanions en francs petits cons. Et quand nous poussions la niaiserie, le nez me tombait dans la bouche. Je me retrouvais pituiteux, avec de la chassie. La morve coulait dans ma soupe...

Nous connaissions la judéité par le pogrom. Tous les Juifs comtadins la connaissaient par les vexations, les expulsions, les dénonciations, les déportations et les assassinats. Ils avaient subi les suspicions d'une République à qui ils avaient montré en vain combien ils pouvaient la servir. Ils auraient beau se mélanger, ne plus rien savoir de la liturgie comtadine, on viendrait toujours s'en prendre à eux en cas de coup dur. Nous entendions cette menace de se voir un jour balancés. Nous ne la craignions pas pour nous-mêmes et nous ne nous sentions pas en danger, mais nous prenions conscience du poids et de l'index. Nous avions conscience que, si ça n'était plus nous qui en ferions les frais, ce serait d'autres types de métèques émissaires. Un condisciple de Lacordaire, Valère de Susini, m'avait repris après ma protestation contre une vanne antisémite. J'aurais fait l'offusqué, le bégueule... Il m'avait dit : « Tu te piques d'être juif? » Bien sûr, ça m'avait piqué! Il savait que ma mère était de la même région que la sienne. Je me demandais ce qui s'était passé entre la Corse et les Juifs pour qu'Odette affirme que les Corses n'ont jamais donné leurs Juifs. Leurs, cela faisait protecteur. Il y avait toujours un brin de lyrisme retenu, un cœur gonflé d'orgueil, quand Odette le proclamait.

Les familles sont comiques dans leur désir de tricoter des appartenances qui les flattent. Nous étions interloqués par le fait que l'orientation générale penche du côté Valabrègue et jamais du côté Carlotti alors qu'Odette nous répétait qu'elle était féministe. Pourquoi l'histoire viendrait du côté paternel ? Était-ce pour ramener du père là où il n'y en avait pas ? Pourquoi Odette ne nous parlait jamais des Carlotti et des Gabriel tenant un bar à Marseille, place du 4-Septembre dans le quartier d'Endoume ? Pourquoi si peu du côté maternel des Gabriel ? Il y aurait peut-être quelque chose à tricoter avec le el de cet ange ?

La mythologie était posée sur la branche ayant la meilleure représentation sociale, une mythologie dont la particule était un paradoxe, et ça nous mettait mal à l'aise. Nous aurions aimé être de la pure roture, qu'on nous trouve des sources plébéiennes comme à l'intérieur de ce magnifique bar de la place du 4-Septembre rempli de trumeaux et d'un billard où tout sentait la sciure, l'anis et la grenadine. Ou qu'on fasse de nous des pirates barbaresques noirs comme une tête de Maure sur un drapeau corse. Nous n'en voulions pas, des filiations, ni être attachés. Nous ne voulions pas appartenir.

Par contre, j'aurais bien aimé que le grand-oncle Jojo me sorte de la petite armoire un de ces gros volumes en cuir aux lettres anguleuses cochées de virgules et d'accents, qu'il me montre une ou deux pages des grimoires pour y regarder sans rien comprendre l'agencement des textes et des gloses, comme en un calligramme. Les livres que j'aurais aimé ouvrir en priorité, peut-être à cause d'une idée romanesque de la kabbale et des signes kabbalistiques rencontrés dans les livres des feuilletonistes, avec ses alchimistes et ses pierres philosophales, avec ses errants, ses golems et ses dibbouks, auraient été pour moi les plus incompréhensibles. J'aurais bien aimé que Georges m'ouvre *Le guide des égarés* rien que pour le titre que je n'aurais pas pu demander parce que je n'aurais pas su le lire et que je n'en connaissais pas l'existence…

Ça n'était certainement pas à Lacordaire que nous aurions pu entendre parler de ce genre de textes. Le seul Ancien Testament dont on nous parlait était celui qui avait été effacé par le Nouveau. L'ancien n'était là que pour annoncer le nouveau. On n'y croisait pas de juifs mais des pharisiens, ce qui est une injure. Jésus n'était pas juif, il était grec, comme Abel. Tous les agneaux de Dieu sont blonds aux yeux bleus. Ils ont la définition de la statuaire grecque. C'est ce que nous percevions dans les images glissées dans les missels, des images semblables à celles de Noël, avec saupoudrage de strass sur la neige bleue. Les Évangiles mettaient le paquet sur la communication. Ils mettaient l'accent sur la ligne, le profil et le design. Ils inventaient l'icône. Il y avait autant de différences entre la Bible et le Nouveau Testament qu'entre un chaman sibérien et un présentateur à la télévision. La Bible était vêtue de peaux de bêtes tandis que les Évangiles se promenaient en aube blanche. Le Nouveau Testament était de l'eau claire là où la Bible était du vin noir. Surtout, nous avions tout de suite compris que la Bible était sexuée et que le Nouveau Testament était asexué. De même qu'il n'y avait pas encore de filles à Lacordaire, la mixité n'étant pas pour notre génération, il n'y avait rien de charnel dans les Évangiles, comme il n'y a rien de charnel dans un kouros. À Lacordaire, on nous vendait un Jésus pour pédérastes et un Abel, buée des buées, pour la laiterie de Mme de Pompadour. Pourtant, il n'y avait pas de condisciples qui ne soient pas intéressés par les filles de Loth ou la femme de Putiphar et aucun d'eux ne pouvait se trouver à un carrefour sans espérer que Tamar y soit postée. Si la Bible favorisait la branlette, jamais les Évangiles n'auraient pu y prétendre. Seule Madeleine lavant les pieds du Christ avec ses longs cheveux sauvait l'honneur du corps. Il avait fallu les pères Grégoire et Chéhadé, les deux Orientaux de l'école, pour nous indiquer qu'Abraham et ses amis juraient en se tenant par les couilles, il avait fallu deux hommes bistrés par l'Afrique pour que nous apprenions que Rachel ne descendrait pas du chameau à cause de ses règles. Nous entendions parler des règles.

Les dominicains nous présentaient les deux Testaments comme s'il n'y avait pas de planète Terre mais une image de celle-ci où rien ne sentait. Les images ne puent pas des pieds.

Me mettant à lire la Bible, j'entrais dans une matière rude. Le fruit y était écrasé, le suint collant.

Le texte ressemblait à de la vaisselle cassée. Il n'y avait pas de continuité. Ça n'était que du concret, des histoires d'éleveurs, des bandes qui se battent avec des bâtons. Le puits revenait. Il était le carrefour où se vident les querelles. Puiser déclenchait le coup de foudre. Un homme se penchait devant une femme qui verse. La cruche déliait la démarche. Les branches écorcées de stries partageaient le troupeau. Sous la tente, il n'y a pas vraiment de toit.

Ça n'était pas prosélyte. Ça ne forçait pas l'approbation. C'était tellement déchiré que ça n'édifiait pas. Convaincre n'était pas le but. Ça touchait l'incompréhensible. Dieu était odieux.

Je vivais les textes en général comme quelque chose n'étant pas donné, pas immédiatement en tout cas. Il n'y avait pas pour moi de lecture cursive. Je m'y reprenais à plusieurs fois sur les textes les plus entraînants, non pas pour refuser l'entraînement et la dévoration – c'était les livres qui me dévoraient –, mais parce que je butais ou tiquais sur la teneur des mots où une marche peut être plus haute, la suivante arythmique ou irrégulière. Une teneur en degrés. Je m'apercevais que la lecture engloutie et passionnée ne me suffisait pas parce que j'étais encore plus englouti et passionné par la phrase et les mots que transporté par un récit. Pour moi, toute la chair était dans la phrase et le récit était contenu dans cette chair. Une façon d'écrire était un corps tout entier et une phrase n'avait pas besoin d'utiliser des images pour en être une. Ma lecture était myope. Elle était enfouie dans la matière. Je ne regardais pas comment c'était fait en apprenti expert mais parce que c'était là qu'il y avait la pulpe et la craie. Je sentais la matière, je ne veux pas dire la manière. Il y a des écrivains de la craie, entièrement rêches, qui ne font pas de manières. Je sentais leur phrase comme une chose. C'était le mode de lecture d'un lecteur de poésie.

C'est pour cela qu'à la trentaine, je suis allé écouter trois explorations faites par un rabbin, celles du Cantique des cantiques, du Livre de Job et du Kohelet. Je l'ai fait pour l'invention inépuisable du commentaire où chaque lettre est un sac contenant tout l'univers des lettres, chaque mot un autre type d'outre inextinguible de soif contenant la totalité des paroles inépuisables à coups de nuances. C'est un épuisement impossible mené par des puisards inaltérés. Le Cantique des cantiques ressemble à de la charpie, à des ruines. Ce sont des charpies d'étoiles et des fragments de mosaïques. Ce sont des morceaux qui éblouissent en obscurcissant. La réversibilité est constante. On ne sait jamais où on est ni qui parle.

Je voulais comprendre qu'il ne s'agissait pas de croire mais d'étudier, et surtout de s'étonner, parce que l'étude commençait avec l'étonnement, puis la question, le pourquoi absurde des enfants. Le pourquoi Job s'est retrouvé sur un tas de fumier. Parce que…, un parce que désarmant parce que suivi de milliers de directions.

J'étais un étudiant promeneur, un auditeur libre et je savais que je demeurerais un cancre. Je voyais autour de moi des gens venus là sans adhérer. Ils ne semblaient pas craindre le courroux divin. Il y avait un jeu curieux consistant à déformer le nom imprononçable du tétragramme et j'entendais des gens s'essayer à des variations, presque des contorsions. Le sans nom était malaisé. Ça n'était pas du vide mais un obstacle. Ça n'était pas le rien, cet endroit où la langue achoppe. J'apprenais que Moïse était bègue.

Le rabbin a entamé la première causerie sur le Cantique des cantiques en mettant sa kippa et en ouvrant le livre en nous lançant : « Dieu soit loué, oui mais combien ? » L'assistance a éclaté de rire parce que la blague était nulle et qu'il la faisait chaque fois. Elle valait bien la vanne de Valère ! Mais le fait que tout le monde rigole dans la synagogue m'a attendri un instant et je me suis dit que j'étais de retour à la maison. Pas longtemps, cependant, parce que l'invitation qui nous était faite, après la leçon, de nous rendre à l'étage pour y partager un moment avec la communauté me faisait fuir. Je me méfiais de la communauté. J'avais une prévenance. Je ne ferais pas le juif. Je ne donnerais jamais dans les simagrées d'une société.

En réalité, à l'usage et après avoir entendu plusieurs rabbins, j'ai compris que le commentaire tenait du show et du feu d'artifice avec pas mal de pétards mouillés. La grande différence avec le sermon chrétien, par exemple l'oraison, où tout est dramatique et grandiose, c'est que le commentaire rabbinique tient du stand-up avec ses gags iconoclastes où personne n'a peur de l'énormité. J'avais toujours pensé que le comique allait bien à la métaphysique. Le rire était au commencement de la réflexion. Comme le rabbin avait un nom en i, je lui ai demandé s'il n'était pas corse.

Le commentaire ne se privait pas de digresser dans les sciences, et la description de l'aile d'une mouche était aussi importante que celle d'un concept. Le texte était un attrape-tout. Il avalait tout ce qui passait à proximité. Il était débordé par sa multiplication des petits pains. Ce n'était pas là où le texte allait ni là où il voulait en venir qui comptait, mais le voyage. Restant deux ans avec le Cantique, nous faisions un long voyage avant de revenir au point de départ. Nous avions parcouru une trajectoire nous menant du lisible à l'illisible qui est son envers, pas son contraire. Le texte caché brisait en mille morceaux le révélé. Le rabbin rappelait où et quand dans la Bible un même mot avait été employé et celui-ci se chargeait jusqu'à couler. À la fin, je me raccrochais au poème-désir, celui qui danse dans « Je suis noire... », avec la rose nommant Suzanne.

Je retenais cette réflexion du rabbin, au moment où Job cherche des explications au comportement de son créateur : « Il a fait le monde en se coiffant. » Je me demandais ce que venait faire ici la coiffure.

Il avait soupiré, à propos des offrandes de Caïn et d'Abel : « Vous vous rendez compte, un dieu qui préfère les côtelettes aux pommes de terre ! » Cela ne pouvait que plaire à un mécréant. La provocation précédait la célébration. Le renversement arrivait après le blasphème. Le rabbin prononçait Adonaï avec l'inflexion amoureuse d'un vers de Racine. Les non-hébraïsants étaient ramenés à leur condition de touristes.

J'ai suivi ces commentaires à un moment où, écrivant, je me cognais à une matière de plus en plus turbulente. Je ne cherchais pas de modèle ni de solution dans le récit biblique à mille lieues de ce que j'écrivais. C'était une parallèle. Le fonctionnement de ces commentaires m'accompagnait. Il me faisait accepter de considérer le texte comme un chantier. Je crevais le plafond entre ce que je croyais tenir et ce qui m'échappait. Je marchais sur un fil. Un mot supplémentaire ré-empilait la page dans un ordre différent. C'était un chantier parce que tout bougeait de place et qu'il n'y avait pas de place assignée ni cet ordre maintenu qu'on appelle la forme. Tout était mobile. Je n'écrivais pas ce que mon esprit aurait préconçu. Je ne parvenais pas à poser quelque chose de délibéré. Sons et rythmes contestaient ce qui aurait prétendu à la pensée. Les mots suivants dérangeaient les précédents pour donner une version nouvelle de ce qui n'avait jamais été là.

Je me lançais à corps perdu dans des phrases ne sachant jamais si elles retomberaient sur leurs pieds. J'étais victime de l'automatisme. « Passe-moi le sel » m'aurait paru étonnant, s'il avait débarqué tout à trac. Les mots me trappaient. J'étais piégé par eux. Ils me faisaient rebondir au lieu de m'amener sur une ligne. Ils m'embarquaient ou ils me précédaient. Je ne pouvais pas écrire quelque chose qui ne soit pas hasardé. Si je ne découvrais pas ce que j'écrivais au moment où je l'écrivais, cela n'avait pour moi aucune vie. Le texte était une friche. J'avais profité du moindre double sens, de la moindre équivoque pour obliquer. Il était biscornu. Il aurait fallu apprendre la taille. J'étais poussé à entrer dans le buisson et qu'il soit hirsute. Je voulais sentir l'épaisseur et le dedans, comme si les mots étaient remplis par toutes leurs histoires dans la traversée du langage.

J'étais dans une maison isolée du Var, à l'Écluse, un lieu-dit près de Carcès où le Caramy saute des chutes après le barrage et le lac. J'étais l'hôte de Pierre Paldacci qui travaillait à côté de moi en couvrant des dizaines de pages de signes et de chiffres. Pierre m'aurait expliqué ses recherches mathématiques en pure perte. Il travaillait sur les nombres premiers à l'aide d'une calculette. Les pages qu'il couvrait de chiffres tombaient de la table où nous buvions force litres de vin de la coopérative carçoise. Quand Pierre avait bu, j'avais l'impression que ses yeux commençaient à faire le tour de sa tête. Il était désinvolte avec les traces de ses recherches. Il jetait des liasses dans la cheminée. Je regardais les pages avec curiosité parce que les chiffres et les signes, des équations ou peut-être pas, étaient admirablement formés par son écriture régulière. Il n'y avait pas de pages plus claires ni plus inaccessibles.

J'écrivais de mon côté la première version de *Nina Violetti* cinq ans après la mort de Suzanne, le titre reprenant son pseudonyme dans les dessins de Louis : *Nina Violetti aux oiseaux*, vampiresse se vautrant sur un lit de becs et de plumages, *Les beaux dimanches de Nina Violetti*, beauté fatale repoussant du pied les prosternations gluantes de sa cour des miracles, *Nina et les vieillards* dont les vieux schnocks me disaient le point de vue d'où Louis regardait sa compagne : domination implacable et fausses brimades en guise d'adjuvants... Plus violente que violette et voilette, cette Nina... Il faisait de Suzanne une idole érotique.

Ce n'était que la première tentative dont les essais ont jalonné ma vie. J'avançais sans peur et en toute inconscience vers la noyade. Le Caramy passant dans le jardin allait se jeter dans l'Argens où déboucherait la Bresque qui, en amont, coulait devant Sillans. Le texte ressemblait aux paquets de ronces encombrant les rives, à tout ce qui s'accroche dans la broussaille. Les dessins de Louis étaient mon paysage. Je parcourais, je dérivais mais rien ne m'aurait permis de m'arrimer à une direction. Je me jetais dans une écriture sans préalable. Je cognais dessus pour faire entrer de l'air.

## La Bresque

Odette et Jean craignaient le moment où ils nous confiaient pour une quinzaine à notre grand-mère. Ils avaient peur que nous en revenions encore plus insupportables dans nos revendications d'émancipation prématurée. Suzanne et Louis nous en auraient soufflé le goût. Odette disait que nous étions influençables. En réalité, elle était jalouse de l'attraction qu'ils exerçaient sur nous, particulièrement sur Nicolas. Suzanne et Louis nous fichaient une paix royale alors qu'il était tacite qu'il fallait être réglo. Une sorte d'autorité régnait nous incitant à ne pas déborder. Avec eux, nous avions l'impression de sortir de la famille. Ça n'était pas le même comportement. Il n'y avait pas de liens obligatoires.

La maison de Sillans surmontait le pont sur la Bresque et une route bordée de peupliers. Elle était couverte de lierre de la base jusqu'au toit, plusieurs couches superposées irriguées par des nœuds puissants. Le lierre a ceci de particulier : ses bronchioles se dégrafent. Elles s'arrachent comme une litanie de boutons-pressions. La maison débarrassée du lierre aurait été déjupée. Il la tenait au frais. Il tenait les murs.

Le village de Sillans survivait. La moitié des maisons était abandonnée. La plupart du temps, c'était le silence. Tout était clair grâce aux arbres. Il y avait de l'eau, des couleuvres et des poissons. Nous arrivions sur une placette où se trouvait, au-dessus du grand mur donnant sur la route de Salernes et le carrefour d'Aups, une verrière où Suzanne stockait des meubles. La maison montait sur deux étages et si la façade était celle d'une masure, l'arrière était une ruine. Il y avait un jardinet avant la porte d'entrée où était entretenu ce qui avait bien voulu y pousser, un banc, des chaises et une table de jardin pour être à la fraîche, mais on pouvait aussi demeurer sur la placette jamais passante. Le jardinet était bordé d'écuelles pour chats croûteuses de vieilles pâtées. L'ensemble du jardinet et de la maison accueillait une moyenne d'une trentaine de chats et trois chiens dont les deux teckels doux et vieillissants à qui il fallait pousser les fesses dans les escaliers. Dès la porte étroite, c'était la nuit, avec un souffle de caverne et un ancien fouloir que Louis avait rempli de livres de poche qu'il jetait là après les avoir lus. On entrait à l'étage dans la plus grande pièce de la maison qui était encombrée de tables et d'armoires en attente. À gauche, donnant sur la placette, une pièce était réservée à Suzanne et c'était là où elle se tenait souvent avec deux fauteuils, une table, des guéridons, une grande fenêtre remplie par les peupliers bordant la Bresque et une nuée de chats. Sous les guéridons se groupaient une grande quantité de cadavres de bouteilles de champagne qu'elle gardait sans ostentation pour se prouver qu'elle en avait bu et qu'elle en boirait. La chambre de Suzanne se tenait au fond de la grande pièce, après deux marches, toujours du côté de la façade, du soleil et de l'invasion de lierre qui, parfois, obstruait le fenestron éclairant les deux marches descendant dans ce lieu où je n'entrais pas. Un autre passage dans la pièce principale ouvrait sur une cuisine où personne ne cuisinait. Il y avait là des casseroles noircies et une étagère de bocaux façon musée Spitzner. Louis en prenait un pour me le tendre dans un geste théâtral et me lancer : « Tiens ! Fais-t'en une tartine ! », le bocal contenant des fœtus. Puis, après la cuisine, un escalier montait à l'atelier où on avait vue sur la partie effondrée de la maison. Ce côté-là demandait des travaux. Il était en réfection. Ou il demeurerait en l'état. Sitôt le plancher de l'atelier gagné, nous nous trouvions sur une large plateforme éclairée par une baie vitrée côté façade, rivière et peupliers. Des sentiers s'ouvraient entre les amoncellements d'objets posés au sol. La démarche de Louis dans l'atelier était tellement souple, lui-même jouissait d'une façon de se mouvoir tellement légère et aisée, que nous ne pouvions pas sentir l'encombrement. Louis dormait dans un coin sur un lit de camp, c'est là que je dépliais le mien de l'autre côté de l'angle, de sorte que nos têtes restaient proches.

L'autorité de Suzanne et de Louis provenait de ce qu'ils nous enseignaient sans être des pédagogues et de la façon dont ils nous traitaient comme si nous n'avions pas le droit d'être endormis ni passifs. Ils nous enseignaient des choses n'appartenant à aucune des rubriques que nous croisions au pensionnat et chez nos parents. Ils nous apprenaient à être autre chose que des hébétés. Ils avaient un bon coup de griffe et aucune de nos astuces narquoises n'aurait résisté à leurs réparties. Nous nous tenions à carreau.

Louis nous a conquis parce qu'il nous a appris à pêcher. Patiemment, il nous avait montré comment monter une ligne. Nous avons commencé par pêcher au coup et à la sauterelle avec une ligne sans bouchon lestée de peu de grenaille. Un jour que nous pêchions en bas de la cascade dans les marmites d'un torrent de blocs de pierre, Louis et moi crûmes que Nicolas avait disparu. Il était parti en amont et nous ne l'entendions plus. Il savait que le silence est la première condition de la pêche, silence où, dans l'eau, les poissons entendent les oiseaux, les mouches, le lézard vert, le serpent d'eau et la courte fréquence de l'insecte, avec leur sonar aquatique. Soudain, il avait surgi du buisson avec, en main, une truite énorme mouchetée comme une panthère, jaune-brun comme le félin et dont la gueule, qui est un bec, béait de colère. Nicolas montrait la prise posée sur son bras. Il la tenait aux ouïes. Elle nous fusillait du regard. Je connaissais la marmite où il avait pris cette fario, j'y avais promené ma sauterelle une trentaine de fois. Mais Nicolas était inlassable. Il pouvait remettre cent fois le coup au même endroit, rythmant la pose de sa sauterelle comme si le ploc de sa tombée dans l'eau était aussi naturel que la chute des feuilles des arbres ou le passage d'une brindille dans le remous. Cent fois la fario avait refusé l'offre sans se montrer, puis dans un bruissement des arbres, sa vigilance avait été surprise. Peut-être que si un coup de vent n'avait pas balayé les arbres en une torsion déclenchant des milliers de reflets à la surface de l'eau, elle ne se serait pas trompée. Nous-mêmes, au bord de l'eau, dès que les peupliers tremblaient, nous tremblions aussi. Mais c'est quand on a ferré que la partie commence, surtout avec un tel hameçon et un tel fil. Nicolas n'avait pas monté sa canne pour une combattante de deux kilos. Dès qu'on donne du fil, la truite prend de la vitesse et casse. Si on la tient trop serrée en une épreuve de force, elle se sert de la tension limite pour se retourner et casser. Il avait bataillé pendant vingt minutes et il était entré dans la marmite parce qu'il n'avait pas d'épuisette. Louis était soufflé par une si belle bataille. Il disait que Nicolas sentait bien la rivière, qu'il avait l'intuition d'un primitif, son compliment suprême. Il savait se fondre dans le rythme de la rivière où tout est son. Un poisson saute. Un serpent traverse en ondulant. Le ragondin se met à l'eau avec lourdeur. Le héron pique des ablettes qui descendent dans son cou.

Louis a confié à Nicolas un lancer avec un sillon court. J'en ai reçu un plus tard, sans doute selon l'intervalle habituel d'un an où mon aîné me précédait et où je le suivais dans la plupart de nos entreprises, mais aussi parce que ma réputation de distrait colportait que j'allais faire des perruques monumentales et orner de cuillers les branches des peupliers... Je me faisais un point d'honneur de rapporter le matériel. Il était vrai que Nicolas et Louis étaient souvent invités à remonter ma ligne correctement et à rattacher dans la règle le nœud de mon hameçon, ce qui finissait par agacer. Cette maladresse prit fin quand j'eus aussi un lancer parce que ce qui m'intéressait n'était plus d'attraper du poisson mais de cibler un coin de la rivière sans perdre ma cuiller sur un tronc d'arbre à mi-eau. Le moulinet demandait de l'écoute et je ramenais le leurre sans à-coups entre les obstacles du torrent. Sa course vibrante, comme celle d'un poisson étincelant, alors qu'il s'agissait d'une cuiller-hanneton dont le dos à pois évoque la coccinelle, finissait à mes pieds. Car c'est près de la berge que la truite mord, parfois des truitelles ne faisant pas la maille, que nous relâchions avec toute la délicatesse possible, si elles n'avaient pas trop « engamellé », c'est-à-dire avalé la cuiller, Nicolas leur souhaitant bonne visite chez le dentiste...

L'autre intérêt de la pêche au lancer, qui est une pêche d'adresse, c'est qu'elle provoque de longues promenades où le torrent est remonté, où on lance d'amont en aval en se débrouillant pour ne pas être repéré par le poisson qui a ses mouchards : les oiseaux, les insectes, une grenouille sautant dans l'eau. On la pratique en solitaire. J'entrais dans le lit accompagné par une présence de femme. Une sensation de femme accompagnait ma chair de poule. Le bien qu'elle me faisait était diffus et enveloppant.

Je ne faisais pas de crise d'asthme à Sillans et dans toute la pollinisation de la Bresque, douce de miels très divers, mais aussi d'essences âcres, je ne bronchais pas. Je ne faisais pas d'asthme en dehors de la famille. Toutes les suffocations émotionnelles provoquées par la chaleur de l'air et l'odeur de l'eau se convertissaient en désir sexuel. Aussi, je me lançais dans la remontée de la rivière jusqu'au domaine de Bresc où le torrent devient encore plus serré, où il n'a aucun moment de léthargie et où la source n'est plus loin. Je n'étais pas obsédé par la truite mais par les aguets et les approches, comme si j'allais surprendre un miracle, et ce que j'aurais pu surprendre de plus beau était une femme nue.

Je descendais vers la rivière avec le fard du coupable, la chaleur de qui s'attend à voir son besoin rassasié.

Après plusieurs lancers au même point, l'attente et le désir de la touche, de l'électrocution qu'elle provoque, augmentaient mon désir de sexe sans lui en montrer aucun. Touche sonnait avec le vocabulaire du flirt des adolescents. J'avais eu une touche, autrement dit un départ, un toc à l'endroit où la main remonte vers le cœur. Je ne me touchais pas, même si je bandais d'ivresse. Le trouble me condamnait à la bredouille. Je voyais la rivière comme un sexe de femme. Je la voyais dans une position d'invite qui me mettait en érection.

Si j'avais la chance d'avoir une prise, il fallait que je me méfie de son humidité glaireuse. Elle glissait comme une savonnette, ma pression la faisant gicler de ma main pour regagner la rivière et je n'avais plus que la sensation de cette glaire sur la peau.

Lors de mon premier séjour seul à Sillans, Suzanne et moi conversions dans sa pièce préférée pendant les heures chaudes de la sieste. Elle me relatait un accident de voiture dont les conséquences la faisaient encore souffrir. Elle releva alors sa robe ample – en été elle portait des boubous en wax – pour me montrer son ventre et surtout son sexe parce qu'elle ne mettait pas de culotte. Je savais qu'elle n'en mettait pas parce qu'elle pissait debout dans la rue, au milieu des passants, les toisant pour qu'ils détournent les yeux, pendant que je regardais où allait la rigole.

Elle avait écarté les cuisses sur son fauteuil. Elle s'attendait sans doute à ce que je défaille ! Je faisais le clinicien. J'examinais son ventre en y constatant le raviné, les cicatrices. Elle parlait du volant qu'elle avait reçu dans le ventre. Elle rabaissa les pans de sa robe. Elle les avait saisis des deux mains pour les relever d'un coup, en flasher.

Je l'imaginais riant sous cape du bon tour qu'elle me jouait. Elle avait voulu choquer son petit-fils de quatorze ans ! Cela me faisait sourire, alors que je n'étais pas blasé et que n'importe quoi me faisait sortir les yeux de la tête et le cœur de la poitrine. Il y avait de la naïveté dans sa provocation. Elle ignorait que la vision d'un sexe ne suscitait pas d'alarme dans notre fratrie, Jean et Odette étant naturistes et nous amenant depuis toujours sur les plages et les bouts de rocher où personne n'a besoin de maillot de bain. Pourtant, ce que j'avais vu s'était imprimé au-delà de l'effroi dans la conscience de la blessure et de la douleur. J'ai encaissé la scène parce que je m'en serais voulu de l'amortir. Je l'avais prise avec le sérieux attribué aux scènes initiales, ce que Suzanne aurait souhaité. Elle aurait souhaité être ma scène primitive. Elle m'avait présenté son repoussoir, sans doute dans le souvenir de la belle femme qu'elle avait été. Je pensais à ce que m'avait dit Odette sur son refus de la maternité et combien elle ne s'était jamais occupée de ses enfants, particulièrement de Jean. Elle me montrait un ventre et un sexe en guise de refus, de non obstiné ou de déclaration d'une guerre secrète.

J'avais eu l'impression de passer un test. Elle voulait créer une effraction, quelque chose qui ait la vertu du scandale. Elle aurait aimé me scandaliser.

Il y avait en aval de la cascade au bord de la Bresque un élevage de truites et d'écrevisses faisant restaurant où Suzanne et Louis amenaient parfois des hôtes avec qui ils étaient en affaires, des galeristes par exemple projetant une exposition de Louis ou des éditeurs désirant reproduire ses dessins. Il est arrivé qu'au café Suzanne me demande d'aller faire quelques brasses dans la rivière assez vive à cet endroit-là. La terrasse où nous étions me mettait en vue de n'importe quel point. Elle me demandait de me mettre nu, ce que je faisais sans timidité en ne m'exhibant pas. Ce n'était pas un ordre, c'était sa fantaisie. Ce qui me prémunissait contre l'exhibition, c'était la nage. Je faisais cela en tant que nageur plutôt qu'en tant que nu. Je crawlais sur la longueur d'un méandre, je revenais, je me rhabillais sur la berge et j'allais finir mon dessert parmi les messieurs-dames.

Une fois que je sortais de l'eau, Suzanne m'avait dit que je l'avais comme mon grand-père. Elle regardait ma queue. J'avais l'habitude de hausser les épaules devant ses provocations. Peuh… ! Puis sa remarque est devenue l'intuition de ce que j'aurais aimé être : décalotté.

Une autre où j'avais invité Louis à venir se baigner avec moi, pour que je ne sois pas seul dans cette situation, il m'avait répondu d'une humeur jalouse : « Je ne suis pas beau, moi ! » C'était faux. Je craignais que ma ressemblance avec Jacques ne m'éloigne de Louis.

C'est dans un de nos premiers tête à tête de sieste et d'été qu'elle m'avait raconté comment, dans son village bourguignon, elle avait été remarquée et accostée dans la rue par un négociant passant par là dans une belle voiture. Elle avait été enceinte tout de suite. C'est à ce moment-là qu'elle s'était défendue. « Il n'allait pas s'en tirer comme ça », disait-elle de son séducteur, riche négociant d'Orgelet apparenté à Léon Bel, l'inventeur de la Vache qui rit. Je saisissais qui serait la victime.

Suzanne parlait par litotes, jamais dans la continuité, parfois dans un hochement de tête sceptique ou levant les yeux au ciel pour souligner une hyperbole. Elle me racontait comment elle avait fait antichambre pour être reçue par la famille et comment elle avait été accueillie, affrontant sans sourciller la certitude qu'avaient les parents de son séducteur d'être tombés dans un traquenard. C'était son entrée dans le monde. Elle disait de sa voix aiguisée par un sifflement d'asthme : « Tu comprends, le monsieur voulait la pauvre petite innocente… »

Elle n'avait pas dit qu'elle avait mis un pied dans l'argent et le luxe, mais elle avait insisté sur la façon dont elle avait tenu devant une bourgeoisie prête à l'écarter. J'imaginais son aplomb, son culot et son énergie de gosse devenue mère qui ne s'occuperait pas de son enfant, Robert Gerdil, devenu un chirurgien admiré, ce que je saurais plus tard, et qu'elle rencontrait chez Jeanne Ravel, ce que me raconterait ma tante Anita, comme j'apprendrais que son séducteur était par la suite demeuré célibataire endurci, écœuré de s'être pris en face un mur qu'il avait pris pour un mirage. Il avait été si joliment simple d'ouvrir la portière de la voiture pour proposer une promenade. J'avais en tête les images des garces fatidiques du cinéma français.

## La vie au village

Personne ne faisait de repas à Sillans et, les premiers jours, nous nous demandions si nous allions manger un jour ou l'autre. Il n'y avait pas de petit-déjeuner, pas de déjeuner ou dîner où nous passerions tous trois à table. Ces rituels n'existaient pas et nous mangions parfois de manière inattendue. Suzanne déballait une nourriture de traiteur faite pour les déjeuners sur l'herbe, des pâtés, des charcuteries qu'elle jetait dans une assiette où mangeaient les chats. Les assiettes ne voyaient pas l'eau et j'ai monté deux seaux dans la souille pour faire la vaisselle. Toute remarque m'aurait valu l'étiquette de bourgeois. Rien de plus agaçant que les gens dont le mot bourgeois occupe toute la bouche. Me jeter un bout de pâté de foie dans une assiette aussi innommable était une provocation destinée à déclarer en moi le petit-bourgeois. C'était des bizutages que je détestais. Je prenais les choses en main. Je faisais ma vie.

Nous sillonnions le Haut-Var dans sa 404, avec Louis à la place du passager et moi derrière avec les teckels. Dès que nous montions dans la voiture, nous anticipions la panne d'essence, la jauge étant déjà sur la réserve. Nous devions d'abord changer d'itinéraire pour rejoindre la pompe la plus proche. La panne survenait dans des déserts. Elle était prévisible. Guettée, elle survenait au plus mauvais moment. Je n'ai jamais entendu la moindre protestation. Nous poussions la voiture dans un endroit sûr au bord de la route. Louis prenait un jerrican dans le coffre et nous partions tous deux pour de longues marches.

Nous conversions sur les petites routes. Il était un vrai lecteur. Il m'avait offert des livres de poche à chacun de mes anniversaires, dont ceux d'Edgar Poe. Avec Bernard Spadari, un ami de Lacordaire, nous avions mis en musique le poème *Annabel Lee*. « In a kingdom by the sea » n'avait pas besoin de musique pour chanter... J'interrogeais Louis à propos du *Corbeau*, J'étais intrigué par *Genèse d'un poème* qui lui faisait suite. Je lui demandais : « Tu y crois, toi ? », parce que toute tentative de maîtrise m'inquiétait. Ce qui m'inquiétait, c'est ce qui me manquait. Il me disait qu'il ne fallait pas lire le poème et sa soi-disant explication en regard, mais comme deux textes séparés, le poème en tant que don fabuleux d'une vision, le second comme les investigations d'un détective et le jeu malicieux de l'après-coup. Il ajoutait : « Sinon, c'est une bouffonnerie. » Nous cheminions le long des champs rasés et secs. Nous faisions du stop. Quand nous revenions avec de l'essence, Suzanne faisait la sieste dans la voiture ou sous un arbre à deux pas.

Comme nous étions sur le marché de Lorgues, elle s'était emparée de deux petites tourtes à un étal et comme elle commençait à prendre le large, elle avait été hélée dans son dos par le marchand. Elle avait continué son chemin dans la foule du marché. Le marchand l'avait rattrapée et quand elle s'était retournée, elle avait les deux tourtes dans la bouche et elle les postillonnait en le prenant de haut. Rien de penaud ni d'humilié, puisque ce qu'elle cherchait commençait maintenant... Louis était derrière pour tout arranger et régler la note dans les engueulades et la confusion. Si ça tournait vinaigre, il était capable de surenchérir. Suzanne regardait la mêlée avec d'énormes yeux d'imperator. Il ne fallait pas la dévisager quand elle était d'humeur à se rebiffer, en animal acculé. C'était son moment insurgé, son profil de médaille. Après, nous nous taisions dans la voiture et ne commentions pas. C'était ainsi, ni drôle ni tragique. « No comment », annonçait-elle en démarrant. Elle en avait besoin, rien que pour savoir où elle en était avec Louis, ce que nous devinerions peu à peu.

N'importe quelle visite dans une boutique serait l'occasion d'une tension. Elle piquerait un truc dont elle se ficherait et il faudrait amortir le coup et préparer la fuite.

Nous avions compris que la question des repas espérés avait sa réponse au restaurant. Nous partions le plus loin possible du village, volontiers sur la Côte d'Azur, nous étions attablés dehors, pas loin du parking de la voiture. Un léger suspens flottait sur le repas luxueux pris dans un de ces restaurants bien famés où l'on n'a pas toujours l'œil sur le client. Rien ne me coupait l'appétit. Suzanne n'était pas si alerte mais elle avait mis au point la stratégie du doggy bag consistant à demander à Louis d'apporter les reliefs de nos repas aux teckels. Il n'avait jamais été fichu de passer le permis de conduire parce qu'il s'était toujours immédiatement disputé avec les examinateurs, mais il était capable de conduire la 404 au plus près de l'endroit où nous étions attablés et de rester au volant, moteur allumé. Nous décampions en un soupir. Nous étions ivres. Suzanne ne me forçait pas à boire mais elle remplissait mon verre. Ça précédait une semaine de sobriété. Rien n'était fixe, pas plus la tempête que le calme.

Elle nous faisait des coups. Nicolas et moi disions qu'elle nous sortait un numéro : « Elle nous fait son folklore. » Nous ne pouvions pas prendre cela pour humoristique, bien que Louis ait étouffé un sourire en constatant : « Ah oui, elle vous a fait ça… ? » Je lui racontais la tête du pompiste devant qui Suzanne avait démarré après avoir fait le plein. Il avait rebouché le réservoir et revenait vers la portière avant. L'homme était tellement navré qu'une dame déjà ancienne lui joue un tour pareil qu'il en oubliait de relever la plaque.

Je n'ai assisté qu'à des faits lamentables, pour une ou deux réussites dans la grivèlerie. La plupart du temps, nous étions pris sur le fait et il fallait négocier sous les menaces. Cela faisait du bruit. C'était sporadique. Puis tout rentrait dans la norme. Mais au moment le plus inattendu, un esclandre casserait la baraque.

Nous ne savions pas s'il s'agissait de nous initier aux situations inextricables, mais il est arrivé qu'elle me demande de dormir chez l'hôte où nous dînions quand celui-ci était seul et homosexuel. Il aurait fallu que je dorme chez Tony Daniels, un Anglais qui habitait sur la route d'Entrecasteaux et chez qui nous dînions souvent. Tony faisait de la peinture, il retapait des maisons en Provence et au Portugal et il disparaissait parfois pendant trois à six mois au Moyen-Orient où, d'après Suzanne, il aurait mené des missions secrètes. Je ne savais pas pourquoi il fallait que je dorme ici. Je me demandais si Suzanne et Louis avaient besoin de souffler de ma présence.

De même, si nous étions à Forcalquier chez Lucien Henry, elle voulait que je demeure deux ou trois jours sur place en me confiant à Lulu. Chez tous ses amis, il n'y avait qu'un lit. J'aurais pu dormir par terre. Je préférais le père Noël de Forcalquier à l'agent secret de Sa Majesté. Tous deux étaient respectueux. Ils comprenaient la situation où me mettait ma grand-mère mais ne l'évoquaient jamais en mal. Ils disaient avec admiration : « Ta grand-mère est la plus grande fouteuse de merde de la planète. » Quand je dormais chastement avec Lulu, il était rempli d'égards. Il se levait pour un dérangement...

Il y aurait eu une fois où, chez Tony, aux dires de Louis qui l'avait cafardé à Nicolas, j'aurais « allumé les pédés en leur proposant un strip-tease... ». Peut-être que Suzanne commençait à me mettre à bonne école... ? Peut-être que j'aimais jouer en zone dangereuse... ?

Je ne savais pas ce qu'elle voulait tuer en moi : le bourgeois ? Cependant, elle avait fait les mêmes coups à Nicolas qu'on ne pouvait pas suspecter d'être bourgeois, mot dont elle nous rebattait les oreilles. Je lui répondais, faisant allusion à Jacques : « C'est toi qui as épousé un bourgeois, pas moi ! » J'étais mécontent qu'elle me mette à cet endroit-là. Je pensais qu'elle ne voulait pas détruire mais aiguillonner. Au fond, je me trouvais bien à Forcalquier avec Lulu qui me montrait de la peinture et me parlait de littérature.

J'étais allé me plaindre à Louis que Suzanne me faisait chier avec les bourgeois et la bourgeoisie. Il m'avait expliqué : « Tu ne comprends rien si tu ne tiens pas compte du facteur asthme... » C'est vrai qu'à Sillans les tensions les plus électriques arrivaient quand elle avait du mal à respirer. Mais quand nous foutions le camp sans payer, elle n'avait pas d'asthme ! Quand elle me disait devant Tony : « On va te laisser là. Tu vas être bien... », elle n'avait plus d'asthme du tout. Je n'allais pas rétorquer à Louis qu'elle n'était jamais malade pour les embrouilles. Je l'aurais entendu me répondre : « Justement... »

Je me suis raconté qu'elle se vengeait de sa douleur. Nous en prendrions notre part, que nous le voulions ou pas.

Puis je me suis dit que le désordre était sa seule façon de respirer. L'état de souffrance dû à l'asthme – elle avait souvent le bec du Dyspné-inhal au coin de la bouche – trouvait son exutoire dans les situations gênantes et fracassantes où elle nous mettait. Une crise en contre-feu de sa crise.

Rien à Sillans ne pouvait arranger sa maladie, surtout pas des gerbes de lavandins sur de la pisse de chat. Les mouches étaient plus nombreuses que les nœuds d'encre noire couvrant un dessin de Louis. Nous mettions des rubans de glu, des buvards. Nous vivions dans un zézaiement, un bourdonnement. Dedans, le sifflement d'asthme de Suzanne se percevait comme une chansonnette.

Elle se servait de tout pour être la maîtresse du jeu. Elle avait besoin de manipuler. Nous entrions dans son jeu, notre complicité dans le forfait lui faisant plaisir. Nous lui faisions d'autant plus plaisir que nous sentions qu'elle avait davantage l'humeur au survoltage qu'au crime. Les méfaits auxquels nous étions invités n'étaient pas bénins. Ils méritaient le tribunal correctionnel. Mais ils comportaient des aspects farcesques. Suzanne avait besoin de relever le taux d'électricité dans l'air et d'être dans une position d'attaque. Elle ne parlait jamais de ses actes délictuels et elle n'en aurait jamais avoué un ou permis qu'on les lui rappelle. Après les faits les plus répréhensibles l'obligeant à signer des avis de réception de papiers bleus, méprisant la justice, elle faisait la morte, d'ultimatums en recours.

Je me méfiais de ses aspects destructeurs. Je posais la main sur mon verre pour le boucher. Odette, toujours attentive à déjouer les dangers, nous avait prévenus qu'elle avait fait boire Richard. Dans le parcours initiatique qu'elle nous proposait, les plus faibles seraient violés et alcooliques. Nicolas ne risquait rien. Moi j'étais louche mais prudent. Quand Suzanne sentait que ses combines ne prendraient pas auprès de moi, elle me mortifiait : « Rationnel comme Jacques ! »

Suzanne et Odette avaient passé un pacte de non-agression. Elles avaient balisé leur territoire. Odette était critique à l'égard de Suzanne, mais jamais par-devant. Suzanne ne disait jamais du mal d'Odette par respect pour nous. Elles ne s'affrontaient pas.

J'étais allé parler à Louis de l'accusation d'Odette. Il me donnait des informations fiables. Il m'avait dit qu'il ne fallait personne pour forcer mon père à boire. Il avait ajouté qu'il n'avait jamais vu quelqu'un boire autant pour son jeune âge.

C'est Richard qui avait présenté à sa mère ses deux meilleurs amis, Louis Pons et Michel Raffaëlli. Je suppose qu'il avait dû être troublé de la voir prendre un amant parmi ses copains.

Le plus gros de la vie des villages était occupé par les querelles de voisinage. De la placette, sur son pliant, Suzanne saluait les vieilles dames parties ramasser de l'herbe à lapin avec leur serpette et le fichu dont elles feraient un ballot. Les anciennes cherchaient des salades dans les prés, dont la doucette. Les cueilleurs de champignons venaient lui montrer leur panier rempli de sanguins, de safranés, de baveux (le morvelous), de petits-gris, de dentelés et de pieds-de-mouton. Toute l'opposition au maire menée par Gaston Garcin lui faisait part de leurs doléances... Elle s'entendait bien avec les sorcières et les objecteurs de conscience. Restait une autre part des habitants avec qui il y avait des réticences épidermiques. Suzanne et Louis s'insurgeaient en un clin d'œil. Ils me racontaient les engueulades mémorables. Le ton montait à toute vitesse.

Quand Suzanne était partie avec Louis, le couple avait erré de village en village, n'y restant jamais plus d'une ou deux années. Ils gardaient des souvenirs cuisants des villageois des Basses-Alpes, les agriculteurs comme les éleveurs. Ils étaient les éternels étrangers dont on ne sait pas ce qu'ils font et pourquoi ils sont là. Ils étaient en proie au rejet. Ils se battaient contre avec aplomb. Ils ne cédaient pas mais ils partaient. Ils allaient du Revest-des-Brousses à Banon, de Simiane-la-Rotonde à Montjustin et bien d'autres lieux. À Simiane, ils avaient vu arriver la police sur dénonciation des voisins qui les accusaient d'avoir transporté de nuit un corps emmailloté et sans vie. C'était le cadavre en bois d'un crucifix baroque transporté jusque-là par André Queffurus et par Louis. Comme il ne s'agissait plus d'assassinat, il avait fallu prouver que l'objet n'avait pas été volé dans une église.

J'avais assisté à une altercation entre Louis et son voisin à Sillans sur la placette où cet agriculteur avait une remise avec son tracteur. Louis était déchaîné. Il était d'une agressivité véhémente. Il s'en désarticulait. Il accusait l'agriculteur de lui avoir tué un chien avec des boulettes empoisonnées. Nous adorions ce chien roux aux poils bouclés parce qu'il était la jeunesse même. La jeunesse chez le jeune chien est extraordinaire de facéties. Louis était fou de cette joie de vivre. Ce chien aurait gêné, il aurait divagué, nous ne comprenions pas de quoi il avait été accusé…, et il était mort dans les affreuses souffrances caractéristiques du poison. Une nuit, Louis avait sorti sa boîte à outils et il était allé dans la remise du voisin démonter une pièce essentielle à son tracteur qu'il avait jetée dans la Bresque.

## Le jardin de Bresdin

Louis n'était pas pédagogue et ne se souciait pas de passation. Il se contentait de partager ce qui le passionnait avec peu de mots et beaucoup d'exemples. Il me regardait comme si j'avais tous les âges. Il voulait bien que je sois l'enfant selon l'idée de l'enfance entretenue par les adultes, mais pas que je sois enfantin. Il lui arrivait de me donner des leçons, comme le jour où il s'est aperçu que j'étais passé à côté d'un objet sans le voir. Il m'avait repris pour mon incuriosité. Je n'avais pas vu cette boîte ronde en fer de la marque L'Éclipse mangée par un demi-cercle de rouille. Cela n'avait rien éveillé. Je n'avais pas fait le rapport entre cette marque de cirage et la corrosion en demi-lune mangeant l'image de cette planète. Je n'avais pas capté ce moment où le hasard propose un sens. L'objet ne m'avait pas réveillé. Le sommeil de l'enfance m'engourdissait encore. Louis m'avait marqué son impatience. Si je n'étais pas attentif, je n'entrerais pas dans les mécanismes des multiples objets qui tournaient dans son atelier, y migrant jusqu'à trouver leur place à côté d'autres objets auxquels ils seraient apparentés au sein d'une construction qu'il nommait montage ou assemblage. Ma compréhension endormie venait de marquer une éclipse. Ce qui nous entourait dans l'atelier serait donc pour moi des épaves mortes ? Je lui avais déjà prouvé bien des fois le contraire mais je n'avais pas le droit de lui montrer des trous dans ma compréhension de son univers. Mon incuriosité avait éteint son monde au lieu de l'allumer.

Je m'en voulais d'être lent. J'étais entré dans une maison où le qui-vive était permanent. Les becs dans l'eau n'avaient pas leur place devant des yeux guettant ma réponse et m'abandonnant dans la gêne si elle ne venait pas. Louis détestait l'approximatif dans les jugements. Il ne ratait pas le phraseur ni la mollesse d'expression. J'étais sommé d'être rapide et même spontané, ce qui ne correspondait pas à mon état de conscience fait d'un brouhaha de questions sans réponses. Je me serais fait rabrouer pour une imprécision ou un commentaire hasardeux. Je devenais mutique. Puis soudain tout se relâchait quand il me demandait en souriant : « Tu fais la sieste ? » Ou : « Ça te passe au-dessus de la tête ? » C'était la même intonation de la part de Suzanne quand elle me surprenait en train de m'éloigner de son propos et qu'elle me lançait : « Cause toujours ! » pour me rattraper. Je marquais un temps de retard. Il me fallait plus de temps pour préparer une répartie qui viendrait des années plus tard, aujourd'hui par exemple. Ils me demandaient d'être plus que moi-même et j'entrais dans la crainte de ne pas pouvoir répondre à leur attente. Je n'y voyais pas une exigence mais l'invitation à partager un rythme. Je n'étais pas dans le coup, ou pas souvent.

Dès que j'étais pris à partie ou qu'une réflexion m'indiquait que c'était le moment d'être soi-même, je ressentais une menace. Je ne savais pas où trouver ce soi-même. Par contre, dès qu'il s'agissait de se glisser dans les choses qui m'entouraient, l'observation des gens, d'un environnement, je me sentais bien. Ils essayaient de me tirer de cette zone de confort où j'aurais été spectateur.

J'avais le droit de rester dans l'atelier quand Louis dessinait parce que je m'étais fait oublier derrière un bouquin. Il calait une feuille sur une planche de bois, une page blanche de format raisin tenue par quatre pinces, et il dessinait sur ses genoux avec l'encrier sur la planche que sa plume trouvait en un geste souple. Le grattement de la plume faisait le son d'une balafre. Je rentrais dans une bulle d'absorption et de concentration. Je sentais que, dessinant, Louis était hors de lui-même ou sur un terrain où cela n'aurait rien signifié, être soi-même, parce que la plume allait au-delà. Dessinant, il était dans une vigilance appartenant au trait, à ce qui surgit, ce qu'au fond il aurait attendu de mes paroles quand il me posait une question.

Derrière mon bouquin, dans les velours d'ombres de l'atelier, je me faisais mes réponses.

Il ne dessinait pas d'imagination parce qu'il le faisait sans modèle. Il n'avait pas besoin d'imaginer parce que les objets peuplant son atelier sautaient dans ses dessins. C'était les agencements des objets habitant ses étagères et gisant sur le sol qui fabriquaient le monstre. Il aurait repoussé ce terme d'imagination, me disant qu'il n'en avait aucune ou bien qu'elle serait celle de sa plume et de son encre. Le dessin est dans l'encrier. Il est dans le blanc des murs chaulés de l'atelier rempli de présences en noir et gris. Si je lui avais demandé s'il dessinait de mémoire, il aurait répondu : « Oui, mais la mémoire des choses » parce que, la sienne propre, il ne la convoquait pas. J'avais trouvé où nous étions d'accord. Il dessinait avec les bords de la rivière qui sautaient dans sa page. L'usage et la pratique du sentier riverain et des buissons à écarter pour rejoindre la berge guidaient la circulation du dessin.

Je pensais à la cueillette, à la rapine, aux étonnements du promeneur. Il lui fallait l'aller-retour du dehors au dedans et ce que l'on cherche avec les yeux dans la nuit de la tête.

Un moment me captivait, le commencement, quand Louis jetait des traits à travers la page, des traits fusant où la plume volait dans l'air avant d'attraper quelque chose : l'appel ou l'allusion d'une figure ou d'un lieu. Il jetait les dés. Il laissait l'impulsion partir. Il lançait quelques traits d'une façon alerte et comme au hasard, sachant que ces coups de hasard deviendraient des contraintes. C'est dans les premiers traits qu'il verrait monter l'indice d'une figure, comme s'il avait attrapé un oiseau dans un filet. Ensuite, j'entendais le brodeur et le rythme du grignotement de la plume et parfois sa stridence. Il dessinait comme on grave et son dessin allait chercher son incision ou son entaille dans la gravure, quoiqu'il s'en prît très peu à la chair du papier. J'admirais comment il savait moduler la quantité d'encre de Chine remplissant la gouttière. Il écrasait la plume ou il laissait s'écouler un fil. Il maîtrisait la tache et la libation d'encre. Le dessin était biffures, ratures et entrelacs. Il enregistrait toutes les nervosités. Il allait de l'avant, sans repentir, quitte à revenir sur ses pas pour creuser, mais tout ce que la plume faisait jaillir était irrémédiable. Ce n'était pas aller de l'avant avec la volonté mais selon le rêve de l'araignée. Cependant, les traits devenus toile piégeaient aussi bien l'inconscient que des objets à portée de vue. Des fantasmagories montaient, des bacchanales d'insectes et d'oiseaux. Ce que le dessin faisait surgir du noir pouvait être un drame minuscule au creux d'un buisson. Il arrive dans les collines de surprendre les restes d'un animal dévoré dans un cercle de plumes, poils et ossements, et même de voir monter le serpent vers un nid. Le meurtre obscurcissait le taillis peuplé d'inquiétude.

Dès mon premier séjour à Sillans, Louis m'avait amené sur le chemin de terre descendant entre les bois et les prés vers la cascade pour me montrer un jardin abandonné se laissant à peine deviner dans la broussaille qui l'avait envahi. Il y avait des canaux d'irrigation, des serres détruites et un mélange d'essences étrangères au paysage méditerranéen. On reconnaissait des allées jusqu'au moment où le jardin s'arrêtait sur des falaises de tuf dont la base était parfois creusée pour servir de remise ou encore, plus anciennement, d'habitats troglodytes. Tous les alentours de la cascade étaient faits de mousse pétrifiée, d'une pierre spongieuse remplie d'air. Nous entrions dans les fourrés nous menant aux falaises de tuf, comme dans une sorte de bois sacré où il faudrait retenir sa respiration. Nous semblions ne pas vouloir nous montrer alors que nous ne risquions pas d'être vus par des hommes. C'est à la chouette que nous ne voulions pas nous montrer pour avoir la chance de l'apercevoir, puisqu'elle habitait là. Mais le plus étonnant était la façon dont le tuf des falaises avait été recousu par les muscles des figuiers tenant des blocs dans d'énormes ligatures. Les figuiers poussaient à l'aplomb de la falaise, cramponnés et incrustés en elle de telle sorte que nous suivions les chemins de leurs racines. Elles étaient bombées comme des torses et leurs colonnes gonflaient des poitrines. C'était peut-être un tour de l'habitante du figuier, Isis la magicienne, que de transformer une frise de racines en partouzes comme il y en a dans les enfers et les bordels... ? Nous ne revenions pas vers le chemin de terre en effaçant nos traces, mais dans la pensée qu'il fallait refermer le jardin derrière nous pour que nous ne le retrouvions pas et que nous puissions à nouveau le découvrir.

La porte du jardin était dans le coin bureau de l'atelier avec une gravure de Rodolphe Bresdin intitulée *Le bon samaritain* que je regardais en m'y perdant. Louis l'offrirait un jour à Nicolas. *Le bon samaritain* n'était pas une porte dans le dessin de Louis mais il y menait comme le jardin. Je sentais une continuité entre des mondes communicants qui versaient les uns dans les autres. Je tirais un fil et j'avais l'impression de voir venir un monde où tout se répondait. Cela m'interrogeait parce que je battais la campagne. Je ne m'étais jamais posé la question de savoir ce que c'était, voir un monde se constituer autour de soi ou en constituer un.

Je sentais que des bords de la Bresque à l'atelier, tout se répondait, y compris dans la petite bibliothèque faite de deux étagères au sol séparant l'atelier du lit de camp. Elle était faite d'une cinquantaine d'ouvrages qui, pour Louis, étaient le nécessaire. C'était sa bibliothèque de première nécessité et tout ce qu'il lisait par ailleurs avec curiosité finirait dans le fouloir. Je n'étais pas à l'âge où l'on se constitue une famille d'affinités, je me laissais aller de façon boulimique vers le butinage et jamais je n'aurais pris le parti pour quelque chose de clos. Ce qui m'impressionnait dans le monde de Louis, c'est que les artistes et les poètes qu'il avait choisis étaient considérés comme des alliés et des soutiens. C'était les acteurs agissants de son monde avec qui il conversait. Aussi bien, c'était eux qui l'avaient choisi. Je pouvais voir combien il avait « ses » artistes et « ses » livres et ce que cela signifiait. J'étais impressionné parce que j'étais incapable de fixer tous les appels que je recevais. Parfois, un abîme s'ouvrait quand je me disais que je n'avais pas de monde. Puis il se refermait quand je me disais que je n'en voulais peut-être pas un mais plusieurs.

Louis me donnait une interprétation encourageante en m'affirmant que ce monde, on y était porté par ses refus. Il me donnait à penser qu'il se bâtissait grâce à des aversions, des répulsions non négociables par l'intelligible.

Qu'il m'indique une solution avec le moins plutôt que le plus, un monde en négatif, constitué en creux, me rassurait à moitié... En creux, pour taper et qu'il sonne... !

Je me disais que j'étais capable de choisir des choses essentielles pour moi qui ne me ressemblent en aucune façon, ni dans ce que je pensais être ni dans ce que je pourrais faire un jour. Je n'envisageais pas une cohérence constituée par des ressemblances et des affinités. Je ne me voyais pas former un monde qui me ressemblerait ni qui serait à mon image.

Pour moi, le monde de Louis était fabriqué à la façon du castor échafaudant un barrage. Il arrive que le castor se trompe, dans ses prévisions du niveau de l'eau, et que sa progéniture soit noyée. Il avait monté un rempart contre la catastrophe. Il m'indiquait qu'il se comportait comme les animaux de son bestiaire : l'oiseau et le rongeur.

« Avoir son monde » était une expression qui me mettait la puce à l'oreille. Je me grattais. Je ne trouvais en moi rien d'homogène et je n'en avais pas envie. Mes désirs étaient contradictoires et imprévisibles. D'autres locutions m'enfonçaient dans le même brouillard. L'expression « il s'est trouvé », entendue à propos d'un artiste : « C'est dans tel moment de son travail qu'il s'est trouvé », me laissait dubitatif. Je la mettais sur le même plan que la phrase : « On ne peut pas échapper à soi-même. » Parfois, on surprend cette expression émise par un amateur à propos d'une œuvre : « Là, c'est vraiment lui ! » Qu'il y ait une vérité de soi-même à trouver comme un trésor m'interrogeait. J'entendais des bribes de locutions de ce type, dont celle qui m'a le plus agacé était ce compliment dans la bouche de Louis : « C'est un artiste-né ! » Je ne comprenais pas pourquoi toutes ces formules me faisaient tiquer.

Une momie péruvienne en position fœtale, le crâne posé entre les genoux et les bras enserrant les jambes, comme dans un sac ou un œuf, aux os tenus par une peau parsemée de poils et de cheveux, gardait la bibliothèque. Louis pouvait la prendre à bras-le-corps pour la mettre dans un autre coin de l'atelier. Elle avait été dérobée au musée Borély de Marseille, où elle était abandonnée dans les réserves, à la suite d'un pari d'ivrognes passé entre Louis et André Queffurus (le musée n'avait pas porté plainte ni enregistré cette disparition parce qu'il ne voulait pas avouer qu'il était une passoire).

La momie obligeait au silence dû aux restes humains. Pas chapeau bas mais ralentir dans sa zone. Ça ne serait jamais un objet. Elle faisait le vide autour d'elle. Elle était le sage du lieu, même si j'ai vu André la faire valser, une vraie valse, vieille dame fragile comme la mue d'une cigale. Éviscérée, elle était une cosse vide.

Nicolas et moi aimions cette personne vénérable en tant que guérisseuse venue d'une civilisation disparue. Nous imaginions son voyage depuis une anfractuosité de rocher dans une falaise pas loin de son village andin. Nous avons dormi paisiblement en sa compagnie. Nous n'aimions pas qu'elle soit considérée comme appartenant au cabinet de curiosités. Les quelques amateurs des dessins de Louis entrant dans l'atelier étaient tout de suite captivés par cette personne extraordinaire et j'avais pitié de l'étonnement qu'elle provoquait.

C'est là que, pour nous – j'en avais discuté avec Nicolas et c'était son avis –, la cohérence du monde de Louis trouvait sa limite. Nous ne voulions pas que cette momie fasse de la représentation dans son monde. Cela nous mettait mal à l'aise, qu'elle puisse représenter le clou de la visite.

Je ne l'interrogeais jamais au sujet du morbide. Je ne le ressentais pas. Je comprends bien que passer sa vie en compagnie d'une momie paraît morbide à première vue. Je ne traduisais pas la présence dans l'atelier d'un cadavre comme morbide parce que je ne le sentais pas cadavre, avec la peau de son crâne lustré comme une vieille dent. Je me sentais en confiance. La momie agissait sur moi en protectrice.

Je n'interrogeais pas Louis à ce sujet pas plus qu'à celui d'autres rubriques entrant dans sa manière : le nocturne, le fantastique, l'inquiétant, le grotesque, l'insolite et l'humoristique. Autour de nous, les rats crevés, les batraciens laminés, les oiseaux déplumés représentaient un état du vivant. Ils étaient le bout d'un cycle, avec, grâce à un nouveau tour de piste, leur place théâtralisée dans un reliquaire où la grenouille serait ballerine, la musaraigne fildeferiste, l'oiseau gendarme et l'oiseau voleur. Louis ne voyait pas la mort dans l'os ni dans le pourrissement. Il y percevait ce qui fermentait autour de lui dans la campagne. Il devinait l'étape d'une métamorphose. La moisissure était au même endroit que la germination. Je riais à son humour noir et à son goût pour le grand-guignol. Je saisissais la malice qu'il y avait à faire œuvre avec ce que personne ne veut regarder. Cependant, je me demandais si cette malice-là ne prenait pas trop de place, avec l'effet de séduction paradoxale qu'elle provoquait, les visiteurs de l'atelier que j'observais en douce étant ravis d'être épatés.

L'atelier en entier créait une attraction. Il était le manifeste d'un monde dans sa totalité et celui-ci était excitation. Il créait un état d'excitation visuelle. Il avait un impact. Ce n'était pas une attraction, puisque c'était une tanière ou un terrier, mais il faisait son show. Peut-être étais-je puritain devant toute idée de spectacle ? Peut-être n'avais-je pas compris que l'artiste avait besoin d'un coup d'éclat visuel ?

## Voyou

Lors de mon premier été à Sillans, je sentirais la nervosité de Louis évoquant le fait que « les Suisses allaient passer... » Cela le tendait. Il s'agissait de marchands genevois venant une fois l'an. Ils n'achetaient pas ses dessins en gros, mais on aurait pu le dire ainsi, malgré leur choix méticuleux, tellement ils en prenaient un nombre important à un tarif si dégressif que le prix de l'unité paraissait scandaleux au regard du travail sur de tels dessins et surtout de leur intensité. Je ne connais plus les prix par cœur mais ma mémoire a été ravivée par des dessins où ils sont écrits au crayon dans leur dos : 600 NF. Les Suisses profitaient du nombre pour en demander 500 NF. Louis cachait un carton rempli de ceux qu'il ne voulait pas voir partir. Je l'ai entendu regretter les dessins partis sans adresse ! Les marchands ne lui communiquaient jamais les noms des collectionneurs qui les acquéraient, de peur de se faire doubler. Il aurait pu espérer les racheter un jour, comme il arrive bien souvent aux artistes ayant laissé partir des travaux fondateurs alors qu'ils étaient dans la disette. Il n'était pas complaisant avec les marchands d'art et les galeristes, jamais du temps de Suzanne. Il était au contraire tendu, attentif à un rapport d'équité qu'il ne verrait jamais venir. Il parlait souvent d'indélicatesses. Cependant, les marchands genevois prenaient assez de dessins pour que le couple passe l'hiver, période où il se retrouvait esseulé à Sillans.

Nicolas et moi assistions aux pourparlers de la survie et de l'intransigeance. Louis ne se compromettait pas dans le sens où les quelques marchands, galeristes et éditeurs venant jusqu'à Sillans étaient des passionnés. Mais parfois l'inquiétude du lendemain le rongeait, la gêne constante le révulsait et les rapports avec les plus fidèles des galeristes et des marchands s'envenimaient. Il était en rogne. Il y avait toujours des dessins qui ne revenaient pas et qu'il craignait d'être « étouffés », il y en avait toujours d'autres revendus trois ou quatre fois leur prix par la galerie à laquelle il les avait cédés au rabais sans qu'il entende parler du moindre intéressement. Il n'avait aucun droit de suite et ça le rendait mordant. Il se sentait impuissant et dépossédé devant un ordre qu'il aurait dû subir, s'il avait fermé sa gueule. Le moindre déplacement ou ajournement de dates dans le calendrier des expositions d'une galerie lui donnait l'indice d'une hiérarchie où il n'était ni le premier ni le second mais celui dont on pouvait déplacer l'événement à discrétion, et là, il explosait. Il adorait rompre. Il mettait toute sa vigueur dans la rupture pour ne pas se donner la chance d'un retour. Quand un rapport marchand cassait, il était soulagé.

Il se méfiait des visiteurs dont il avait besoin. C'est parce qu'il avait besoin d'eux qu'il ne les aimait pas. Il détestait être redevable. Plus un marchand lui aurait démontré combien ses services étaient nécessaires et plus il aurait été secrètement haï, jusqu'au moment d'une rupture si soudaine qu'il avait l'impression de prendre la maison sur la tête. Suzanne se tenait près de Louis pour porter l'estocade. Il l'envoyait aux avant-postes. À eux deux, ils constituaient un véritable commando muni d'armes dernier cri. Cela ne voulait pas dire que, dans les premiers temps d'une relation de travail, ils accueillaient mal ou étaient mal lunés, au contraire. C'était un festival de formules drôles et déconcertantes pendant que Louis montrait l'atelier.

J'entrais dans ses réticences, ses refus, je sentais ce qui lui hérissait le poil. C'était un blagueur survolté mais aussi un hérisson, il disait de lui-même : « un oursin dans une pelote de laine ». Je découvrais chaque jour sur quels terrains il ne fallait pas aller. Les points à prendre avec des pincettes étaient nombreux. Ceux qui vivaient de l'art sans en faire étaient méprisés. Il disait que, dans ce milieu, tout le monde pouvait vivre de l'art sauf les artistes en état d'anxiété perpétuelle. Son aversion était comprimée par une retenue à laquelle il s'obligeait en serrant les dents. Il la raisonnait, mais elle lui aurait explosé au nez à la moindre suspicion. C'était étonnant de voir comment ses capacités à la comédie humaine explosaient vite et combien la fâcherie se voyait comme un nez au milieu de sa figure. On dit soupe au lait. Il ne trichait pas avec ce qui l'insupportait. Il avait aussi la même aversion pour les facilités d'expression de ses visiteurs. Il détestait qu'on le ramène à une catégorie. Il bottait en touche avec une humeur massacrante quand un maladroit s'exclamait : « C'est Dada ! »

C'était moi le maladroit qui aimait l'onomatopée Dada simplette comme les chansons yéyé (da dou ron ron). Je l'avais poussée devant les découpes en bois de deux grandes chaussettes zébrées de noir pendant au mur, jumelles et dépareillées. Il détestait qu'on le ramène à une catégorie répertoriée ou qu'on lui fasse des commentaires historiques. Il n'appréciait profondément que les artistes associés à aucune rubrique, ou, s'ils l'étaient, ce ne pouvait être qu'un malentendu ou une histoire d'historiens, ce qui ne le concernait pas. Il appréciait surtout les commentaires personnels qui ne s'aidaient pas d'un tel savoir. Si un regardeur s'emparait d'un dessin ou d'un montage pour se laisser conduire par ses propres histoires, il tendait l'oreille. Il aimait ce qui tombait à côté. Il se fichait des explications. Tous les mots que j'aurais pu poser sur son dessin, il aurait préféré qu'ils se taisent pour que je le voie. Je n'en disais pas beaucoup mais suffisamment pour que ce soit trop. Il se méfiait de la manie d'associer, qui est la plus facile quand on n'a rien à dire. Ça ressemble à. Et de dire Dada. Surtout qu'un regard moins formel aurait décelé dans n'importe lequel des montages les plus instantanés de Louis quelque chose de rural. « Tout est urbain dans Dada, tout vient de la ville », avait-il rétorqué. Au-delà de la forme, il y avait la mémoire dont les objets se nourrissaient. Je m'étais arrêté à l'apparence. Il me le signalait.

Il était pointilleux sur ce chapitre parce qu'il était en délicatesse avec toute position intellectuelle consistant à situer, lui qui se savait anachronique. Il craignait les malentendus et en même temps, il les trouvait inévitables. Surtout, ce dont il avait peur, c'est que sa position d'inclassable le condamne à des difficultés dans la diffusion de son travail et que, malgré la reconnaissance de ses qualités, il n'y ait personne pour vouloir acquérir des œuvres si peu encouragées par la renommée et si loin de l'air du temps. On allait le confiner dans une catégorie minorée. Le mineur, il l'acceptait volontiers : il venait du dessin humoristique pour les journaux et il en gardait l'esprit, mais il s'insurgeait contre des conditions économiques minorées, déjà que sa pratique principale, le dessin, était déclarée parent pauvre…

Nous discutions de lit à lit avant de dormir. Ça s'éternisait en mourant dans la nuit. Je lui demandais comment ça s'était passé au début parce que j'étais avide de commencements. Je voulais savoir comment il avait fait pour démarrer. Il me disait qu'il n'y avait pas eu de commencement, autant qu'il se souvienne, mais des paliers : écolier, des personnages de bandes dessinées dans les marges des cahiers, des incisions dans le pupitre, des graffiti pornographiques...

Il ne m'avait pas parlé de déclics, d'eurêka, rien que des âges les uns après les autres. Il m'avait dit qu'il fallait un certain temps pour que les défauts deviennent des qualités.

J'étais avide de l'histoire de Louis parce que je savais qu'elle n'était pas simple. Il m'a raconté qu'adolescent, la privation l'avait obligé à des actes de délinquance, comme « la fauche de matériel aux armées où on risquait gros ». Il faisait la mule. Il apportait de l'opium à Carcassonne au poète Joë Bousquet dont il ne savait pas qui il était avant de passer la porte de la chambre où le poète était alité pour toujours. Il me parlait d'un gisant, d'un mandarin recevant des visiteurs assis autour de son lit couvert de livres dans une pièce aux murs remplis de tableaux. Il me disait que ce grand malade était entouré de femmes « splendides » et d'« un aréopage d'intellectuels parisiens ». Dès que j'entendais aréopage, je les voyais décoller. Bousquet l'avait accueilli comme un des siens en le rendant complice. Il me disait du poète « qu'il l'avait jeté à la mer ». Cette expression m'enthousiasmait. Être balancé à la mer ! Bousquet lui avait montré, du lit où il était cloué à vie par une horrible blessure de guerre, les tableaux qui l'entouraient, comme si ces œuvres étaient familières à Louis qui les découvrait. Il les voyait pour la première fois et il allait faire un bout de chemin avec elles en y pensant. Il irait les ruminer en y rêvant. Je pensais au génie de la prescience qu'avait eu le poète en le jetant à l'eau. La confiance accordée au regard d'un adolescent l'adoube pour toujours. J'imaginais l'atmosphère de cette chambre que Louis avait qualifiée d'« érotique ». Je remarquais que dans son dessin, le buisson était attenant à l'alcôve, un autre de ses mots. Je sentais que la chambre de Joë Bousquet était devenue un dessin.

L'artiste était sorti du voyou. Odette m'avait mis sur la piste en m'indiquant : « Louis jeune, c'était un nervi à qui tu ne pouvais pas adresser la parole tellement il était agressif ! » Quant à Suzanne, elle pouvait me dire devant lui sans qu'il en soit courroucé : « Un marlou aux idées de prolo... » Il regardait ailleurs d'un air indifférent. Je ne ressentais pas la même chose qu'Odette et Suzanne. Pour moi, avoir un CAP d'ajusteur, son unique peau d'âne, ça n'était pas rien. D'autre part, il existe un dandysme ouvrier fait de casquettes torpédo et de foulards autour du cou. Louis savait traverser tous les milieux sans se préoccuper de ses bonnes ou mauvaises manières. Suzanne, au courant des codes, acceptait ou refusait de s'y conformer selon les circonstances, mais lui les traversait avec la tête en l'air. Si quelqu'un avait voulu lui faire sentir qu'il était « de pauvre et de petite extrace », cela aurait déclenché une riposte violente. Cependant, la fréquentation d'un milieu policé selon les usages français le mettait d'une humeur d'éléphant dans un jeu de porcelaines. Il ne connaissait pas le ton propre à ce milieu. Il le qualifiait de fantoche. Dès qu'il ressentait son inadaptation, cela tournait mal.

L'oncle Jean nous avait cafardé que René Trautmann, pilote de rallye avec qui il était lié, avait connu Pons dans sa jeunesse à Marseille. Trautmann lui avait raconté qu'ils étaient tous deux tellement fauchés qu'ils tournaient sur la Canebière autour des salons de thé à la recherche de vieilles dames. Nous aurions été Jean, nous n'aurions pas raconté ce ragot par respect pour sa mère. Il n'aurait pas dû le raconter par respect pour lui-même.

Des récits de Louis, nous retenions les privations de la guerre amenant de nombreux jeunes gens au sanatorium. Raconter la guerre, c'était raconter la faim, les trafics et le chapardage.

Il parlait rarement de Richard, mais il m'a confié que lors des soirées passées ensemble, celui-ci avait tendance à se plaindre de ses démêlés avec ses parents. Il me disait : « Tu comprends, il nous invitait au restaurant et il nous parlait de ses malheurs, mais Raffaëlli et moi, nous étions simplement contents de bouffer… » J'étais intrigué par tout ce qui concernait mon père et apprendre qu'il avait l'humeur tragique à cette époque me déplaisait. Ce qui m'était le plus désagréable, c'était que l'anecdote renforçait le sentiment de compassion que j'éprouvais pour lui, sentiment douteux que je me reprochais, tellement je ne voulais pas d'un père qui le mérite.

Louis était parvenu à ses fins, pas avec René Trautmann mais avec Michel Raffaëlli qui dessinait et jouait de la guitare. Suzanne avait obtenu de les installer dans les communs du château de la Panouse, sur les contreforts du massif de Marseilleveyre, qu'elle occupait avec Jacques. Le libertinage ne régnait pas à La Panouse. Jean me racontait qu'il voyait son père se servir du combiné de téléphone comme d'une fronde, le faisant tournoyer, le projetant en arrachant la prise pour que le tout traverse la pièce et se fracasse sur un mur en criant : « Suzanne, c'est pour toi ! »

À Sillans, quand j'étais dans sa pièce préférée où je l'écoutais en rafistolant mentalement des morceaux de récits, elle me parlait des lettres que lui adressait Louis du sanatorium. Elle en parlait amoureusement, de cette correspondance qui lui tenait à cœur et que je ne retrouverais jamais. Elle y revenait de telle manière que je pensais que ces lettres avaient affermi sa décision de fuir avec Louis sitôt son rétablissement. Nicolas et moi, quand nous les entendions converser tous deux comme si nous n'étions pas là, savions combien ils étaient tendres l'un pour l'autre, juste avant d'être vachards, et passant d'un registre à l'autre avec une souplesse montrant qu'ils dansaient bien sur leur drôle de mélodie. Louis filait doux comme un agneau, avec de temps en temps une rafale sarcastique. Suzanne laissait parfois entendre qu'elle l'avait « fait », comme quand on dit avec présomption en parlant d'une personne : « C'est moi qui l'ai faite. » Louis ne relevait pas la vantardise. Elle disait : « Pour qui il se prend, ce petit mecton ? » et nous riions tous ensemble. Je pensais que leur manière de s'aimer ne pouvait pas être entamée par des manières de voir mesquines, de même que le couple formé par Odette et Jean ne pouvait pas être bousculé par nos impertinences. J'apprenais à sentir les liens unissant les amants. J'aimais sentir leur faible.

## Le mur

À la rentrée suivante à Lacordaire, j'ai découvert que les enceintes et les grilles de l'établissement entourant le parc traversé par le canal n'étaient plus des obstacles. Ils avaient sauté. Je ne comprenais plus pourquoi j'avais fait de ces enceintes une prison. Ce qui les aplanissait, c'était que je savais où aller après les avoir franchies. Je me découvrais la faculté de sortir sans me faire prendre ni sans que personne ne puisse soupçonner ce que j'avais fait de ma nuit. Je découvrais qu'il y avait tout un pays qui m'appartenait où aucun souvenir d'une école ou d'une famille ne viendrait me rejoindre.

Cela aurait été impossible si je ne m'étais pas levé dans mon box après l'extinction des feux, puis habillé à la lueur de la veilleuse, si je n'avais pas traversé le dortoir dans les remuements, les ronflements et les soupirs jusqu'à la chambrette du pion, juste avant la porte à deux battants qu'il fallait connaître pour ne pas la faire grincer.

Je tenais mes souliers dans les mains. Je devais les poser chaque fois qu'un geste, comme celui de tourner la poignée d'une porte, demandait une longue attention pour que rien ne cliquette. Je me rechaussais dans le grand escalier descendant dans la cour. Je passais par la grille arrière de la conciergerie éteinte et, si elle était allumée, je me glissais derrière les platanes de l'allée. Il y avait deux, trois secondes de danger où j'étais à vue puis c'était une longue descente vers le quartier Saint-Just.

Rien ne valait cette séquence. Il y avait ce quart d'heure aussi méticuleux que l'écoute d'un coffre-fort ou l'entrée dans une bijouterie truffée de signaux électroniques. Moment animal où je demandais à ma peau tendue devenue le tympan d'une immense oreille de précéder mon pas et d'être mon éclaireur. Je me reculais dans un angle pour laisser passer une ombre : torsion d'un arbre, remue-ménage de feuilles mortes...

J'aurais pensé que partir serait ma plus grande joie, alors que c'était tout simplement sortir.

J'avais consigné à la main dans un cahier les poèmes que mes condisciples et moi écrivions en permanence (« Allez en permanence », nous était-il ordonné quand nous étions surpris désœuvrés dans le parc). Je regroupais les poèmes confiés par Jean-Paul Dufit, Olivier Jugand et Bernard Spadari. Bernard m'avait conseillé de mettre en exergue du recueil : « Nous demandons beaucoup d'indulgence et de conditionnement. » J'avais eu le courage de montrer ce cahier à Nicolas et il m'avait dit que l'exergue était de loin le meilleur du recueil.

Je ne partais pas bien loin et je n'aurais pas aimé le faire « au bruit sourd des glaives de bronze » comme la locomotive d'un poème de Jugand.

Partir trouvait son départ dans la poésie américaine de la beat generation, grâce aux livres prêtés par Spadari, parce que j'y rencontrais la station-service que j'allais doubler à l'angle de l'avenue de Saint-Just et surtout l'odeur de machine à coudre du macadam.

Spadari avait été le premier dans la cour à porter un caban et une tignasse afro en tête de loup pleine de fumée de Gauloises.

L'été précédent, Louis m'avait présenté à Sillans un jeune poète nommé Pierre Tilman. C'était le premier vrai poète en chair et en os que je rencontrais dans la mesure où il publiait dans une revue toulonnaise titrée *Le chemin* que je me procurais dans une librairie des Cinq-Avenues. J'étais impressionné par la plaquette sobre, à la couverture en épais papier gris, celui des cornets à fruits des maraîchers. La poésie avait rapproché Toulon de l'Amérique grâce aux matelots et aux navires de guerre. Surtout, ce qui était écrit là rapprochait la poésie de la prose sans que la poésie y perde, au contraire.

Parmi les paroles échangées, Tilman, garçon apparemment cool – il jouait du saxophone – et réellement inquiet, m'avait dit : « Ce sont les poètes américains qui ont repris l'esprit de Rimbaud. » Je n'étais pas sûr de saisir. J'essayais de me figurer.

Il n'y avait pas de symboles ni de métaphores, dans la poésie beat. Ses poèmes paraissaient être des récits. Je répétais un vers de Bob Kaufman : « Grand-père s'était tiré, il pouvait pas payer la caution. » Ça démarrait fort !

Avec Bernard, nous récitions : « Le monde est un endroit merveilleux où vivre si l'on n'a pas peur de se prendre une bombe sur la gueule de temps en temps… » Nous en faisions une cantate burlesque.

La poésie beat est de bas voltage. Elle éclaire le banal. Elle passe du peu, du pauvre, à de grands fracas concassés, des hurlements, des rafales… Elle accueille le juke-box. Son côté machinique crée rythme et pulsation. La machine à écrire est entrée dans le texte. La machine à écrire est l'autoroute et la voie ferrée. Ce n'était plus l'automatisme européen à la recherche de l'inconscient mais le machinique du quotidien. « C'est la poésie-vie de ce qu'il y a à vivre dans le présent », me disait Tilman.

Je ne voyais pas ce qui pouvait échapper à la vie, que ce soit au fond d'une geôle ou dans l'anémie du neurasthénique. Celle du sédentaire et de l'obscur employé est aussi vivante que celle du viveur. Je n'aurais pas aimé faire du poète un viveur. Quand Pierre me disait « la vie », je comprenais qu'il voulait m'indiquer : la vie plutôt que les livres.

Nos professeurs de lettres notaient sur certaines copies : « style télégraphique ». Nous étions rompus à la phrase latine à circonstancielles. Les poètes de la beat generation que je découvrais se foutaient de la syntaxe. Ils préféraient la note à la période. Cela me bouleversait dans la mesure où les articulations de la phrase étaient pour moi les seuls moyens de lui donner son mouvement et sa vitesse. Je découvrais un mode en ligne droite où rien ne pouvait susciter la ganse ou la boucle comme dans la syntaxe héritée du latin. J'avais la volonté de faire de la phrase un lien. Je tissais des fils. Le poète beat préfère les mots aux phrases. Il aime les mots claquant comme une affiche ou une balle de revolver.

Les liens, les relations fagotant la phrase dans un uniforme, la poésie que je découvrais les cassait sans retour. Elle était faite d'éclats et, dans sa franchise de droites ou de traits, elle faisait tout éclater par fragments de télex. Elle était télégraphique. J'étais ravi qu'on puisse écrire des textes si furieux avec ce qui révulsait nos professeurs. Je voulais mériter cette note rouge dans la marge : barbarisme. J'aurais voulu inventer une longue suite de barbarismes. Des borborygmes aussi.

Pour être beat, il aurait fallu que ma prose se sépare des relatives. Le texte n'oblige pas au tricot. Au lieu de lier, mettre côte à côte… Côte à côte le bleu et le jaune, le rouge et le vert… Le lecteur fait le mélange optique. Il aurait fallu que je renonce à la transition. Je n'y pensais même pas. Je restais captivé par ce que je n'essaierais jamais d'imiter chez les poètes américains. Chez moi, en trois mots, c'était plein à ras bord. Je me demandais où trouver de la place. Je bourrais les mots. Ils étaient pleins de tiroirs remplis de chaussettes. Il faut faire le contraire : les évider pour qu'ils résonnent.

Je me suis mis à sortir la nuit pour me rendre au Quartier où j'écoutais les bouffées de voix et de musiques sorties des gargotes. Je cherchais la compagnie des beatniks occupant les squats. Je voulais le devenir.

Dans le périmètre entre le cours Belsunce et la gare, beaucoup d'habitants noctambules adoptaient des attitudes de clandestins pour ne pas finir dans le panier à salade. Les rafles et les descentes étaient fréquentes. Il y a une descente au Quartier ! Ils ont bouclé le Quartier ! C'était la zone aux alarmes et c'était celle qui m'intéressait le plus parce qu'elle m'apprenait l'esquive et le passage entre les gouttes. Je n'avais pas d'autre destination que l'exercice du pas vu pas pris. Je voulais voir sans être vu comme dans les jeux de cachette. Je me faufilais dans les ruelles à baraquements autour de la halle Puget devenue un commissariat abritant la Mondaine. C'était autour de la brigade des mœurs que celles-ci étaient le plus bafouées. Des tapins hommes et femmes de tous âges et de sages vieillards en gandoura buvaient leur thé à la menthe au Croissant de Lune. L'îlot Sainte-Barbe était tellement serré et délabré que d'énormes poutres de bois barrant la rue tenaient les immeubles. Toute cette partie du centre était de la friche ou de la ruine, avec des chantiers à côté du bidonville. C'était un chaos rempli la nuit de tout ce qui est inavouable le jour. Il n'y avait peut-être rien d'inavouable, mais ceux qui adoptaient les attitudes du clandestin vaquaient à des affaires secrètes ou faisaient semblant. Il y en avait qui circulaient pour circuler, humant l'odeur de la perdition et restant à sa lisière, en peureux. Beaucoup de travailleurs ou de marins se rendaient à Thubaneau en comptant bien monter, mais la plupart ne montaient pas et faisaient des rondes de faux promeneurs crispés de la rue Poids-de-la-Farine à la rue Tapis-Vert où chaque porche contenait une prostituée promenant sur ses lèvres une langue énorme. Ils tournaient autour et je tournais autour des attroupements d'un peu plus loin en prenant la tangente. C'était les classes populaires qui accouraient la nuit pour y mener leurs affaires cachées ou y revêtir l'habit de leurs véritables personnages n'ayant rien à voir avec l'ouvrier, dont le travesti. C'était aussi les marins de différentes nationalités selon les mouillages du port. Ils étaient attendus au Quartier pour y laisser leur solde. Ils se retrouvaient dans des bars sans miroir, luminaire, ni décor remplis d'un rassemblement de tables et de chaises. Ce qui remplissait les gargotes, c'était un néon vert hypnotique et glacé rendant les visages vert-de-gris. La musique égyptienne était poussée à fond. Puis la police arrivait et il y avait un sauve-qui-peut d'extinctions des feux remontant la rue jusqu'à la nuit noire. On fermait boutique et les rideaux s'écrasaient.

La ville était noire de suie. Dans le périmètre entre le cours Belsunce et le boulevard d'Athènes finissant au pied des escaliers monumentaux de la gare, les immeubles étaient jugés insalubres alors que la plupart construits au XVIII$^{e}$ siècle avaient été considérés comme bourgeois. On ne savait plus si l'insalubrité provenait des bâtiments ou de la population qui l'habitait. C'est suite à leur abandon par les anciens locataires de la classe moyenne que les loyers s'étaient effondrés. Des populations pauvres avaient profité de l'effondrement des loyers, vu que la majorité des appartements n'étaient pas pourvus des commodités, pas de salle d'eau, et que les lieux d'aisances y étaient partagés par deux familles sur le palier. Les premiers squats de la ville apparaissaient dans les îlots. Une sorte de zone promise au pourrissement était tolérée.

Tolérée…, la tolérance…, pas un potache de Lacordaire n'aurait manqué le : « Il y a des maisons pour cela ! » Elles y étaient, les unes après les autres.

Le Quartier avait pris la relève de l'ancien Quartier réservé détruit par la police, la milice et les nazis.

Il était toléré en tant que zone de pourrissement et géré en tant que périmètre du vice avec autant d'indicateurs que de malfrats. En réalité, on tolérait que les rats habitent avec les rats, à partir du moment où le Quartier était bouclé. Les séquelles de la guerre d'Algérie, l'afflux massif des rapatriés avaient rendu la ville explosive et le cratère de cette explosion se trouvait au Quartier où il y aurait eu plus d'agitateurs que de bandits. Ce qui rendait la ville explosive était une rancœur pas encore purgée. Beaucoup plus que le vice, on y sentait la violence faite aux travailleurs que l'on signalait par leur veston gris d'honorabilité passe-muraille. On les signalait par la valise en carton et le marteau-piqueur. Le Quartier était celui des vestons gris et ceux-ci n'évoquaient pas la fête ni l'encanaillement espérés par ses visiteurs. Ils étaient sévères et austères, les vestons gris, parce qu'ils avaient peur.

Marseille ne laissait pas entrer la lumière et le Quartier était toujours en hiver. La mer s'était retirée aux antipodes. Les murs de la vieille ville aspiraient les eaux du marais où elle avait été bâtie. Tout y sentait la lessive. Les yeux exorbités des têtes de moutons suivaient le passant. Je me promenais en odorama. Chaque immeuble annonçait la profondeur de ses caves par le pourri montant des soupiraux. Les gouttières perdaient. Les tuyaux suintaient une traînée de mousse verte. Il ne pleuvait jamais et tout faisait eau dans des immeubles aux robinets rares. Les caniveaux suivaient la pente de la gare au Vieux-Port. Ils sentaient le chien mouillé et l'eau lapée par les chiens. Des moïses de serpillières nouées séparaient le flot ou coupaient la rigole. Les eaux suivaient la pente de la canaille, beaucoup de fureteurs cherchant des femmes qui « aient du chien » et « jettent du jus... ».

Je ne faisais rien d'autre que rire avec la rigole, associer la canaille au caniveau – dans niche, il y a chien –, voir la mer Rouge dans une estrasse, bricoler un fretin de trouvailles, rapprocher des équivoques.

J'aimais traîner et bouffer du temps pour rien. J'aimais l'attente et je n'avais besoin d'aucune raison d'attendre quoi que ce soit pour attendre tout de même. Alors que j'étais impatient dans mes échanges avec mes parents et mes condisciples, je ne l'étais jamais dans les arrêts de bus, les trolleys et les tramways, ni dans les moments creux des correspondances et des transits. Le no man's land entre deux trains serait le meilleur du voyage. Je m'enfonçais tellement dans ma fascination pour la foule que je ratais le départ. J'étais capable de me jeter dans les visages, les façons de marcher. J'avais l'impression que la foule me relayait, qu'elle emportait mes charpies de songes. Les Marseillais ont une expression de mépris envers un tel désœuvrement : « Il regarde passer les culs ! » J'étais une sorte de regardeur plutôt qu'un voyeur parce que tout ce que je regardais m'embarquait vers ce que je ne voyais plus. Je perdais de vue ce qui me passait devant.

Tout le secteur était empoisonné par la présence du couteau et de la seringue. Les désirs et les plaisirs dégénéraient. Ils avaient besoin de descendre en enfer. Toutes les villes ont leurs pissotières, les pensées leurs chiottes. Les toilettes en sous-sol de la gare Saint-Charles auraient pu devenir la destination d'un tourisme de masse. Elles auraient pu devenir un hypermarché des odeurs à faire tomber les mouches. Descendre dans ces gogues, c'était rugir des flammes. J'y ai vu descendre un couple de mormons avec leur bicyclette sur l'épaule.

Une fois où je m'étais enfui de Lacordaire dans la journée, profitant d'un après-midi sans cours que j'aurais dû passer en étude, j'étais descendu à Pierres-Plates pour croiser des beatniks anglais, hollandais ou scandinaves qui y faisaient escale avant de partir pour Tanger. Ils passaient leur journée à l'entrée du port juste en bas des murailles roses du fort Saint-Jean. Ils étaient la version californienne du beatnik, avec des mœurs de beach boys. Comme je remontais les allées Gambetta, j'y avais vu de Rosière, ce volatile déplumé, et j'avais changé de trottoir. Il m'avait convoqué le lendemain pour me le reprocher en me faisant remarquer que j'étais attifé, « même un romanichel n'est pas fagoté comme ça... Vous jouez au petit pauvre ? »

Je portais ce jour-là du coutil tenu par des ficelles. Je le portais aussi devant le lycée Marcel-Pagnol quand je rencontrais Jeanne Milanta qui avait dû s'ouvrir le même poignet plusieurs fois, vu la cicatrice, à moins qu'il n'y ait eu des décalcomanies pour cela, et qui écrasait parfois sa cigarette sur le dos de sa main tellement elle était dans l'anxiété et la fièvre. Elle m'avait accosté en disant avoir reconnu en moi un beatnik. Son odeur faisait battre mon cœur. Son ébullition m'entrait dans la peau. Je voyais passer des nuages sous sa peau. Même en gardant les proportions de la poire et du melon, de la goutte et de la perle, les développements de son corps me paraissaient infinis. Côte Bleue à elle seule, tôle défroissée de la montagne Sainte-Victoire étendue comme une nappe et faisant le bruit de zinc d'un orage. Nous nous allongions dans les coins dérobés des jardins du Pharo en restant l'un contre l'autre. Je n'étais pas dégourdi. Je n'avais pas suffisamment de bras pour étreindre les innombrables facettes de cette montagne chaque fois qu'elle tournait sur elle-même. Pourtant, c'était une gamine et une plume. Les petites automutilations qu'elle portait aux mains et aux poignets comme des bijoux arrêtaient nos rires d'amants jouant à chercher la puce. Je la questionnais au sujet de ses automutilations. Elle esquissait : « C'est quand je suis mal... » Certain de l'indéfinition de ce mal, je ne l'interrogeais pas plus parce que sa main blonde aurait rougi et serait devenue moite. Je pensais aux forces de vie retournées contre soi-même par surabondance et par excès. La vie inassouvie ronge son frein, en renard pris au piège dévorant sa patte.

C'est dans le même attifement de marinier sans marinière que j'ai rencontré au Quartier un couple de lesbiennes habillées en garçonnes à la façon de George Sand, tenue où il y aurait du Charlot. Elles étaient presque jumelles, menues comme des figures de baby-foot. Leurs gestes parlaient à toute allure. C'était deux corbeaux m'amenant à la Congolaise, un bar à l'étage accessible par la coursive. Beaucoup d'Africains se retrouvaient pour danser la rumba. Elles m'offraient un verre juste pour le plaisir de se moquer de ma dégaine beat.

Les nuits dehors me permettaient de dormir debout dans la journée. Je décrochais en devenant somnambule.

À Lacordaire, l'association Saint-Vincent-de-Paul nous donnait la possibilité de sortir entre midi et deux. Nous avions un programme de visites dans les cités à des familles à qui nous apportions des colis de conserves et de pâtes. Je m'y rendais avec un condisciple que j'apprenais à connaître à cette occasion. Nous remplissions un carton d'aliments de première nécessité et partions à Malpassé ou dans les barres derrière les Chutes-Lavie. Les barres ou les blocs des cités où nous entrions sentaient le renfermé du béton qui ne respire pas. Les épaules enregistrent le peu d'épaisseur des cloisons, faisant de ces blocs sonores des diapasons par temps de mistral et des vibraphones toute l'année. Nous étions accueillis par des familles appliquées à ne pas nous faire sentir leur détresse. Nous nous tenions sur le bord de nos chaises en buvant un café. Enfants modèles de la condescendance. J'étais gêné par une position si factice. Je ne voulais pas être le bon garçon qui allait certainement réussir dans la société alors qu'eux y auraient échoué. C'était peut-être parce que nous étions du bon côté des choses et que la réussite nous semblait promise que je ne voulais pas que notre secours humilie. Heureusement qu'ils étaient indulgents envers la fausseté de nos rôles ! Ces visites que je ne voulais pas arrêter parce qu'elles me permettaient d'être en présence de naufragés m'expliquant les raisons de leur naufrage, et pas pour s'en excuser, en général la maladie longue durée et le chômage, me mettaient la tête en bouillie. À quoi je me prêtais ?

Sortant de visites, certains condisciples se lançaient des commentaires pénibles. Ils m'expliquaient que la pauvreté résulte de l'ignorance et de la bêtise. « Regarde le gars qui nous recevait en pyjama, le grand maigre qui aurait eu des amibes, il est parti avec la sœur de sa femme à l'occasion d'une visite de celle-ci... Il a plaqué l'épouse se faisant tant de bile pour la santé de son invalide... Il a retrouvé ses jambes ! » Je savais où en était la pensée du condisciple appuyant sur les tares de la misère : il se fabriquait des raisons pour dominer.

La situation d'une autre famille me révoltait. Le père, un Italien, en recevant le colis, me disait : « Du moment qu'il y a des pâtes... » Je le connaissais parce que je le voyais travailler dans le parc de l'école avec le statut de jardinier : Livio colmatait les trous des grillages, redressait les poteaux dans leur carotte de ciment, bouchait les nids-de-poule, débouchait les canalisations, élaguait les troènes, débarrassait le parc des genêts envahissants autour du stade. Je ne comprenais pas pourquoi nous visitions sa famille s'il touchait un salaire. Si l'on touche un salaire, c'est pour s'épargner la charité. Je me demandais combien il faisait d'heures et s'il était déclaré. Je m'en inquiétais auprès de Bernard Meynadier, l'élève en terminale s'occupant de l'association. Il m'avait répondu que je faisais du mauvais esprit. Je demandais des explications au père Chéhadé, aumônier de notre association, qui m'ordonna sèchement de me mêler de ce qui me regarde. Je continuais à apporter des pâtes à la famille de Livio et j'essayais d'alerter mes condisciples sur sa situation.

Je n'en fichais plus une rame, avec mes escapades nocturnes.

Spadari et moi avons été renvoyés de Lacordaire. Le père Dastarac est entré dans la classe et tout le monde s'est levé puis rassis et, debout, nous avons reçu un sermon d'un raffinement oratoire tel que personne n'a compris ce que le principal nous reprochait. Il n'a pas prononcé les mots de brebis galeuse que la classe attendait, ç'aurait été banal... Nous étions les négateurs, les insidieux, les destructeurs sournois.

J'aurais aimé m'entendre nommer brebis vicieuse. J'appréciais les noms sioux du genre Taureau Assis. Je n'en aurais pas été peu fier, de ma gale en guise de galon ! Je me sentais capable d'affronter le principal avec furie alors que je demeurais dans une attitude neutre. Il avait armé en moi une colère que je gardais derrière mon visage. J'étais viré du monde des cadavres par le cadavre en chef. J'avais réussi à me faire jeter de ce qui représentait aux yeux de la société française l'excellence et pour moi l'abjection.

Beaucoup plus tard, j'ai croisé un ancien élève devenu un industriel tenté par la carrière politique, un homme à panache, un dirigeant. Il m'a parlé de moi enfant à Lacordaire. J'étais surpris qu'il me tende un miroir. Mes yeux louchent sur mon nez si je cherche à entrevoir ma personne. Je ne vois pas mon profil perdu. Il m'a dit que j'étais réservé et toujours à l'écart. Je n'aurais jamais ouvert le bec. J'étais l'élève le plus distant de l'établissement. Ainsi n'aurais-je pas été le rebelle que j'avais imaginé… ? J'aurais dû au moins me faire repérer en tant que servant assidu de l'office, avec le meilleur coup de clochette du sanctus, les genoux nus sur les marches de l'autel, constatant après avoir fait mon examen de conscience qu'il n'y avait rien d'autre en moi que la peur de tourner de l'œil parce que je n'avais rien dans le ventre… C'était la malédiction des pères adressée aux incrédules : « Vous demeurerez des affamés ! »

## Forcalquier

Suzanne fredonnait « Le vent m'a dit une chanson... » en me tendant la correspondance éparpillée sur ses genoux. Elle écrivait par salves. Elle tournait et retournait les feuilles et m'en lisait des passages en écolière faisant l'apprentissage de la lecture : « Sachez bien que... » Je ne les aurais pas qualifiées de lettres d'insultes. Elles visaient le moindre manquement à la parole dans un style soutenu d'entrée : « Dites-moi si je dois considérer les promesses que vous m'avez faites dernièrement pour des propos de salon ? » C'était le plus doux de ce qui allait suivre, sans jamais la moindre insulte, si l'on entend par là les noms d'oiseaux. C'était un courroux froid ou un long sarcasme mélodieux, pas du tout ricanant, où l'étude de mœurs gagnait sur l'acrimonie. Elle avait maille à partir, elle ficelait une querelle de mots châtiés dans la rage. Cela n'avait non plus rien de procédurier. Elle avait inventé une sorte de volcanisme épistolaire aigre-doux laissant le destinataire pantois. Il fallait la suivre parce qu'elle continuait sa page dans les marges par une nuée de post-scriptum. Chaque fois qu'elle avait l'intention de faire grincer des dents son destinataire, elle posait un sic entre parenthèses. Sitôt réception de la lettre, celui-ci téléphonait hors de lui et Suzanne à l'autre bout du fil grondait : « Allons, allons, ce n'est rien... » sur le ton de pourquoi venir en plus me casser les pieds. « Je vous en prie, n'en faites pas un fromage... » Au téléphone, plus rien ne rappelait l'épistolière. Il se pouvait qu'après avoir calmé son interlocuteur avec des généralités sur le malentendu, elle se mette à lui écrire une lettre assassine le téléphone posé. « Cher monsieur, comme vous et moi connaissons bien la comédie du monde ! » Suivait une avalanche de périphrases désobligeantes sur le thème de la duplicité.

Elle vivait de désordres et son régime était l'attaque. Elle créait la discorde au moment même des premières cajoleries amicales. Si la rosserie n'était pas acceptée, l'amitié était impossible : Lulu, un des plus fidèles, en faisait les frais avec patience. Tout le monde aurait conclu qu'il s'agissait d'une peau de vache, s'il n'y avait pas eu des parties entières de l'humanité avec lesquelles elle avait hissé le pavillon blanc, dont beaucoup de femmes bénéficiant d'un pacte de non-agression, surtout celles qu'elle enrôlait dans ses escapades « loin des emmerdeurs ». Odette, sitôt présentée à Suzanne par Anita, avant de connaître Richard, avait été enrôlée comme demoiselle de compagnie. J'ai parfois pensé qu'elle avait été séduite par Suzanne avant de l'être par Richard. Il fallait aller voir ceci, à l'autre bout de la province, séance tenante, nous déjeunerions là, rendrions visite à tel artiste, tel poète, tel truand. Odette ne manquait pas l'occasion d'ajouter : « Elle prenait ses amants chez les truands ! »

Elle m'a raconté qu'à l'époque Suzanne était surtout occupée par les plaisirs pendant que Jacques, vêtu d'une blouse grise devant deux bécanes au fond d'un garage, mettait au point le type de moule nécessaire au thermoformage d'un peigne en plastique. La nacre perdait son utilité, sauf pour les boutons. Il ne resterait rien de la corne, mais le peigne en plastique, s'il n'était pas fondu par le feu, aurait une longue existence dans la décharge, comme les figurines de cow-boys et d'Indiens rouges et jaunes que les machines de Jacques débiteraient, avec les mille variations du porte-clés envahissant les bars-tabacs copocléphiles.

De son côté, Suzanne me disait, dans la petite pièce où nous nous tenions loin de la chaleur et des mouches, mais au milieu des chats tournoyant au moment de la peu ragoûtante pâtée : « Il appelait les peintures que je collectionnais des plats d'épinards ! Tes plats d'épinards ! C'est terrible, de voir partout de la bouse ! »

Quand je parle de pacte de non-agression envers la gent féminine, je crois que j'enjolive parce qu'elle était horrible avec sa fille Anita, qu'elle traitait de bigote. Odette était indignée d'avoir entendu la mère dire à sa fille : « Quand tu arrives à la maison, tes fesses traînent encore sur le Vieux-Port ! » Elle en voulait à Suzanne pour cette phrase horrible. Elle la répétait pour que ça ne passe pas et qu'il n'y ait jamais de pardon.

Une fois, Suzanne m'avait confié à Lulu. Cela faisait trois jours que j'étais à Sillans et je devais déjà repartir. Elle me confiait à Lulu venu avec Paula Masson lui servant de chauffeur. Je partais pour Forcalquier « où il y a un air à fouetter le sang ». « Tu vas voir, le bien que ça fait, la montagne… »

Lulu avait répété à Suzanne qu'ayant reçu des amis, il ne saurait pas où me loger. Il était embêté. Arrivé à Forcalquier, il avait proposé à l'épouse de Robert Malaval, un jeune artiste venant parfois travailler à Sillans dans l'atelier de Louis, de m'héberger une nuit pour dépanner. Elle avait pris un air effrayé à la seule évocation du fait que je sois le petit-fils de Suzanne, refusant tout net la demande. Lulu n'arrivait pas à la convaincre du caractère inoffensif de ma présence. Le regard noir de cette femme m'est resté dans les yeux. Elle disait : « Je n'ai pas envie de recevoir des lettres d'insultes ! » Elle accusait Suzanne d'avoir brisé son couple par des perfidies au sujet de son quotidien avec Robert, dans le style : « Elle va le noyer dans la soupe… » En réalité, Suzanne était féroce avec les compagnes de certains artistes, particulièrement ceux qu'elle cherchait à séduire, sous l'accusation qu'elles les précipitaient dans la banalité domestique. Elle s'arrogeait ce droit avec un culot imperturbable.

J'enjolive d'autant plus que ses démêlés avec « les gens de maison », particulièrement les gouvernantes et les femmes de chambre qu'elle tentait de mettre dans sa poche, parce qu'elle savait qu'elles étaient la clé des bonnes maisons, m'étaient rapportés par Lulu « qui ne lui en voulait jamais ». Elle était éconduite des meilleures maisons par de gros esclandres résultant d'embrouilles avec un personnel qu'elle aurait entraîné dans des manigances. Les intrigues se retournaient contre elle. Elle s'était vu interdire la porte du château de Vauvenargues pour une histoire de gouvernante jouant au cerbère, les Picasso étant obsédés par la menace du vol. Suzanne et Louis ne s'étaient pas glissés dans la demeure, ils avaient été reçus, Picasso ayant acquis un assemblage. Puis Suzanne s'était mise en tête de déjouer le filtrage interdisant l'entrée et la circulation. La gouvernante de la famille l'avait alors accusée de fouiner dans des pièces vides où il y avait des oreilles et des yeux partout. Suzanne avait offert à Odette un petit pastel gras qu'elle s'est empressée de perdre. La même rupture avait été consommée avec le couple constitué par Pierre Bergé et Bernard Buffet selon les mêmes accusations de fauche, ce qui avait mis

Lulu dans un grand embarras, puisque c'était lui qui avait fait entrer Suzanne dans la maison.

J'étais à Forcalquier où Lulu me faisait partager son mode de vie. C'était un homme dont l'âge avait été fixé une fois pour toutes à vingt ans et qui serait cinquante, un demi-siècle d'immuabilité physique où barbe et cheveux seraient drus, courts et blancs. Il aurait pu être satyre dans une fresque à Pompéi (quand je le lui disais, il me répondait « Ça tire où ça peut… »). Ou moinillon sachant moiniller. Il m'avait montré des vieilles photos de lui enfant où sa mère l'habillait en petite fille à rubans, comme il était courant de le faire en Provence. Il chantait dans la chorale de la cathédrale de Forcalquier et il était si catholique qu'il recevait des prélats et des nonces dans la demeure aux grands escaliers de pierre où il accueillait de jeunes garçons repris de justice. Plus il abritait des gouapes et plus les nonces accouraient, certains dépêchés du Vatican. (Il m'avait présenté l'un d'eux qui, apprenant que j'étais chez les dominicains, m'avait regardé d'un air gourmand en me disant : « Vous êtes donc de la partie » et je lui avais répondu froidement : « Pas du tout. »)

Lulu avait été un des derniers en France à faire de la prison pour homosexualité. Il avait refusé tous les soutiens offerts pour échapper à la condamnation. Il ferait sa peine, il en avait besoin. Jamais sa bonne humeur ni sa volubilité n'auraient permis de croire qu'il voulait expier. Pourtant il aurait fait saigner toutes les plaies du Christ dans la journée pour les noyer de larmes dans la nuit. Il faisait de ses nuits d'insomniaque son jardin des oliviers. Les péchés du lendemain seraient d'autant plus délicieux.

Il était tellement malicieux et débrouillard qu'il avait entraîné les commerçants de sa placette dans le jeu de la collection d'art, couvrant ses impayés avec les œuvres dont il faisait le courtage en véritable jongleur, de sorte que le boucher et l'épicier se trouvèrent à sa mort dépositaires d'un fonds pour le musée de Forcalquier.

Il était lecteur pour l'éditeur Robert Morel installé au Revest à deux pas et je faisais le lien entre le livre de l'abbé Grivot trouvé chez mes parents, *Le diable dans la cathédrale*, publié par cet éditeur, et le pinacle gothique de la fontaine place Saint-Michel, devant les fenêtres de Lulu, où le tailleur de pierre avait sculpté un couple en position de 69, bas-relief faisant l'objet de nombreuses reproductions en cartes postales. Il avait là sa galerie, Le Clou, celle d'un marchand de tableaux préférant aligner des piles de peintures au bas des murs plutôt que de faire un accrochage au cordeau. En découvrant l'enseigne de sa galerie, certains rigolaient : « Chez ma tante… ? »

Lulu vivait dans l'admiration de Jean Giono. À ses dires, cet écrivain aurait été tellement talentueux et facile qu'il ignorait les affres. Songer aux conséquences de cette admiration me remuait l'esprit parce que Lulu m'avait dit avoir cessé d'écrire après l'avoir vu travailler. J'essayais d'imaginer un écrivain qui vous dégoûte de le devenir par son apparente facilité. C'était pour moi un frein sérieux à l'admiration, quoique j'y sois porté. La facilité d'écriture de Giono ne m'aurait jamais dissuadé de mener mes difficultés. Je ne rendais pas de culte au premier jet dont Lulu était l'apôtre. Je n'y croyais guère. Cependant, j'avais lu volontiers les livres de Giono. Il se mettait si bien en route, comme j'aurais eu envie d'y aller, avec un côté cheminot, le déjeuner dans la musette... Je ne pouvais pas toucher le ventre d'une truite cachée sous la pierre sans penser à son pêcheur de la Durance. Il ravivait ce qui faisait frémir la peau, effluves thermiques, caresses climatiques, autant une bulle de tiédeur en hiver que les halos roux que le petit jour répand dans la montagne...

Odette le fréquentait depuis le temps où elle était comédienne et ils avaient leurs rendez-vous dans un bar du boulevard Baille à Marseille, artère d'où il avait fait partir *Noé*, un de ses plus beaux livres. Elle me disait que tous les matins, « qu'il vente ou qu'il pleuve », il couvrait quatre ou cinq feuilles de papier pelure de couleur de sa fine écriture régulière et sans ratures et qu'en deux mois, il avait terminé un livre. Odette ajoutait « bon an, mal an » à qu'« il vente ou qu'il pleuve » pour bien marquer que rien ne pouvait affecter le cours majestueux de sa production.

Je tentais de visualiser le papier pelure. Je savais ce que cela signifiait dans la tête de Lulu et d'Odette : « En voilà un qui n'est pas un pisse-petit ! » Je sentais le vent du boulet me siffler dans les oreilles comme, sans doute, Lulu l'avait entendu dans sa jeunesse. Je ne m'agaçais pas contre l'écrivain mais contre le crédit accordé par Odette et Lulu au talent naturel. Giono était un tempérament, ce que Louis aurait appelé un « écrivain-né », pas une fabrication du cerveau. Il était le conteur qui émerveille. Sa richesse était profusion. Il coulait de source.

Il m'avait montré la roue ouverte d'un paon sur la croupe d'un cheval au galop.

Il fallait survivre !

Juste pour me donner une chance, je pensais avec méchanceté à son bêtisier des sagesses éternelles sentant bon la terre, ô ma terre... La facilité occasionne le bavardage infini..., d'autant plus qu'Odette me relatait qu'elle s'en était éloignée « quand les universitaires américains sont venus lui faire la grosse tête et que ses chevilles se sont mises à gonfler... ».

Une réflexion de Lulu m'avait irrité et j'avais gardé cette irritation pour moi afin d'y réfléchir. Comme j'étais en train de lire dans un coin tranquille de sa maison, il m'avait dit qu'« un écrivain qui lit, c'est comme un cuisinier qui mange ». Bien sûr, c'était une sottise autant pour les cuisiniers que pour les écrivains, mais il avait improvisé cette pointe spécialement pour moi qui lui avais annoncé mon désir d'écrire. Il avait en tête l'ignorant magnifique. Je ne sais pas pourquoi je me suis accroché à cette pointe inoffensive tellement je la trouvais faible. C'est sans doute qu'elle a été percutée par une autre réflexion entendue dans la bouche de Pierrot Malrieu, le fils du poète Jean Malrieu, à qui j'avais fait lire quelques pages et qui m'avait lancé : « On sent que vous avez beaucoup lu », ce qui était ma condamnation. Soudain, les quelques déboulés que j'effectuais sur la page étaient freinés par cette piqûre et par ce doute. Je me retrouvais dans un drôle de brouillard avec une peur secrète : ne pas croître naturellement grâce à mon capital génétique propre, mais grâce aux engrais de la bibliothèque. J'aurais pué le faiseur, l'artifice.

J'entendais dans la pointe de Lulu que lire, c'est un autre métier qu'écrire. Pour moi, il s'agissait du même. Sa réflexion sous-entendait que je trichais. Cela me rendait chose parce que je n'avais rien d'autre : des paroles à moi sur la musique des autres. Ou les paroles des autres sur ma propre chanson. Toutefois, je savais que le fauteur de mon trouble, Lulu, était un lecteur professionnel au programme de lectures surabondant. Il reconduisait sur moi le sentiment de son propre manque, de ses propres défaites. Je lui objectais pour ma défense ce que chacun savait mais que l'admiration d'Odette et de Lulu niait pour faire de leur auteur un miracle : Giono était nourri d'Homère, de Stendhal et de Melville. De plus, la mise en place de certains de ses romans s'était étalée sur bien des années. Lulu répondait à de tels arguments par un regard ennuyé : « Oui, tout ça, c'est le béaba, rien encore de la fièvre ni de l'émerveillement ! »

## L'été à Sillans

J'étais de nouveau auprès de Suzanne où rien d'elle ne me rappelait les mauvais coups qu'elle pouvait goupiller ni la réputation terrible qui lui était faite et qu'elle entretenait à plaisir, rien de l'immense garce désarmante de méchancetés gratuites répandues par un entourage qui ne l'avait jamais vraiment approchée, sinon, il se serait rendu compte qu'elle était aussi tout le contraire. Partout où elle était, elle rendait la vie neuve, non pas qu'elle soit nouvelle, mais les ombres à Sillans n'avaient jamais tant de fraîcheur que par elle, parce que même les objets se mettaient en frais dans sa maison où elle avait créé une zone d'air vif à l'endroit où elle étouffait. Elle suscitait une excitation, comme boire le petit-lait d'un matin ou sa rosée. Sa réputation ne tenait pas devant sa conversation où ne se rencontrait jamais de bassesse.

Dans un de nos premiers tête à tête, elle m'avait parlé du choc qu'avaient représenté pour elle les dessins à l'encre et au bambou du peintre Pierre Tal Coat, comment l'encre courait, comment elle irriguait le papier, et combien elle avait compris que les premiers pas de cet artiste vers l'abstraction manifestaient son désir de mouvement et d'extension hors de la page ou du cadre. Elle avait fréquenté son atelier à château Noir du Tholonet. Sa façon d'évoquer cette peinture supposait qu'elle en avait été amoureuse et que cet amour avait couru de l'œuvre à l'atelier jusqu'à l'homme. Elle me parlait de certaines de ses peintures comme d'une onde ou d'une vague souterraine passant sous un champ coloré. Elle me figurait une sorte de petit tsunami qui aurait soulevé la croûte, ou de ronds dans l'eau s'élargissant sous la surface et allant crever au bord, en fruit qui se fend ou en lave qui sourd. Ce qui courait dans la profondeur rendait sensibles la minceur et l'étendue de la surface, et c'était aussi en cela que, malgré la modestie des formats, elle ressentait un paysage. Elle avait senti l'onde d'un léger séisme, celui de la boue. Elle allait à ce qu'il y a de plus ténu dans l'ordre du visible et je pressentais qu'elle tenait à une sorte de flux qu'elle nommait la magie dont ses chats auraient été doués.

Je cherchais les débuts, le bout par où elle aurait attrapé sa science où rien n'était livresque ni savantesque. Je cherchais un fil et elle me donnait un pays, l'Espagne, une ville, Madrid où elle avait vécu avec

Jacques pendant dix ans. Sa vie aurait commencé là. Elle aurait rencontré avec un pays sa pantoufle de vair. Elle avait trouvé l'ailleurs lui allant comme un gant. L'Espagne comme dépucelage permanent. Peinture et poésie étaient entrées dans la foulée. Elle disait « Federico García Lorca » comme la meilleure façon de se retrouver dans un jardin. Elle avait choisi de prononcer ce nom en guise de sésame. Elle tenait de lui le mot duende dont elle avait fait sa boussole en or. Avoir le duende, c'était posséder le don des chats.

Magie, duende, c'était le même culte de l'intuition. Elle rendait l'immatériel tangible. Je pensais au tact, à la dextérité des mains, au doigté. Et c'est vrai que pour elle la magie consistait à sentir les choses à l'extrême bout de ses doigts bien au-delà du dicible.

Elle m'a montré en action ce qu'elle m'avait dit en paroles et sur un autre plan quand elle m'a amené cet été-là voir une exposition d'Alberto Giacometti à la Fondation Maeght de Saint-Paul-de-Vence. Elle ne m'a pas montré, elle ne désignait pas, c'était mille fois moins autoritaire qu'une désignation que de m'inviter à être présent. Dans la France engoncée dans ses habits de notaire du milieu des années soixante, il n'y avait pas grand-chose à se mettre sous la dent quand on aimait la sculpture, à part cette fondation. Comme nous étions dans le patio, elle m'avait simplement dit : « Assieds-toi là. » Puis elle avait attendu que je regarde ce qui m'entourait de ce point-là pour me lancer son œil interrogateur. En un instant, j'avais senti l'espace entre les sculptures de Giacometti se solidifier ou plutôt devenir une réalité plastique. C'était pour moi une révolution et surtout un démenti de ce que je pensais jusqu'à présent de cette sculpture que je voyais comme une rétraction vers l'essentiel de la verticale. C'était la vision obtuse de celui qui est obnubilé par le bronze et par des images de fusion, de calcination, de réduction du squelette, faisant de *L'homme qui marche* celui qui sortirait des camps. Là, ce qu'elle me montrait en me désignant cet emplacement, ce n'était pas le fait que ces sculptures puissent dialoguer entre elles ni même qu'elles créent une harmonie ou une architecture spatiale de par leur disposition dans le patio : j'avais la vision ou l'hallucination d'une dilatation de leur volume. Elles s'en tenaient à l'arête des corps pour en susciter un de spectral. En réalité, elles se diffusaient et infusaient dans l'air. Et soudain, tout ce qui m'avait arrêté au nom de la matière – le bronze, alors qu'elles avaient été à l'origine travaillées dans le plâtre – avait émis la possibilité d'un halo que Suzanne m'avait invité à sentir.

André Queffurus avait rejoint la maison de Sillans pendant que j'étais à Forcalquier, et sans doute Suzanne m'avait-elle refilé à Lulu pour mieux recevoir André pendant mon absence. Elle m'avait parlé de lui comme d'un chat. Ce qui était chat était pour elle le summum du charme et du magnétisme. Je n'éprouvais pas sa passion pour les félidés à qui j'aurais bien botté le cul quand ils chapardaient dans mon assiette, mais quand j'ai vu André j'ai pensé lion. Deux petites têtes d'épingles vertes flanquaient un nez léonin. Je le pensais marin à cause de son nom breton, mais il aurait été aussi bien légionnaire ou parachutiste.

Louis et André se faisaient des niches pas tout à fait espiègles, malgré leur enjouement. Il arrivait qu'André pose dans un montage de Louis un objet étranger, une incongruité fichant tout par terre. J'avais vu Louis découper une feuille de papier en forme de voile pour la coller sur une toile d'André, à la limite entre un plan clair et un autre plus foncé. La farce visait si juste qu'on ne pouvait pas la croire spontanée. Elle disait peut-être là où l'un en était avec le travail de l'autre, donc les arrière-pensées. Je me réjouissais que ce soit si bien accepté de la part de personnes aussi susceptibles – pas exactement susceptibles, plutôt sensibles à la nuance et entendant dans la moindre parole bien au-delà de ce qui était prononcé… –, et surtout de la part de quelqu'un d'aussi impérieux qu'André. Je me réjouissais qu'ils sachent aussi bien jouer avec le feu couvant en eux. Leur amitié avait instauré une telle confiance qu'ils se permettaient de mettre sur le gril les zones urticantes de leur esprit. Ils acceptaient de se saboter mutuellement mais jamais dans les limites de l'irréparable. Je comprenais cela comme la mise à l'épreuve de leur capacité à se prendre au sérieux.

Ils désiraient montrer qu'ils ne respectaient pas tout à fait ce qu'ils faisaient. Ce n'était pas de l'ordre du respectable. S'ils étaient incapables de mettre en péril ce à quoi ils tenaient le plus, alors ça ne valait rien. Rien ne valait dans ce qui s'avérait incapable d'inscrire la précarité et la fin. Ils pensaient qu'une part de destruction était un bon ferment. Il arrivait à Louis de prétendre que, pour achever un travail, il suffisait de mettre un bon coup de pied dedans. Abîmer réveillait. Détruire ensemençait. Il fallait provoquer l'accident ! Chaque coup d'éclat faisait rire Suzanne et c'était aussi pour lui plaire qu'ils se prêtaient à leurs farces. En cas de beuverie, ils se livraient à des jeux de massacres. Les piles d'objets présents dans l'atelier s'écroulaient dans un vacarme souligné par Suzanne : « Dzing ! Bim bam boum ! Patatras ! » Elle aimait le bruit de ce qui se brise sèchement et il lui arrivait de jeter la vaisselle sale dans la courette à l'arrière de la maison. Elle aimait le son de la cassure et de la rupture dans toutes les étapes et les situations de la vie. Elle s'ingéniait à casser le décorum, l'usage et le cours obligatoire des choses. Je l'avais vue, alors que nous étions invités chez des gens qu'elle jugeait ennuyeux, demander à ce qu'on lui passe le plateau de fromages pour se saisir d'un premier qu'elle avait jeté dans la gueule du chien de la maison qui n'en attendait pas tant, une portion impressionnante, comme si de rien n'était, sans que personne bronche, et comme soulagée du silence médusé. Personne n'avait moufté et on avait entendu les grillons. Et personne n'aurait arrêté Louis et André quand ils étaient déchaînés. Ils faisaient les ravagés et les ravageurs jusqu'à l'insupportable.

Paula Masson conduisait Lulu à Sillans. Elle habitait une grange aux environs de Forcalquier avec son mari écrivain, Loys, qui avait écrit pour Robert Morel deux célébrations, celles de la chouette et du rouge-gorge. Paula venait de Pologne, deux fois Paule (Pawloska), et Loys de Maurice. Je la regardais avec une attention particulière parce que Louis m'avait parlé de Loys comme d'un homme en proie à une rage autodestructrice qui n'était pas celle du suicidaire mais du tortionnaire de soi-même à petit feu. Il me disait que Loys se détruisait systématiquement, une démolition en règle. Il buvait à mort. Il avalait n'importe quoi – de l'Élixir parégorique, du Mandrax, du Néo-Codion ? – et se mettait dans des états lamentables. Ancien boxeur, il se boxait lui-même. Cela m'interloquait. J'imaginais Paula se démenant pour tirer par les cheveux de l'abîme l'aspirant cadavre qu'était son mari. Je ne savais rien de cet écrivain que je n'avais pas lu mais j'avais brodé autour. Je me disais qu'il s'agissait d'un creuseur de gouffre, d'un puiseur de nuit. Dans la noirceur montant dans ma tête à de semblables récits, je reconnaissais quelque chose de Sillans, pas du côté de Suzanne mais de Louis.

Je regardais Paula en train de prendre place dans la voiture, je voyais son visage tiré par l'angoisse et je ressentis soudain ce qu'on appelle un coup de foudre, un éblouissement stroboscopique avec ondes de choc. Toute la voiture s'était embrasée.

André m'avait parlé de l'autodestruction. Il avait ajouté qu'il en irait de même pour moi, comme de tous ceux qui veulent peindre ou écrire. Cela m'avait dérouté comme chaque fois que l'on me parlait de moi. À quoi avait-il deviné cela ? Comment aurais-je laissé percevoir le signe de ce que j'ignorais autant de moi-même ? Il m'arrivait des hontes brusques où je jetais un cri et j'en aurais profité pour me jeter par la fenêtre. Ça venait de profond et je me mettais à courir. Ou, devant un interlocuteur, je prenais l'air hébété de qui se décompose parce qu'une fusée m'avait traversé l'esprit. Mais ça voulait dire la vie, pas la mort.

Je ne percevais pas d'autodestruction dans le fait d'expérimenter des mixtures comme un petit chimiste : des graines de volubilis concassées ou des cigarettes de datura recommandées à l'époque contre l'asthme. J'avais décidé de trouver passionnantes des visions issues d'un empoisonnement où le pouls battait à peine. Peut-être était-ce un sport extrême : résister à l'empoisonnement? Je n'y voyais pas autodestruction mais exploration parce que j'expérimentais la terreur mais je n'avais pas peur. Je ne cherchais pas à me détruire.

Ce qui m'avait interloqué dans la réflexion d'André, c'est que j'avais entendu que ce stade de l'autodestruction aurait été nécessaire. À quoi? À sentir le moment où tout bascule, debout sur le parapet du balcon au quinzième étage d'un immeuble avec un verre à la main, ce qui serait vitalité pure et façon de jouir d'une fête tellement belle que le petit jour vous invite à vous pendre? Ça n'était pas ce qu'André voulait dire. Il parlait d'une part en chacun de nous qui aurait été obstacle, empêchement, embûche jetée par soi-même entre ses propres jambes. Il parlait d'entraves involontaires dont on ne comprenait pas le mécanisme. Il disait qu'il existait des façons de les accepter, qu'elles étaient une part de nous donnant à entendre une version différente de nos désirs. Il avait une vision positive de la part d'autodestruction en chacun.

Je crois qu'il la réclamait pour sa peinture inlassable dont il détruisait tous les tableaux. Il ne les détruisait pas, il les effaçait.

Quand André évoquait devant moi l'autodestruction, il parlait sans doute encore de peinture et s'il en parlait à propos de Loys, c'est qu'il tenait compte avant tout qu'il était poète. Qu'est-ce qu'il fallait commencer à démolir, quand on voulait être poète, la poésie ? La peinture quand on était peintre... ?

Y aurait-il quelqu'un à abattre, le poète par exemple, ou le peintre, avant d'écrire une seule ligne de poésie ou d'entreprendre une peinture ?

Il me disait : « Commence par tordre le cou à l'écrivain... »

J'imaginais Masson rongé, et quand je le pensais ainsi, j'imaginais que Louis l'était aussi bien que Loys, parce que je confondais souvent celui qui me parlait avec celui dont il me parlait. Ce qui le préoccupait chez l'autre était sa propre inquiétude (toi-même !).

Le poète mauricien voyait le diable dans une tortue. Il en faisait le Léviathan et le dragon. Il voyait de la souffrance dans la mer. Les océans étaient le ventre de la terreur. La migraine dégagée par les îles l'empoisonnait. Il avait été maraboutée par les vieilles voix d'une radio dont il n'identifiait pas la source.

André ne savait jamais à quel moment il serait arrêté par un refus, lui-même étant le cheval refusant l'obstacle. Je me demandais s'il ne voulait pas me faire sentir la peur de celui qui ne craint personne mais demeure terrifié par ses propres insuffisances. Il voulait peut-être me dire qu'il se sentait au bord du pas grand-chose à l'endroit même où il jetait toutes ses forces. Cette conscience rendait son allure d'homme aussi volante qu'une feuille de papier à cigarette.

Je tenais André pour une personnalité forte, ce qu'il était, et aussi pour quelqu'un de particulièrement digne, mais j'avais entendu Lulu me raconter à son propos – il était agacé par sa passion pour « les joutes verbales où chaque phrase veut donner dans le génie » – qu'il l'avait mis en relation à Paris avec un galeriste sachant faire son métier, ce qui est rare de l'avis des artistes. Lulu me disait : « Claude Bernard était intéressé par sa peinture. J'obtiens un rendez-vous. Je vois André, je lui recommande bien : Claude Bernard déteste les buveurs et le lendemain il arrive ivre mort au rendez-vous. »

## L'été à Sillans (suite)

Louis et André sciaient la branche où ils se tenaient debout. Cette fêlure prenait des zigzags étranges. Chaque proposition avait son revers, comme on dit un revers de fortune. Rien ne devait leur donner l'occasion de se caresser dans le sens du poil. Ils n'iraient pas par ce chemin, même s'ils venaient de l'emprunter. Ils ne se suivraient pas eux-mêmes sur leur propre terrain.

Aussi leurs propos étaient-ils faits de volte-face humoristiques faisant du petit-bois avec leurs principes les plus sacrés, auxquels ils tenaient mordicus, mais qu'ils rejouaient le temps d'une plaisanterie.

À force, l'esprit de jeu tournait court parce que leurs pirouettes avouaient qu'ils étaient perdus.

Par exemple, ils avaient du mal à être francs avec les aspects sociaux du métier. Artiste n'était pas un métier – avoir du métier était contesté, agir en professionnel encore plus, c'était là des dangers... Ils ne voulaient pas être des professionnels... Difficile de faire le tri entre les délicatesses et les complications. En même temps, ils affirmaient volontiers qu'un artiste est simplement le spécialiste de sa spécialité au même titre que n'importe quel métier. Seulement, le boulanger sait se faire payer sa baguette, il entretient un rapport sans équivoque avec son client. Acheter et vendre étaient les termes du malaise. Cela ne signifiait pas qu'ils étaient malheureux quand ils avaient vendu, bien au contraire. Cependant les termes du marché resteraient flottants, non pas de la faute des marchands mais de leur malaise. Ils disaient de temps en temps qu'ils avaient vendu mais leur façon joyeuse de l'annoncer contenait une sorte de sarcasme, comme si le fait de vendre aurait obligé à la pudibonderie. Ils confondaient peut-être vendre et vendu. Sinon, pourquoi la question fatigante posée à un artiste à la suite d'une exposition : « Tu as vendu ? » aurait-elle contenu une moquerie ? Ils le disaient comme une farce, un pied de nez jeté à la fortune.

Ils étaient des danseurs de corde tenant un balancier de paradoxes.

Si je les interrogeais naïvement sur un côté technique, ils n'étaient plus des artisans et ils me demandaient : « Pourquoi tu t'arrêtes sur un aspect technique ? »

Il y avait en eux une stratégie du bâton merdeux qui me perdait, alors que je continuais à les interroger en me faisant rabrouer la plupart du temps.

En réalité, ils fuyaient les définitions. Louis écrivait, publiait, et ne se disait pas écrivain. Il le refusait. André vivait dans la lecture. Il pointait l'index sur une page en renversant la tête en arrière : « Là ! » C'était le doigt d'un peintre qui avait senti en braille qu'entre deux mots il y avait de la matière. Il lisait comme on regarde. Il voyait la page comme je ne la vois pas.

Ils faisaient de l'ensemble de leur vie au quotidien le même travail que dans leur pratique. Celui qui étend la même attention à tous les phénomènes de l'existence n'a pas besoin de définition.

Il n'y avait rien de plus cohérent et unitaire que le quotidien dont ils faisaient leur monde intérieur et rien de plus déchiré que la guerre menée au-dehors.

Louis était désarmé quand il sortait de sa tanière. La conscience de sa maladresse provoquait une agressivité où il compromettait ce qu'il avait souhaité dans un premier temps. L'empêchement lui tenait lieu d'intransigeance. Il se connaissait, il me confiait qu'il avait le chic pour tout foutre en l'air... Il avait une expression à ce sujet, il l'avait dessinée sur une enveloppe : une poule d'eau sur un pédalo. Dès qu'il voyait arriver à lui une proposition avantageuse, il se demandait quand il allait savonner la planche. En société, il ne supportait pas son rôle de poule d'eau. Il se voyait Shadok. Il n'était pas fait pour le milieu. Je me demandais s'il n'en rajoutait pas dans ce sens-là.

Louis et André avaient la prémonition du malentendu et du ratage, André superbement et Louis douloureusement. Ils les avaient désirés. Ils sentaient que, tant qu'ils seraient en bagarre avec eux-mêmes dans la difficulté, ils seraient à leur place. Quand ils étaient en forme, ils s'amusaient avec leurs craintes. En même temps, ils se réjouissaient comme des enfants des aubaines les plus inattendues, les propositions d'expositions, les nouvelles rencontres et les ventes. Ils avaient une petite danse pour chacun de leurs succès.

Ils avaient des coups de cœur qui ouvraient des brèches dans leurs refus, des emballements pour des personnes représentant des exceptions et même des contradictions avec le scepticisme de Louis et la sévérité d'André qui n'était pas sceptique mais irréductible. Les exceptions se multipliaient. Apprendre qu'ils s'enthousiasmaient facilement faisait du bien. Ils se fiaient à l'excitation et je les voyais survoltés par la perspective d'une rencontre avec ceux qui, comme eux, marcheraient sur un fil.

Dans toute leur coterie, il y avait de l'entrain. Partout où il y avait des gens marchant au bord d'une fêlure en l'entendant craquer, il y avait de la complicité. Les arrivées chez les amis étaient des festivals de charades où tous se houspillaient en riant. Ils étaient excités et l'excitation dominait dans ce qu'ils regardaient, disaient et vivaient. Je pensais à l'excitation visuelle produite par un dessin, une peinture, un objet.

J'étais tombé chez Lulu sur des peintures de Malaval à la bombe, des fluo luminescents. Mercure et bébé rose. Nous en riions tellement nous ressentions l'énergie du fluo à la bombe. En même temps, c'était de la guimauve. Je me faisais une idée de l'excitation comme d'un phénomène permettant de percevoir une œuvre dans sa totalité, saisie en un seul tenant instantané et impressionné sur la rétine pour longtemps. J'étais prévenu que quelque chose se passait entre une œuvre et moi par l'excitation. J'aimais la façon dont Louis et André accueillaient la surprise d'une rencontre avec un tableau, un dessin, un objet d'un autre artiste qui les avait conquis, ils en sautillaient de plaisanteries parce qu'ils étaient électrisés. Ils ne commentaient pas, ils devenaient encore plus joueurs. Je pensais que l'excitation visuelle était l'amorce ou l'étincelle de toutes celles ressenties dans la vie. Elle était le fluide.

J'associais la façon dont Louis pouvait prendre deux matériaux pauvres, deux tessons de bois pour en faire quelque chose qui était tout ou rien, et son attitude générale dans la vie dont son humour au bord du ratage. Donner du sel à une évidence était du domaine de l'excitation. Décaler au millimètre une banalité comme un tesson de bois, c'était une justesse du presque-rien. Il y avait dans ses premiers montages, les plus directs et bruts, une beauté si discrète qu'elle était tout ou rien.

Je me disais parfois que les attitudes d'André et de Louis étaient de l'ordre du tout ou rien dans leurs comportements quotidiens comme dans leur art et cela m'attirait beaucoup, que ça se joue à pas grand-chose. Cela m'apportait une impression de liberté, de sentir que c'était aussi cassant et friable, aussi rempli d'incomplétudes, une œuvre qui se joue à peu, avec tous les ressorts de la vie dont la complicité de ceux qui ont regardé avec avidité depuis leur naissance tout ce qui leur tombait sous les yeux. J'imaginais que leur travail et leur vie avaient pleinement conscience de l'infime frontière entre ce tout et ce rien. Qu'ils soient funambules me faisait sourire et qu'ils vivent, en quelque sorte, à l'ombre de la catastrophe, me faisait rire. Ce n'était pour moi ni cruel ni idiot. Il y avait un cheveu entre ce tout et ce rien marquant le moment où une matière inerte devient vivante ou reste morte, une matière ou une parole. (Je le voyais, ce cheveu, j'aurais pu le danser.)

L'excitation avait ses revirements. Comme j'avais fait part de mon enthousiasme pour une série de peintures d'André faites de lits de rivière et de croisées de chemin accentuée de caillots de bistre, à peine cailloux, avec des jus étendant des voiles inlassables et sans frémissement, presque une coagulation, série ayant rencontré du succès, il m'avait répondu : « Ces vieux trucs psychologiques... » C'était déjà fané, des peaux mortes, et ma déclaration d'enthousiasme arrivait trop tard.

Ils marchaient sur une tranche entre le surprenant et le décevant. Ils tombaient tour à tour de l'un à l'autre côté. Ils étaient aussi étonnés de faire ce qui les surprenait que surpris d'être déçus. Quand Louis gardait le silence en me montrant un des dessins qui le rendaient fier, je savais que ça n'allait pas durer. Bientôt, il ne pourrait plus le regarder sinon d'ici dix ans, le purgatoire du dégoût. Il ne pouvait vivre que dans le chantier en train.

Nicolas avait recueilli pour moi les morceaux d'un dessin que Louis avait déchiré dans un moment de déprime. L'aîné avait eu l'amabilité de maroufler les morceaux dont pas un ne manquait et de m'offrir ce puzzle où il fallait se pencher pour deviner les ajointements. Un jour, Louis tomberait dessus à mon domicile, il regarderait ce dessin autrefois recueilli en morceaux alors qu'il était destiné à la poubelle, et comme je prenais les devants pour lui rappeler qu'il l'avait déchiré, il m'avait répondu : « Je ne sais même plus pourquoi. » Puis il m'avait fait remarquer qu'il valait mieux ne pas accrocher un dessin avec des punaises. Il en inspectait les coins bientôt festonnés par les punaises en oubliant toutes les cicatrices faites à son taillis, à sa pelote de buissons survolée par une bacchante ogresse, une Pomone qui vous aurait dévoré et que j'associais aux *Nina Violetti,* Suzanne outrancièrement sexuée. Je gardais ce dessin pas loin de moi parce que je désirais l'écrire. Je voulais écrire un corps attirant et dangereux.

Louis et André me donnaient à sentir qu'un sentiment d'échec rôde toujours, même avec une production aussi régulière que celle de Louis dont les dessins ne tarissaient pas en rebondissements. Ce n'était pas de l'insatisfaction ni un goût pour l'absolu. C'était le fonctionnement de leur éveil que de ne pas perdre le contact avec le désastre. Ils voulaient rester en contact avec ce qui est hasardé. Ils ne se mettaient pas sur le chemin de la certitude mais sur celui de l'égarement. J'étais certain que Louis tenait à sa part d'inquiétude comme au ressort même de ses griffures d'encre. Il était agité de sombres pressentiments, il sentait une menace, en bête sortant du terrier et s'aventurant hors d'un terrain sûr.

André, lui, régnait sur le désastre comme sur le chœur d'un opéra-bouffe. Il s'en foutait. Pourtant, rien ne le terrifiait plus que l'échéance d'une exposition. Il en sabordait sa peinture. Une date butoir le mettait dans une telle prison qu'il s'y anéantissait. La proximité de l'échéance augmentait le saccage. Cette période, il fallait qu'elle soit un massacre de toute sa volonté, on la lui avait volée et il n'avait rien fait. Il avait accepté la commande et l'échéance et même annoncé qu'il allait se retrousser les manches. Lui qui peignait volontiers du matin au soir dans son atelier ne faisait plus rien. Lui qui était un interlocuteur passionnant quand il parlait de peinture, d'un arbre ou de n'importe quoi, bredouillait si un entretien lui était proposé ou si un micro s'ouvrait devant lui. Il avait perdu le fil. Il était incapable de donner quoi que ce soit dans ces circonstances-là et une mule au gué n'aurait pas tenu aussi fort dans le mutisme.

Désastre était exagéré mais je sentais sa prémonition. Je les trahirais gravement si je pensais qu'ils se seraient plaints de quoi que ce soit. Cela aurait été une faiblesse détestable. Il n'y avait aucun objet de plaintes, juste la peur enfouie de faire de la merde, ce qui est la routine. C'était curieux comme cette ambivalence m'intriguait, moi qui voyais dans le dessin à la plume de Louis quelque chose de magnifique. Et quand je voyais André prendre une grande brosse pour effacer sur toute la surface de la toile ce qu'il avait fait la veille, cela jour après jour, j'avais toujours des regrets pour la peinture de la veille.

Ils étaient les premiers à reconnaître ce qu'il y avait de « juste » dans leur travail, selon le vocabulaire que j'ai retenu, et en même temps d'en sentir les limites. J'imaginais certains artistes regarder leur travail dans l'effarement tellement il est cuisant.

Tout ce qu'on pouvait faire ressemblait à un chantier de remises en place du peu. Il y avait des quantités subtiles partout, même dans l'œuvre réalisée en un geste.

Toutes les sensations et les connaissances enregistrables par un homme se rassemblaient dans la chose visuelle, toutes le pouvaient mais pas toutes.

Je prêtais à Louis et à André la faculté de déceler dans la chose visuelle ce que je ne voyais pas. Ils mettaient un monde dans une impulsion de la main et ils le tenaient sur toute sa surface.

Ils me donnaient à supposer qu'il n'y avait jamais de résultat, aucune réponse, que la sensation d'une récompense n'était jamais là et que leur état chronique était de ne pas savoir où ils en étaient, malgré la fermeté de leurs propositions. C'est ce qui apparaissait fortement dans nos conversations, l'animosité et la verve dont ils faisaient montre contre ceux prétendant savoir.

Mon professeur de dessin à Lacordaire se nommait Réau. Il avait fait un bas-relief pour le monument à la Légion étrangère à Aubagne, une de ses rares commandes publiques, que j'avais pris la peine d'aller voir. Il fumait la pipe, sentait le vin et avait une ribambelle d'enfants. Je l'avais pris en grippe parce qu'il affectait un dédain extraordinaire pour la chanson populaire. Il trouvait ça vulgaire. Il avait proclamé ça le jour de la mort d'Édith Piaf. J'étais choqué. Pour moi, l'adjectif vulgaire n'était utilisé que par les imbéciles, surtout en se targuant comme Réau de n'apprécier que le Grand Art, sa frise héroïsante pour la Légion montrant son emphase. Je l'avais pris en grippe et en même temps en sympathie parce qu'il s'était fait à Lacordaire une réputation d'ivrogne, ce qui lui valait d'être chahuté. Dès l'enfance, j'avais entendu une pareille accusation à propos de mon père Richard. Aussi éprouvais-je une inclination pour les ivrognes.

En troisième, je lui avais recommandé plusieurs fois d'aller à la librairie-galerie La Touriale boulevard de la Libération à Marseille où se tenait une exposition des dessins de Louis Pons. Il avait fini par y aller et avait pris pour me donner son avis une attitude sentencieuse, me disant que « mon parent » dessinait bien mais qu'il avait grand tort de s'attacher au surréalisme. J'avais rapporté cette réflexion à Louis qui en était très mécontent, la chose la plus stérile qu'on puisse lui dire étant de le rapprocher d'un courant qu'il connaissait parfaitement par ailleurs. Je n'aurais jamais dû rapporter cette réflexion parce que, comme c'était moi qui la rapportais, j'en étais devenu l'auteur. L'associer à un mouvement devenu une catégorie muséale morte et enterrée le mettait au bord de la rage froide dont je faisais l'expérience à mes dépens. J'étais éberlué par mon impair risquant de le rendre féroce. J'avais rabâché la réflexion de mon professeur de dessin sans la faire mienne, comme un enfant qui rapporte. Et me voilà touché, sali par les éclaboussures. Je ne savais pas si, en le traitant de surréaliste, j'en aurais fait un tardif, le dernier des surréalistes comme il y a eu le dernier des Mohicans, je n'avais aucune idée de l'histoire de l'art. Ce que je comprenais, c'était que je me retrouvais en terrain épineux sitôt après le rapportage de mon anecdote. Je ne voulais pas que Louis me regarde comme cela.

Aussi, dans les soirées où nous nous retrouvions, dans les villages d'Entrecasteaux, de Salernes, de Villecroze, de Cotignac, Fox-Amphoux, dans le bourg d'Aups puis à Tourtour, les conversations les plus agréables de propos sans sujet pouvaient-elles changer de visage au moindre indice de prétention. Nicolas disait que « ça pouvait chier des bulles ! ». Suzanne n'était pas la dernière à renvoyer un propos qui, pour elle, aurait pris « de grands airs ». La belle humeur se jouait à un mot près. Celui qui aurait enfreint la règle selon laquelle, entre eux, ils n'étaient personne et en même temps la personne la plus importante qui soit, par l'attention, l'écoute, la complicité du rire, aurait pris le repas sur la tête. Comme la fois où ils avaient entendu un fat leur parler de ce qu'il convenait de faire en art « aujourd'hui ». La fois où une autre sorte de vaniteux se serait lancé dans un exercice de name-dropping pour faire valoir son entregent. Cette autre fois où l'habitant d'une capitale leur aurait fait sentir leur province... Où l'artiste d'une galerie prestigieuse leur aurait dit que « c'est là où il faut être »... Cette autre fois où ils auraient entendu : « C'est dépassé... » Ou : « Il y en a encore qui dessinent comme ça ? Il y en a encore qui taillent un morceau de bois ? » Alors là, oui, « ça chiait des bulles ! ». L'amour-propre était à fleur de peau...

Nous rentrions dans la voiture. Suzanne pouvait dire : « Ceux-là, ils ne nous revoient pas de sitôt ! » Puis le silence entrait dans l'habitacle. L'accalmie revenait le lendemain, une accalmie de zézaiements d'abeilles et de mouches. Des particules d'éclats passaient à travers le rideau à mouches. De la maison, on pouvait entendre un poisson sauter dans la rivière.

## Les cintres dans le dos

J'apprenais à me taire. Parfois, on recherche dans sa vie le moment où on s'est mis à parler. Ça n'est pas vrai, qu'on a toujours su le faire. Il y a eu bien des années où on n'a pas été un parleur. Il peut y avoir dix années d'adolescence sans paroles. On voudrait dire quelque chose mais on a raté le moment. On ressent un décalage entre ce qu'on aimerait dire et ce qu'on est incapable de former avec les mots. J'avais l'impression que je sortais des crapauds, pas des choses bêtes ni méchantes, mais incompréhensibles. Quand j'intervenais dans la conversation, je sentais un silence qui aurait voulu fuir mes paroles. Non seulement je n'arrivais pas à placer un mot, mais en plus, ceux que je sortais tapaient à côté de la plaque. La maladresse provenait de la peur d'être idiot. J'avais conscience d'être capable de parler uniquement dans de petits domaines où j'aurais rodé mon discours. La spontanéité ne me valait rien. J'avais l'à-propos d'une malle. Chez les spécialistes du ping-pong verbal à déclenchement réflexe, j'étais une oie.

Un matin d'août à Sillans, Suzanne m'a annoncé que nous allions recevoir la visite du photographe Marcel Coen. Elle avait ajouté : « Tu pourras lui demander des nouvelles de ton frère Olivier. » J'avais pris l'habitude des annonces les plus déséquilibrantes sans savoir si elles étaient vraies ou fausses. Quand je revis Nicolas, je vérifiais. Je demandais : « Suzanne t'a parlé d'Olivier ? » Effectivement, elle avait annoncé ce prénom venu de nulle part. Nous aurions dû demander des nouvelles d'un frère que nous ne connaissions pas à Marcel Coen... Suzanne s'était contentée d'allumer nos oreilles, elle n'en dirait pas plus. J'apprenais qu'Olivier était le fils de Richard et d'une photographe nommée Jacqueline Gattegno et qu'il avait à peine quelques mois de plus que Nicolas. Qu'un aîné ait pu en cacher un autre, je trouvais cela énorme ! J'avais l'impression de renverser la table. Suzanne devait être ravie de son coup de théâtre. Son fils Richard avait mis deux femmes enceintes presque en même temps. Nous entendions cette histoire pour la première fois.

Comme ce genre de révélations censées chambouler toute notre vision des choses avait lieu une fois par jour, nous attendions confirmation.

Marcel Coen, avec son énorme moustache en brosse, était d'une patience d'entomologiste dans sa façon de faire de la photo à la chambre. Il laissait couler du temps pour attendre la lumière. Il avait le flegme d'allumer une cigarette en regardant autour de lui. Il était gêné d'entendre Suzanne insister. Il m'a indiqué qu'Olivier vivait à Paris avec ses parents. J'ai demandé : « Il sait quelque chose à notre sujet ? » Il m'a répondu que non. C'était clore la question et l'entretien. Chercher à le rencontrer aurait été une intrusion violente dans la vie de quelqu'un ne sachant pas qui était son véritable père. Olivier serait là et ne serait pas là, comme toute l'aile fantôme de la famille. Je commençais à vivre avec quelqu'un juste derrière mon épaule. Nous avions ouvert une porte supplémentaire dans une maison remplie d'escaliers dérobés. Nous vivions avec une part fantôme. Nous tournions nos pensées vers lui. Nous cherchions son visage. Bien entendu, la dernière personne à qui nous aurions pu annoncer sur un ton triomphal, ce qu'escomptait Suzanne, que nous savions, c'est Odette ! Nous ne voulions pas mettre sur le gril sa grosse cachotterie. Nous ne la mettrions pas dans l'embarras.

Je me demandais si Suzanne persistait à saper l'idée de famille ou si elle voulait laisser traîner un fil pour favoriser de futures rencontres. Elle semait des pointillés... Pourtant, elle n'était pas famille, encore moins regroupement familial...

Plus elle aurait tenté auprès de moi une manœuvre de déstabilisation, plus elle m'aurait laissé de marbre. L'idée d'avoir un frère supplémentaire ne me scandalisait pas. Je brûlais de le connaître. Apprendre que la vie des proches était un gros bordel ne risquait pas de me scandaliser, la mienne prenait ce chemin. La scandaleuse en chef avait raté son coup.

Jacqueline Gattegno me le raconterait bien plus tard : elle s'était réfugiée à Bayonne chez une parente à qui elle pouvait confier son état. Jacques avait demandé à la rencontrer. Il avait accouru à Bayonne et lui avait proposé de l'épouser afin de réparer le tort fait par son fils. Rien n'était plus absurde que la démarche de Jacques. Le père d'Olivier aurait été son grand-père ! Qui était ce Jacques capable d'une scène aussi incongrue ? Était-il seul à ce point depuis le départ de Suzanne ? Il aurait voulu séduire la fille perdue… ? Jacqueline n'aurait pas émis cette hypothèse. La seule explication que je donnais à son récit, c'est que Jacques ait voulu restaurer Bollène en reconnaissant dans l'enfant à naître le légitime.

J'étais à Paris avec Queffurus. Il avait rendez-vous à la Hune avec le poète Frédéric Illouz travaillant dans cette librairie. Illouz était en conversation avec un homme et André entra dans le cercle pendant que je faisais un pas de côté. Le jeune homme barbu à qui s'adressaient Frédéric et André tenait des vêtements sortis du pressing dans son dos. Il était bouclé et rond comme on est souple et volubile. Puis il s'éclipsa vite. Quand André et moi sortirions de la librairie, il me dirait que nous avions croisé son professeur d'hébreu. Je n'entendis pas de prénom ou il s'est perdu dans la rumeur.

## Un pont sur le Calavon

À la rentrée, toutes les cartes seraient rebattues. Les frères ne seraient plus ensemble, Nicolas parti pour une boîte à bachot à Vaison-la-Romaine, dans le Vaucluse, où il était pensionnaire, José interne au lycée de Valréas. Il était dans le public. Je serais dans le public pensionnaire au lycée d'Apt dans ce même Vaucluse.

Je suis entré dans le dortoir pour remplir mon casier. Il y avait un lit, un vestiaire. Cela faisait longtemps que remplir un vestiaire dans un dortoir se teintait de mélancolie, malgré la pensée que j'étais enfin dans le public, ce que j'avais souhaité, et surtout que j'étais dans un établissement mixte. Quand je demandais à Odette pourquoi elle nous avait mis dans ce monde d'hommes qu'était le Lacordaire des années soixante, elle me répondait qu'il y en avait bien assez, des femmes et des filles, autour de nous, si seulement nous ouvrions les yeux. C'est vrai qu'il y avait les sœurs de nos copains de jeux et des cousines, mais pas les femmes et les filles que l'on voit dans la rue, quand on a le bonheur d'y être. Il n'y avait pas l'inconnue rencontrée sans aide et sans filet. J'imaginais le lycée plus proche de la rue. Lacordaire était un parc. Le lycée serait attenant à la ville. Apt ne méritait pas le nom de ville. Les deux Luberon occupaient tout le champ.

Il n'y aurait qu'à prendre le pont au-dessus du Calavon pour se retrouver sur une place. Cela changeait tout, le public, rien que par la proximité d'un café et le plaisir nouveau que j'avais à m'y rendre sans permission. Il ne fallait pas demander la permission pour tout. Dès les premiers jours de la rentrée, je m'accordais la liberté de sortir après le déjeuner. Je restais une demi-heure avec ma tasse.

La première quinzaine d'octobre, j'avais fait l'objet d'une fouille en règle, le surveillant général et le pion principal me demandant d'ouvrir mon vestiaire au dortoir – je n'avais pas de cadenas. La fouille s'en était prise à mes poches, mes chaussettes et toutes mes affaires personnelles. Je m'y étais plié sans rien dire et sans demander d'explications. Je ne savais pas ce qu'ils cherchaient. Un instant après le départ du surveillant général, le pion principal m'avait restitué un petit objet qu'il avait mis à l'écart pour me mettre hors de danger : c'était un plumier en fer, et, l'ouvrant devant lui, je lui montrais les plumes. J'étais veillé par un bon ange, mais je n'avais pas encore fait de fautes. Comme ils ont tort, les surveillants et les mouchards de nous suggérer des fautes pas encore commises ! J'avais téléphoné à Suzanne pour lui relater ma mésaventure et rire ensemble pendant qu'elle se moquait : « Alors, comme ça, tu mets les ploucs à la came ? »

J'étais en plein dans la société, pas sous la cloche d'un monastère. Les lycéens venaient du monde agricole et des lotissements occupés par les militaires chargés de la force de frappe du plateau d'Albion. C'était un autre empire de la Loi et j'étais passé de la divine à la terrestre. Les enfants d'agriculteurs et de militaires faisaient bon ménage. Je rentrais dans la cour de récréation avec l'habitude du solitaire ayant collectionné les bahuts. J'essayais de me faire connaître grâce aux sports, le lycée pilote ayant à sa disposition un gymnase et une piscine couverte. Je rencontrais dès le premier jour Alain Andréani, un garçon déjà homme au bel aspect mûr et silencieux.

Cette fouille précoce a changé mes dispositions. J'étais alarmé parce que je me retrouvais dans la suspicion. Je ne comprenais pas pourquoi j'avais été aussi vite repéré. Il fallait que je tienne ma langue, que je m'abstienne de parler d'un livre du clarinettiste Mezz Mezzrow, *La rage de vivre*, au surveillant ayant l'initiative d'écoutes de disques de jazz pour les pensionnaires, le soir. Il y était question de vipers, c'est-à-dire de fumeurs de marihuana. Il m'avait demandé pour plaisanter si j'étais viper. Je lui avais répondu pour faire le malin : « Plutôt vipère. »

J'en voulais aux méthodes du surveillant général. En même temps, je ne me sentais pas innocent. C'était une époque où je voulais être tout sauf un innocent, bien que je l'aie été, en tout cas en cette circonstance-là.

Je voulais que ma tenue soit irréprochable en cours où je réussissais mieux que dans le privé, la charge de travail étant de moitié. Odette, à notre demande, nous inscrivait chaque année à l'examen d'entrée du lycée Marcel-Pagnol dans le quartier Saint-Loup à Marseille, en quatrième, en troisième, en seconde, et nous échouions chaque fois. Entrant dans le public, je craignais un niveau indiqué par mes échecs. J'avais la surprise d'obtenir des résultats avec facilité. Les différents cours étaient de longs effets d'annonce. Du cours, on nous donnait l'emballage. Nous attendions le plat de résistance qui ne viendrait pas. La coque vide était magnifiquement équipée, des salles de classe aux bâtiments administratifs et au gymnase. Je n'avais jamais vu un cheval d'arçons. Mais combien de fois lui ai-je sauté dessus ? Il y avait une piscine de vingt-cinq mètres mais combien de fois j'y ai plongé dedans ?

Je trahissais mon ignorance. Au réfectoire, j'étais souvent en face d'Alain Andréani. Nous nous étions retrouvés dans une vilaine affaire : une grève de la faim avait été décidée par les lycéens pour protester contre la mauvaise qualité des repas. Andréani et moi suivions la grève sans pouvoir cantiner, les autres élèves s'étant organisés pour se nourrir en dehors des repas servis à l'école. Nous tenions, sauf que la grève s'éternisait. Nous avions demandé à la tablée si nous pouvions piocher dans la corbeille de pain. Le lendemain, nous l'avons fait et beaucoup se sont attroupés autour de la table pour constater que nous brisions la grève. Un surveillant a même pris des photos. Nous étions entourés par la réprobation d'élèves qui n'avaient pas répondu à notre demande d'aide. Nous étions des jaunes, comme me le déclarerait une professeure de français. Nous avions même été reçus par le proviseur qui entendait nous féliciter d'être des briseurs de grève, histoire de nous mettre encore plus en porte-à-faux avec nos condisciples. En réalité, nous avions été pris au dépourvu. Nous n'avions pas été assez forts pour affronter la durée du jeûne. Nous nous étions désolidarisés et nous en recevrions les conséquences. Nous en ressentions de la honte et le désir de nous rattraper.

Ça commençait très mal.

Entrer au lycée, c'était se retrouver proche des colonnes du journal et des rayons de Prisunic. Je découvrais l'annexe du commissariat de police. Les partis, les syndicats et les débats politiques faisaient partie de la vie de l'établissement. C'était la société qui allait et venait dans cet établissement ouvert dont nous prenions les courants d'air en pleine figure. Je ne demandais qu'à m'y faire. Mais l'unique année passée au lycée d'Apt courut trop vite. La cage était ouverte. Je ne pensais qu'à tirer profit de ma libération pour dérailler.

J'avais volé un énorme magnétophone enfermé dans une armoire et dont je m'étais demandé à quoi il pouvait bien servir puisqu'on ne le voyait jamais à la disposition de personne. C'était un engin d'une trentaine de kilos très perfectionné que je destinais à Bernard Spadari pour travailler son saxophone. La clé de l'armoire se trouvait juste dans la serrure d'une armoire jumelle dans la même pièce. Il suffisait de le constater. Au dortoir où je ne dormais pas, je refaisais mentalement les itinéraires reliant la salle où se trouvait le magnétophone à la sortie du lycée. Je faisais des repérages dans la journée et je répétais les distances et les horaires. Une nuit, je me suis levé et j'ai rejoint la salle pour sortir le magnétophone de l'armoire. J'ai enlevé le bureau de l'estrade où il trônait puis j'ai placé le magnétophone sous l'estrade en la soulevant. J'ai remis le bureau à sa place comme dans n'importe quelle salle de classe et je suis reparti au dortoir en me disant qu'il fallait laisser dormir.

Je tentais le cambrioleur. Je me prouvais que je pouvais l'être. C'était un métier à frissons. J'ai parfois caressé l'idée de conduire une moto pour combattre ma distraction, ce à quoi mes frères s'opposaient. Je voulais la piloter parce que la concentration y est une question de vie et de mort. Parfois, on se découvre des aptitudes que l'on refuse : businessman ou petit propriétaire... Les possibilités poussent comme des boutons. Des rôles s'emparaient de moi, mais aussi des vantardises à partager avec Bernard.

Le cambriolage va plus vite que la moto. Ce n'est pas l'ivresse de la vitesse mais du silence en eaux profondes. En même temps, c'est jouer au mikado. Je vivais ce cambriolage comme le jeu d'adresse du malhabile. J'allais chercher de l'habileté dans le danger. Je tournais les angles des couloirs vides. J'étais un fantôme, un ectoplasme, avec au bout du bras un poids de trente kilos qui va peser de plus en plus sur le pont du Calavon. Une fois franchi, je me crus sauvé.

J'ai sorti le magnétophone de son estrade trois mois après l'y avoir caché, alors que l'engin avait été déclaré volé. Je l'ai trimballé à bout de bras. J'exultais tellement je me félicitais de suivre le plan que j'avais arrêté. J'avais mis l'engin dans la soute du car pour Marseille pris sur la route de Bonnieux. Je pouvais souffler, et c'est au moment où on se pense à l'abri que l'on craque. Le délinquant est à la rue. Son délit le fout dehors. Il n'a aucun abri, comme à l'instant où on sort sous le feu de l'ennemi. Là, l'ennemi, c'était moi puisque, descendu du car à la Porte d'Aix, je n'arrivais plus à traîner mon boulet. Il m'aurait fallu un diable, si j'avais été organisé. J'avais donc décidé de traîner l'engin jusqu'à un minuscule bistro de la rue du Bon-Pasteur tenu par Khader qui y servait du thé à la menthe en faisant écouter de la musique égyptienne. Khader m'avait fort aimablement proposé de garder le magnétophone derrière son comptoir. Je lui disais que Spadari avec qui je fréquentais le bar viendrait le récupérer et je me mettais en quête d'une cabine téléphonique. Bernard ne répondait pas. Il n'était pas chez lui. Je remontais à La Louise en étant certain que j'avais flanché.

Le lendemain matin, Bernard m'a téléphoné pour me dire que le bar de Khader avait fait l'objet d'une descente dans la nuit et qu'il était au poste pour recel. Je n'y ai pas couru pour délivrer Khader et y faire ma peine. Personne ne m'a plus vu à la Porte d'Aix. Je voulais faire l'apprentissage du cambriolage et je faisais celui de la lâcheté. Je m'empresserais d'être à demi soulagé quand le pion étant mon allié secret, celui qui m'avait rendu en douce mon plumier, un type blond à la russe, le visage entre le blond et le blanc, au haut des pommettes empourprées, m'aurait confié que le magnétophone était en Tunisie. Il m'avait lâché cela en aparté dans la cour.

La Tunisie était la patrie de Khader et c'est ce que j'avais confié imprudemment à un condisciple du lycée d'Apt qui aurait été un ami de Bernard, un jeune homme aux lunettes cerclées, au regard myope et au petit foulard de soie noué autour du cou afin d'imiter John Lennon. Il était le seul à qui j'avais eu l'imprudence de confier l'affaire du magnétophone jusqu'à son dénouement inventé. Mon mensonge passé par la bouche du pion protecteur identifiait le mouchard.

Mes erreurs m'abrutissaient. J'étais à nu, exposé, à la merci. Partout où j'aurais pensé me cacher parmi mes condisciples, même en maillot de bain à la piscine où filles et garçons se croisaient dans le pédiluve, j'aurais tremblé de froid.

Dans des cauchemars répétitifs, j'enterrais un corps dans un endroit connu par cœur. J'aurais pu y aller. Dans un creux entre deux collines. C'est là que j'avais caché le corps.

Peu d'hommes n'ont pas assassiné un semblable nuit après nuit. Nous cachons l'épouvante dans la terre, nous enfouissons notre terreur. Nous effaçons un visage en mâchant la fadeur des draps. En réalité, on fait l'apprentissage du crime. On n'a pas tué, en même temps, on le crie. On remplit une bouche à grandes pelletées de terre. On comble une bouche qui ne peut pas crier dans l'humide où on l'enterre. Parmi nous, combien ont été occupés la nuit à faire disparaître un corps ? Mes mauvais cauchemars, je leur mettais des pierres dans les poches. Je les chargeais. Je faisais disparaître Khader.

J'écrivais à Louis. Il n'y avait pas une semaine où il ne m'envoyait pas une satire réconfortante à propos de mon lycée. Il inventait toutes les figures qui m'entouraient avec des croquis à la Croquignole et à la Ribouldingue. Si je lui avais raconté mon initiation au cheval d'arçons, il m'en envoyait les interprétations burlesques. Il détestait l'Éducation nationale. Il haïssait tout ce qui est prof. Le ton prof lui faisait dresser les cheveux sur la tête. Il comprenait que je n'étais pas dans mon assiette, quoique je ne lui fasse aucun aveu. Il choisissait de me faire rire. Je ne gardais pas ses lettres si précieuses à tout point de vue. Alors que j'y tenais par-dessus tout, je les perdais. Je ne savais pas ce que ça voulait dire, garder. Je ne gardais rien et je perdais tout comme par fatalité. Il aurait fallu que je sois plus âgé pour commencer à garder.

Il n'y avait personne à qui je puisse avouer : « Je suis paumé, je fais n'importe quoi. » Je l'aurais dit à Louis, il m'aurait répondu : « Qu'est-ce que tu crois, je suis aussi paumé que toi ! »

Un dimanche soir où, après avoir passé le week-end à La Louise, je devais descendre à Marseille par le 12 puis prendre le car pour Apt au pied de la gare Saint-Charles, je choisissais plutôt de me rendre chez Bernard à La Croix-Rouge devant la colline d'Allauch. Il habitait une maison à côté de celle de ses parents, une maisonnette de banlieue avec un jardinet. Cette chance-là, il la mettait à profit pour partager avec ses amis ses découvertes musicales. Ce soir-là, nous avions écouté le même disque en boucle jusqu'à nous endormir. Le lendemain, je ratais le car du matin. Je cherchais un répit. Je voulais disparaître pour deux ou trois jours. Je voulais partir sans savoir où. Au lieu de rentrer à Apt avec le car du lundi soir, je partais pour de bon. J'allais à deux pas. Je grimpais la colline d'Allauch où j'étais à deux kilomètres de La Louise vers un hameau fait de petites bergeries construites à la façon des bories, des habitats de dalles sèches où deux hommes pouvaient à peine se tenir. Chacune d'elles était occupée, avec sa cheminée sans tirant dont la fumée envahissait la petite pièce aux murs de pierres crues, par un être hirsute qui se serait mal réveillé de sa mauvaise nuit. La plus grande masure était occupée par son chef de tribu qui, lui, était vêtu d'une sorte de clergyman. Il se nommait Jean-Paul Bourre et se disait sataniste. Personne n'était moins satanique que lui. C'était un bon garçon rasé comme un conscrit qui récitait Lucifer. On aurait pu penser qu'il lui avait enseigné les bonnes manières, si ce n'est que Bourre revêtait une chasuble kabbalistique et se coiffait d'une tiare dorée lors de cérémonies données en ville pour les gogos. Un rituel de fauchés où tout était mité.

Il m'avait proposé un banc de pierres comme il y en a dans les bergeries. Il faisait dans ces masures un froid de glacière. Je suis resté trois jours dans les cailloux comme si j'étais dans l'Altiplano ou l'Hindou Kouch. Jusqu'au matin où j'ai vu Bernard arriver en battant des bras dans la côte. Il était suivi de Jean et de la police qui me ramenaient à la maison. Je m'entendais dire que des avis de recherche étaient lancés dans le pays. J'expliquais : « Je me suis mis de côté pour souffler. Je me suis mis au vert... » Je plaidais auprès de Jean : « Regarde, je ne suis pas parti bien loin... » Ils faisaient tout un foin. Odette, l'angoisse l'avait meurtrie. L'angoisse l'avait poignardée. Elle en avait fait une fausse couche. Elle me le disait sans m'accuser, devant moi qui ne réalisais pas bien. Elle me disait : « Je ne t'en veux pas » comme elle nous disait : « Je n'ai jamais rien regretté. » Je ne sentais rien. Je n'étais pas aveugle et sourd par insensibilité. J'étais verrouillé devant ma mère. Je ne voulais pas réaliser ce qui s'était passé dans son ventre.

Jean me tançait. Je ne connaissais donc pas l'usage du téléphone ? Non, je ne téléphonais pas à mes parents au moment où je me proposais de leur échapper... Enfin, j'étais là sain et sauf... Ma crainte, c'était que Bernard se fasse engueuler, alors qu'il n'y était pour rien, mais c'était tellement pratique de désigner sa mauvaise influence pour me déposséder de mon initiative... Ma crainte, c'était que notre amitié en prenne un coup dans l'aile... Je tenais plus à cette amitié qu'à l'amour de mes parents qui m'était obligatoirement dû et qu'aucun de mes méfaits n'aurait pu ébranler... Perpétrer un crime n'aurait pas empêché Odette de me suivre jusqu'en prison... Mais j'aurais pu perdre Bernard pour une mauvaise parole... Je voyais le rang que j'occupais dans l'ordre de ses fréquentations reculer jusqu'au bas de l'échelle...

Il y avait un aspect positif dans cette fugue ratée, mes parents m'avaient retrouvé à l'étranger. Je le voyais à l'air que prenait Jean devant les habitants des masures, dont Jean-Paul Bourre interrogé par la police. Il me découvrait en compagnie d'adultes vacants, épaves ou énergumènes. Il ne soupçonnait pas que je puisse fréquenter de tels personnages, ce qui contribuait à faire de moi un étranger. Il prenait la mesure d'un écart. Le cercle familial était loin. Quelque chose ne collait plus entre eux et moi.

## L'Aiguebrun

Je suis retourné à l'internat d'Apt pour reprendre le fil de la solitude en milieu inhospitalier. Le mobilier institutionnel dégage une odeur de tribunal. Le privé m'avait fait connaître l'Inquisition mais le lycée public me ferait rencontrer le ministère de l'Intérieur. « En France, le ministère de l'Intérieur est à l'intérieur de la plupart des citoyens », me disait Louis dans une lettre. J'étais mieux au lycée d'Apt qu'à Lacordaire parce que l'établissement public était l'annexe de la foule dont l'indifférence me convient.

C'est alors que j'ai vu Michèle Mathis. Je l'avais croisée deux ou trois fois dans les couloirs entre deux classes. La croiser me faisait entendre un heurt. Je butais. Si j'avais été nouveau dans bien des établissements, rien que le fait de croiser cette fille me renvoyait à la condition du nouveau. Ce qui m'indiquait que je désirais l'approcher, c'était que je ne la reconnaissais pas chaque fois que je la voyais. Elle m'arrêtait mais je ne voyais personne. Ce n'était pas qu'elle aurait été changeante, mais le choc m'empêchait de la reconnaître. Il y avait un blanc à la place, celui de la surprise. Je voulais que ma surprise l'étonne.

J'essayais d'avoir d'autres yeux que ceux de l'ébahi. Je ne peux pas composer. Parfois Odette me regardait avec une sorte de commisération où elle n'était pas tendre. Elle me lançait : « Mon pauvre ami, on lit en toi à livre ouvert ! Tu te rends vulnérable ! »

Michèle Mathis m'esquivait. Elle ne me regardait qu'en détournant la tête, pour ne pas tomber dans le trou de mon ahurissement. Une fois où j'avais essayé de lui parler d'un livre, c'était ma seule entrée en matière, elle avait rejeté la tête avec un sourire insolent pour me dire : « Tu sais, moi, les bibliobus... »

J'étais attiré par une fille en terminale. Elle serait bientôt dehors. Que ce soit une grande de terminale me plaisait. Elle était proche de la sortie.

Elle était à moitié berbère. Beaucoup de gens sont heurtés par le mot berbère à cause de son assonance avec barbare. J'aimais le mot berbère qui me racontait une sauvagerie qu'elle portait sur son visage. Il était si bien dessiné qu'il semblait souligné de noir. Les lèvres étaient dessinées comme si elles avaient été piquées de bleu. Les sourcils d'un seul arc étaient noirs et les yeux immenses apparaissaient aussi grands que ceux des femmes musulmanes qui se voilent le bas du visage pour montrer combien leurs yeux sont immenses et inspirants.

Si quelqu'un te plaît, tu as le poil luisant, la truffe humide. Tu reluis ! Il faut que l'air devienne vif, qu'il y ait du vif dans les détails et que rien ne t'échappe.

À partir du moment où j'ai désiré cette fille, je suis devenu farceur. Mes gaucheries devenaient souriantes. Je ne guettais pas le moment propice où fixer un premier rendez-vous. Je savais qu'il ne fallait montrer aucune insistance, ne pas risquer de manœuvres enveloppantes, de hasards concertés. J'agissais de loin. Je faisais confiance en la télépathie.

Je réussissais à fixer un premier rendez-vous à Apt mais c'est le second qui compte. Au premier, Michèle avait pris un thé et moi un café. Je m'en étais sorti en l'écoutant parler de son intérêt pour le cinéma. Elle avait une voix maniérée. Je ne m'expliquais pas comment une voix si mélodieuse pouvait prendre de telles mimiques, d'autant plus que ses paroles ne ressemblaient pas à sa voix. Ça me terrifiait. J'entrais dans un monde dont la féminité m'épouvantait. Rien que le fait qu'elle passe du temps à écouter des disques de Barbara dont elle chantait les airs... C'était trop pluvieux pour moi ! J'avais envie de m'enfuir. Je ne l'avouais pas. La conversation ne voulait rien dire. Je prenais en face un bloc de parfums d'humeurs et de corps. J'étais dans sa blanchisserie parfumée, le linge sorti du repassage.

Le deuxième rendez-vous fut magnifique. Nous avions projeté un jeudi de nous rendre à Buoux pour remonter la vallée de l'Aiguebrun. Nous y sommes allés en stop par le col du Pointu et nous nous sommes fait déposer à l'embranchement pour Buoux où nous avons commencé à marcher avec allant, une énergie très joueuse, sur la petite route descendant vers le village et le cours d'eau au fond du vallon. Le flanc de la montagne était roussi par les feuilles des chênes. Du violet sortait du brun. Il y avait au-dessus de nous une crête coiffée de cèdres. Nous avons dépassé le village pour suivre le ruisseau qui ne serait jamais une rivière, sauf un torrent par temps d'orage. L'Aiguebrun descendait vers la combe de Lourmarin et montait jusqu'au pied de la falaise arrêtant le plateau des Claparèdes. La source sortait d'un rocher constituant une grotte peu profonde au creux d'un surplomb. Elle était nommée la Baume et nous nous dirigions vers elle en doublant l'auberge des Seguins tenue par Pierre Pessemès, un poète occitan, m'avait renseigné Michèle. Nous étions passés du goudron à la route de terre et nous nous engagions après l'auberge sur un sentier fait de rochers, de cailloux, d'ornières enchevêtrées de racines où je la voyais marcher sur les pierres sans hésiter. Nous nous étions faufilés à travers les arbres et les ronces jusqu'au bassin dans le rocher de la Baume. Les reflets de l'eau dansaient dans la grotte. Nous nous étions assis sur la margelle. Nous regardions la vallée. Puis nous étions redescendus en nous arrêtant à l'auberge des Seguins où je compris que Michèle connaissait le poète, ou plutôt l'amie de celui-ci, une voisine de Pertuis. C'était en peu de temps me rendre compte qu'elle avait une amie agréable d'un autre âge que le sien... Comme nous étions rentrés sur Apt et que nous pressions le pas pour ne pas arriver en retard à l'appel, passant le pont sur le Calavon, nous nous étions mis à courir en nous prenant le bras et les mains pour nous entraîner l'un et l'autre. Dans la course, je m'étais penché vers sa main pour la toucher avec ma bouche et elle avait fait de même en pleine course où nous avions déboulé dans une salle remplie d'élèves. Eux et nous semblions éberlués.

C'est la semaine suivante que j'ai pris le car du soir qui monte au Pointu pour redescendre à Pertuis. Ça n'était pas le moment de faire son timide ou son j'ose pas... Mieux valait se croire pirate... Michèle m'avait proposé de passer la soirée ensemble. Elle m'avait trouvé une chambre chez un de ses amis. Nous remonterions ensemble au lycée le lendemain matin. Nous avons traîné, passé d'une rue à l'autre sans avoir envie de nous poser. Notre conversation faisait de même. La nuit sortait du bord des chemins. D'où qu'on tourne le bourg, on se retrouve dans une campagne potagère aux roubines remplies de grenouilles. Nous sommes allés dans une chambre par l'escalier d'une maison invisible dont les seuls avantages étaient maison et chambre. Nous n'avions besoin de rien d'autre quand elle s'est assise sur le lit à côté de moi. Je ne sais pas si mes lèvres ont touché sa bouche ou si elles ne l'ont pas broutée pour saisir la bonne herbe de sa langue sentant le pré. Elle souriait en coin pour que j'attrape le coin. J'ai mis je ne sais combien de temps pour toucher sa peau. Je me serais arrêté si elle n'avait pas allongé la taille.

## L'Aiguebrun (suite)

À la fin du printemps de cette même année, nous aurions, Louis et moi, les honneurs de la presse. Louis me l'avait dit ainsi : « Eh bien, nous avons tous deux les honneurs de la presse ! » J'avais rougi et bredouillé : « Pour toi, c'est bien mais pour moi ça n'est pas terrible… » Il avait eu une critique élogieuse dans le *Monde* pour sa première exposition personnelle à Paris et j'étais le personnage infamant d'un article dans *Paris-Match* intitulé *L'affaire du lycée d'Apt*. J'avais été renvoyé du lycée après que l'association des parents d'élèves avait porté plainte contre X pour diffusion de stupéfiants dans le lycée.

Louis m'avait regardé comme s'il regrettait ma réflexion avant de me demander : « Pourquoi ? » J'étais reconnaissant qu'il m'indique n'avoir pas fait du si mauvais travail. Je n'en étais pas convaincu, j'en étais plutôt malheureux.

Il me montrait l'article de *Paris-Match* où s'affichait la photo du président de l'association des parents d'élèves, un politique se préparant à la prochaine campagne et prenant les devants. Le scandale bidonné faisait partie d'un plan promotionnel. Louis l'avait pointé. Il savait lire d'une manière perçante. Il avait lu que ça ne sentait pas bon. Il accusait le coup monté.

Il me défendait alors que je prenais tout sur moi. Il défaisait les rouages qui me mettaient dans une si mauvaise situation, le sensationnel, le croustillant des vendeurs de papier, alors qu'il s'agissait d'une série noire de bévues me laissant pantois. Elles avaient un air de fatalité tellement les faits s'enchaînaient en détruisant ce que j'attendais de moi. Pourtant, ils étaient disproportionnés par rapport à leur tapage.

Dans leurs lettres, Suzanne et Louis, à qui je faisais la chronique du lycée, me conseillaient de garder mes distances. Louis m'écrivait dans les légendes de ses croquis remplis de têtes engrillagées : « Motus et bouche cousue ». Suzanne renchérissait : « Ne t'occupe pas d'eux, ils ne s'occuperont pas de toi… » Je leur cachais qu'en six mois, j'avais rencontré la plupart des lycéens et des pions. Personne à qui je n'adressais pas la parole. Ils auraient vu dans ma façon d'être une naïveté. Quand ils me suggéraient de me mettre à l'écart, je n'avais pas envie de l'entendre. J'avais plutôt le désir de me mêler.

Comme j'étais un soir dans la pièce de Suzanne et que nous gardions le silence, elle m'avait regardé gravement et m'avait dit : « Fais attention à toi ! » Mon esprit vagabondait loin de ce qui s'était passé ces jours derniers. Sa gronderie me désarçonnait. C'était comme si elle me disait : « Fais gaffe ! » avec hargne.

Louis : Qu'est-ce que tu lui as dit ? Il a l'air bouleversé.

Suzanne : Tu ne vois pas qu'on entre et on sort de sa tête comme dans un moulin !

Elle ajoutait : « Il est répandu et offert... »

Elle avait dit à Louis : « Il ne sait pas que les salauds courent les rues ! »

Louis avait plaisanté pour détendre l'atmosphère : « C'est vrai. Il ferait confiance au docteur Petiot ! »

Je ne leur disais pas tout. Je taisais cette fois où, au cours d'une soirée avec les élèves de ma classe dans une cave à Saignon, nous avions tout mélangé. Assommés nous étions tombés sur des matelas, moi près de Manon Moreau, seule fille parmi cinq garçons, que j'avais entreprise, roulant sur elle et me réveillant juste au moment de la pénétration, avant de demander pardon à Manon aussi ébahie que moi que j'aie pu faire ça, et nous en allant tous les deux au lavoir de Saignon pour reprendre nos esprits... Manon avait une bouille ronde, une frange et des anglaises comme une infante au temps de Louis XIV. Elle était franche et rieuse et ne comptait que délirer avec de bons copains. J'étais redescendu à Apt avec elle au petit matin en lui tenant la main et en lui demandant pardon de m'être égaré, mais elle était aussi engloutie que moi dans une buée bleue. Nous nous étions séparés devant le lycée.

Le lendemain a ressemblé à l'eau qui dort. C'est le surlendemain qu'Andréani est venu me dire que Manon faisait une crise de nerfs. J'allais la voir sous le préau pour lui demander ce qui lui arrivait, elle balbutia en pleurant qu'il y avait aussi Michèle... J'essayais de la calmer en lui répétant ce que je lui avais déjà dit lors de la descente de Saignon. Elle redoublait de larmes. Je n'avais pas le courage d'attendre qu'elle ameute le lycée. Je prévenais Michèle que je fuyais à Chantebelle. Elle savait déjà, elle avait mis la main devant son visage pour pouffer : « Manon ! » Elle en éprouvait de la pitié tellement c'était ridicule. Mais elle voulait bien me rejoindre.

Manon s'était remise mais avait déclenché une telle inquiétude par ses larmes qu'elle avait été convoquée par la direction. Puis il y avait eu cette plainte de l'association des parents d'élèves. Dans la bouche du commissaire de l'Évêché à Marseille qui me hurlait dessus, j'avais drogué une fille pour la violer. Manon n'avait pas porté de telles accusations. Odette était là, au commissariat, glacée, regardant le commissaire me hurler dessus pour décoller de moi la crapule à coups de gueulantes. Il avait la gueule de l'exorciste.

Je revenais de Chantebelle où j'étais resté une semaine dans une ferme à la cour carrée calée contre la falaise en haut de la combe de l'Aiguebrun et pas loin de la Baume. J'avais tourné et retourné mes erreurs. Elles me brûlaient. Je faisais feu continu pour réchauffer les pierres, ma seule tâche était de nourrir le feu.

Je tournais et retournais ma responsabilité dans le renvoi des élèves ayant participé à cette fête, dont Jacky Attias qui m'avait dit : « Quand je vous ai entendus, j'ai eu envie de vomir. » C'est ce que je méritais. Je baissais la tête. Je m'expliquais avec les arbres... Je ne pouvais pas confondre le crime et la foirade... Les circonstances atténuantes ne passaient pas...

Deux ans plus tard, José croiserait Manon à Valréas. Elle était enceinte. Comprenant que José était mon frère et faisant allusion à notre mésaventure, elle lui avait dit qu'elle était une gamine à l'époque... Je ne me sentirais pas rassuré du tout.

Michèle ne m'en touchait pas un mot. Elle m'avait rejoint à la vieille ferme où elle m'avait amené plusieurs fois. C'était Pierre Pessemès de l'auberge des Seguins, juste en face de Chantebelle au fond de la vallée, qui lui en avait donné la clé. Nous savions la trouver sous une pierre. Sur le plateau, du haut de la falaise, j'aurais pu jeter une bûche dans la cour. Le nom du lieu-dit, Chantebelle, disait vrai : un endroit où les oiseaux sifflent, jacassent et croassent. Il y avait une mine d'eau à gauche de la ferme. Je n'en avais jamais vu. Une mine d'eau est un puits à l'horizontale. Un tunnel dans la roche de la falaise amenait à un bassin d'eau. Il avait été creusé là pour l'usage de la ferme alors que la Baume où nous nous baignions se trouvait à quatre cents mètres sous la même falaise à l'arrondi de la combe. Dans la ferme, les pièces étaient vides et froides avec le strict mobilier de bois et des cheminées. Il faisait meilleur dehors. Michèle et moi cherchions les brises tièdes, le soleil au sud. Il n'y a rien de plus glacé que le printemps sur le Luberon. Nous nous arrêtions dans un courant de tiédeur, surtout du côté de la roche, où je lui parlais de tout ce qui se présentait sauf de mon malaise. Michèle n'aurait pas voulu entendre autre chose. Elle ne voulait pas que je gâche ce sursis. Nous trouvions que revenir de la mine en tenant à deux l'anse d'un seau suffisait. Nous ne nous sommes jamais dit quoi que ce soit qui nous attache. Le soir, nous avions les lumières de la cheminée, de la lampe-tempête et celle de la lampe de poche. Il y avait dans l'autre pièce un grand lit de fer crevassé en montagnes russes. Nous mélangions nos jambes en réchauffant les draps et répétions ce que nous avions déjà fait dans la campagne et dans la montagne : à savoir tout ce qu'un garçon et une fille font ensemble, sauf le principal. Ç'aurait été pour cela que je serais allé le chercher auprès de Manon ? Rien que cette ombre m'aurait permis de ne pas insister auprès de Michèle, de ne pas chercher le but.

Elle ne désirait pas franchir l'étape en une fois. Nous étions abonnés aux préliminaires. C'est André Queffurus qui m'avait dit la parabole suivante en tentant de deviner si j'avais couché avec Jean-François Lefort : « Il y a Avignon et Avignon même. » Il voulait dire intra-muros. Je lui avais répondu par bravade, que, si je vais à Avignon, c'est pour pousser jusqu'à Avignon même. En réalité, non.

Forcalquier était au bout de la route d'Apt, après Ceyreste et Reillanne. J'y faisais des escapades pour retrouver Lulu. Il était mon lien avec Suzanne et Louis. Il me parlait de Suzanne en commençant par « Ta grand-mère... ». Il levait la main pour montrer qu'elle méritait la fessée...

Il y avait là Jean-François, un garçon trentenaire qui m'offrait des liqueurs et me faisait écouter du clavecin dont la mécanique m'horripilait. Il collectionnait les paperolles des carmélites. Je me demandais s'ils n'étaient pas tous un peu antiquaires, autour de Lulu, s'ils n'étaient pas tous de l'Ancien Régime. Lulu et Jean-François étaient très liés et s'entendaient sur tout, sauf « au lit », selon Jean-François. Il disait : « Ça ne marche pas. » C'était une sorte d'officier. Il était allé à Janson de Sailly. C'est quand, après des vieux marcs et des morceaux de clavecin, il entreprit de m'enculer, que je compris pourquoi Janson. Il était raide comme une planche à pain. Il n'avait pas commencé à me limer comme une machine à coudre que je jetais l'éponge. Avignon même reculait. L'idée de donner mes fesses m'avait davantage plu que la réalité. Jean-François, qui avait tenu à me ramener en voiture, m'avait dit : « Ça t'apprendra à faire des expériences ! »

Lulu l'avait dit à Suzanne qui l'avait dit à Louis qui l'avait dit à Nicolas qui l'avait dit à Odette. Nicolas avait lancé à Louis : « Frédéric, il s'adapte à toutes les situations ! » La nouvelle avait circulé en un éclair. Louis et Nicolas étaient des puritains dissimulés. Ils étaient des moralistes rentrés. Je me demandais si Odette ne préférait pas que je sois drogué plutôt que pédé. Quant à Michèle à qui j'avais raconté mon week-end à Forcalquier, elle n'avait pas réagi autrement que par un regard amusé disant : « Tu vas m'en faire combien ? »

Elle était d'autant plus à même de passer là-dessus qu'elle en était au même point. Elle était partie passer son bac blanc à Avignon et m'avait dit qu'elle serait hébergée, alors qu'elle l'avait été chez un garçon que j'avais aperçu botté pour l'équitation. Michèle la pratiquait et aimait les chevaux. Devinant qu'il s'était passé quelque chose de sérieux, je n'eus pas d'autre détail de sa part que : « C'était horrible ! » Elle était allée à Avignon même. Elle en avait séché son bac blanc. Je me disais que nous partagions de multiples premières fois, dont des horribles. Nous en étions perplexes, d'être ensemble aussi inexplicablement bêtes. Mes propres incartades m'interdisaient d'être jaloux. Nous nous regardions du coin de l'œil en se demandant quel serait le prochain acte incompréhensible.

Une fois, à Sillans, j'avais posé la question à Suzanne de savoir pourquoi elle avait collectionné les amants, elle avait commencé par : « Si tu écoutes tout ce qu'on te raconte... » Puis elle m'avait répondu que c'était psychologique. Elle avait ajouté « qu'avoir un truc dans le machin, ça n'est pas si marrant... ».

« Psychologique », cela faisait beaucoup de façons de raconter l'histoire. Odette, quand je lui avais rapporté ce propos de Suzanne, m'avait fait : « Mon œil ! » en joignant le geste à la parole. Suzanne et Odette auraient bien revendiqué ce terme de « psychologique », mais pas l'une pour l'autre.

Michèle descendait à l'auberge acheter quelques denrées. Je n'avais pas un sou. Pierre Pessemès était un poète bourru qui, m'apercevant le premier jour, avait dit à Michèle : « Il sait faire un feu ? » Je ne comprenais pas tout de suite le motif de son dédain. Il m'avait demandé de l'accompagner pour amener les poubelles à la décharge. J'avais mal fermé la porte arrière de son tout-terrain et dès que nous avions démarré les poubelles s'étaient répandues. Il grommelait contre moi, mais comme il me voyait ramasser sans dégoût la poubelle organique à pleines brassées et que j'allais vite, il s'était amadoué. Puis Michèle m'avait dit qu'il lui avait touché le sein en remettant dans la pochette de sa chemisette le crayon qu'elle venait de lui tendre. Je m'accusais de n'avoir pas eu le poids suffisant pour interdire ce genre de gestes, parce que j'aurais été craint. Je détestais l'idée qu'on puisse acheter notre location dans ces murs en permettant cela. Je voulais partir. Et c'est Michèle qui disait que nous resterions jusqu'à demain. La montagne s'était réchauffée. Les murs de la chambre avaient commencé à tiédir. Nous voulions un jour et une nuit de plus pour prendre le vent du plateau, descendre à la Baume qui était à l'abri, entrer dans les draps de la chambre en s'étreignant.

Plus tard, au début de l'été, je l'avais rejointe derrière la maison de ses parents. Nous étions dans l'herbe sous un mûrier. Cet arbre a la réputation de mettre la folie en tête. J'ai toujours cru que son ombre m'avait aidé à faire quelque chose de si plaisant que Michèle voulut tout de suite que je sois en elle. Elle avait le fou rire et voulait continuer alors que j'avais traversé d'un trait blanc son ventre et ses seins. Ses yeux la transfiguraient. Nous négociions quand et où. « Si tu bouges encore, tu vas me faire venir. » Puis : « Où veux-tu que je vienne ? »

Elle ne m'en ferait pas prendre l'habitude. Cela appartenait à des moments dont le mûrier avait la clé, la pleine lune, les règles que je voyais venir avec le gonflement de ses seins. Cela dépendait d'un mot qui l'aurait désarmée. De rien elle ne me faisait prendre l'habitude et j'étais toujours surpris du prochain rendez-vous. Comme elle m'avait longuement parlé du film *Jules et Jim* dont elle chantait les airs, je m'attendais à connaître Jules. Partout où nous allions, elle était courtisée. Elle ne me mettait pas en balance mais dans des situations désagréables, comme cette fois où elle avait voulu me faire passer pour son frère auprès d'un hôtelier de Cagnes. Le frère et la sœur dormaient ensemble dans la même chambre et le jeune hôtelier de prestance internationale nous portait les croissants. Il était le prétendant de ma sœur. Je me demandais comment la tromperie aurait pu prendre, s'il ne m'avait pas regardé comme un enfant. Il n'avait pas les yeux en face des trous ! Je détestais ce jeu de dupes nous permettant d'être logés. Des arrangements bâtis sur la séduction, j'allais en connaître. Ils étaient fabriqués, me disait Michèle, pour que nous nous retrouvions quelque part.

Il y avait la vexation de la voir courtisée devant moi et le refus de me laisser entraîner dans ce piège. Je ne commentais pas. Je n'allais pas prendre lien ou possession. Peut-être faisait-elle cela pour m'aiguillonner ? Nous n'étions pas en train d'inventer une formule libertaire du couple, l'idée même de couple ne se posait pas, nous ne savions pas ce que c'est, même à travers la formule de l'époque consistant à sortir : « Tu sors avec elle ? » En quelque sorte oui, puisque nous étions toujours dehors. Mais la formule nous n'en voulions pas et je ne sortais pas avec Michèle Mathis, sauf pour Odette et Jean qui nous accueillaient quand nous ne savions pas où aller ou que nous voulions nous reposer d'une longue balade. Odette préférait que nous soyons sous son toit. Je me demandais ce que signifiait le fait que je veuille lui apporter ma conquête comme le chat ramène une souris. J'aurais bien voulu éviter La Louise alors que la question de savoir où dormir ensemble était toujours préoccupante.

Je ne voulais guère amener Michèle à La Louise parce que nous avions choqué Sophie en prenant un bain ensemble. Sophie, qui avait huit ans à ce moment-là, m'avait dit qu'elle ne voulait pas que Michèle et moi prenions un bain alors que nous le faisions couler. Nous avions outrepassé cette volonté de ma sœur et nous avions fermé la porte de la salle de bains pour nous allonger tête-bêche dans la baignoire. Nous ne faisions rien de plus que de nous prélasser dans la mousse. Sophie avait alors tapé à la porte pour nous répéter derrière celle-ci qu'elle ne voulait pas. Je l'avais rassurée en lui disant tout haut que nous avions bientôt fini de nous laver et que nous allions sortir du bain. Les coups avaient redoublé et j'étais sorti avec ma serviette pour ouvrir la porte et lui dire d'entrer. Puis, comme elle insistait avec le même propos, j'avais refermé la porte, m'étais allongé dans la baignoire avec Michèle, alarmée par l'attitude de Sophie, quand j'entendis celle-ci crier et pleurer « Je ne veux pas » derrière la porte. Elle s'en roulait par terre, de ne pas le vouloir, et nous sommes sortis du bain pour la consoler.

Je fonçais chaque fois droit dans l'erreur. Je me sentais brouillé. Je me tenais sonné, entre la naïveté de la bévue et la conscience de l'irréparable.

Pour moi, la réaction de Sophie était la conséquence d'un épisode ancien où elle et moi jouions à la roulade. Une pente raide entre deux restanques était couverte de l'herbe verte des demi-saisons. Allongés, nous nous tenions l'un contre l'autre pour rouler de plus en plus vite jusqu'en bas. Je prenais ma sœur dans mes bras et la vitesse nous faisait rouler sans heurt et sans poids. C'était une valse à l'horizontale, de plus en plus rapide et vertigineuse. À chaque roulade, elle me demandait la prochaine en riant de plus en plus fort. À la dernière, son rire de gorge était tellement énorme que j'en avais pris peur et l'avais rejetée brusquement. C'était un rire surhumain. On aurait entendu un chevreuil. Il avait sa raucité. Une conque parlait du nez. J'entendais la ménade. Je l'avais repoussée parce que j'avais la surface des yeux gelée par l'interdit. J'étais allé trop loin sans y penser et je ne pensais à rien tandis que je la repoussais avec horreur, comme si je venais de l'étrangler par inadvertance.

L'épisode de la crise de Sophie m'avait valu la contrariété d'Odette. J'aimantais le danger et ne savais pas comment faire pour qu'il cesse de me mordre les chevilles. Michèle et moi avions décidé de ne plus séjourner à La Louise. Nous retrouvions nos errances.

Une fois où nous avions été surpris par la nuit autour de Lambesc, nous avions essayé de dormir dans un champ de blé en oubliant le côté mordant des nuits de juin et le fait que, dans les blés, je piquerais une crise d'asthme. Nous avions réussi à faire du stop jusqu'à Aix où il nous a fallu traverser la ville en marchant vers le Pont-de-l'Arc et nous avions gravi une colline pour le pavillon d'un étudiant prêtant sa chambre toujours ouverte. Nous étions arrivés harassés dans une pièce froide en grand désordre pour nous endormir habillés dans des draps sales. L'étudiant était rentré pour dormir. Il nous avait réveillés et vus en si piteux état qu'il nous avait laissé son lit et était reparti.

Une autre fois, nous avions rallié Chantebelle en partant d'Apt, montant à Saignon, traversant les champs de lavande du plateau des Claparèdes en direction de Sivergues en ruine au bord de la falaise, où je connaissais un escalier taillé dans la roche pas loin de la ferme, juste avant la tombée du jour, pour aller dénicher la clé sous une pierre et entrer dans les pièces habitables pour faire un feu... Nous étions un peu chez nous. C'est quand nous allions nous coucher que nous vîmes arriver un couple à qui

Pessemès avait loué la maison pour le week-end. Il y avait là un quinquagénaire cendré d'une crinière et une étudiante aixoise. Ils avaient les bras chargés de victuailles et paraissaient étonnés mais pas fâchés de nous voir ici. Ils avaient décidé que nous dînerions ensemble et qu'après le dîner, ils aviseraient. L'agrément de la conversation lors du repas nous vaudrait un sursis d'une nuit où ils descendraient à l'auberge.

Le plus incertain était que je veuille partager avec Michèle ce que je faisais avec mes amis, sans bien décider à quelle fréquentation je donnais la priorité. Elle ne voulait pas de priorité ni de propriété. Mais elle était agacée par ces soirées à tourner autour des concerts où nous cherchions le moyen d'entrer sans payer et où, la plupart du temps, nous ne feinterions pas le service d'ordre, où nous écouterions le concert de loin dans la pinède, par ces fêtes où nous n'aurions pas accès, comme aux Saintes-Marie-de-la-Mer où nous serions partis en stop rejoindre Bernard nous promettant d'entendre jouer des gitans, où nous n'aurions pas pu entrer dans la chapelle, où nous aurions été dévorés par les moustiques toute la nuit sur la plage... La plupart du temps nous ne mangions pas. Elle était ennuyée par le fait que nous devions voler à peu près tout ce que nous mangions. Je faisais l'estropié entre les rayons, attirant l'attention en me dévissant la hanche avec une canne de boiteux pendant que Michèle volait des choses fines. Le stress la fatiguait. Elle était exaspérée par le stop où sa présence au bord de la route faisait piler les voitures, avec les lourdeurs qu'elle était obligée d'encaisser en tant que passagère avant, pendant qu'à l'arrière je suivais la progression des grossièretés. Nous menacions d'ouvrir la portière si nous n'étions pas déposés sur-le-champ.

Nous ne nous posions jamais. Nous n'avions pas le temps, un jour était une année. En route ou en chemin, nous nous faisions nos observations humoristiques. Je n'avais rien d'autre à proposer que moi et il y avait des jours où ça ne faisait pas beaucoup.

J'en avais parfois, des propositions, comme cette fois où j'eus, grâce à Nicolas, la jouissance pour un long week-end d'une maisonnette, à peine plus qu'une remise à outils, dans un champ de vignes à Montfort-sur-Argens. Nous nous étions sentis bien sous la tonnelle parce qu'elle était flanquée d'un mûrier étagé pour couvrir une table et d'un puits à deux pas. Ce que nous descendions dans un seau remontait glacé. J'invitais Suzanne et Louis à déjeuner, Sillans étant à vingt minutes en voiture de Montfort. Je leur présenterais Michèle. Je ferais un déjeuner à ma façon. Ils sont arrivés par le petit chemin de terre entre les vignes et Suzanne m'a dit l'instant d'après : « Elle n'a pas pris un air effrayé en voyant mes jambes en sortant de la voiture… » Cependant, Louis restait distant, moi qui le connaissais blagueur de petites remarques, même sur un jean, une chemisette africaine : « Un vrai beat... ! » Il a été tout de suite gêné par Michèle. Je faisais tout pour qu'elle ne se froisse pas et peut-être que Louis, avec sa sensibilité extrême, a tout de suite senti que je voulais la protéger. Peut-être que ma propre crainte qu'elle leur déplaise a armé sa violence... ? J'ai soupçonné que Suzanne et lui se soient disputés avant d'arriver à Montfort. Peut-être qu'il trouvait trop bête le rôle de petit couple que nous ne jouions pas, mais il se fermait comme une huître alors que nous étions si bien à l'ombre et au soleil à être là sans trouver de conversation devant Michèle qui, sentant le froid, se contentait d'écouter ce qui ne prenait pas et ne sachant pas où se mettre tellement elle se voyait comme le corps étranger à un langage commun... Elle ne minaudait pas mais elle avait une voix excessivement articulée, suave et chantante, une voix d'hyperféminité sexuelle et sa manière de manger était celle des oiseaux. Comme elle venait de dire quelque chose sur les figues fraîches que nous mangions, Louis s'était écrié avec exaspération : « Gna gna gna ! » Nous étions tous quatre côte à côte sur un banc de pierre et Michèle s'était reculée pour entrer dans le mur et disparaître. Suzanne lui avait dit : « Laissez, il est d'humeur à tuer. » Et là, Louis avait renversé la table d'un coup de pied avec toute ma dînette par terre et Michèle qui se mettait à pleurer. Je la prenais dans mes bras pendant que Louis redressait la table sans qu'on comprenne à son silence aux dents serrées si la cause de sa violence était une querelle avec Suzanne ou la voix de mon amie. Était-ce de la haine contre le mignon, l'adorable, le « à croquer »? Plus tard, il aurait la désobligeance de remarquer, à moi qui ne demandais rien : « Jolie fille mais complètement inintéressante… » « Intéressant », c'était son mot.

## Correspondance

J'allais moins à Sillans. J'écourtais mes séjours. Nicolas me donnait des nouvelles. Il avait quitté le bahut de Vaison en cours d'année et faisait l'assistant de Louis en réalisant des figures sculptées entrant dans ses gisants.

Sous l'auvent de La Louise, au repas du soir, Odette a prononcé une menace inouïe. Nicolas était devant elle, bloqué dans son acharnement à couper les ponts, non pas par hostilité envers les siens, mais parce qu'il était temps... Elle a dit : « Si ça continue comme ça, je t'envoie au Niger chez ton père. Il se débrouillera avec toi. »

Odette ouvrait une possibilité inenvisageable jusqu'alors : envoyer un fils sur qui elle n'avait plus prise à son père. Nous ne savions pas pourquoi Richard voulait soudain accueillir un de ses fils, alors que cette opportunité n'avait jamais été supposée. Il n'avait jamais été question jusqu'à présent d'un père s'intéressant suffisamment à nous pour nous accueillir. Même pour des vacances. Ça n'était même pas une question de distance ni de coût : ça ne se posait pas. Il s'agissait d'un changement surnaturel. Nous étions loin de nous douter qu'Odette puisse obtenir cela de Richard. Nous hésitions à prendre au sérieux l'antipunition infligée à l'aîné. N'était-ce pas la meilleure des sorties ? J'en frétillais sur mon banc devant mon assiette. José et moi enviions Nicolas. Il découvrirait notre père. Il nous ouvrait la voie en grand.

Puis nous n'entendrions plus parler de rien. C'était du flan !

Nicolas s'inscrirait mais ne suivrait pas plus qu'une poignée de cours aux Beaux-Arts de la place Carli à Marseille, sauf pour en relater les canulars à tout casser, dont les plâtres des copies. Il laissait La Louise, les écoles, la ville…

Personne ne s'inquiétait parce qu'il savait tout faire avec ses mains, le gros œuvre et le petit. Il n'aimait pas le monde de l'art mais celui du travail. Il était insolent avec les artistes, même avec Louis qui en était décontenancé. Il avait un contact immédiat avec les ouvriers et les agriculteurs. Il partait habiter des masures sans eau ni électricité dans la campagne du Haut-Var, jamais loin de Suzanne. Il prenait en charge des tâches lourdes, des transports, des déménagements, pour la soulager de sa brocante.

Il m'apprenait que la santé du couple devenait mauvaise. Suzanne marchait avec difficulté. Elle montait et descendait de voiture au plus près de la porte d'entrée. Les escaliers la faisaient souffrir. Louis se plaignait de névralgies, d'un tiraillement des yeux, d'une souffrance du nerf optique, ce qui l'obligeait à des temps de dessin plus courts.

Je pensais à l'automne venu, à la pluie sur Sillans, à l'air froid descendu du Verdon, à l'odeur de goudron du bois vert, au recroquevillement devant la cheminée, aux genoux couverts de laines devant les chauffages d'appoint. J'imaginais le regain sous les herbes desséchées, la rivière gorgée d'eau où les troncs pourris s'émiettent. Nicolas m'avait indiqué que Louis n'avait pas fait l'ouverture cette année et qu'il n'était pas descendu à la rivière une seule fois. Il se lassait du parcours matinal sur les berges.

Pour celui qui part habiter une campagne ou un village, l'usage des chemins et de leurs détours semble illimité. Tout est vaste. Plus on avance et plus on ouvre l'espace. Cependant, à force de les emprunter au cours des années, ils se resserrent. Ils rétrécissent dans la mémoire que l'on a d'eux au moment même où nous les empruntons. Connu, le trajet raccourcit. On finit par porter le paysage en soi plus qu'on ne le voit. Dedans, il est tellement compressé qu'il nous parle d'enfermement. Enfermé dans le paysage. Louis l'avait stocké dans l'atelier en le tassant aux dimensions de la broussaille. Le paysage gisait sur le sol et les étagères, dans le cuir des harnais et le métal des outils agricoles. Le dehors l'attirait moins qu'auparavant et dedans il voyait sa migraine.

Odette recevait des lettres de Suzanne et je ne sais pas si elle lui répondait tellement leur fréquence était soutenue. Odette m'en montrait des passages. Il y avait chez Suzanne l'obsession du moment où le masque tombe. Elle ne prenait jamais ce que chacun montre de soi-même au comptant. Elle savait que derrière le contentement montré par chacun pour se rendre agréable, il y a des mélanges. Ça n'était pas de la méfiance, mais la conscience que chacun était travaillé par un orage. Elle sentait derrière la façade un gros bourdon de désirs frustrés et de rancœurs n'arrivant pas à se dire. Elle voyait la fin des meilleures intentions. Jamais elle n'aurait pris quiconque sur sa bonne mine.

Il était souvent question dans ses lettres de faux gentils et de faux méchants. La fausseté était partout.

Odette ne savait pas s'il s'agissait d'allusions ni qui était visé. Peut-être était-ce des généralités ?

Suzanne attaquait tellement de tous côtés qu'on ne savait plus qui était attaqué – la fausse candeur y était visée et Odette s'y retrouvait « ingénue pas si libertine ». Elle détestait la confiance de principe. Elle trouvait cela complaisant. Elle écrivait : « Les braves types n'existent qu'en trompe-l'œil. » Elle affirmait que les représentations sociales étaient truquées. « Je me ficherai toujours des milieux… »

Odette et moi, nous étions d'accord au sujet de tous les sujets, le vrai, le faux, la comédie sociale et la complexité humaine, etc. Mais alors ? Autour de qui et de quoi tournaient de semblables considérations ? Nous ne comprenions pas où elle voulait en venir et à quelle conversation ses propos faisaient allusion. Nous attendions d'autres lettres pour nous éclairer.

Nous aimions dans son courrier ses chroniques, ce qui avait trait à la surpopulation des nichées d'oiseaux dans le lierre, à la défense de ses chats accusés de faire des hécatombes parmi les rossignols, aux pétitions de Gaston Garcin, un jeune berger du village se battant contre l'implantation du camp militaire de Canjuers qui le chassait des pâturages (« Sillans ne vivra pas au son du canon »), à la querelle avec Armand Avril qu'elle surnommait Popeye, artiste du village voisin aux muscles de débardeur aimant la bagarre. Elle écrivait des pif paf autour de Popeye. J'admirais Avril parce qu'il avait foutu le camp devant la pointeuse et qu'il avait joué trois-quarts aile dans l'équipe de rugby à treize de Villeurbanne. Suzanne nous racontait pourquoi et comment Armand et Louis s'étaient disputés à cause de la pince à linge, Armand revendiquant la paternité de son emploi dans ses assemblages et reprochant à Louis de l'avoir utilisée dans l'un des siens. Elle ne se moquait pas ni ne grinçait. Il n'y avait aucune ironie à soulever l'importance d'un matériau. C'était un vrai sujet de disputes, l'exclusivité de la pince à linge. Elle ne plaisantait pas avec les brouilles d'artistes.

Georges, le jeune frère de Louis, venait égayer la maison. Il était son courant d'air. Il photographiait les dessins de son frère. C'était un très beau garçon qui était le double de Louis en plus soyeux. Suzanne racontait combien les Pons se ressemblent tous, avec le même grasseyement en coin de bouche quand il s'agissait de souligner une parole en rigolant ensemble, combien ils avaient l'air de famille d'une portée de renards.

Cependant, dans une des dernières lettres envoyées à Odette en rafales, dans la hâte, pour lui reprocher d'éviter tout ce qui fâche, de ne jamais voir les choses en face, nous étions tombés sur un portrait peu flatteur de Louis, le décrivant comme « devenant calculateur et dissimulé ».

Je ne m'étais jamais demandé si ça allait bien entre eux. J'en étais certain. Je n'avais aucune conscience de ce qu'était un couple mais j'entendais la différence de mélodie entre le duo constitué par Odette et Jean et celui constitué par Suzanne et Louis. Notre mère dominait sans effort, sans ordres ni directives, dirigeant comme si de rien n'était. Suzanne et Louis étaient plus chien et chat. Mais quand ils ronronnaient ensemble, c'était profond et sourd. Nicolas et moi n'aurions pas pu juger d'un désaccord entre eux tellement nous connaissions leur complicité. Nous avions toujours vu Louis donner raison à Suzanne sur tous les points. Il faisait tout ce qu'elle voulait. Quand je me plaignais à Louis d'un refus de Suzanne, il me répondait : « Oui, mais tu as vu, elle a toujours le bon geste au départ… » Il l'admirait pour ses esclandres qui étaient sa manière de réveiller leur amour. Et là, dans une des dernières lettres, il aurait tout fait pour lui rendre la vie impossible ? « Il cherche à se débarrasser de moi ! » Jamais Suzanne n'avait attaqué Louis. Nous mettions la lettre sur le compte d'un coup de fatigue après une crise d'asthme. Nous étions prévenus de quelque chose que nous ne voulions pas envisager.

Les mauvaises nouvelles données par Nicolas me fichaient le bourdon. Il me rapportait que Louis était sur le point de renoncer au dessin à cause de ses terribles maux de tête qui le paralysaient jusqu'aux épaules – il avait pris le tic d'étirer le cou en penchant la tête pour dégager un nerf qui serait resté coincé. La localisation de la douleur était précise mais les médecins et les radios ne trouvaient rien et diagnostiquaient le surmenage. Louis plaisantait mi-figue mi-raisin en lançant : « C'est dans la tête ! »

## Quitter

Quand Lulu ne faisait pas son vieux garçon, il faisait la pipelette. Il me disait des choses ahurissantes qui, dans sa bouche, sonnaient comme l'ordre naturel des choses. Il aurait fallu se boucher les oreilles quand il balançait en prenant l'air de ne pas y toucher.

Louis venait d'entrer dans une galerie parisienne dont les artistes lui faisaient un compagnonnage impressionnant. Il avait rencontré Henri Michaux qu'il admirait beaucoup. Je savais par Lulu qui le tenait du directeur de la galerie que Michaux préférait ses montages à ses dessins. C'était là une préférence et une recommandation qui mettaient Louis dans l'embarras. Il savait que le galeriste les suivrait.

« Il m'a appâté en achetant des dessins mais il ne montre que les montages », protestait-il.

Dessins et assemblages étaient fortement liés, Louis dessinant avec des objets. Cependant, il avait toujours donné la primauté au dessin. Ses premiers montages avaient un caractère occasionnel. Les différents déplacements des objets dans l'atelier provoquaient une intrigue grâce au facteur temps. Ça n'était pas produire ni penser à la nécessité d'une production. De retour d'un voyage à Paris, il s'était mis à déchirer ses dessins récents devant Suzanne, Nicolas et Lulu. Il était hors de lui.

Nous nous sommes dit qu'il se dégonflait devant un marchand. Ça nous empoisonnait. Ça n'était tout de même pas à un galeriste ni à un poète aussi admiré soit-il de lui dicter ses priorités ! Nicolas disait de Michaux qu'il s'était débarrassé d'un concurrent. Nous n'en revenions pas, que Louis ait encore déchiré des dessins comme il le faisait dès qu'il se trouvait bloqué ! Il cherchait la violence. Il s'automutilait ! N'était-ce pas le moment de prendre une décision radicale et de rompre avec qui le trahissait ?

J'avais entendu à Forcalquier une phrase terrible dans la bouche de Lulu parlant du galeriste de Paris autour de qui tout s'était mis à tourner, comme quoi « il ne se sentait pas d'avoir Suzanne dans son salon ». Nous n'avions jamais entendu de grossièreté pareille à l'égard de Suzanne et Lulu ne l'aurait pas inventée. Nous lui en voulions de colporter une saloperie pareille. Nous étions remontés contre ceux qui voudraient la haïr. La phrase de Lulu nous consternait.

Le tragique aurait été que ces deux-là ne se plaisent plus, que le regard de l'un sur l'autre ait changé. Il nous avait toujours semblé que Suzanne était invulnérable. Nous nous demandions si perdre l'atteindrait. En notre présence, elle ne bronchait pas. Nous sentions partout la fin d'une époque. Louis avait pris une allure de bonze. Il s'était rasé la tête. Le jeûne arrivait avec l'hiver. Une pièce nouvelle avait été aménagée dans la maison. Ils se promettaient de ne pas l'encombrer, de ne pas y entasser des choses jusqu'à la gueule de manière à ne plus pouvoir y entrer. Grâce au succès de Louis, ils entreprenaient d'acheter un appartement à Gréoux-les-Bains pour avoir un peu de confort en hiver. Ils disaient qu'ils ne pouvaient plus vivre dans des conditions « démentes » alors qu'ils les avaient créées.

Leur grande différence d'âge ne nous était pas apparue jusqu'à présent. Nous craignions qu'ils ne soient plus dans le même temps. Nous nous demandions si Louis rongerait son frein avant de partir. Nous supposions que la mauvaise foi du désamour épuiserait Suzanne. Nous le ressentions sans aucun signe ni indication, juste à un ton en dessous fait de gravité et de fatigue. Elle prenait une place plus solitaire dans notre esprit. Nous redoutions de la mettre instinctivement de côté, à côté du rythme qu'elle menait jusqu'à présent. Elle perdait sa place centrale, ne serait-ce que parce qu'elle ne pouvait pas accompagner chaque fois Louis à Paris « qui y allait pour le travail », que « cette ville n'intéressait pas plus que n'importe quel autre endroit du monde » et qui, « s'il vivait à Paris y vivrait comme à Sillans ».

Seulement, il ne fallait plus que Suzanne soit chaque fois du voyage. Ils ne s'étaient jamais quittés d'un pas.

Nous avions toujours connu Louis distant vis-à-vis des commérages de vernissages. Nous l'avions toujours trouvé sarcastique envers les stratèges. Un homme habile n'aurait pas été son ami. Quand il disait d'un artiste : « Lui, il sait manœuvrer », nous n'avions pas l'impression que ce soit une qualité. Nous avions dans nos têtes l'image d'un homme intransigeant. Et là, le fait qu'il déchire ses dessins résonnait comme un divorce avec ce que nous admirions. Il ne pouvait pas le faire sans divorcer du jeu où il nous avait entraînés. Il ne les avait pas déchirés à cause d'un désespoir de santé, de la folie destructrice consécutive à des migraines à se taper la tête contre les murs, mais en guise de proclamation. De non-retour. On s'en foutait, qu'il déchire une dizaine de dessins, mais pourquoi marquer la fin d'une époque par une destruction sinon pour se convaincre soi-même, en forcené, que cette fin est nécessaire ? Le geste proclamait une rupture allant bien au-delà d'un choix plastique qui n'avait pas lieu d'être, sinon le temps de reposer les nerfs, de décoincer le corps en passant de la planche à dessin calée sur les genoux, un vrai pilori, aux mouvements dans l'atelier générés par la pratique du montage…

Le fait d'entrer dans une galerie lui permettant de nouvelles rencontres, lui offrant des moyens de vivre moins accidentés, se payait aussitôt par une pression marchande allant dans le sens de ce qui pourrait « marcher » le mieux. Un milieu aussi distingué pour en arriver à ça ! Avec Nicolas, nous pensions qu'il devait s'y attendre, qu'il connaissait la musique ! Mais qu'il y soit sensible, nous ne nous y attendions pas, parce qu'il avait jusque-là refusé tout compromis.

Peut-être qu'entre quarante et cinquante ans un désir de puissance s'élève... peut-être que quelque chose dans l'homme se déploie, entre quarante et cinquante ans, voulant la réussite... peut-être que la reconnaissance que Louis avait prétendu dédaigner – car c'est lui-même qui nous avait indiqué le problème – lui importait plus que ce qu'il en disait, par exemple, en visant un artiste par : « Lui, il a des problèmes de reconnaissance ! » Peut-être que c'est devenu de la blague, le détachement...

Nicolas remarquait sous son nez qu'« un artiste, c'est aussi un boutiquier... ».

Nous ne comprenions pas encore que les intérêts d'une œuvre passent avant ceux des amours. Qu'à galerie nouvelle corresponde nouvelle période artistique, nouveau lieu de vie et peut-être une autre compagne, la mécanique paraissait énorme ! Le milieu et le marché auraient donc mené la barque ? C'était tout le contraire de ce que l'on nous avait montré et appris à Sillans! Ce que nous comptions comme le plus désagréable du monde de l'art devenait prépondérant. Louis n'avait jamais cessé de déconsidérer la carrière. Nous sentions qu'il lâchait l'idée que nous nous faisions de lui. Nous étions déçus qu'avec cette affaire de galerie nouvelle et de succès récent il mette son humour au vestiaire. On ne fait jamais le sérieux sans vouloir la fâcherie. C'était ainsi que Suzanne l'entendait, d'une sévérité totale envers les humeurs de son compagnon. Elle disait qu'il ne fallait pas que « le mecton en rajoute dans le dolorisme… ».

Elle écrivait à Lulu : « Il prépare son départ et toutes les comédies sont bonnes… »

Il n'y avait jamais eu personne dans la famille pour parler d'amour, à part Odette sur le mode du trop-plein. Elle parlait d'amour comme on tend ses nichons. Nous fuyions ventre à terre. Nous avions une méfiance pour le mot amour. Nous ne pouvions pas le prononcer sans avoir envie de le reprendre. Nous en avions tellement entendu parler au pensionnat catholique que nous pensions que ça n'était pas le nôtre pour dire se plaire et se désirer. Nous n'aurions pas pu utiliser ce mot pour désigner la tendresse, comme nous la sentions circuler entre Suzanne et Louis mangeant côte à côte une bête rôtie, Suzanne fouillant de ses ongles longs dans la carcasse pour jeter un lambeau de chair à ses petits-enfants puis aux chats, puis aux chiens, puis à Louis patient devant la hiérarchie... De même à La Louise, pour une autre mère nourricière, à peu près le même ordre, avec Jean en dernier sciemment oublié et demandant s'il pouvait se servir... Odette et Suzanne aimaient nourrir ce qu'elles appelaient le « masochisme masculin »...

Nous n'étions pas du genre : « Déchaîne ton cœur ! » préconisé par les dominicains. Je ne sais pas d'où nous venait une pareille pudeur dont nous étions contents. Nous devinions dans tout sentiment divulgué quelque chose de faux, il était prononcé, il n'était pas agi, et avec mes frères et ma sœur nous ne nous disions pas notre affection, nous la vivions par les jeux. Il nous semblait que Suzanne et Louis se disaient leur amour par la vivacité de leurs jeux et leurs façons de donner une tournure singulière à chaque moment de leur vie. Si tout cela ralentissait et s'alourdissait, ça nous parlait aussi...

Je pensais que c'était un jour oui un jour non d'une heure à l'autre, l'amour, et que son vrai nom était celui du désir. À propos d'un couple languissant, Louis m'avait dit : « Ça ne veut rien dire s'ils ne baisent plus ensemble... » Je m'étais alors demandé si être ensemble signifie aimer baiser ensemble. Je ne circonscrivais rien au coït. Je pensais que le plaisir de coucher s'étendait à manger et regarder la bouche de Michèle quand elle mangeait m'excitait autant que la suivre dans l'escalier. De minuscules perles de sueur autour des lèvres en été disent baiser et faire monter

Michèle dans un cerisier le dit aussi. C'était toute la prairie, le lit, au moment du pique-nique.

J'espérais que les paroles de Louis ne mentent pas. Quand j'en parlais à Odette, elle me disait : « Je ne m'inquiète pas pour eux, ce sont de vrais lapins ! » J'aurais pu tout imaginer à propos de Suzanne sauf lapine, la hase peut-être, la vieille hase... Elle vieillissait et il fallait voir comment Louis le supporterait.

Il s'était mis à tailler des colonies de bites en bois qu'il posait dans des écuelles, des phallus coudés, torsadés, maigrelets, bourrus, noircis au cirage nommés la flemmarde, la courageuse, et bien sûr la névrosée. Quand il nous les montrait, ces queues hilarantes, il commençait par : « Ne va surtout pas croire que je suis obsédé ! »

Jusqu'alors, dès que nous étions en leur présence, à Sillans, à Forcalquier ou dans Marseille, nous esquissions une danse imperceptible de contentement. Les chiens de Suzanne bougeaient la queue, eux aussi... Le rire du chien est exquis parce que personne ne comprend son humour. Nous avions peur de ne plus être aussi contents désormais. Nous sautillions quand Louis interpellait Manu : « Manu, combien de brouettes ? » Ou quand il me regardait un peu d'en haut pour éviter la fumée de sa cigarette montant vers ses yeux en me disant : « Alors, on the road again ? » Suzanne avait aussitôt envie d'ouvrir une bouteille à portée du fauteuil.

Je ne savais pas ce qu'était l'amour et ne voulais pas le savoir, mais le désamour, c'était d'abord le rire et la légèreté perdus. L'entrain si caractéristique de Sillans. Même dans les moments d'hibernation recroquevillée de février où ça souffle et où ils faisaient le gros dos devant la cheminée, il y avait du primesautier, comme cette fois où débouchant dans la pièce du haut alors que je n'étais pas attendu, je vis Louis devant une assiette de légumes et lui dis sottement : « Tu manges ? » Il m'avait répondu pour me faire rire : « Juste de quoi éviter le scorbut ! »

Justement, de l'humour, c'était le noir que nous n'avions pas pris en considération, Nicolas et moi. Nous ne prenions en considération que ce qui nous faisait pétiller de malice. Nous étions incapables de prendre Louis au pied de la lettre tellement les inquiétudes et le pessimisme de son travail étaient contrebalancés par ce qui lui venait du dessin de presse en donnant à n'importe lequel des rats crevés de ses montages un côté Mickey Mouse de fanzine. Nous étions aveugles aux hantises de Louis parce qu'elles étaient trop lourdes pour nous. Nous n'avions pas conscience du temps ni des cycles parce que nous croyions avoir l'éternité devant nous et que, des cycles, nous en connaissions trois fois par jour. Nous ne voulions pas voir que c'était aussi simple que les saisons et aussi obscur, cette inquiétude hivernale grandissant dans la maison de Sillans. Nous ne voulions pas reconnaître la fin d'un cycle qui ait eu son commencement et son milieu. Nous n'étions pas dans le temps de la fin et n'envisagions pas la mort d'une époque alors que nous en connaissions dix en deux ans. Nous n'étions attachés à rien, pas même à nos amours qui n'étaient pas des liens et ne nous parlaient pas d'attachement. Justement, Michèle s'éloignait et je ne savais pas qui des deux quittait l'autre tellement j'avais à cœur de précéder n'importe quel signe de délaissement. Pour moi quitter n'était pas la fin. Cela n'entraînait aucune mélancolie tellement la vie était devant.

## *Les citrons*

Je n'allais plus si souvent à Sillans parce que je voyais grandir en Louis une réticence à mon égard. Il avait de plus en plus d'affinités avec Nicolas et de moins en moins avec moi. Il pressentait des choses en moi que j'ignorais encore. Je lui reconnaissais toujours la même perspicacité mais je prenais garde de ne pas laisser ses remarques déterminer mon chemin.

Un jour où je lui avais confié quelques pages d'un récit, il m'avait simplement déclaré : « Tu te poses trop de problèmes de langage. » Son invite à être plus direct m'éclairait. Il diagnostiquait que j'avais le démon de la gamberge, que je compliquais pour rien.

Il n'y a pas mésaventure plus épineuse que de vouloir demeurer proche de quelqu'un prenant ses distances. Peut-être est-ce parce que j'avais appris à me méfier que lui les gardait ? Ses réticences étaient communicatives.

Je me disais que plus il me connaissait et plus il me trouvait gamin. Je commettais des impairs dans les horaires, les rendez-vous. Une fois que Louis me rejoignait à l'arrêt du car de Marseille à Sillans, juste devant la chapelle aux micocouliers, ne le voyant pas, j'étais parti devant et avais rejoint la maison de Suzanne sans le croiser, alors qu'étant parti à ma recherche, il arrivait peu après moi en ne s'expliquant pas comment on ne s'était pas croisés sur cet unique itinéraire. Il en avait conclu : « C'est ce qui arrive quand deux zombies se croisent… » J'étais content d'être un zombie. Je ne voulais pas dans un premier temps lui dire que j'avais marqué un écart pour poster une lettre juste au décrochement de la ruelle. Je voulais demeurer dans la confrérie des zombies. Cependant, dans un deuxième temps, alors qu'il s'étonnait encore de notre distraction mutuelle, je lui avouais avoir posté une lettre. Il avait alors minaudé d'une voix de fausset à l'adresse de Suzanne : « Il a écrit à sa fiancée ! »

J'avais gâché une hypothèse extraordinaire.

Une fois où j'avais maladroitement bagarré avec le tire-bouchon, je lui avais tendu la bouteille. La moitié du bouchon que j'avais foiré lui était restée dans les mains et il s'était écrié : « Couillon, tu n'as rien dit pour que ce soit moi qui me fasse engueuler ! » Suzanne avait repris : « Je n'ai jamais engueulé personne pour ça. »

Je lui avais montré une page écrite à propos d'un peintre pop, Maïr Mergui, rencontré loin du cercle de Sillans, et utilisant le pochoir et la bombe pour éclabousser des silhouettes en éclats et des halos de phares. Ma page était remplie de trucs mais elle ressemblait à quelque chose, alors que je me contentais de dire ce que j'avais regardé. Louis avait lu mais n'avait pas commenté. Je ne sais pas pourquoi, mais certainement pas à cause de ce qu'il en aurait dit, j'imaginais qu'il pensait qu'on ne pouvait pas être à la fois le poète et le critique, que c'était deux attitudes, dans la vie et dans l'écriture, opposées. Ça n'était pas la même casquette. Je supposais que pour Louis, il y a ceux qui peuvent en changer et ceux qui n'en ont qu'une... Il aurait fallu n'avoir qu'une seule jambe ou qu'un seul pied pour savoir danser !

Je retrouvais le fil d'une conversation latente où j'entendais que celui qui a plusieurs mondes n'en a aucun. Cette maxime contenue dans la conversation souterraine entretenue à Sillans m'indiquait qu'il me manquait un territoire – non pas choisi, de nature et par tempérament. Ce manque me rendait veuf. Je supposais que, dans l'esprit de Louis, le texte critique était subalterne. Évaluer était vaniteux. Expliquer était vain. Parmi ses notes sur le dessin, j'avais retenu celle-ci : « L'art doit clouer le bec. » J'avais donc de quoi comprendre que je faisais fausse route. Elle me heurtait parce que je n'aimais pas les becs cloués. Dès que j'entendais quelque chose de définitif, je le poursuivais d'objections.

J'insistais. J'étais dans la position de l'apprenti et, comme je voulais montrer cet état d'esprit et marquer que j'étais en formation, je confiais à Louis un autre texte d'une cinquantaine de pages intitulé *Les citrons*, poème en prose écrit dans l'élan, et j'attendais son avis quand Lulu arriva à Sillans. Suzanne, voulant offrir à ses petits-enfants toutes les ouvertures possibles, avait dit à Louis devant Lulu : « Montre-lui donc le texte de Frédéric ! » Et Louis avait lancé : « Ça n'est pas publiable ! » J'étais confus. Jamais je n'aurais osé, en l'état, présenter des écrits à la publication. Je n'étais ni Minou Drouet ni Arthur Rimbaud. Lulu avait rétorqué à Louis : « Allons, allons, tu écriras la préface ! » J'étais allé récupérer mon texte entre ses mains. J'étais malheureux d'avoir été placé dans une situation humiliante. J'étais indigne d'être mis au centre de ce cercle. Je n'y avais pas prétendu.

Peu de temps après, Suzanne et Louis me donnèrent rendez-vous à Marseille chez le poète Joseph Guglielmi qui habitait un appartement de fonction dans une école de la Capelette où il était instituteur. Il vivait avec Thérèse Bonnelalbay. Leur maison donnait sur la cour de récréation. Elle ressemblait à celle des gens occupés par les autres. Ils campaient plutôt qu'ils n'habitaient.

Joseph était casqué de cheveux en bâtons. Il avait des épaules de taureau. Comme il portait la tête en avant, une énorme tête ligure, il semblait qu'il fonçait, même immobile, ou qu'il allait mettre un coup de boule. Louis m'avait raconté que, lors de leur rencontre à la fin de l'adolescence, son goût pour le travesti l'avait émerveillé. Il aurait eu la vie clandestine d'une femme. Il arrivait en femme dans les bars où ils se retrouvaient. J'essayais de visualiser la tenue et le maquillage de Joseph et je l'imaginais comme une ouvrière apprêtée pour un bal de quartier. Je pensais qu'il ne se serait pas travesti en vamp à paillettes comme au cabaret, mais en Thérèse, vêtue en été du déshabillé des infirmières, robe sac où son grand corps de travailleuse pouvait se mouvoir.

Joseph venait de publier *Aube* au Seuil. Il était rare qu'un poète de ce qui n'était pas encore la région, encore moins le Sud, mais le Midi, publie chez un éditeur parisien. C'était un livre d'écoute. Il était allé à ce que je croyais être le bout d'une écoute. Il me faisait entendre la limite du son, juste avant l'imperceptible.

Thérèse nous avait montré ses dessins faits d'un mince trait de chaînes, presque un alphabet inventé, et qui se donnait à suivre comme une rampe plutôt qu'à être traduit.

Puis Suzanne m'avait demandé de lire un passage des *Citrons*. Elle avait amené le cahier. J'avais lu deux pages comme je le faisais chez Spadari, dans son pavillon faubourien. Suzanne avait murmuré : « Qui sait ce qu'il deviendra... ? » Elle me donnait du courage pour l'éternité. J'avais gardé son murmure comme un talisman.

## Départ

Michèle s'était retrouvée à Aix sans inscription en fac et sans domicile. Elle avait rencontré Charles Grisoni que j'avais croisé un matin avec Bernard sur le cours Mirabeau. Il portait autour du cou un grand mandala dans un bloc de résine. Il était accompagné d'un barzoï nommé Douchka. Nous quittant, il était monté dans une Traction Avant noire aux sièges revêtus de tapis orientaux. J'avais demandé à Michèle : « Il lui en faut combien, de substituts à son manque de personnalité, en plus de la Traction, du lévrier et du mandala… ? » Elle m'avait répondu : « Il a aussi une maison en bas de la Sainte-Victoire ! »

Spadari m'avait prévenu avec tact. Il avait commencé par : « Tu tiens beaucoup à Michèle ? » La veille, il était parti sur sa mobylette au Tholonet. La Traction était devant la maison et Douchka circulait dans le jardin, mais les lumières s'étaient éteintes à son arrivée et personne ne voulait lui ouvrir. Il en avait déduit que Charles était en compagnie et que cette compagnie-là voulait demeurer secrète. Je n'en disais pas un mot à Michèle. Lors de ce genre de déception, il arrive qu'on ait la force de rester stoïque, d'autres fois pas du tout. Michèle me tenait en respect. Je ne pouvais pas donner dans la jérémiade sans m'écrouler à ses yeux. J'avais en moi le refrain partir. Je ne voulais pas qu'une douleur me mange la tête. Je tournais mes pensées vers l'objectif de suivre le même chemin que Nicolas en partant à mon tour chez Richard au Niger.

Quand nous étions Bernard, Michèle et moi dans la maison de Charles en bas de la Sainte-Victoire, celui-ci insistait pour que nous allions prendre des bains de boue dans un affluent saisonnier de l'Arc. Nus, nous nous enduisions des pieds à la tête d'un limon rouge descendu des flancs de la montagne avant de nous sécher au soleil, ce qui occasionnait des caresses et des rires où pas une ombre en moi n'exprimait le penaud. Un jour où nous avions parcouru tout un versant de la montagne pour en examiner les minéraux, Bernard étant capable de la parcourir à quatre pattes pour y découvrir les preuves de son chaos géologique : des poudingues de galets de quartz rouges et verts, où nous étions rentrés à la maison de Charles, harassés, pour nous endormir en écoutant de la musique, je me réfugiais dans le giron de Michèle, toujours de bon accueil, mais, sur le divan, sa main partait à la recherche de celle de Charles…

Odette et Jean ayant croisé la bande à Bernard, dont je faisais partie, lors d'un concert à Châteauvallon où nous nous étions rencontrés par hasard, Odette avait eu la garcerie de me lâcher : « Il est vraiment pas mal, Charles ! » Le diable nous garde des mères œdipiennes ! Je n'allais pas lui filer une tarte. Il fallait bouger de là.

Nicolas était rentré. Il n'était pas sitôt parti au Niger que, six mois après, il était déjà là. Il avait fait de son séjour un tout autre scénario que celui du fils turbulent envoyé s'amender sous les tropiques. C'était le scénario colonial. Il n'en avait pas voulu. Il avait fait de ces six mois un épisode de travail où il avait réalisé un ensemble de sculptures. Il n'avait pas voulu de l'exotisme, pas voulu du voyage. Le Niger, il le laissait venir de la rue, à Niamey, en travaillant sous un auvent par 45° à l'ombre. José et moi avions des nouvelles par Suzanne et Louis auxquels Richard écrivait volontiers. Louis nous faisait le tableau d'un Nicolas uniquement soucieux de « son » monde. « Quelqu'un d'entier », me disait-il. Je voyais un cheval.

Il y a deux sortes de voyageurs, ceux qui savent que le pays viendra à eux au coin de la rue de leur quartier, et ceux qui courent partout. Je supposais les premiers plus efficaces. Pour Nicolas, il ne s'agissait pas d'un voyage mais d'un séjour. Il avait négocié des billes de caïlcédrat. Ce qui faisait entrer dans le pays, c'était trouver le bois et négocier les billes. Il avait taillé à l'herminette et au ciseau un bestiaire convulsé de bêtes abstraites dans un bois si dense qu'il ne flottait pas. C'était des blocs noirs horizontaux et anguleux absorbant la lumière et dont la masse était tendue de nerfs. Autant qu'au bestiaire, j'aurais pensé à des meubles à prises, à tenons pour les empoigner, porter à plusieurs la bête ficelée. Je les voyais comme des sculptures nocturnes et, même en plein jour, je les aurais vues ainsi, non pas parce qu'elles étaient sombres mais parce qu'elles étaient tapies.

José et moi étions estomaqués qu'il ait non seulement réalisé ces sculptures mais qu'il ait eu aussi un sens de l'organisation suffisant pour les mettre en caisses, les acheminer jusqu'à la côte dahoméenne à Cotonou où elles avaient été chargées dans un bateau pour Marseille. Nous avions été bluffés quand nous avions appris que le financement de l'opération avait bénéficié de l'aide de Jacques. Richard et Jacques faisaient leur retour dans nos esprits grâce à Nicolas. Mais ce dont nous étions le plus avides, des détails sur la vie de notre père avec son épouse et ses enfants, il n'était guère prolixe. Il ne se fendait pas d'un récit pour ses frères. Il était sorti du trio. Odette l'avait émancipé par un acte officiel.

Moi aussi, j'étais candidat à l'émancipation ! Il suffisait que je pousse mon petit « Moi aussi » devant les avantages accordés à l'aîné pour sentir le ridicule me recroqueviller. C'était comme si je levais le doigt !

Il allait faire une première exposition personnelle de ses sculptures rapportées d'Afrique à la galerie-librairie La Touriale grâce, en partie, à l'entremise de Suzanne et de Louis. Jamais Louis n'aurait aidé à un tel événement s'il n'avait pas été convaincu par la force des sculptures. Elles étaient là, parmi les rayons de livres, pas loin des tables, avec l'explosivité de fauves en cage. Elles poussaient les murs. Elles rampaient, elles gisaient avec une intensité de météorites. Des collectionneurs étaient venus, la presse, des poètes, des amateurs, l'intérêt était éclatant. Nicolas était dans un moment de justesse sans savoir qu'il y était, ce qui apparaissait à tous. Suzanne et Louis trônaient au-dessus de l'événement. Ils en faisaient un point brillant dans leur constellation. Cette œuvre naissante représentait leurs choix et leurs vérités.

Je prenais tout ce qui arrivait de bon à Nicolas comme un encouragement personnel.

Pourtant, je saisissais mieux que je ne pouvais rien fonder à partir de Sillans ni de ce que j'y apprenais. Je devais me pousser plus loin. Je développais des objections. Je devais échapper à cette emprise et établir mes propres bases.

Là-dessus, je recevais une lettre de mon père. Je la tenais avec étonnement. Elle ne pesait rien, avec son poids d'événement extraordinaire. L'ouvrant, je découvrais une écriture soignée, un peu vieille France, où il m'était recommandé de cesser de fumer des cigarettes « ne contenant pas seulement de l'herbe à Nicot ». C'était la première posture paternelle que j'enregistrais de sa part. J'en éprouvais un profond enthousiasme. Cela signifiait que j'allais bientôt le rejoindre. Il était au courant de mes erreurs. Il suffisait d'en commettre un peu plus et Odette, à bout, me laisserait partir. Je ne partais pas si loin que ça, puisque c'était encore la famille… Mais pour moi, c'était un commencement. Cela m'exaltait. J'entrais dans ma vie. Je n'avais pas compris qu'on demeurait jusqu'à la mort dans un préambule. Je me répétais aussi une phrase que Suzanne lançait pour mettre la maisonnée en branle : « Mañana será otro día ! » Je la gardais pour emporter le timbre de sa voix.

Un soir où je rentrais à La Louise, les yeux au milieu de la figure, après deux nuits où j'avais découché sans prévenir, avec une énorme brassée de fleurs pour me faire pardonner, Odette, les lèvres blanches, me prévenait : « Tu as gagné. Tu peux te préparer à partir… » Mon sang est devenu gazeux. Je me suis mis à faire des bulles.

## Tôle ondulée

J'ai pris l'avion pour la première fois de ma vie en mai 1969 juste à côté du siège de Ricardo Assouad, alter ego syrien envoyé par son père au Niger « pour lui faire les pieds », dans des tanneries de peaux de caprins, métier où affronter la charogne et l'emboucanement. Pour ce, il portait la mouche au-dessus du bouc façon prince d'Arabie, ce qu'il était dans ses manières qui m'en firent un compagnon. Nous étions deux petits jeunes hommes qui riions de la prétention de nos parents à nous mettre à la redresse alors que nous étions expédiés au paradis des chenapans. Je regardais par le hublot où il n'y avait rien d'autre que l'ombre de l'avion anamorphosée par les dunes. Puis un arbre de loin en loin. Enfin des îlots de cases. Il nous était annoncé une température sur le tarmac de 50°. Une forte voix étrangère s'écria dans l'avion : « Fahrenheit ou Celsius ? » Puis : « Mais je ne peux pas vivre ici ! » Les passagers éclatèrent de rire.

Quand j'ai vu Richard, j'avais encore les oreilles bouchées. Je ne le voyais pas, ne l'avais jamais vu, ou obéissais-je à l'ordre sacré de ne pas lever les yeux vers un père regardé à la dérobée, alors que filait la voiture de plastique vermillon décapotée de telle sorte que je ressentais l'air comme des gifles. La présence de mon père me brûlait tellement il m'était inconnu. Nous nous rendions à la frontière de la ville et du désert, juste derrière l'usine nommée la SONIPLA (Société nigérienne de plastique), dans un quartier d'habitations en pisé – les bankos – et de rues sableuses autour du Petit Marché où il avait sa maison en dur entourée d'un jardinet de pourpiers. Cependant, dans cette ville de poussière, j'avais déjà aperçu les flamboyants dont les grappes de fleurs rouges annonçaient la fin de la saison sèche, quand, passant le portail, des gens de maison s'emparèrent des bagages du petit patron. L'anassara (le Blanc), le patron, fils de patron, enregistrait que le personnel comptait un gardien enturbanné d'indigo avec, pour attribut, le nerf de bœuf, un boy dahoméen aux pectoraux carrés, un cuisinier pareillement béninois. Mais de Richard pas encore… Moi ne comprenant pas qu'il fallait lâcher la poignée de ma valise…

Quadragénaire, mon père faisait plus que son âge. Son visage avait vieilli plus vite que son corps. Sa calvitie et sa face, dont les veinules avaient explosé sur ses pommettes, ne plaidaient pas pour sa jeunesse, quoique, des épaules aux pieds, il soit vigoureux. Il étonnait par la tuméfaction de son nez. Au-dessus de cet appendice, ses propres yeux bleus marquaient le même étonnement. Ils semblaient stupéfaits. Richard accusait une allergie aux matières plastiques. Elles auraient provoqué une acné rosacée dans sa forme la plus sévère, la fulminans. Personne ne croyait en cette mise en cause des matières plastiques et la plupart des gens préféraient évoquer un nez bourguignon. André Queffurus me racontait que lorsque, à Marseille, ils sortaient ensemble courir les bals, Richard s'employait devant le miroir de la salle de bains à en masquer la rougeur avec des fonds de teint. Pour son malheur, son nez accusait l'alcool parce qu'il s'allumait comme une lampe au fur et à mesure de sa consommation. Ce phénomène résonnait d'une façon encore plus terrible que la mésaventure de Pinocchio. Je le regardais affectueusement mais je ne le dévisageais pas, ce qui m'obligeait à une attitude un peu oblique. J'insiste sur ce fait : il n'aurait jamais déclenché les quolibets parce que toute sa personne dégageait une simplicité tranquille. Il provoquait la déférence et le respect. Il avait des manières tellement aisées et justes qu'elles recouvraient cette infirmité du visage. Le rire était tellement son naturel que personne n'aurait pu le prendre pour un clown triste.

Plus tard, j'ai cru le reconnaître dans l'expression d'un célèbre acteur shakespearien. La comparaison avec un acteur est une facilité. Pourtant mon père avait exactement la même moue d'amertume que cet acteur après avoir avalé une gorgée de vin blanc. Le vin n'était pas amer, mais la grimace disait le goût du sel et de l'acide.

Il y a une malédiction ancienne sur celui qui surprend la nudité du père, surtout dans l'ivresse, mais le temps que j'ai vécu près de lui, je l'ai toujours rencontré circulant nu la nuit dans la maison. D'ailleurs, ce qui est arrivé le soir même de mon arrivée à Niamey, alors que nous prenions notre premier dîner face à face – Danielle, son épouse, et ses enfants, Vincent et Cécile, séjournant en France à ce moment-là –, me raconte suffisamment qu'il me jetait sa nudité à la tête.

Nous cherchions la bonne longueur d'onde lors de ce premier rendez-vous. Richard préférait me parler du pays qui m'attendait. Il m'avait prévenu qu'ici les jeunes gens de mon âge n'avaient rien à voir avec mon genre et je me demandais ce qu'il entendait par là. C'était sa façon de m'inviter à abandonner mon genre. Je ne savais pas si ça comprenait mes cheveux, l'habitude de l'herbe ou des manières efféminées. Puis, après le repas, il m'annonça qu'il allait au bordel et m'y amenait. Je me demandais s'il fallait que je réagisse à cet effet de surprise. Que mon père veuille que nous allions ensemble voir les filles me transportait dans une époque antédiluvienne sentant la caserne et la bordée. J'ai failli en rire, me demandant si Richard comptait déniaiser fiston, ou s'il ne me jouait pas sa Suzanne. C'était cela ! Il me le faisait à la Suzanne ! Il savait que nous étions liés et il voulait me montrer qu'il était bien son fils. De cette blague, j'aurais volontiers ri avec lui. Cependant, aller aux putes ne me disait rien du tout. Il voulait peut-être éprouver le pincé. Ou le mou de la chique.

Il avait pris sa voiture en plastique ouverte et chaloupante et il tournait sous les arbres autour du rond-point du Grand Hôtel de la ville, pas loin du fleuve, là où les arbres se groupaient, et moi, j'étais tout aux arbres : margousiers, eucalyptus, caroubiers, flamboyants, au fleuve dont je devinais l'autre rive, mais pas aux filles. Conduisant, il me racontait que la première fois où il avait vu une Noire dans des draps blancs, il lui avait demandé de se rhabiller. Je n'avais pas plus envie de baiser que d'entendre ça !

Nous tournions autour du rond-point du Grand Hôtel et ralentissions devant des filles vêtues à l'européenne. Je dus répéter à Richard que ça ne me disait rien tout en ne montrant aucune réprobation devant un moment qui m'était pénible. Je me glissais à l'arrière pendant qu'il chargeait une fille. Il n'y avait aucune circonstance de cette scène dont j'aurais voulu et il fallait que je prenne l'air le plus dégagé possible pour lui montrer que mon refus ne le jugeait pas.

C'est comme si je l'avais entendu penser : « Il n'est pas rigolo ! »

Pendant qu'il s'enfermait dans sa chambre avec sa putain, je découvrais mon coin, un réduit entre deux pièces sans climatisation et sans plafonnier, ce que je désirais. J'aurais bien voulu des fenêtres et j'en aurais par la suite en gagnant une chambre plus vaste mais donnant directement sur le mur de la concession. Je rangeais d'abord un petit bureau pour y poser mes cahiers et quelques livres. J'avais une mousse au sol sur une natte et même si je ne savais pas encore que je resterais cinq ans au Niger, deux ans avec mon père et sa famille et trois seul, Richard ayant été rapatrié sanitaire, ce serait ma literie pour ces années dans différents lieux, dont la plupart du temps un banko à Haro Banda, de l'autre côté du fleuve, sur la route de la Haute-Volta, et parfois la natte seule, à même le sol, parce que j'avais entendu dire que dormir sur le dur musclait le corps et que c'était un des secrets de la musculature des Africains. Mon père m'appelait parfois le moine. Lui qui avait été l'enfant chéri de Jacques – Odette disait qu'il pouvait tout lui demander – appréciait que je ne demande rien. Je ne désirais pas la climatisation. Le plafonnier oui, je l'aurais, mais c'est parce qu'il éloignait les moustiques.

Ce premier soir, j'entendais que la ville ne se couchait pas. Il y avait un raffut de tam-tam pas loin de là. Je sortais sans peur de me perdre. Entre le portail de la concession et la rue, il fallait enjamber une canalisation puante qui était le tout-à-l'égout de Niamey. Les rues étaient de sable. La marche s'enfonçait. Il y avait au coin d'une rue de bankos, avec leurs auvents de tôles, des gamins tapant sur des fûts d'essence. Ils se relayaient pour montrer leur talent.

Les tabliers de la rue étaient rythmés par les lampes-tempêtes. On y vendait des noix de kola et des cigarettes au détail. Il y avait des essaims de particules colorées au-dessus des néons des échoppes. Avec un ciel si rempli d'étoiles, la nuit sans lune n'était pas noire. C'était une ville sans éclairage et sans obscurité remplie par des sons plus ou moins proches. Quand on s'approchait, ils faisaient trembler le sol. En rentrant, je ne trouvais pas le sommeil.

## La Vénimax

Mes frères et moi savions que Richard était né à Madrid, comme sa sœur Anita. Il avait fait du piano et préparé l'entrée au conservatoire de Paris. Il n'avait pas réussi le concours. Nous avions appris qu'il s'était passionné pour la fabrication de lunettes astronomiques. Il en avait donné une à Jean, une lunette de flibustier que nous sortions de temps en temps d'un tiroir de La Louise. Il fallait chercher l'image. On déplaçait son œil devant la lentille et on attrapait l'astre avant de le perdre. On l'attrapait par surprise. C'était Vénus. Mais le temps de l'apercevoir, elle avait disparu. Ce pour toutes les planètes. Ça n'était pas des images stables et notre flux sanguin les brouillait.

Quand il travaillait avec Jacques à France-jouets, il avait breveté des mécanismes imitant des mouvements d'animaux tirés des personnages de Walt Disney (j'avais eu un Pluto dont l'arrière-train moulinait...). Il avait travaillé la résistance des plastiques aux hautes températures et avait eu l'idée de produire des baguettes dans une bakélite de son invention pour le marché indochinois, mais ses baguettes ivoirines fondaient dans l'huile bouillante.

Nous nous faisions l'idée d'un inventeur et quand j'arrivais au Niger, je constatais qu'elle était juste : il avait la passion d'entreprendre, mais ce qu'il entreprenait était farfelu. Ce qu'il y avait de passionnant pour moi, c'est qu'il m'enrôlait dans ses entreprises. Elles étaient surprenantes. C'est en ça que je reconnaissais l'état d'esprit de Suzanne : il avait des propositions de jeux pour adultes aux proportions extraordinaires.

Peu de temps après mon arrivée, il m'avait chargé de faire le tour du Niger pour collecter en différents endroits des scorpions dont il voulait faire l'élevage pour en commercialiser le venin. Richard cherchait toujours une alternative à son travail à la SONIPLA et à la production de méduses (sandales en polychlorure de vinyle). Il n'était pas propriétaire de l'usine dont il dirigeait la marche. Il était salarié. Il lui fallait un contrepoids à un travail oppressant sous les tôles et dans la chaleur des machines. Il cherchait davantage un horizon qu'un emploi. L'usine ne marchait pas. La production de la SONIPLA était tellement concurrencée par celle des usines du Nigeria qu'elle ne s'écoulait pas. La frontière entre Niger et Nigeria coupait en deux le peuple haoussa qui n'en tenait pas compte. Le pays traditionnel passait par-dessus les nations modernes. Tout protectionnisme était impossible et les usines « fers de lance » voulues par le gouvernement du Niger périclitaient. Cela n'empêchait pas Richard d'inventer des variantes à la chaussure en plastique.

Il m'avait investi d'une mission de haute responsabilité : collecter des arthropodes. Je tenais une besace remplie de boîtes transparentes où enfermer des spécimens. J'allais de Niamey à Dosso, puis de Dosso à Madaoua, de Madaoua à Maradi, de Maradi à Zinder, de Zinder à Agadès, d'Agadès à Tahoua et, à chaque station, je dénichais des espèces. Je prenais des camions, voyageant à l'arrière au-dessus de la marchandise. J'avais une lettre de recommandation, grâce à Danielle qui travaillait au consulat de France, pour passer de Zinder à Agadès, où les pistes étaient impraticables aux camions, dans une voiture de médecins de l'OMS.

J'avais appris à dire scorpion en djerma et en haoussa (dan et konama) et j'identifiais trois espèces, le buthus commun, le pandinus imperator, un grand scorpion noir impressionnant mais dont le venin ne vaut pas un clou, et le redoutable androctonus australis, le long scorpion jaune pâle du désert qui, lui, vous foudroie. Ce dernier serait notre Eldorado.

Richard mettait des noms scientifiques en us dans son vocabulaire. Tous sauf nimbus.

J'entrais dans les villages de cases et de greniers à mil, grosses marmites ventrues coiffées d'un chapeau de paille, où les mamans m'apportaient leurs bébés pour qu'ils fondent en larmes en me découvrant. Je disais mon mot magique : dan ou konama, après les formules de politesse que j'avais apprises par cœur, ce qui m'attirait d'autres éclats de rire, vu que le djerma est une langue tellement sensible que la moindre faute de ton la rend incongrue. Il y avait toujours un berger de dix ans pour me ramener un buthus noir et orange, sans que je me soucie de savoir s'il risquait de se faire piquer. Ces gamins menant les troupeaux éloignaient les lions en leur jetant des pierres.

À Dogondoutchi, j'avais acheté une mangue à une des marchandes ambulantes se précipitant vers le camion. J'en avais jeté le noyau dans la poussière et des gamins s'étaient battus pour le ramasser. C'était des gosses des rues en guenilles, ceux que les villageois appelaient kayas-kayas. Ils m'entouraient en criant : « Norou, anassara ! » (« De l'argent, le Blanc ! ») Je les chassais, courant après eux en tapant des tongs pour qu'ils s'égaillent en m'insultant.

Arrivé à Zinder au bout d'une semaine, l'attaché consulaire doutait avec des sous-entendus que Danielle soit ma belle-mère. Il disait avec un air salace : « Votre belle-mère, vraiment ? » J'aurais préféré dormir auprès du camion, pas loin du chauffeur, du mécanicien et des apprentis voltigeurs chargeant et déchargeant passagers et marchandises au fur et à mesure des étapes. Je prenais la route du nord dans le tout-terrain de deux médecins faisant leur tournée dans les campements peuls.

Nous nous étions arrêtés dans un village où des jeunes bouviers étaient coiffés de chapeaux imitation gangster : ils portaient la panoplie des films policiers de la prohibition mais dans une version pastorale, cotonnades tissées main, boutonnées de kauris, teintes à la kola. Ils s'étaient fait des allures d'affranchis rien que dans leur façon de s'accouder les uns aux épaules des autres et d'infléchir le galure. Ils se faisaient les échos d'un cinéma qui n'était jamais venu jusqu'ici mais dont ils avaient tout attrapé. Ils caressaient ma chevelure qui passait de main en main.

Puis j'avais tourné autour d'Agadès et récolté un maximum de buthus. J'étais rentré, avec mes scorpions raides morts à l'arrivée.

Rien n'aurait découragé Richard. Nous ferions notre élevage avec des buthus communs trouvés autour de Niamey, les mêmes que ceux cachés dans les murs en Provence mais en beaucoup plus gras, installant dans une longue salle de la maison des tables sur des tréteaux avec des récipients circulaires de bonne taille où nous mettrions un peu de sable, presque une dune, et quelques pierres, pas un palmier, puis un pensionnaire. Il y avait déjà une quarantaine de boîtes sur les tréteaux. La pitance du scorpion consistait en une profusion de blattes courant dans les salles d'eau et glissées vivantes dans les récipients. Et c'est là que le projet s'est arrêté dans sa version initiale. Nous butions sur l'obstacle des prélèvements de venin, ceux-ci devant se faire sur une vitre à l'aide de deux électrodes dont la décharge fait éjaculer le scorpion. L'extraction était laborieuse, le venin peu abondant.

Le chimérique se mit à germer dans l'esprit de mon père. Je fus mis au courant de la nouvelle idée : la source de venin la plus abondante au Niger est celle du cobra cracheur au cou noir (naja nigricollis). Les environs du fleuve autour de Say en sont infestés. Le venin du colubridé a la même composition que celui du scorpion. Il entre dans les mêmes préparations pharmaceutiques. J'étais prêt à le croire.

Quand il avait l'idée de fonder une société, Richard avait hâte d'en créer le sigle et le papier à en-tête. La papeterie précédait l'arrivée des machines. Nous avions trouvé le nom : La Vénimax. Tout semblait plausible. Mon père avait le talent de maintenir le plausible à un haut niveau de vraisemblance. Ce qui ne l'était pas, c'était l'invraisemblable pince géante qu'il se mit à confectionner avec du bois, des ressorts, et surtout des coussinets tapissant l'extrémité des bras. Le soin apporté par Richard à sa longue pince à coussinets marquait la limite de

« faisabilité » du projet. La longueur était-elle suffisante pour tenir nos yeux à distance d'un cracheur qui bondit à la verticale de tout son long pour projeter, grâce aux conduits à la base des crocs, deux jets de poison ? Les deux bras de la pince étaient-ils assez fermes pour maintenir le cou d'un cobra réputé pour se gonfler en collerette ? Personne n'aurait eu l'inconscience de vérifier.

Cependant, nous partîmes à Say au bord du Niger avec un Italien nommé Rigoni. Je me mettais à l'arrière de la station-wagon de Richard décapotée comme un pick-up et équipée à l'avant de la bobine de câble du crabotage. Le double pont permettait de passer le sable mou. De l'autre côté du fleuve traversé sur un radeau de fûts mené par un câble, la piste était brouillée. Nous prendrions la direction de la Pendjari et de la frontière dahoméenne en suivant la rive. C'était une zone regorgeant d'animaux venus de la réserve. Nous avions choisi de nous arrêter sous un grand arbre à cinquante mètres du fleuve, pas loin des premiers blocs de granit rose et gris annonçant la chaîne de l'Atakora. Dans ce labyrinthe de rochers ronds, les reptiles devaient pulluler.

Nous découvrions que la grande carcasse de Rigoni cachait la peur, qu'il la déclarait puis la masquait tour à tour, ce qui a gâché l'expédition. Nous lui montrions en désignant des tiges rabougries : « Regarde, nous sommes dans un champ de mil ; à un kilomètre de là, il y a un village d'agriculteurs », peine perdue, il annonçait qu'il dormirait dans la voiture. Au Niger, la nuit tombe vite, mais juste avant qu'elle le fasse, les lions rugissent, les hyènes ricanent, les chacals glapissent et les caïmans font du boucan en se jetant dans le fleuve. Nous étions seuls dans le terriblement peuplé. Rigoni s'est mis à nourrir un brasier avec des tiges de mil pour éloigner les bêtes.

Il était temps de nous mettre en route vers les rochers avec nos lampes de chasse et nos pinces géantes. Rigoni ne voulait pas rester seul auprès du véhicule et ne voulait pas non plus nous accompagner. Nous tournâmes longtemps dans les clairières de sable entre des blocs de granit et aucun cracheur ne prenait la peine de se montrer. Nous retournions sur nos pas en suivant un sentier entre deux rochers quand une lanière noire ou un long muscle en fuseau a claqué. Aucun de nous n'a eu le temps de voir quoi que ce soit. Une odeur de viande morte empuantissait le coin. On a tourné le dos. On a fui ventre à terre. On courait dans la nuit entre les rochers, regardant en arrière si Rigoni suivait.

Le prix en millions de deutschemarks de la machine chargée de cristalliser le venin pour le rendre commercialisable venait à bout d'une entreprise dont la finalité était d'inventer une complicité délirante entre un père et son fils.

## Bal sur la côte

Louis devait arriver. Il nous rejoindrait en début de saison fraîche. Suzanne annonçait dans une lettre que ça lui changerait les idées. Ce n'était pas un Louis bien vaillant qui nous arriverait, disaient leurs lettres. Louis n'était pas voyageur et ce serait sa première sortie de France. Je parcourais la ville en me promettant de lui montrer ce que je découvrais. J'élaborais les promenades que nous ferions tous deux. Richard proposait de l'amener à la pêche au capitaine. C'est alors que Danielle me donna l'occasion de descendre sur la côte en me confiant à une de ses connaissances, un Belge tenant le Domino, un bar en plein air réputé par le fait que des célibataires européens y rencontraient des Nigériennes. Il y allait pour vendre une voiture de luxe à Lagos. Je le laisserais partir au Nigeria et remonterais de Cotonou à Niamey par mes propres moyens.

De Dosso à Parakou, le paysage sahélien glisse vers la petite forêt. Les villages dorment sous la brume des feux de bois. L'humide stagne dans les plantations de teck, puis, avec le sec, vient le roussi des champs de coton, avec leurs taches fluorescentes. Le ciel content d'être arrosé traîne des cumulus monstrueux. Après l'averse, la terre sent bon. Au bord de la tôle ondulée creusée de nids-de-poule passent des villageois et des villageoises avec un âne, un cheval, des zébus.

Plus nous avançons dans la petite forêt, plus les animaux rapetissent, chèvres naines aux pattes arquées, petits cochons noirs indiquant que nous changeons de religion, fagots de poulets attachés par les pattes sur un porte-bagages.

François, mon conducteur, est un quadragénaire trapu au visage couvert d'une barbe taillée. Il m'affirme qu'« Ici les filles marchent à tous les coups ». Il n'y a qu'à demander. Taka. Cela me surprend de sa part parce que le voyage avait bien commencé : il m'avait raconté avoir beaucoup écrit dans sa jeunesse, noirci des tonnes de cahiers jusqu'au moment où il n'en avait plus éprouvé la nécessité. « Un jour, je me suis aperçu que je n'en avais pas besoin. »

Je me suis posé la question de la nécessité. Je n'avais pas le besoin mais la pratique. Je me sentais comme le copiste qui recopie des errata, espérant que la somme des erreurs faites en recopiant une histoire en raconte une autre.

À un moment, joignant la preuve à son affirmation, François ralentit à la hauteur d'une femme marchant au bord de la route et se penche vers ma portière, devant laquelle elle s'est arrêtée, pour lui demander si elle veut bien faire ça, et pour combien? Elle se penche à la portière avec son foulard de tête et sa grimace, davantage désolée pour nous qu'offusquée : « Ça n'est pas bien du tout ce que vous proposez là! » François m'ordonne : « Monte la vitre! » et démarre en trombe. J'étais écœuré.

Nous étions à Cotonou à l'hôtel Nokoué où, sur la côte, la nuit prend un air de kermesse grâce aux ampoules colorées et aux néons, des bleus poudreux ou des verts glaçants. Nous étions avec des employées de l'hôtel qui nous accompagnaient dans les guinguettes flanquées d'une piste de danse en ciment. Sur une estrade, des orchestres jouaient de la rumba congolaise et des succès de Pacheco. La musique des petits bals venait des Caraïbes. Elle était pleine de glissandos (glissandi?). Cuba, s'il vous plaît, pas Hawaï! Heureusement, il y avait des congas... Ce qui me transportait, c'était le picolo, et parfois un saxophone ténor au son de vieille pipe.

Nous alignions les bières en dansant, François comme un ours, moi comme un haricot vert. Les pagnes serrés de nos accompagnatrices les obligeaient à bouger une seule ligne de la tête aux pieds. Elles dansaient selon une sinusoïdale, à l'économie. Le pagne finit toujours par se relâcher et demande des réajustements fréquents. La pièce de tissu n'est pas tenue pour autoriser des gestes qui sont des atouts de séduction. Je me retrouvais côte à côte et face à face avec la même accompagnatrice dont j'avais peine à entraîner le corps puissant. Je craignais de perdre l'équilibre et de me retrouver à contretemps. Elle me faisait reprendre. Je revenais à sa taille en lui prenant la main. Je ressentais de plus en plus de curiosité pour qui me semblait mille fois plus vigoureux que moi.

Nous avons filé, elle et moi, dans un petit hôtel pas loin du Nokoué. La fenêtre ouverte donnait sur un balcon aveuglé par la végétation. Elle s'était mise nue avec un bon rire avant d'entrer sous la douche où je la suivis. Je vis les seins lourds d'une jeune mère avec les muscles et la carrure d'une fille de la forêt. Elle avait fière allure en filant là où je la rejoignais. Pour moi, étreindre une grande et belle fille est comme tenter d'embrasser une montagne ou de rester debout sur le pont dans la mer déchaînée. Son dos était une merveille d'architecture. Ses cuisses m'auraient broyé sans effort. Sa langue rose m'aurait enveloppé tout entier. Au petit matin, je lui donnai un billet tiré du portefeuille que j'avais placé sous un coussin. Elle fit des coquetteries pour que je lui en donne un autre, ce que je fis volontiers. Puis elle s'en alla et je poussai derrière elle ma porte avant de me rendormir. Quand je me réveillai, le portefeuille sous le coussin au-dessous de ma tête avait été délesté. Je regardai la fenêtre ouverte sur le balcon. J'avais été volé par un rat d'hôtel. J'avais entendu parler de monte-en-l'air diffusant des fumigations soporifiques et s'enduisant d'onguents pour se rendre invisible. Je descendis à la réception où deux adolescents somnolaient derrière une banque de planches en leur disant que j'avais été volé et que je partais faire une déclaration à la police, sans que ça dérange vraiment leur flegme. Mais quand j'entrai à l'hôtel Nokoué, François, furieux de ma mésaventure, se mit à accuser ma naïveté et mon accompagnatrice. Il me faisait savoir qu'il m'avait pris pour quelqu'un de mûr mais que j'étais un gosse. Il allait dénoncer mon accompagnatrice au patron de l'hôtel où elle était employée. Il ne me prêterait pas d'argent pour la suite du voyage si je n'allais pas immédiatement porter plainte contre elle. Je lui racontais mon histoire en lui répétant que rien ne me permettait de l'accuser. J'étais faible, jetait-il, je me faisais rouler.

J'allai déposer plainte dans un petit commissariat en plein air, ce qui prouvait ma faiblesse, et je fus confronté à mon accompagnatrice désespérée qui me tendait son argent, que je refusais. Elle niait toute culpabilité. Je fus tiré d'affaire par la convocation le lendemain d'un commissaire de police rempli de tact mais ferme envers mon comportement. Il m'ouvrait un boulevard pour que je puisse retirer ma plainte. Il le faisait en douceur, sans trop me mépriser, mais avec fermeté, ce en présence de mon accompagnatrice ayant passé la nuit au poste et se tordant sous les coups de chicote d'un hercule faisant mine de les porter. Il me disait : « Vous voyez un peu les conditions d'incarcération ici ? » en faisant allusion à la scène d'arrière-plan. La malheureuse n'avait pas encore fait semblant de prendre un nouveau coup de badine que je retirais ma plainte. Je fus vraiment rassuré quand je vis que deux jours après, elle avait repris son emploi au Nokoué où elle nous évitait soigneusement. Le commissaire de police et le patron du Nokoué s'étaient montrés subtils devant nous qui agissions en pauvres types. J'en voulais à François qui avait fait dégénérer mon erreur.

Que fallait-il comprendre ? Qu'il suffisait de sortir sa queue pour provoquer une catastrophe ? J'étais dans ce moment où la merde vous colle au cul !

L'hôtel Nokoué était rempli de journalistes yorubas nous retenant dans le hall et les couloirs. Ils n'étaient pas véhéments mais ils voulaient convaincre deux francophones. Ils nous distribuaient des brochures titrant *No genocide* à propos de la sécession biafraise. Elles accusaient la France et le Vatican. Elles persuadaient les lecteurs que l'image du nourrisson igbo famélique au ventre rond, c'est de la foutaise, et que le colonel Ojukwu était payé par les compagnies pétrolières.

François est parti vendre sa berline à Ibaden où il a été arrêté comme mercenaire, parce que belge. Je suis remonté au Niger par le train pour Parakou, puis en camion jusqu'à Niamey.

## Le fleuve

Louis était là, dans le séjour de Danielle et Richard. Ils arrivaient de l'aéroport quand j'entrai dans la concession. Il était encore voûté par la carlingue. Le visage de Richard préparait des drôleries. Nous étions au début de la saison fraîche où la température devient douce, froide la nuit dans le Sahel, glacée dans le désert. C'était la saison où l'on allait d'un bon pas, où l'air n'était terni par aucun vent de sable. Déjà, nous nous faisions des propositions de balades.

Au repas du soir, je dus avouer ma dette et les circonstances de celle-ci. Louis s'était exclamé : « Un vrai bleu ! » Danielle m'avait regardé d'un air ennuyé. Elle le serait encore plus quand les comptes de François montreraient que je les avais minimisés. Je perdais la bonne impression que j'avais donnée de savoir me conduire. J'avais régressé à leurs yeux. J'en sentais le soufflet sur mes joues.

Tout était à refaire et je comptais bien regagner le chemin perdu en montrant à Louis ma connaissance de la ville. Il semblait en panne, las et ne supportant pas le bruit, ce qui donnait à la maison des allures de sieste. Il lui fallait de l'ombre. Nous respections sa convalescence. Sauf que je ne choisissais peut-être pas si bien que ça notre première sortie en l'amenant au bac pour que nous traversions le fleuve à son plus haut niveau. Il y avait d'immenses pirogues nigérianes transportant des smalas. Je voulais lui donner une idée de la dimension du pays avec le débit de son fleuve, une plaine d'eau charriant de grands îlots d'herbes et des pirogues qui sont des villages. Au bac, il a eu un vertige, un malaise. Il était blanc à ne plus pouvoir avancer. Nous sommes aussitôt rentrés. Je pensais que l'immensité du fleuve avait produit un étourdissement. Lui accusait ses migraines.

C'est alors qu'il m'a demandé de lui faire fumer de cette herbe que j'avais ramenée du pays bariba où elle poussait à l'état sauvage. J'en avais fait fumer à Richard qui en avait conclu que ça ne faisait rien, ce qui l'avait rassuré. Il était imperméable à son effet. Rien ne pouvait prévaloir sur le whisky bu dans ce qu'il nommait son verre à cheval, un verre d'une circonférence capable d'en abriter le museau, avec beaucoup d'eau, le whisky étant là « pour tuer les amibes ». « Il faut beaucoup d'autosuggestion, me disait-il, pour que ton foin fasse quelque chose... » Louis avait eu des hallucinations auditives qui l'avaient amusé : il entendait nos voix se promener loin de nos bouches. Il ne savait plus si ça venait d'ici ou de là. Ça l'avait détendu.

Il était là et il n'était pas là parce qu'il ne pouvait pas l'être d'un seul coup. Il était préoccupé par Suzanne, bien qu'il la sache aidée par Nicolas. N'avions-nous pas entendu dans leurs lettres que ce voyage au Niger était une façon de souffler... ? Il était encore revêtu des proportions de la maison de Sillans et du tas d'objets qui était sa tanière. Il n'avait pas fait un pas au-dehors. Je le sentais vulnérable loin de la maison qui était sa coquille de bernard-l'ermite. Il était sorti avec l'ombilic de l'abdomen à nu. La lumière était un viol. Ma légèreté niait son angoisse. Il était à un carrefour, meurtri par ce qui se divisait en lui. Il était dans un moment où une existence se rejoue. Il ressentait l'effondrement d'un ordre. Il était muré dans l'appréhension des bouleversements de sa vie.

Je réussissais à l'amener à Boukoki, un village de cases sur la route de Filingué regroupant l'exode rural au seuil de Niamey. Je voulais lui montrer les artisanats de la récupération, l'ingéniosité transformant les métaux venus d'Occident en outils et instruments traditionnels. Boukoki brûlait régulièrement à cause de ses forges. Elles étaient faites d'un soufflet dans le sable et d'un nid de charbon de bois au creuset rouge. Le forgeron actionnait le soufflet avec son orteil pendant qu'il martelait l'enclume.

Les enclos des cases étaient faits de portières de voitures. Entre tous les articles proposés, il y avait la tong taillée dans un pneu (Richard projetait d'en faire une copie dans des matériaux souples), la tente en sacs de riz des différents organismes humanitaires avec les drapeaux des nations donatrices, la boîte de conserve devenue lampe à huile, les boîtes d'eau devenues marmites en aluminium, les calebasses cousues avec des joncs, les jerricans pareillement cousus et emmaillotés de jute. Les objets portaient les cicatrices de leurs emplois anciens. Leurs réparations les rendaient uniques.

Nicolas et moi collectionnions pour Louis les jouets inventifs bricolés par des enfants à qui personne n'en offrait : voiturettes à crémaillère, petites motocyclettes faites avec des tubes de dentifrice, avions de papiers huilés. Cependant, à Boukoki, Louis n'avait plus envie de voir ce qu'il connaissait déjà. Il murmurait, impressionné : « Tout un peuple clochardisé qui survit... » Il me répétait : « C'est incroyable comme ils n'ont rien... Je n'ai jamais vu des gens posséder aussi peu. » Tous les biens d'un habitant de Boukoki auraient tenu dans un baluchon, mais je ne voyais pas les choses comme cela. J'étais incapable de les voir ainsi. J'avais peur que Louis soit dépressif.

Je connaissais les abords du Grand Marché où toute une cour des miracles dormait sur du fumier avec des mouches dans les yeux. Je passais parfois au dispensaire tenu par le docteur Aviérinos parce que j'y avais amené Ricardo Assouad qui s'était blessé sur une huître dans le fleuve et avait récolté un abcès que le docteur avait crevé d'un coup de lancette. Aviérinos avait été chassé de Marseille comme faiseur d'anges. Il besognait du matin au soir dans son dispensaire pour réparer tout ce qui lui venait sous la main comme maladies et douleurs. Il ne parlait pas de la tristesse du monde, il disait : « Montre-moi. » Puis il regardait avec ses yeux d'écaille et de myope. Il grimaçait d'attention dans la pièce remplie de patients, submergée par toutes les plaies des bêtes pondeuses et des vers rampants, par toutes les cécités des vents de sable, la lèpre sèche et la lèpre humide, les dysenteries, le paludisme, le choléra et la syphilis. Il opposait à cette marée sa jovialité ronde un poil dégarnie. Il portait la blouse et le tablier du cuisinier et du boucher. Il était un remède contre l'affliction. Tout le dispensaire était un rempart contre la dépression. Même les lépreux ayant perdu la moitié de leur bouche parvenaient à rire. Aviérinos était pour moi un grand homme. C'était le modèle même de l'homme bon et je ne pouvais pas le voir sans avoir chaud au cœur. Il continuait à être vilipendé par la société des coopérants l'accusant d'être friand de jeunes filles. Il était le tonton d'une volière de cousines, un chœur d'encourageuses le portant à bout de bras.

Jamais je n'aurais pu dire « peuple clochardisé » parce que j'étais prêt à héroïser n'importe quel vieillard revêtu d'un fichu et portant à la ceinture une calebasse. Je racontais à Louis que j'avais rencontré des Nigériens de mon âge, Seydou Ayouba, Somaïlah Dan Nana et surtout Najoum, jeune secrétaire des étudiants nigériens, devant qui je n'aurais pas pu tenir un tel propos. Un regard misérabiliste et compassionnel sur leur pays les hérissait au plus haut point. Un soir que je traînais dans les rues avec Seydou Ayouba, perche chamélique secouée de rires, celui-ci s'exclama : « Niger, mon beau pays ! » Il me le fit répéter en rigolant : « Répète après moi : Niger, mon beau pays ! »

À un moment, comme nous étions avec Danielle et Richard et que Louis se plaignait de la névralgie lui bloquant la nuque et l'arrière de la tête, je lui avais dit étourdiment que c'était psychique. Je le hasardais sans l'affirmer. Cela m'était sorti tout seul parce que j'avais remarqué qu'après avoir fumé un peu de mon herbe, il ne ressentait aucune gêne et retrouvait son aisance. Il avait lui-même observé que le chanvre défaisait certains nœuds. Je pensais donc qu'il était d'accord avec ma constatation, sinon je ne l'aurais pas osée.

Il était parti dans une colère terrible en me traitant de petit intello ou d'intellectuel branlé, enfin, une insulte qu'il me semblait entendre depuis toujours alors qu'il ne me l'avait pas encore adressée de vive voix, et sa colère était tellement disproportionnée, surtout devant Danielle et Richard, que mon hypothèse en était appuyée.

C'est moi qui, par maladresse, avais insulté sa douleur. Je l'aurais minimisée avec mon « psychique » ! Comme si ça n'était pas là le lieu de la douleur ! Je ne l'avais pas accusé de feindre, mais presque. Je pensais qu'il me reprochait de n'avoir aucune profondeur humaine, de montrer que je n'avais jamais mis le petit doigt en enfer. Il connaissait un mal-être de chappe et de couvercle. La seule attitude aurait été de la boucler. Il était à cran. Il craignait mon œil et je ne savais plus où le cacher.

## M. Moulin

Richard se mit en tête d'organiser des safaris avec Xavier Moulin, un Toulousain timide aux cannes chétives dans un short de ranger. Il avait la réputation d'être le meilleur fusil de la contrée. Mon père avait la passion des armes et il en possédait pour la chasse au gros. Il m'avait sorti une phrase terrible : « Le lion est sensible à la balle. » Qu'il ait été insensible au caractère horrible de son propos me révulsait. C'est moi qui devenais sensible à la balle.

Moulin cherchait une issue à son métier de directeur de la SOCONI, la société de confiserie du Niger spécialisée dans la production de bonbons et caramels trouvés sur les tabliers. Il avait été ruiné dès le lendemain de son achat de l'usine à des Libanais par une hausse considérable du prix du sucre. Un ancien industriel dans le jouet s'associait avec un industriel dans le bonbon. Ils avaient en commun leur imagination enflammée et leur nullité de gestionnaire. Richard ne s'était pas mis en tête de concevoir le dépliant que déjà Louis, chargé du dessin, lui envoyait par courrier des éléphants roses. C'était injuste parce que Richard avait une connaissance précise du terrain aux abords du parc du W, là où le fleuve prend de la vitesse dans le resserrement de l'Atakora. Il m'avait amené au petit matin juste en haut d'une falaise d'où je voyais en contrebas toutes sortes d'antilopes venues boire et qu'il me désignait derrière ses jumelles. Gazelle-cochon ? Je me demandais si j'avais bien entendu.

Il arrêtait brusquement son véhicule sur la piste et éteignait le moteur. Dans la poussière qui retombait, il allumait une cigarette. Il avait pressenti l'animal. Le temps de tirer une bouffée, l'animal passait en trombe devant le véhicule. Richard discernait dans les épineux, les arbres ras, les ocres et les fauves, ce que je ne voyais pas.

Tout était fait dans les règles. Moulin achetait chaque animal tué aux institutions nigériennes. Il payait le droit d'opérer « un prélèvement », c'est-à-dire d'abattre un spécimen des animaux rois aux yeux des chasseurs : le buffle ou le cobe. Moulin disait : « Si on rate le buffle, lui ne vous rate pas ! » Il le proclamait pour le frisson mais c'était du bluff! Il y avait toujours en arrière du client Xavier ou Richard pour doubler le coup. Quittant le bivouac au point du jour, ils amenaient le client dans la trace repérée. Ils avaient pris leurs marques. Ils cherchaient le mâle parmi les femelles avec leurs veaux. Il fallait se mettre contre le vent. Le buffle déboucherait par là. « Postez-vous un peu à gauche, sur le talus... »

Ça ne se passait jamais comme prévu, comme dans la corrida où il faut attendre un certain temps pour que la bête meure, mais le client aurait la photo et le trophée. Pour tout cela, il fallait une intendance considérable et se transformer en régisseur pour que rien ne manque du champagne aux glaçons, ce avec deux véhicules chargés, deux employés pour monter les tentes du bivouac, préparer le barbecue, servir à boire frais et chasser les moustiques, les abords du fleuve dans cette partie du pays djerma étant propices au paludisme. Et parmi toute cette organisation, il fallait que le client ou le couple de clients, souvent des couples, ressente la brousse. C'est la lourdeur de l'intendance qui les a usés. Ils rentraient exténués de leurs campagnes.

Je les ai accompagnés une seule fois. La sortie avait été proposée par Nabil Tabet, le fils de la famille Tabet propriétaire de la SONIPLA, et ceux que nous amenions à la chasse étaient le directeur de la BNP et son épouse, Étienne et Marisa, des quinquagénaires. Nabil Tabet avait fait l'amour la veille avec Marisa et s'en vantait devant Richard et moi en découvrant son dos lacéré de griffures et en nous disant qu'il l'avait fait hurler. Nabil était un jeune colosse vaniteux dont les habits de chasse étaient anglais. Mon père avait pour couvre-chef un mouchoir noué aux quatre coins de la tête. Il avait à l'égard de Marisa les usages de la galanterie ancienne et il s'en serait voulu du moindre cahot pouvant heurter cette dame high-class délicate comme un rat palmiste. Pourtant, nous les amenions dans la sueur aride. Nous les emportions vers l'étourdissement causé par l'air de la brousse quand on met le pied au sol et qu'il y a des centaines de kilomètres de silence tout autour. Ils mettaient les pieds dans les odeurs violentes, la charogne survolée par les charognards, les gommes suées par les épineux, la boue des marigots. Étienne, présenté à nous par Nabil comme « une tête, une pointure », sans doute pour rehausser le prix de son exploit, avait toujours l'obligeance de faire comme s'il ne savait rien de son cocuage, ni de la chasse, ni du Niger.

Je détestais voir Nabil arrogant, fils de patron jouant au patron devant mon père. Je m'inquiétais que Richard puisse le supporter. Je supposais que toutes les tâches auxquelles il devait s'activer avec Xavier et leurs deux employés – il avait celle de ne pas perdre la piste alors qu'elle se dédoublait et proposait mille directions différentes – lui gâchaient le plaisir de la brousse. Il y avait aussi le bourdonnement érotique du trio mari, femme, amant, avec Marisa embrasée. La brousse en devenait triste.

La bête pesait son poids de viande. Elle serait partagée, distribuée aux différents barrages où les chasseurs revenant de brousse étaient attendus par les militaires. Dépecé en quartiers noir et rouge, le buffle pesait toujours aussi lourd.

Je voyais l'entreprise de Xavier et Richard comme une suite de servitudes propices à l'humiliation, surtout dans le cas où Nabil était commanditaire. J'aurais aimé que mon père ne subisse pas. Il était le pistard et l'équarrisseur. Mais en même temps qu'il désirait les choses, il les subissait. Rentrant de brousse ce jour-là, de ma chambre, je l'entendrais se plaindre auprès de Danielle des deux jours épouvantables qu'il venait de passer. Il était rincé et devait reprendre l'usine le lendemain matin. Je n'attribuais pas cette fatigue au recours fréquent à la fiasque portée dans sa cartouchière, comme Danielle le lui faisait remarquer. Il fonçait dans l'action, mais dedans, il était pris de mécontentements et de refus. J'étais surpris qu'il n'aime pas jusqu'au bout ce qu'il entreprenait.

## Les Cafres

Peu de Nigériens venaient rendre visite à la maison, sauf mes amis étudiants. Comme j'y rentrais avec Somaïlah Dan Nana pour prendre je ne sais quoi et ressortir, il y avait sur la terrasse Dimitri Voronine et Alban Mac Guigue, l'un attaché à l'ambassade d'URSS et l'autre réalisateur. Nous nous assîmes un moment avec eux pour boire un verre. À un moment, Alban avait regardé Somaïlah et lui avait demandé : « Ainsi donc, vous êtes cafre ? » Alban travaillait pour la télévision scolaire et les radio clubs destinés aux agriculteurs, deux expériences importantes pour le Niger, deux initiatives émancipatrices. J'étais mal à l'aise qu'il sorte un truc aussi tordu. Somaïlah avait ri et remarqué : « Ça n'est pas la porte d'à côté, la Cafrerie ! » Puis : « Tant que vous ne dites pas cafard, ça peut m'aller. » C'était tout et la conversation reprit un tour amical le temps que Somaïlah et moi nous nous retirions.

Ni Richard, ni Voronine, ni Alban ne désiraient voir des Nigériens en dehors du travail. Comme je le lui faisais remarquer, mon père me rétorqua de mauvaise humeur : « Mais j'en vois toute la journée ! » Ils n'entraient pas dans le cercle familial. Les gens de maison n'y entraient pas non plus, Danielle me disant : « Si tu te mets à copiner avec le boy, il ne foutra plus rien... »

Je n'imaginais pas Voronine, gros moteur diesel qui ronronne en toussant, ni Alban, garçon toujours garçon, avec son visage scottish serré par l'usage du whisky, alcool travaillant à la momification, à qui le lifting consécutif au whisky remontait les yeux bleu pâle, s'attarder dans la sphère privée à converser du Niger et des Nigériens, même s'ils en auraient su beaucoup plus long que moi.

Dès que le soir tombait, ils claquaient la porte à l'Afrique pour se réfugier en Occident. L'alcool allumait le souffle de l'histoire et Richard s'y mettait, alors que je ne le voyais pas participer à la Seconde Guerre mondiale. Ils entraient en orbite. C'était ahurissant parce que tous trois finissaient par faire jouer à tue-tête sur l'électrophone de la maison les chœurs de l'armée rouge et les binious qui étaient passés par-dessus les champs de mines et les nids de mitrailleuses à El Alamein, selon le récit d'Alban.

Ils glorifiaient. Ils étaient pris d'une crise de glorification de toutes les armées et de tous les combattants. Rommel, ah Rommel ! Mais alors, Montgomery, lui !

Alban parlait du « pauvre Alban » en ouvrant ses mains de part et d'autre de ses hanches, pour montrer où la grenade avait éclaté. Il s'était engouffré dans l'angle mort du tank. Il avait soulevé l'écoutille de la tourette... Il nous le mimait... Puis il mettait le bagpipe sous son aisselle, sautait sur le Vercors...

Sur le front est, Voronine faisait bouillir un sabot de cheval. On voyait sortir de la marmite une godasse bien cuite. Il cassait la glace. Sorbet au petit doigt. Il se pissait sur les mains.

Richard se révélait traditionaliste et patriote ! Les chants guerriers lui donnaient des frissons. Je me demandais d'où ça lui venait, ce goût pour la cocarde. Le clocher et l'alouette. La meule de foin et la charrette.

France, aux trous de nez remplis de pâquerettes !

Il sortait de la naphtaline, avec ses façons d'aiguiser les couteaux pour couper le rôti, en maître d'hôtel, ou même avec sa manière de danser les danses de salon où il excellait. Surtout le jitterbug.

Je le surveillais du coin de l'œil. Je ne m'attendais pas à cela et moi qui ne le connaissais pas me demandais si c'était bien lui et si Suzanne et Louis l'auraient reconnu en de telles circonstances. Il adhérait aux mœurs en usage dans les colonies.

Quand j'étais arrivé à Niamey, j'avais montré à mon père tout ce que je tenais de lui depuis ma naissance, de rares lettres et quelques photos que j'avais réussi à ne pas perdre, ce que je ferais par la suite. Il y avait là une enveloppe dessinée par Louis le caricaturant en Bacchus déplumé à califourchon sur un tonneau, le pif au ras du ballon de rouge, que je lui tendais fièrement parce que je ne voyais pas le malheur dans cette caricature, et il m'avait dit, peiné : « J'espère que tu te fais une autre idée de ton père ! » J'avais étourdiment gaffé mais j'avais été content de l'entendre dire qu'il aurait souhaité donner une autre image, ce qu'il ne faisait pas la plupart du temps.

Leur couple vivait dans une excitation bachique que je ne réprouvais pas mais dont je ne voulais pas être témoin. Je n'étais pas malheureux que Danielle et lui aiment coucher ensemble et qu'ils me l'annoncent à la fin du déjeuner avant d'aller faire la sieste. Il lui claquait les fesses et suivait son popotin toujours volontaire.

Elle déboulait à la manière d'une boule dans un jeu de quilles quand elle entrait dans la concession. Elle était si dodue qu'elle ressemblait à un coussin. Richard l'appelait le volcan sicilien. Leurs enfants de cinq et six ans, Cécile et Vincent, étaient nés ensauvagés. Ils jouaient avec les gosses des rues avec lesquels ils se battaient en échangeant des insultes en djerma.

Le couple ne se trompait pas parce qu'il avait connaissance de ses infidélités. Danielle était une femme active et rieuse à qui son travail au consulat donnait les coudées franches à beaucoup de fréquentations en dehors de la maison. Elle était d'une énergie surabondante. Elle vivait sa vie de nymphomane sans ostentation mais avec un abattage considérable. Elle serait aimante avec Nicolas puis avec moi et plus tard avec José. Elle me provoquait en remontant un coin de sa robe pour essuyer ses lunettes de soleil et me montrer sa culotte. Elle me regardait avec des yeux d'animal. Je passais mon chemin. J'ai demandé discrètement à Nicolas pour vérifier, parce que je pourrais me croire érotomane, si elle lui avait fait du gringue, et il m'a dit qu'il était obligé de passer d'une pièce à l'autre pour la fuir quand Richard n'était pas là.

Chaque fois que Danielle rentrait en Provence avec les enfants, les putains de Richard passaient le seuil de la maison, comme je l'avais constaté le jour de mon arrivée. Un jour, j'étais tombé sur Aïcha. Elle était dans une robe courte dorée et portait les cheveux ras, ce qui mettait en valeur la ligne de son crâne, puis de sa nuque, donc ses épaules et son dos. Elle revenait de Paris où elle avait adopté la pratique de la sodomie qui l'avait emballée. Lors de la relation de son voyage à Richard, elle s'était interrompue pour dire : « Tu sais qui j'ai vu à mon retour... ? » Et là je remarquais que le front de mon père se froissait, puis se contractait en une désapprobation intimant de se taire, ses gros yeux ne pouvant pas gronder, pendant qu'Aïcha continuait : « Bintou et tes deux fils... » L'impair était commis et la conversation roulant ne l'aurait pas effacé. Je faisais celui qui n'a pas entendu. Quand je revis Aïcha, je lui proposais mes services pour le traitement qu'elle affectionnait, voulant en savoir plus au sujet des fils de Bintou. Elle me rembarra en m'affirmant n'aimer « que les vieux pourris comme ton père ».

Plus tard, comme je passais à l'usine avec ses hangars remplis du bruit des emboutisseuses, Richard m'avait dit : « Va voir qui il y a dans l'arrière-cour. » Sur un banc à l'ombre se tenait une femme tout de blanc vêtue de satiné jusqu'au foulard de tête, une dame sans doute immense et aux formes rendues éloquentes par un petit tailleur, vêtement des couturiers haoussas, tailleur en ce qu'il serrait la taille. L'or jaune et rouge des bracelets descendait sur ses poignets et l'intérieur de ses mains était rougi de henné. C'était Bintou, le deuxième bureau.

J'étais inquiet de l'inconséquence de mon père me montrant qu'il faisait des enfants comme on fait n'importe quoi, ce qui ne me gênait pas dans mon cas personnel, voulant bien être l'enfant de ceux qui perdent la tête en tirant un coup. Un soir où il était saoul – le débraillé de sa bouche, quand il se préparait à dire quelque chose de lamentable... –, il m'avait indiqué que j'avais été conçu au cognac. Il continuait : « José, il a été conçu à quoi, au fait... ? » Je me demandais s'il parlait d'une recette de cuisine. Je lui ordonnais avec colère de cesser ses propos dégueulasses.

Je le relaterais un jour à un dandy amateur de cet alcool très au fait du paraître dans le sixième arrondissement de Paris, qui me reprendrait avec mordant : « Ça, je ne te conseille pas de le dire ! » Il ne savait pas que je me fichais de ma conception, surtout l'immaculée.

Il y avait dans le sourire de mon père de la démolition en règle, de lui en premier, puis des siens. Le sarcasme familial avait quelque chose de rouillé. C'était la grimace d'une poulie.

Il me rappelait que je devais ma vie au hasard et à l'ivresse, ce qui n'est pas nouveau ni un mauvais programme. Sa dérision se voulait désobligeante à mon égard, alors qu'elle était pénible. Cependant, la pensée qu'il y ait deux petits métis inconnus quelque part dans la ville de Niamey me faisait lever la tête si je croisais un de ces enfants.

Sa vie était surmenage et fuite en avant. Il prenait toujours beaucoup trop sur lui en une journée. Il faisait naître chez ses fils un sentiment de protection. Nicolas serait celui qui l'éprouvait le plus parmi nous et j'ai entendu Richard lui lancer avec irritation : « Tu n'es pas le père de ton père ! » Nous étions enclins à jouer au garde-fou, au sauve-qui-peut, à l'annonce de tout nouveau projet. Nous ne voulions pas qu'il se casse en mille morceaux parce que nous avions l'impression qu'il était déjà brisé. Nous le devinions à ses moments contemplatifs, devant son verre à cheval, dans la manière dont il se faisait humble quand il n'était pas à découvert et qu'il jouissait d'un moment pour lui après le travail.

Quand une nouvelle entreprise tombait à l'eau, nous relativisions l'échec. À La Louise, nous détestions quand Odette lâchait à son propos : « Il part battu. » Je ne me faisais pas du tout cette idée de lui quand je le croisais au petit matin en train de fumer une cigarette sur la terrasse de sa maison de Niamey pour profiter de la fraîcheur. Il était lève-tôt, plein d'allant, mais au bord de l'épuisement. Il demeurait à la limite. Je pensais qu'il était vibrant. Ses lèvres tremblaient quand il étirait un sourire et ses mains tremblaient dans les tâches précises de la mécanique. Il était bon avec moi et pour me le marquer, il me parlait de « sa benoîterie » à mon égard en battant des cils, comme Suzanne quand elle faisait l'ange.

Ce n'aurait jamais été ses entreprises farfelues qui m'auraient donné l'idée d'un échec. Quand Louis me disait : « C'est un champion du fiasco », il avait reconnu plus fort que lui dans la même ambition.

Richard trouvait de la délectation dans les mauvaises situations où il se mettait. Quand, après avoir quitté le Niger pour cause médicale, peu avant la fin de sa courte vie, il reprendrait les tanneries de Barjols dans le Haut-Var pour y installer une seule bécane menée avec un seul ouvrier, nous remarquerions, incrédules : « Tu as loué l'équivalent en mètres carrés de la Ruhr pour y installer une seule bécane ? » C'était une des dernières fois que je le voyais. J'avais cherché dans l'immense bâtiment occupant en arc de cercle la combe humide de Barjols une petite porte parmi des milliers où il avait écrit au pinceau : « Ici le Nirvana, tapez trois coups, Vishnou vous répondra. » Il était derrière la porte, dans son tablier, devant sa machine à thermoformer et dans le bruit du piston à injecter. La machine débitait des petits bouchons rouges qui s'entassaient dans des sacs. Je lui demandais à quoi ils servaient et il m'avait répondu : « À boucher le trou du cul des morts ! » Je regardais les bouchons destinés aux thanatopracteurs avec stupidité. Nous ne savions pas nous parler autrement que sur le mode de la rigolade. Et puis après, juste avant qu'il aille mourir à Agen, où je ne le verrais plus, Danielle, sa future veuve, aménageant une sorte de black-out autour de lui, et que je pourrais l'avoir deux ou trois fois au téléphone, il plaisanterait, prononçant Agen « à jeun ». Il insisterait : « Oui je suis bien à jeun, où les pruneaux font aller. Le crabe me grignote… »

Il avait vécu avec l'intuition de sa déchéance. C'était un état que l'on percevait grâce à sa douceur. Il ne gardait pas en mémoire ses faillites industrielles, mais le vertige d'une faillite générale en ce qui concernait sa vie. Il avait au cœur cette hypothèse. Aucun aveu ni confidence d'aucune sorte de sa part n'auraient pu me la faire savoir, je ne le connaîtrais jamais, mais j'avais tendance à penser que, s'il se jugeait secrètement failli, ce jugement sur lui-même se glisserait en moi.

## Accrocs

Mes frères et moi étions gênés quand nous apprenions que Richard partait pour Camp-Major, dans la banlieue d'Aubagne, où Jacques avait une usine aux toits en soufflet d'accordéon, pour se faire renflouer par son père. Nous n'aimions pas être témoins d'une telle démarche. L'héritage était la certitude la plus solide de son existence et nous le plaignions d'éprouver cette assurance. Il nous venait une moue désolée à la pensée qu'il prenait cela comme un dû. Il s'en allait en toucher les avances avec un naturel que nous jugions moche. Nous supposions qu'il attendait son tour et c'est ce qui nous ennuyait le plus. Anticipait-il le fait que Régine, sa belle-mère, partirait un jour avec le magot ?

J'ai vu Richard quitter Niamey pour passer à la MAPOU, l'usine d'Aubagne, et revenir de Paris où il s'était accordé quelques jours de bringue avant de rentrer parmi nous vêtu de neuf de pied en cap et s'étant offert pour joujou un tout-terrain réputé pour voler sur la piste et qu'il projetterait contre le portail de sa concession lors d'une colère mémorable. Je m'étais déclaré solidaire avec les étudiants nigériens. J'avais grévé avec les étudiants protestant contre la pénurie de moyens accordés à l'embryon d'antenne de l'université de Lomé où je passais des certificats. Comme il m'avait demandé pourquoi je séchais les cours, je lui avais déclaré ma solidarité avec leur action, alors qu'elle n'aurait pas dû me concerner. Il était sorti le soir pour se monter le bourrichon avec ses amis de beuverie. Rentrant à la maison, il avait fracassé son magnifique véhicule neuf contre le portail de la concession en hurlant : « Solidaire avec des Cafres ! » Le tout-terrain avait tout pris, pas moi, consterné, devant qui il était passé livide et sans un regard.

Il fréquentait Louis Mouren qui avait obtenu des avantages sur la pharmacie au Niger, ce qui l'avait enrichi. Mouren avait un physique de baroudeur en papier glacé. La poussière de latérite ne franchissait pas son pare-brise et ne se déposait pas sur son col.

De nombreux coopérants m'avaient raconté que nous étions dans un pays où on pouvait sauver la vie d'un enfant avec un comprimé coûtant 20 centimes et qu'on n'y parvenait pas. J'étais devant un de ceux tenant le cordon de la bourse aux médicaments. Je me taisais donc, interdit. Je gardais le silence d'autant plus que Richard voulait m'honorer en m'amenant dans ce qui était la plus belle case de Niamey, une volière et un jardin surplombant le fleuve au seul endroit rocheux de la capitale. Je n'étais pas honoré par le genre de fréquentation qu'il désirait pour moi et il se trompait à propos de mes intérêts et de mes désirs. J'étais rétif au monde où il aurait aimé me faire rentrer, un monde auquel j'aurais eu droit par je ne sais quel privilège. Or, je n'en voulais pas, de sa fausse aristocratie tocarde dont l'illusion me faisait honte. Aussi, quand, après je ne sais quel détour de sa conversation avec le pharmacien, au moment où je sentais que tout dans ses propos supposait un rang égal à celui de notre hôte, position que je ne me serais jamais soucié d'occuper tellement elle était bouffonne, il se tourna vers moi en commençant : « Quand tu hériteras de moi... », je le coupai vertement en lui rétorquant que, si un jour je n'héritais pas de ses dettes, cela me suffirait amplement. C'était parti plus vite que moi. Je vis Mouren sourire de ma cruauté et Richard baisser la tête. J'étais d'une insolence de salaud. Pardon de t'avoir blessé ! Je n'en voulais pas, de sa fausse grandeur comme dernière illusion. Je ne chiais pas sur son monde, je montrais avec la dernière sévérité que je n'en voulais pas. Quant à ma prophétie, elle se révélerait exacte.

Nous détestions tout affrontement avec notre père parce que nous savions que nous aurions le dessus et que ce dessus-là allait nous faire mal. Nous comprenions que tout jugement porté contre lui allait se retourner contre nous sous forme de malaise.

Nous avions déjà fait l'expérience de ce retournement – du revers final de celui croyant avoir eu le dessus – avec l'oncle, encore plus facile à combattre. Dans un cadre affectif et familial, l'agresseur a perdu en fin de compte. Nous ressentions d'autant plus la mauvaise conscience que nous supposions Richard avoir la précaution de céder le terrain à des enfants apprenant à se faire ongles et dents. D'ailleurs, peut-être ne recherchions-nous le conflit que pour constater qu'il nous laisserait le terrain et prouver par là qu'il avait de l'attachement pour nous dont il s'était si peu occupé… ? Autant avec Jean nous pouvions piétiner notre saccage, autant avec Richard nous freinions pour nous arrêter à temps.

## La parfaite

Je partais à Madaoua, le village natal d'Ayouba, parce qu'il se tenait en début de saison des pluies des rituels de transes et d'envoûtements. Najoum, qui nous avait rejoints, m'avait regardé par en dessous : « Tu t'intéresses aux rites mystérieux de l'Afrique ? » Il se moquait. Il me lançait : « Tu arrives trop tard, c'est du folklore ! » Je l'avais vu porter à son retour de Moscou la faucille et le marteau au revers du veston. Il me disait que je ne le verrais pas sur un chameau. Il s'était « détouaréguisé ». Il proclamait que les colons ramènent les Africains à des clichés touristiques et que « mon » Jean Rouch – le cinéaste habitait une ruelle de Niamey surnommée rue de la joie dans le quartier chaud – était un escroc. Najoum avait hué sa conférence au centre culturel en criant : « Nous ne sommes pas des enfants de Poto-Poto ! » Rouch, qui avait des difficultés auditives, avait retiré son appareil.

Najoum me reprochait de m'intéresser à tout dans son pays sauf à ce qui sortait des indépendances.

Pour lui, je donnais dans la facilité. Aussi, à Madaoua, ne m'accompagnait-il pas au bori, un rituel de possession n'existant plus que sous une forme profane ayant lieu dans les bordels. Le rite était mené par des sages-femmes qui étaient aussi maquerelles. J'y allais pour la musique d'un violon fait d'une seule corde en crin de cheval. Il était accompagné par son galop, le son de quatre ou cinq calebasses retournées dans le sable et frappées par des mains faites de baguettes en bois. C'était une musique de spasmes. Elle entrait par les pieds. Elle était faite pour cogner dans le ventre. Sur une vague, une femme étirait d'un bras à l'autre son pagne et se mettait à danser, d'abord comme une feuille morte retournée par les coups sourds des calebasses puis convulsée par le galop.

Pour Najoum, l'anthropologie, c'était colon. Nous conversions des jours durant à propos des préjugés inépuisables qu'il attribuait aux Français. Je lui retournais souvent qu'il en avait autant que moi. Je l'avais repris quand, après m'avoir confié qu'il avait eu une amante française lors d'un voyage à Dakar, il avait jugé : « C'est le comble du vice ! »

Décoloniser mutuellement nos esprits semblait plus facile qu'entrer dans nos mœurs. Nous ne faisions pas le lien. Dans nos malaises, nous le faisions certainement, mais pas dans nos analyses. Pas plus lui que moi n'avions la perspicacité de reconduire ce que nous disions du colonisé sur la femme. Nos conduites et nos jugements ne suivaient pas.

Je cédais sans discernement. Je ne parvenais pas à me conduire, non pas que je ne le désirais pas, mais mon inconduite m'apparaissait comme une fatalité. Mes désirs me précipitaient dans un traquenard. Je me rappelais l'enchaînement de circonstances inévitables.

Ricardo Assouad avait un studio dans le seul immeuble du centre-ville de Niamey, El Nasr, bâtiment construit par les Égyptiens. Le grand balcon du studio donnait sur le seul cinéma en plein air de la ville et nous étions suffisamment à l'étage pour en voir tout l'écran. Ricardo installait une rangée de chaises sur le balcon et il faisait monter des bandes de jeunes filles faisant le pied de grue autour du cinéma. Nous étions assis aux premières loges avec notre magnifique compagnie. La chambre était derrière la baie vitrée et il nous arrivait de proposer à une spectatrice de passer du balcon à la chambre. Celles qui ne disparaissaient pas avec l'un de nous deux continuaient à voir le film. J'avais avisé à deux chaises de moi une de ces citadines. Je voulais qu'elle se lève et vienne avec moi. Je le lui avais proposé parce que nos airs et nos yeux s'étaient accrochés pendant que nous plaisantions à propos du film. Elle s'est levée, pas du tout interdite, et ses camarades se sont mises à bruisser de mots, d'exclamations et de rires. Il y a eu une sorte d'affolement autour d'elle qui me suivait. Comme nous étions nus debout l'un contre l'autre, elle m'a dit d'une voix profonde et basse : « Je n'ai jamais baisé. » Elle me l'a dit sans peur. Elle me prévenait d'une voix grave et je traduisais cela par : « Fais attention ! », comme une femme sans contraception pourrait le murmurer. Ou comme l'actrice Arletty s'exclamant : « Attention, fragile ! Objet d'art ! » Je n'ai pas entendu « Arrête ! » dans sa voix.

Sa beauté aurait dû me désarmer. À quel titre me suis-je imaginé que je pouvais me servir ?

Dès que nous nous sommes approchés, nous avons eu confiance. Personne ne pourrait jamais me convaincre que ça n'était pas un rendez-vous parfait. Nous voulions du temps long. Le film était terminé. Le balcon derrière la vitre s'impatientait. Quand nous avons ouvert la baie vitrée, les filles se sont précipitées vers le lit pour regarder le drap. Elles poussaient des exclamations ! Elles faisaient des « Oh ! » et des « Ah ! » en regardant Fati auprès de qui je restais. Elles étaient catastrophées et admiratives. Elles savaient combien Fati venait de se mettre en danger.

Je retournais à El Nasr tous les soirs et je ne la vis plus d'une dizaine, mais comme je revenais peu de temps après, elle était montée aux étages avec ses amies et je l'avais vue devant moi tellement timide qu'elle reculait en souriant. Elle reculait dans l'encoignure du coin cuisine en se cachant le visage tellement elle semblait émue.

C'était la seconde et dernière fois que je la verrais en tête à tête. Ensuite, nous nous croiserions. J'apprenais qu'elle était promise à Mamane, un milicien du PPNRDA. C'est Abdousalam, le cousin de Somaïlah, qui m'avait prévenu alors que personne n'était dans la confidence à part Ricardo et les amies de Fati. Je ne sais pas par quel téléphone souterrain. Je pris peur pour Fati et pour moi, parce que, si Abdousalam m'adressait ce message, c'est que, d'une manière ou une autre, Mamane était au courant. Je ne pouvais plus me montrer dans les bars avec orchestre. Je ne pouvais pas prendre le risque de rencontrer Mamane fanfaronnant au comptoir et qui, saoul, m'aurait apostrophé. Avec ses oreilles rondes de lycaon et ses paupières brûlées, il épouvantait. Abdousalam me disait : « Il râle parce qu'il n'arrive pas à te coincer ! »

Je n'avais pas pu éviter Mamane. Il était entré dans mon haleine avec son poison d'alcool pour me souffler que « celui qui a touché ma promise, il peut s'attendre à finir dans le fleuve avec une pierre autour du cou ». C'était là le sort des opposants, des sympathisants de Djibo Bakary ayant dit non au colonisateur et au parti unique. Mamane était chargé de noyer « les suppôts » de Bakary. Abdousalam et Somaïlah me racontaient qu'il fréquentait la Coordination, un lieu macabre où on aurait torturé.

Le gros de la tache sur le cœur, c'est que, les années suivantes, mes amis me donneraient de mauvaises nouvelles de Fati. Elle séjournait tous les soirs au Domino, le bar de François où je ne mettais pas les pieds. Elle s'appelait maintenant Hélène, ce qui est plat. J'entendais parfois un coopérant se vanter d'avoir possédé la vedette de l'établissement. Cela faisait beaucoup de dégâts depuis mon arrivée au Niger. Le retour de bâton était considérable. J'étais dans une rumination de cadavre. J'arrêtais tout. Même les vendeuses de mangues, je ne les faisais plus entrer dans la concession. Je m'abstiendrais le reste des années passées dans le pays.

Parmi les cibles de Najoum, il y avait la culpabilité coloniale. Il s'indignait : « Le comble de la fausse conscience ! » Il ajoutait : « Le beurre et l'argent du beurre ! »

Ayouba préférait un raciste anglais à un raciste français. Il prétendait que le premier se montrait moins faux-cul. « Ils ne te passent pas la main dans le dos après t'avoir entubé ! »

Ainsi, ce serait la pouillerie idéaliste qui m'empêcherait de jouir ? Mais si tu as soif, bois, et ne nous casse plus les pieds !

Je ne m'étais pas encore habitué à vivre avec des grincements de tripes. Je ne savais pas encore, tellement j'aimais voyager léger, que je serais de plus en plus lesté par ce type de lourdeurs. J'encaissais un passif. Il n'y aurait jamais de moment où l'on serait solde de tout compte. Les plus vieux comptes à régler sont les plus douloureux. Ils ne lâchent pas leur esprit de suite.

J'avais peut-être la bêtise de croire que moi aussi, j'étais le même cadeau du ciel que Fati ? J'avais peut-être la naïveté de penser que, si j'étais bien accepté par mon pays d'adoption, le Niger, que, si j'étais proche des Nigériens, me vantant de faire oublier ma couleur de peau avec ma façon de m'accroupir pour mettre la main au plat, c'est parce que je m'étais montré dans le pays sans esprit de domination ? Le sexe disait que non. Et bien avant, l'état d'esprit régnant dans la maison de mon père l'avait dit aussi. Le sexuel traficotait avec le familial et le colonial. Mes désirs s'agitaient dans un brouillard de crimes.

## Cow-boy

Il venait d'arriver un événement tragique à La Louise que nous suivions de Niamey heure après heure grâce aux moyens consulaires. Nous avions devant nous des coupures de presse avec Jean étendu sur un brancard, le visage bandé. Fait divers sanglant. Odette, Jean et Sophie étaient en train de dîner à la nuit tombée quand une porte-fenêtre s'est ouverte sur un homme coiffé d'un chapeau de cow-boy pointant un pistolet. Jean s'était dressé de table en criant « Que voulez-vous ? » et il s'est avancé vers l'agresseur quand celui-ci s'est mis à tirer. Jean lui fonçait dessus et l'homme tournait le dos pour s'enfuir en tirant. Jean s'était pris une balle en pleine tête qui avait ripé sur la pommette faciale gauche pour aller finir sa course dans le sinus droit. Il saignait abondamment pendant qu'il poursuivait le fuyard. Il s'était évanoui. Odette était restée figée à sa place tandis que Sophie était passée sous la table. La police avait relevé la trace des impacts de balles dans les poutres de La

Louise dont le bois contient toujours du plomb. Le pistolero était un légionnaire venu squatter l'ancien atelier de Nicolas au fond du jardin.

Jean était celui parmi nous qui se faisait mal ou à qui les choses faisaient mal. Nous le pensions parce que c'est nous qui lui faisions mal. Il fréquentait la mort violente. Il avait eu, très jeune, un accident de moto qui lui avait broyé les jambes, puis il s'était pris sur ces mêmes jambes le bloc-moteur d'un bolide fracassé sur un pont. Il avait les jambes remplies de plaques de fer. Il mourrait bien plus tard la tête brisée par un accident de vélo (quand il l'enfourchait, nous lui criions en vain : « Le casque ! »). Il était abonné aux longues rééducations. Et là, il se prenait une balle dans la tête et il survivait. Il en avait encore le son. Il disait qu'il entendait la détonation. C'était un acouphène assourdissant. Le chien claque. La balle est percutée. Elle se loge dans le crâne et les chirurgiens extraient cette dent ensanglantée.

Nous ne lui avions jamais autant écrit. Louis, Nicolas, Suzanne, sa mère jamais mère, Richard et moi, de Sillans et de Niamey, nous nous y étions mis. Tous, nous louions son courage. Nos louanges couvraient nos anciennes négligences. Nous nous souvenions combien il était quelqu'un que nous négligions. Nous nous rappelions combien nous nous accusions : le millième de retard sur la pédale du frein, c'était notre indifférence. Toutes ses cicatrices, c'était nous qui l'avions blessé. Nous en faisions le fracassé de notre indifférence. Combien sont élus crétins de la famille ? Et la mise à mort commence ! Nous avions soif d'un pardon. Nous saisissions l'occasion de nous débarrasser de la lourdeur de l'avoir sous-estimé. Nous la déposions à ses pieds devant lui, étonné par cette avalanche de fleurs. Il ne savait pas que c'était si grave ! Il était là, comme cet Indien de film, offusqué et humilié que son adversaire s'excuse du coup qu'il vient de lui porter. Il n'avait pas senti le coup porté dans les agaceries de trois petits cons lui faisant la vie dure parce qu'il baisait leur mère. C'était un moment de soulagement qui nous réconciliait. L'incursion du fou meurtrier et le courage de Jean changeaient du tout au tout notre attitude envers lui.

Nous nous traînions à genoux au fond de nos têtes de renégats. Je le faisais à l'insu de ma conscience, dans l'inavoué, au même moment où j'étais amoureux de Fati. Les casseroles attachées à mes pieds se remplissaient d'un côté et se vidaient de l'autre.

## Ce converti

Richard ne semblait pas connaître d'hésitations dans son libertinage, pas plus que d'embarras un lendemain de cuite. Il était pour la transgression permanente parce qu'il aimait la profanation et le blasphème.

Quand je parlais de Richard à Suzanne, celle-ci me disait qu'il était mystique avant tout, ce qui me laissait dubitatif. « Ton père, c'est un mystique ! » J'avais l'habitude de ne jamais comprendre ses jugements dans un premier temps, mais de les admettre ensuite.

Louis avait approuvé, alors que je savais qu'il ne tenait pas les mystiques en estime, bien que son amitié pour Richard soit sans faille. En regard du comportement de mon père à Niamey, il m'était impossible de le penser.

À le fréquenter, j'avais acquis la conviction qu'il s'efforçait d'anéantir qui il avait été. Je n'avais jamais vu ses mains se poser sur le clavier d'un piano pas plus que je ne l'avais vu lire un livre ou regarder une peinture, ce qui ne collait pas du tout avec sa vieille amitié pour Louis. C'est à partir de la réflexion de Suzanne que je me suis fait de lui l'image du défroqué, cet acharné dans le reniement.

J'apprendrais par Anita que, pensionnaire à l'école des Roches, il avait été converti par un convertisseur professionnel.

Richard était circoncis. Il avait fait sa bar-mitsvah. Nous n'imaginions pas que Suzanne, sur l'exigence d'un beau-père en ayant fait la condition de son mariage avec Jacques, ait pu faire l'apprentissage du judaïsme et se soucier de la pureté de sa vaisselle. Nous ne savions pas comment ni grâce à quel rabbin libéral notre père avait connu une enfance juive. Puis, sous l'influence d'André Charlier, Richard avait reçu le baptême à dix-huit ans. Quand il nous arrivait de demander à Odette pourquoi nous avoir mis dans des bahuts de curé, elle nous répondait que c'était notre père qui l'avait exigé. S'il avait été converti par Charlier, la personnalité en vue du pensionnat des Roches, alors il l'avait été par un vichyste. Je n'en croyais pas mes oreilles, que Richard ait reçu le baptême ! Quand, en colère contre lui, je désirais l'insulter, je m'écriais en silence : « Ce converti ! »

Je voyais dans son comportement avec les femmes et dans son indiscrétion sexuelle la marque du scandalisé, celui pour qui le sexe avait été un trauma. Il y avait en lui la fable pitoyable de qui a abandonné dieu en découvrant « la chair ». La messe et la fesse, en un duo infernal. Les religions sont des histoires de cul. Son insistance dans la profanation que je percevais à travers ses exhibitions de fornicateur me prouvait combien il avait mordu à l'hameçon.

Anita m'avait raconté qu'après son baptême Richard avait voulu entrer à la Trappe ! C'était des mythologies d'avant-guerre vécues juste après-guerre, avec un gros temps de retard dans le mal vieilli. Je voyais un lieu commun dans cette alternative Trappe ou bordel (un peu comme « le revolver ou le crucifix »). C'était les deux faces de la même pièce. Rien ne m'était plus étranger que leurs mises en scène.

Dès le début de notre fréquentation, je me suis fait l'hypothèse d'un homme qui avait renoncé ou qui avait tourné la page. C'est ainsi que je me le suis raconté, sans doute parce que, peu de temps après mon arrivée à Niamey, je lui avais confié quelques pages. Il me les avait rendues entre deux portes, me disant d'un air rapide : « Un jour, tu riras de tout ça… » J'ai pensé qu'il avait tourné la page parce qu'il m'invitait à le faire. Sa phrase laconique m'invitait à revenir de l'écriture, à m'en réveiller en l'abandonnant. J'ai immédiatement pensé qu'il avait fait cette expérience avec la musique. Il m'indiquait que de nombreux hommes revenaient de l'échec cuisant d'une ambition artistique propre à de nombreux adolescents. J'ai ressenti dans sa phrase l'écho de son propre abandon et du fait qu'il vivait avec le sentiment d'avoir à rire de son ancienne ambition. Cependant, je n'étais pas concerné par son avis parce que j'avais eu l'impression qu'il m'avait dit quelque chose à propos de lui et non de moi.

Il n'avait pas cherché à me donner un conseil pratique, ce qui aurait été plus utile. Il ne s'était pas fendu d'un jugement stylistique à la manière professorale, comme celui de Loeb, par exemple, un enseignant du lycée d'Apt me tançant : « C'est mou, c'est le style nouille, tendez votre phrase ! », ce qui me faisait entrevoir un danseur ferme du jarret faisant ses exercices à la barre. Ni même le genre de réflexions dévastatrices comme celles exprimées par Nicolas : « Ne raconte pas ta vie, on la connaît déjà ! » Ou celle-ci, tellement vache que je m'en gondole encore : « T'as été bon en rédaction, toi, ou je me trompe ? »

Plus tard, quand Richard et moi nous nous serons de nouveau perdus de vue et ne serons plus en contact que par téléphone, juste avant sa mort, il n'y aurait pas de fois où, terminant notre conversation, il ne demanderait : « Où en es-tu de tes youpineries ? » Il désignait par là l'étude des textes, particulièrement le Cantique des cantiques, que je suivais à la synagogue de la place des Vosges. J'attendais toujours cette question et j'étais sûr qu'il finirait par me la poser, malgré sa provocation inoffensive, parce que la question me faisait plaisir : « Où en es-tu de tes youpineries ? » Bien sûr, j'étais touché d'avoir semé cette curiosité dans son esprit.

Une tentation bizarre résultait de la tendresse éprouvée pour mon père, celui d'admirer ses ratages. Je m'étais rallié à ses échecs par fidélité, parce qu'ils faisaient partie de lui et que je croyais qu'ils ne lui causaient pas tant de tristesse ni de chagrin. Je prenais un curieux travers parce que, dans mes entreprises, si le succès n'était pas au bout, j'avais tout de même la consolation de me rapprocher de lui. Est-ce que je suis en train de dire que les foirades de Richard m'ont permis d'amortir les miennes et d'en repousser les conclusions ? Quand on voit un père mourir jeune après ce qui apparaît comme une vie d'approximations et d'épuisements, dont toutes les entreprises, les unes après les autres, sont venues se briser sur un mur invisible, alors on se défend de la mauvaise tentation de se réfugier dans ce qu'il était, on se sent entraîné dans son lit encore chaud, on se débat contre son cauchemar, on repousse du pied le legs de son instinct de mort en craignant qu'il ne morde.

## Thermes

Deux années plus tard, je revenais à Sillans. J'avais la chance de rentrer en France durant un mois. Je repartirais ensuite au Niger et on ne me verrait pas de sitôt. En Haute-Provence, je retrouvais la lumière sans poussière. La fraîcheur libérait mes épaules. J'étais délesté du poids de la chaleur, de l'acidité de la sueur rongeant mes aisselles. Tout était neuf dans le printemps d'août. J'aurais bondi. J'exultais dans le car m'amenant à Sillans parce que je connaissais le revers du prochain virage et la surprise du détour. Je savais ce qui allait s'ouvrir avec la route et même se fermer brusquement avec cet angle droit devant les remparts du château où retrouver la départementale de Fox-Amphoux, puis l'allée de micocouliers me déposant à l'arrêt devant la chapelle, juste en face de l'auberge dont je prendrais la ruelle, tournant au niveau de la poste pour descendre un peu dans l'humide avant de déboucher sur la placette devant la masure croulant sous le lierre.

J'allais voir Suzanne et elle était là, assise sur un pliant au cœur du jardinet de pierres et de ferrailles, parmi les boîtes de conserve remplies de pâtées tenant droite la cuillère plantée dedans, là, avec ses jambes cabossées, sa tête de seigneurie bourguignonne, le ballet de ses chats avec qui elle jonglait. Son accueil me disait oui oui, son accueil me disait non non, quand l'empressement ne sait plus où donner de la tête, alors que Louis passait la petite porte voûtée de l'entrée d'où sortait un souffle noir de gouffre et de cave. J'étais de retour, montrant mon nouveau silence, celui des pays où il n'y a rien, et le poids de deux années supplémentaires qui, dans ma main, aurait pesé un lingot d'or. J'aurais aimé dire : « J'ai beaucoup changé ! » rien que pour entendre Louis me reprendre d'un : « Le plus dur, c'est de changer en restant le même ! », histoire de me remettre au diapason. Je voulais juste leur faire sentir que j'avais pris un coup de désert, comme on dit prendre un coup de lune. J'arrivais comme un chameau, de ce pas qui lance une jambe à droite puis l'autre à gauche. Je revenais de loin, j'aurais aimé le faire sentir, je m'étais pris cinq mille kilomètres du vieux plateau africain dans la vue. J'avais avalé un air qui n'avait jamais été respiré. Ils me regardaient comme si j'avais grandi alors que je n'avais pas pris un centimètre. Ça n'empêchait pas nos retrouvailles de nous faire pépier, en tout cas un long moment jusqu'à la tombée du jour remplie de grillons et de coassements venus de la Bresque. Maintenant que j'avais grandi, je le croyais et l'espérais, tous les abords de la rivière auraient pu tenir dans ma main. Je voyais le pays comme une miniature.

J'aidais Suzanne à remonter les marches de l'étroit escalier, constatant que sa main tremblait en poussant sur la canne et qu'il fallait maintenant la tirer. Nous étions dans la pièce, la sienne propre, celle où la décrépitude serait interdite de séjour par les étoffes et les peintures qu'elle préférait, et nous allions nous asseoir pas loin l'un de l'autre quand je demandais si Louis nous rejoignait, et c'est là qu'elle me dit, comme un rouleau de cheveux tombe par lassitude, passant de la voix au murmure : « Laisse, il est déjà parti... », alors que je l'entendais monter dans l'atelier...

Jamais je ne l'avais vue presser davantage la poire en caoutchouc de Dyspné-inhal, le bec en verre coincé au coin de sa bouche crachouillant la potion. Je retrouvais le petit bruit de ses dents contre le verre, le crachouillement des gouttelettes dans l'alambic... Elle jetait des coups d'œil vers la porte où Louis aurait dû surgir. Nous suivions le même ordre des choses qu'à l'accoutumée, elle me retenant le temps de prendre des nouvelles des uns et des autres jusqu'au moment où elle me libérerait : « Tu peux monter dans l'atelier maintenant... » Je restais dans le fauteuil à côté du sien en ressentant une impression de panne ou de moulinement à vide dans l'étiquette sillanaise. Le moment où je devais me lever ne venait pas. Nous ne verrons pas Louis la soirée de mon arrivée où il n'y avait rien à manger et aucune bouteille à déboucher. Ce serait mieux demain. « Mañana será otro día. » Ma seule inquiétude venait des absences entendues dans le peu de suite qu'elle donnait à la conversation. Avait-elle pris une valise d'années en deux ans ? C'était l'asthme, croyais-je tout d'abord, qui rendait courte sa conversation.

Je ne me sentais pas de me lancer dans les épisodes africains que j'avais collectionnés pour leur agrément : le tablier du guérisseur, les libations d'eau-de-vie sur l'idole domestique blanchie par la fiente des poules, la machette du malafoutier, la ceinture en cuir remplie de sourates, bref, ce qui affriole et fait voyager... Ce séjour ne me laisserait pas étaler mon répertoire. Il n'y aurait pas de soirée, pas de veille et rien n'est plus terrible que de ne rien avoir à faire d'une soirée d'août. Quand je me décidais à monter avec la nuit bleu clair, celle qui en août est faite pour la fête, Louis était déjà en chien de fusil sur son lit de camp. Il était sur le grabat d'une infirmerie de fortune et j'ai failli lui demander : « Dis, Louis, tu n'es tout de même pas grabataire ? » Cependant, il n'y aurait aucune question pour amorcer un de ces débats continuellement mourants qu'un des deux avait toujours la force de ranimer. J'en avais déjà la nostalgie, d'une de ces causeries à suspensions et pointillés où ma naïveté profitait de la demi-veille pour s'étaler sans retenue... J'avais la nostalgie de ces moments où il avait la patience de répondre à mes illusions d'autrefois... Il ne me proposerait pas avant de s'endormir : « On se lève au point du jour, on va lancer autour de Bresc... » Je craignais qu'il n'eût remisé sillon et épuisette pour toujours. J'avais surtout peur qu'il ne se souvienne de sa vieille colère contre moi, de ma maladresse à l'égard de ses migraines qui m'avait valu ses foudres à Niamey.

Il s'était rasé les cheveux pour se faire une tête de bonze, une tête à machin, une tronche à machin chose, celle du bagnard et du déporté. Il avait forcé sur le vieillissement, le ravagé, le rongé de l'intérieur. Je sentais que c'était une vieillesse de circonstances et d'humeurs. Je respectais la réprobation générale dans laquelle il se tenait, lèvres cousues. J'avais couru à Sillans reprendre le fil et je l'avais perdu. Je le tenais dans la main sans pouvoir le raccorder à quoi que ce soit.

J'essayais le lendemain de refaire mon enjoué, mon guilleret, mon pétulant, en claquant un bonjour clair, comme cela, dans le matin. Je ne sais pas quelle fée, d'un coup de baguette morte, avait tout endormi. Je ne les intéressais plus du tout ou étaient-ils entièrement préoccupés par un souci qu'ils ne me confieraient pas ? Je me demandais si j'avais bien fait de venir alors que Suzanne me remettait quelques pièces pour que je fasse des courses à la boulangerie.

J'avais donc un rôle à tenir, celui de faire des commissions dont Louis ne semblait pas s'occuper, lui dont Suzanne me disait évasivement qu'il n'était déjà plus là. « Ça fait un moment qu'il a foutu le camp ! » m'expliquait-elle sans sourire et sans que je comprenne. Le feu de paille de mon arrivée s'était éteint et quand Nicolas vint nous rendre visite – il habitait Cotignac, le prochain village en contrebas –, c'était un autre feu de paille mourant en un éclair. Nicolas se retirait, après avoir multiplié les propositions d'aide, les secours divers, la boîte à outils prête dans la camionnette… La flamme aussi se retirait. Tout restait en rade. C'était comme entreprendre de dire qui on est devenu et constater que personne n'écoute. Comme raconter une bonne histoire et l'entendre s'effondrer dans sa propre voix. C'était comme quand Louis disait d'un travail artistique : « La mayonnaise ne prend pas. » C'était une suite de choses étiolées puis abandonnées.

Le lendemain, un roulement de tambour vint nous tirer du marasme. Sur les portes du village fut placardée une affichette reprise par les « Avis à la population ! » du garde champêtre. Un arrêté municipal obligeait les Sillanais à quitter leur maison et leur village tel jour prochain pour procéder à l'épandage d'insecticides puis attendre l'évaporation du poison. Il fallait éradiquer les nuées de mouches devenues insupportables en été. Cette nuisance faisait l'objet de l'intervention d'un bataillon sanitaire encagoulé des pieds à la tête. Sillans était entouré de bergeries mais aussi d'élevages de volailles. Toutes ces activités occasionnaient le rassemblement de montagnes de fumier ou de collines de fiente favorables aux éclosions. La situation géographique et climatique du village permettait une humidité constante, rare dans le Haut-Var, propice à la fermentation. Il semblait que toute la région, aux fourches de la Bresque, de l'Argens et du Caramy, favorisait le pourrissement de toutes sortes de composts, ceux des feuillus et des tas de moût de raisin déversés par les coopératives vinicoles. Il n'y avait pas de maison qui ne se prémunisse pas des mouches grâce aux buvards humides dans des assiettes placées au bord des fenêtres, aux rubans de glu où elles bourdonnaient en se débattant. Les habitants s'équipaient de résistances incandescentes où les mouches grillaient en une étincelle sentant le roussi. Il y avait aussi les dangereux Flytox à piston que nous ne pouvions pas utiliser sans aggraver l'asthme de Suzanne. Les pulvérisateurs venus ensuite, aussi nocifs, ne résolvaient pas le problème de ces nuages incessants et sans repos obligeant les corps à gesticuler. Pas une sieste où la mouche ne venait pas vous révulser l'ourlet de la lèvre ou entrer dans la narine. Nous ne devinions plus les aliments sous un tapis noir que nous soulevions mais qui s'abattait aussitôt. Il fallait des moyens plus massifs.

Je revenais d'un pays où il m'arrivait de pénétrer dans un nuage de criquets pèlerins chassés d'un champ de mil. Richard conduisait son tout-terrain. Nous entrions dans la grêle des sauterelles. Nous pénétrions dans le mou. Des abdomens s'écrasaient sur la carrosserie. Le pare-brise était recouvert de l'épaisse couche de crème des abdomens éclatés. Pourtant, du haut de nos aventures tropicales, jamais nous n'aurions minimisé les tourbillons de muscidés varois ni leur harcèlement. Les mouches se frottaient les pattes devant nous en inclinant leurs globes oculaires. Il y avait toutes les chances d'en tuer sept d'un seul coup de tapette, comme le petit tailleur. Mais il était fort, le gesticulateur exaspéré, quand il pouvait en choper une seule. Et cela ne calmait pas sa rage.

Suzanne et Louis étaient obligés de rester à Sillans au mois d'août, mois où la brocante fonctionne, celui aussi où ils recevaient le plus d'amis et de connaissances. C'est ce que j'avais connu et là, je constatais que la brocante n'attirait plus aucun touriste à la maison, Suzanne m'indiquant que ça ne marchait plus, qu'elle en avait marre de recevoir, non pas des curieux, mais des badauds. N'était pas non plus au rendez-vous la migration d'amis, le vol estival de ceux qu'on appelait les Parisiens, dont Queffurus qui ne passerait pas cette année…

Or, en ce mois d'août, sur avis tambourinant, il fallut décamper de Sillans, une armée d'agents de lutte contre les nuisibles engoncée dans un fourreau de cosmonaute et tenant en main la même sorte d'outil d'épandage que des viticulteurs aspergeant du sulfate de cuivre allait débarquer des camions-citernes remplis d'insecticide. Le village entrerait dans un nuage toxique. À leur retour, les habitants balaieraient les petits cadavres amortissant leurs pas. Ils marcheraient sur des œufs dans la purée des ailes et des ventres.

Nous partions donc nous réfugier dans l'appartement neuf acquis à Gréoux-les-Bains. Je n'y avais jamais mis les pieds. Il représentait un atout nouveau. En une quarantaine de kilomètres, nous pouvions nous retrouver dans la salubrité, comme des enfants sautant sur un mur en criant Pouce. Enfin hors-jeu !

Bien des raisons avaient justifié cette acquisition : sortir Suzanne de tous les agents irritants favorisant sa maladie. La soustraire aux allergènes. La reposer aussi de la servitude occasionnée par la tenue de son orphelinat et maison de retraite pour félidés. Gréoux permettait de semer les chats, de laisser leurs hordes sur place, échappant à leur nombre et aux persécutions qu'ils faisaient subir en gagnant toujours plus de place. Ce n'était plus des naissances mais des explosions démographiques. Une petite chatte se retrouvait grosse au bout de son premier semestre de vie. Elle partait pour remettre ça deux fois par an. Suzanne ne faisait jamais couper ses matous. Ils perdaient leurs yeux et leurs oreilles dans des combats pour les femelles. Le vainqueur clouait sous ses griffes ses propres filles en rut. Je les voyais ramper, électrisées, avec la croupe en l'air, mendiant le coït à des jouets en bois. J'entendais des nuits durant des chants déchirants, des galopades sur les toits, des chutes dans le lierre. Les jeunes mâles estropiaient les vieux ou les mettaient à mort. L'avantage de laisser ces assassins entiers, c'est qu'ils ne duraient jamais plus de trois ou quatre ans. Louis ne s'occupait guère des euthanasies. Il ne prenait plus en charge le sale travail. Je constatais avec méfiance qu'il laissait faire. Il ne faisait plus le tour des recoins où les chattes cachaient leurs portées, ne les laissant apparaître que lorsqu'elles étaient en mesure de déguerpir.

Nicolas et moi étions sollicités pour faire disparaître en douce cette progéniture, loin du regard de Suzanne. Nous avions peu de cœur. Au Niger, notre cœur de pierre s'était endurci. C'est qu'on n'y mangeait pas de la viande morte. Là-bas, toute viande était sur pied : désires-tu déjeuner d'un poulet ? À toi de lui couper le cou ! Tu es gourmand de côtelettes, à toi d'égorger le cabri ramené bêlant du marché. Ainsi connaîtras-tu le prix de ton régime ! Combien de chevrettes m'ont tendu la carotide ? Et combien tremblera ma vieille âme devenue faible au souvenir de les avoir saignées !

La demande de Louis était contournée et regrettante : je me voyais confier une poignée de boules de poils aux minuscules vagissements. J'avais inventé une méthode douce grâce aux biscuits que Suzanne trempait dans son thé. Vidée, leur boîte en fer-blanc me servait de cercueil. Je tapissais la boîte de coton imbibé d'éther et y déposais les petites bêtes gémissantes avant de la fermer sous de nombreux tours de sparadrap. J'allais l'enterrer dans les prés.

Le départ de Sillans pour Gréoux fut difficile parce que Louis ne voulait pas prendre le volant alors que Suzanne ne se sentait plus sûre d'elle-même sur la route et qu'il lui était pénible de faire certaines manœuvres avec un volant sans direction assistée, effort lui coûtant une crise d'asthme. Louis n'avait jamais réussi à passer le permis parce qu'il programmait le clash avant d'en trouver le prétexte. Il y avait toujours un moment où il sortait furieux de la voiture-école en claquant la portière. Il en savait tout de même assez pour conduire sur les routes villageoises. Suzanne n'admettait pas qu'il n'affronte pas cette responsabilité, la survie à la campagne dépendant de la voiture. Elle le persiflait : « C'est ça ! Joue à l'inadapté ! Ça fait tellement artiste ! » Or, ce jour-là, j'entendis Louis refuser de prendre le volant, prétextant une route à forte fréquentation. Il y mettait de la mauvaise volonté, ce que nous sentions. Il y mettait de la mauvaise foi. J'attribuais les sifflements entendus dans la respiration de Suzanne non pas à l'attention demandée par la conduite ni à l'effort de braquer les roues, mais à la résistance à demi passive de Louis, à son peu d'empressement à faciliter les choses.

La copropriété flambant neuve dans le quartier thermal de Gréoux était un petit immeuble de quatre étages avec ascenseur où ils occupaient au troisième un T2 au large balcon donnant sur un parc planté de cèdres. Ils avaient acheté cet appartement dit de standing pour venir s'y reposer de Sillans grâce à des commodités comme le chauffage et la salle de bains. Le lieu ressemblait à ces brochures vantant la vie moderne et les existences équilibrées par le confort. Il sentait l'odeur des matériaux neufs. Le règne du lisse et du neutre y était proclamé. L'indifférence polie et l'échange de banalités avec le voisin de palier caractérisant la vie moderne en appartement y étaient adoptés. La qualité de la lumière dans les couloirs et les espaces communs évoquait ces zones de transit où l'on se retrouve nulle part au monde. La manière dont la porte de l'appartement était close au fond du couloir ressemblait au bandeau noir que certaines personnes se mettent sur les yeux pour dormir. Les matériaux insonorisants feutraient les sons comme des boules Quies. Suzanne et Louis entraient dans un monde sans animaux de la ferme ni de compagnie, sans insectes non plus, où les services de nettoyage communs à la copropriété laissaient une odeur de détergent parfumé dans les ascenseurs et les escaliers, où les vide-ordures donnaient au sous-sol dans des bennes chargées par une silencieuse voirie, où il suffisait d'appuyer sur le bouton de la chasse d'eau. Les murs étaient aussi blêmes qu'un visage surpris par la lueur d'un réfrigérateur ouvert. Au petit claquement de cuivre doré de la porte d'entrée donnant sur un hall où deux minces jardinières accueillaient des ficus, l'angoisse de la dépossession s'emparait de l'entrant.

Nous étions dans ces parcs où des patients en chaise roulante sont poussés par des nurses remontant un plaid sur leurs genoux. La boue des thermes rendait des rots d'œufs pourris. Des buvettes aux cercles de robinets d'or permettaient aux curistes de boire un gobelet d'eau ferrugineuse. Toutes les villes d'eau prennent le rythme languide de la convalescence. Toutes sont un peu genevoises, avec des matins étales, des napperons sous les tasses, des bouchons de caoutchouc sous le pied des tables. Nous n'avions pas eu le temps de respirer l'air du propret et du tranquille que, déjà, il tapait sur les nerfs. L'impression d'être en terre étrangère déphasait Suzanne qui n'avait pas encore trouvé son endroit. Il était illusoire d'imaginer posséder là un refuge, même pour y prendre un bain et dormir loin de la poussière. Rien ne rapprochait plus Suzanne de la mort que cet endroit aseptisé loin des acariens. Sitôt passée la porte de l'appartement, elle et Louis cherchaient l'erreur, devinaient le contresens. Ils étaient habitués au rude et au dur, aux rituels de l'inconfort, aux circuits faits d'obstacles. Une résistance leur manquait, un affrontement. Louis ne passerait pas du lit de camp au matelas. Suzanne regarderait la gazinière d'un mauvais œil. Je le voyais, ils ne savaient pas où se poser. Sitôt arrivés, ils n'avaient qu'une idée : foutre le camp.

Ils ne savaient pas où retrouver leur énergie, comme au matin le vêtement posé sur la chaise. À la campagne, je ne les avais jamais vus battre la campagne, mais, dans cette petite bourgade thermale, ils connaissaient les insomnies de qui arrive en ville inaccoutumé à sa rumeur. Sillans les fatiguait mais Gréoux les dévitalisait. J'ai vite senti que Suzanne n'allait pas pouvoir veiller ni dormir devant l'écran d'une télévision. Je me demandais si la mauvaise humeur de Louis ne provenait pas de la certitude de s'être trompé et d'avoir acheté un endroit invivable. Ils avaient fait un placement et cet appartement était l'annexe d'une banque où l'on dépose son argent pour qu'il ne dorme pas. Arriver à Gréoux, c'était prendre conscience d'une erreur, d'une inadaptation, d'un irréconciliable. Quand on est dans cet état d'esprit, la maladresse s'en mêle : les commodités sont malaisées, inemployables. Le repos projeté leur échappait. L'insomnie les éberluait.

Peu à peu, la stratégie de Louis m'apparut. Il menait une sorte de grève. Il adoptait une position faite d'indifférence. Il ne faisait pas la gueule et il n'était pas absent. Il demeurait sur le bord des choses. Il était en partance mais sans destination. Il était affecté par un manque d'entrain. Il parlait de méforme. Je n'aurais pas pu la comparer à de la dépression. J'employais le mot de calcul, celui de Suzanne, parce que son attitude me semblait concertée.

Certaines personnes possèdent des antennes suffisamment fines pour deviner dans une assemblée les gens qui se cherchent et s'apparient... Il y a des êtres suffisamment sensibles aux effluves pour vous désigner, dans une assemblée dispersée, alors qu'aucun signe ne le montre, qui entretient des rapports intimes avec une autre personne à l'autre bout de la salle... Alors que j'étais dans la cuisine et qu'ils étaient tous deux près de l'évier occupés à une de ces tâches ménagères qu'ils ne faisaient jamais, j'ai senti qu'ils n'étaient plus ensemble. Un givre gris sur le fil qui les reliait ne laissait plus passer de fluide.

La chose la plus énorme obnubilant la vue, grosse comme une maison, était tue. Le sentiment écrasant du désamour était contourné. C'était la dernière chose au monde que j'aurais pu entendre de leur bouche. Il faudrait sans doute débattre longtemps autour de ce mot d'amour que mon époque trouvait fade et erroné. Jamais ce mot n'avait d'emploi ni de prestige au sein de ce couple pas plus qu'il n'avait cours dans notre fratrie. Nous niions ce terme et ce qu'il représentait. Jamais nous n'aurions pu nous étonner de la disparition de quelque chose qui, pour nous, existait si peu. Nous n'aurions pas pu demander des comptes à Louis à ce sujet. Il n'existe personne qui puisse demander des comptes sur cette absence soudaine parce que ce serait absurde. Ce serait comme reprocher la mort à un cadavre. Nous ne pensions jamais en termes d'amour mais la disparition de cette source créait un désert total. Comment aurions-nous pu exprimer cela ? Sur le ton de quelle élégie ? Sur le rythme de quelle dolence et sur les genoux de quelle pietà ? Nous reconnaissions la présence de l'amour grâce au vide laissé par son absence. Ça n'était qu'une question de vocabulaire parce que l'étincelle permettant d'allumer la vie, de la rendre éternelle dans l'instant, nous la recherchions avec passion. Nous n'étions pas des sceptiques mais des moqueurs. Nous nous en serions pris violemment à tout propos constituant un attentat contre la vie ou la tentative de son découragement.

En faisant la grève de la vie, Louis s'en prenait au lien l'unissant à Suzanne. Propager l'affadissement et l'ennui autour d'elle, c'était s'en prendre à sa santé. En elle, asthme et angoisse faisaient un. Ses attitudes proclamaient son côté indomptable mais ses bronches disaient sa faiblesse. L'asthme envahissant cette période où la séparation ne veut pas encore se déclarer, où toutes les comédies seront de sortie pour ajourner la vérité, avouait l'énorme souci. Jamais elle n'aurait voulu ressembler à un symptôme. Pourtant il proclamait que, sans Louis, elle était liquidée.

Comme ils étaient tous deux devant l'évier de la cuisine dans une position où ils ne se trouvaient jamais, j'entendis Suzanne rappeler à Louis la proposition de Lulu de les rejoindre, Jean-François Lefort disposait d'une voiture, ce qui aurait permis de durer à Gréoux plus de quarante-huit heures... Louis refusait. Ça ne lui disait rien. Il n'avait envie de voir personne. Il était pressé de rentrer. Il disait non après tant d'années à dire oui.

Il indiquait par le refus sa position de force. J'avais surpris la conversation et regardais Suzanne. Il lui bouchait une possibilité de respiration. Se mettre à traîner les pieds de cette manière, c'est décourager et démolir. Il était en train de faire en sorte que le sel n'ait plus de goût. L'étalage de ce qui pouvait ressembler à de la dépression ne s'en prenait pas au dépressif mais à sa compagne. Que voulait-il ? Que les cheveux blancs de Suzanne retombent autour de ses oreilles ? Que ses yeux dévorants baissent un peu leur fanal ? Que sa bouche surisse ?

Si ce qui autrefois permettait le partage d'un sourire, d'une petite jubilation intérieure, à propos d'une broutille, telle humeur de matinée, tel paysage familier, tel type de fraîcheur remuant le fond des viscères, comme caressées par une satisfaction animale me rappelant combien je suis remerciant devant la vie, est constamment découragé par un manque de réaction, désobligeant la complicité, ce qu'on nomme accord, alors alors…

Suzanne faisait front sans rien dire. Je sentais craquer la déchirure et, comme elle, je ferais semblant de ne pas l'entendre. On ne recevrait pas Lulu et Jean-François à Gréoux. « À ta guise… », avait-elle constaté. Nous n'avions plus rien à faire ici. Il fallait renégocier qui prendrait le volant sur le chemin du retour. Louis y serait prêt sur la petite route de Varages à Montmeyan, puis Fox-Amphoux, selon une suite de départementales sinueuses mais sans gendarmes.

J'entendais les cœurs gros parler de ce qu'ils cachaient et avouaient en même temps : Louis n'ayant qu'une envie, foutre le camp parce que demain l'attendait, et c'était aussi sonore et étincelant que cela, son demain qui l'attend, ses jambes remplies de cavales, ses pieds remplis de fourmis, sa queue piaffant de désir, ses oreilles tintant aux compliments, ses œuvres accrochées aux cimaises du prestige…

Leur différence d'âge s'était écartelée : vingt et quarante ans vont du même pas, trente et cinquante marchent encore ensemble, mais quarante-cinq et soixante-cinq, n'y en a-t-il pas un des deux prenant un temps de retard et ayant du mal à suivre ?

Plus ils vieilliraient et plus la différence deviendrait paroxystique. Ils n'étaient plus dans la même énergie.

Le pire n'est même pas là : avec le désamour, plus rien ne permettait de supporter l'autorité et la domination de l'autre, c'était donc le moment de la revanche, et aussi celui, si on pousse un peu, de la vengeance.

Suzanne était encore plus lucide que cela : elle pressentait que sa disparition serait moins cruelle et moins laborieuse que son abandon. Sa mort serait plus pratique et moralement acceptable. Si elle crevait maintenant, ça ne pourrait pas se conclure plus heureusement. Il suffisait d'entreprendre le travail de sape de sa liquidation en lui pourrissant la vie.

Je n'avais pas ma place dans leur explication silencieuse. La crise était massive et avait un caractère inexorable. Rien ne pouvait la réparer. C'était définitif.

Grâce à Michèle Mathis, j'avais appris ce qu'était le malentendu amoureux. Par exemple, on ne s'est pas vus pendant deux jours et, aux retrouvailles, me voici devant l'étrangère absolue : une Martienne verte. Ma plus proche et ma plus chère, je ne sais plus qui elle est. J'ai perdu l'identité olfactive, le flair des chiens, la reconnaissance vocale à la source de la voix. D'où vient-elle ? D'où elle débarque ? Si je parle, elle ne comprend pas ce que je dis, et si j'insiste, cela s'envenime immédiatement en dispute. Un mur s'est dressé entre nous, une froideur douloureuse qu'on ne sait pas démolir. C'est qu'on se cabre devant la distance qui nous sépare. C'est sur la plaie et la brèche de notre séparation que ça gratte et que ça brûle.

Les amoureux rament. Dans tous leurs cauchemars, ils rament contre le courant qui les emporte loin l'un de l'autre. Ils sont dans la foule. Tous les amoureux du monde sont dans une foule où leur amoureuse est emportée.

C'était ainsi, à mon échelle, que je saisissais le malentendu de l'incompréhension et la malédiction faisant que deux êtres se cherchant fébrilement commencent par se perdre. Avec Michèle, j'avais trouvé la solution. Elle débarquait du car de Pertuis, sortait du train d'Aix-en-Provence, je l'empoignais. Je l'entraînais dans le hall d'un immeuble. Je l'étreignais avant tout préalable. Nous retrouvions pied. Nous avions conjuré le malentendu. Nous étions soulagés. La familiarité était rétablie et circulait de nouveau.

Mais pour ces deux qui ne s'étaient pas quittés d'une semelle pendant plus de vingt ans, personne n'aurait parlé de malentendu, sinon de micmacs bien superflus occultant le couperet : c'était fini. Et puis, ils ne se cherchaient plus, ils s'étaient trouvés, mais comme dans l'expression « Tu me cherches, tu me trouves ! »

À Gréoux, je m'étais dit que c'était fini mais combien de temps cela allait durer ?

Suzanne avait fait son temps. Elle avait été la tête de pont. Louis n'avait plus besoin de pont, il était passé de l'autre côté. Lulu me racontait que, quand Louis avait rencontré Suzanne, il ne savait pas tenir sa fourchette. Ça en disait long sur Lulu.

Quand Louis avait quitté le sanatorium de Hauteville, dans l'Ain, à la Libération, et que Suzanne avait décidé de s'enfuir avec celui qu'elle appelait « le kakou », il était encore réputé incapable de sortir de son quartier. « Il n'était pas sorti de la caque », me disait Lulu. Elle l'avait promené dans tous les milieux pour qu'il s'assouplisse. Elle lui avait appris à ne pas avoir peur de la société française. Elle l'avait promené dans les différents mondes de l'art pour qu'il soit familier de son jeu de l'oie et qu'il n'en soit pas dupe. Il s'était dégourdi. Il avait gravi les cercles et les échelons des cercles et des milieux, des plus provinciaux aux plus affûtés. Il n'avait plus besoin d'être introduit, il connaissait le chemin. Suzanne ne parlait jamais à la place de Louis, mais là, non seulement il se passerait de son sens de la mondanité de haute voltige, mais en plus sa présence serait vécue comme un encombrement. En effet, elle captait tous les regards et prenait une place considérable, même en se faisant petite. Après l'avoir fait avancer, elle risquait d'être un poids.

Louis a pris le volant. Il avait attrapé un drôle de tic l'obligeant à étirer le cou vers son épaule gauche pour dégager ses cervicales. Il se collait contre la portière en conduisant. Nous montions sur le plateau surplombant Gréoux. Il y avait des hameaux faits de grandes fermes désolées puis des bois de chênes nains d'où pendait la filasse des lichens. Dès que nous avons retrouvé les prés jaunes, les terres rouges, le sec fumant et le bronze vert des rouvières naines, nous nous sommes sentis mieux. Suzanne connaissait un bistro fameux à Montmeyan où elle nous invitait à déguster une brouillade aux truffes. Elle cherchait à rétablir le courant. Louis se déridait. Il relâchait la pression. Il levait l'humeur pesant sur nous. Pour nous prouver qu'il ne faisait pas la gueule mais qu'il souffrait, il nous montrait sa gymnastique oculaire. Pendant que nous reniflions la truffe, il roulait des yeux aux quatre coins des orbites.

Nous sommes tombés sur les flics juste après l'embranchement de Tavernes et de Fox-Amphoux. Louis a grommelé en se rangeant : « Là, on en a pour un moment… » et Suzanne lui a glissé : « Tu me laisses parler ! » Il répétait, s'échauffant déjà : « On va prendre cher… » C'était la gendarmerie, celle qui touche son képi avant de vous faire descendre la vitre pour demander les papiers et qui, quand elle a vu la carte grise, désire voir le permis de conduire, alors que Suzanne tendait déjà le sien au bout d'une main ongulée, prenant le relais par des explications : elle a eu un coup de fatigue... Son ami a pris le volant... D'ailleurs, il est en train de passer le permis... Il a le code... « Louis, montre que tu as le code et que tu prends des cours de conduite à Salernes ! » « Vous allez où ? » demandait l'homme au képi tandis qu'un alter ego regardait les plaques et qu'il y en avait un troisième dans la camionnette. Louis grognait : « Ça y est ! On en a pour la journée... » et Suzanne ordonnait avec force : « Tais-toi ! » Ils étaient partis de Sillans pour déjeuner à Montmeyan, moins de vingt kilomètres..., « Il en profite pour améliorer sa conduite, je suis à côté de lui... » Elle négociait. Elle n'était plus la Suzanne qui n'aurait pas jeté un œil à la maréchaussée et aurait déchiré le PV au prochain carrefour... Autrefois, elle aurait pris le temps de jouer avec le feu jusqu'à se retrouver dans la camionnette. À eux deux, ils se seraient débrouillés pour se retrouver au poste avec la voiture à la fourrière... À emmerdeurs, emmerdeurs et demi...

Ces gendarmes ne se formalisaient pas de la mauvaise humeur et des protestations. Ils passaient outre. Ils demandèrent à Suzanne de reprendre le volant. C'était sans frais. Je suivais à l'arrière. Suzanne avait été pleine de sang-froid pendant que Louis s'était crispé très vite. Mais comme nous nous en tirions à bon compte, ils se détendaient rapidement. Nous riions parce qu'en s'embrouillant il avait sorti aux flics un vieux permis de pêche.

L'incident a ouvert une brèche. Je comprenais mieux le goût de Suzanne pour le danger. L'incident ramenait Louis. Il avait redonné du mouvement. S'ils provoquaient et multipliaient les possibilités d'incidents, c'était pour remettre l'électricité. Ils se reconnaissaient là. Ils s'offraient des fracas, des accélérations. Leur vie était désorganisée pour favoriser l'incident, la cassure. C'était le secret de leur ventilation. Pour un instant, ils étaient de nouveau ensemble.

## Les béquilles

C'était le début de l'hiver de cette année-là. Suzanne avait étouffé dans la nuit et s'était levée pour ouvrir la fenêtre. Elle avait eu une crise cardiaque qui l'avait foudroyée. Elle était tombée à la renverse parmi les fagots de béquilles qu'elle appuyait sur le mur de sa chambre. Louis l'avait retrouvée au petit matin. Il avait appelé Nicolas qui avait accouru, ne sachant pas s'il fallait relever le corps pour le porter sur le lit ou attendre la venue du docteur Caire, le généraliste de Salernes. Ils étaient pétrifiés. Ils se sont dégourdis avec peine. Ils ont rhabillé cette Suzanne à la renverse au ventre dénudé et l'ont portée sur le lit. Louis appellerait Richard à Niamey. Il me l'avait annoncé comme je rentrais de cours. J'avais fondu en larmes derrière la maison. J'étais allé me cacher. Zacharie, le cuisinier, était venu me consoler en me disant qu'elle n'était pas loin : « Vous allez le sentir, elle n'est pas loin du tout. » Il me disait en me prenant sous son épaule : « Voyons, elle est là, votre mamie… »

Comme Richard avait posé le combiné, nous avons eu un moment d'effusion parce que nous nous sommes demandé, je crois que c'est mon père qui l'a demandé : « Que va devenir le petit mecton ? » Suzanne avait l'exclusivité de ce sobriquet. Richard retournait à l'époque où Louis était encore « le mecton » pour sa mère, au meilleur moment de leur tendresse de couple, de leur inclination, de leur bienveillance infinie l'un pour l'autre. Nous supposions que Louis ne pouvait rien faire sans Suzanne. L'infantiliser était notre façon de le rattacher à elle, de ligoter son sort au sien, de lui rendre l'existence de Suzanne indispensable, de ne pas les séparer, de ne pas vouloir leur séparation. Nous étions larmoyants et gâteux. Nous nous demandions dans quel état il était. Nous pensions à son désarroi, au risque qu'il soit paumé.

Avec la mort entrait l'esprit de trêve. Drapeau blanc sur l'univers. Un blanc avait obnubilé nos esprits, avec dessus le mot paix. Toute la négativité du monde était balayée. La mort nous rendait meilleurs. À l'instant même de leur mort, nous rendions le meilleur au veuf et à la défunte. Nous les confondions encore.

Nous ne sentions pas l'absence. Suzanne nous a sauté dessus. Nous étions revêtus de sa peau. Son regard nous suivait. Elle s'était réfugiée en nous. Elle ne voulait pas partir.

Nicolas et Louis l'avaient veillée. L'aîné avait accompagné la douleur du veuf, étrillé jusqu'au sang mais blême. Ce qu'il avait voulu, il ne le voulait plus. Ce qu'il avait souhaité devenait une punition. Un mur s'abattait sur un mur s'abattant sur le prochain. La tête heurtait un roc.

A-t-on le temps de se dire que l'on verse, que l'on chute, que l'on tombe pendant que celui resté sur l'autre rive s'écrie : « Où es-tu ? »

Nicolas faisait du café. Louis était anéanti par le remords. Il répétait qu'il venait de se disputer avec Suzanne. Tu parles d'un adieu ! Nicolas me l'écrirait : « Ils venaient de s'engueuler. » Odette et Jean souligneraient : « Il lui avait fait une scène. » Nous entendions : il l'avait encore menacée de foutre le camp...

Il n'avait pas besoin qu'on verse une pièce supplémentaire au dossier pour être dans le même trou de nuit que le cadavre. Il n'aurait pas fallu qu'on charge la barque.

Le cadavre a mangé sa bouche, le masque mortuaire étendu son argile. Le crâne se montrerait aux pommettes et aux tempes. Ça n'est pas facile de prononcer le mot cadavre. C'est comme dire la bûche. La poutre. Le soliveau.

Le souffle expiré est dans l'air. C'est pour cela qu'il y a des bouffées de tiédeur dans la maison, des courants d'air tièdes pour se demander si elle ne vient pas de passer. Quelqu'un derrière l'épaule nous fait tourner la tête.

Le deuil a repoussé l'hiver. Les averses de feuilles des peupliers se sont mises à tinter. Les amis heureux de se retrouver auprès d'elle pour son enterrement reprenaient les conversations qu'elle avait entamées. Ils étaient entrés avec elle dans un entretien sans fin. Ils poursuivaient leurs répons et il y eut une telle foule avide de boire et de blaguer que l'enterrement devenait noce paysanne sur la placette, beaucoup assis sur le muret avec leur assiette, puis cohorte d'interloqués pleine de retardataires, de voisins venus saluer. Ils buvaient du vin dans des gargoulettes. Tous se souviendraient d'un festin de caillettes, de boudins, de civets au sang, de nourritures plus chaudes les unes que les autres sous un ciel que le mistral avait taillé pour en faire un diamant. C'était l'hiver aux tisons et aux balcons. Les insectes étaient ivres. Un brouhaha d'abeilles accompagnait le cercueil. Il se tut autour du carré de terre fraîche dans le minuscule cimetière de Sillans aux tombes champêtres fleuries par les graines amenées par le vent. Il était attenant à la chapelle derrière l'allée de micocouliers bordant la petite route au bitume rose tournant autour du village jusqu'au pont sur la Bresque et l'embranchement pour Aups.

Nous marquions le lieu, l'emplacement. Nous envoyions un avion imaginaire au-dessus de nos têtes pour repérer les lopins, le cadastre, la tombe qui allait disparaître. Nicolas sculptera une stèle dans une pierre nommée par lui « pierre froide », une stèle sans inscription marquant un périmètre mangé par les fleurettes.

Je n'étais pas là. Richard, qui avait pris le premier avion, était un raconteur laconique. Avec Nicolas, c'était plus la formule que la narration. Il n'y aurait que Lulu pour me dire ceux qui y étaient et combien la journée fut inspirée.

Le buisson m'a parlé, le vent chanté le refrain : « Vous avez dû en faire des châteaux comme les gosses / En Espagne... » L'esprit de Suzanne allait et venait au-dessus de la noce... Effet tsimtsoum ou tsintsouin dans les branchages... Ascenseur psychopompe la maintenant en lévitation au-dessus des peupliers, ampoule d'un jour, avec tous les invités allumés par elle...

Une semaine après, Odette et Jean voyaient arriver à La Louise deux policiers en civil menant l'enquête sur le vol de deux aquarelles de Cézanne au musée Granet. Les deux limiers de l'OCBC étaient sur cette piste depuis des années et ils arrivaient trop tard. Ils avaient suivi un chemin que nous ne connaissions pas. Quand on dit limier, on voit un lévrier. Une loupe et un monocle. Une pipe et un plaid. Là, c'était le contraire. Des sortes de bœufs-carottes placides comme des bœufs. Ils avaient séduit Odette et Jean par le tact de leurs questions. Ils n'accusaient pas. Ils disaient plutôt : « Vous n'avez jamais entendu parler de cette affaire ? » Que La

Louise marque le bout du chemin nous disait qu'il continuait. L'affaire n'était pas classée dans nos hypothèses. Suzanne nous adressait post mortem un rebondissement de feuilleton. Nous fouillions dans notre mémoire la période où Louis et Suzanne habitaient le Montaiguet, au milieu des années cinquante. Nous n'avions jamais constaté d'opulence consécutive à la vente d'œuvres aussi prestigieuses. Suzanne ne volait pas pour vendre. Le fait qu'elle tienne les aquarelles de Cézanne comme le moment le plus somptueux de la peinture moderne ne pouvait pas être suspect. C'était une fausse piste empruntant la direction de ce que nous connaissions d'elle, cette mauvaise réputation ayant ramené chez nous les inspecteurs. Louis, Jean et Nicolas ne trouveraient pas ce trésor lors du premier grand tri fait dans la maison de Sillans, et Louis, répétant qu'il ignorait tout, ne le chercherait pas, ce qui montrait qu'il s'était envolé depuis longtemps ou qu'il n'avait jamais existé. Nous avions sans doute des âmes de vauriens parce que la condamnation d'un méfait privant les admirateurs de Cézanne de la jouissance de ses œuvres ne nous effleurait pas. L'acte ne nous paraissait pas sinistre mais aussi translucide que les couleurs des aquarelles. Le vol nous adressait un signe de lumière et de vent.

Il a fallu peu de temps pour comprendre que la maison de Sillans allait suivre Suzanne. Parfois, dans les petites annonces, on voit des maisons aux pantoufles toutes chaudes qu'il suffit de chausser à la suite du couple de retraités venant d'y passer. Il y a encore le potager dont les rangées de poireaux n'ont pas été arrachées. On se dit qu'il ferait bon habiter ce prêt à crever. Mais la masure de Sillans n'avait rien de pavillonnaire. Nous prévoyions surtout que le lierre finirait par l'éventrer et qu'elle dégorgerait, en poisson ventru, des suites de poissons enfilés les uns dans les autres. Elle serait éventrée par les pelotes de mouches dont elle était grosse. Ésope parle d'un essaim d'abeilles habitant la carcasse d'un âne. Ce serait une maison qui secoue les oreilles.

Nicolas ne pouvait pas s'arracher l'idée d'une continuité entre Suzanne et Sillans. Perdre Suzanne, c'était quitter Sillans. Louis le disait depuis un certain temps en s'exclamant : « C'est devenu invivable, ici ! » Il avait tout fait pour que ça le devienne en gavant la maison de bordilles venues des dépotoirs de Salernes et de Montmeyan. On dit d'un fromage qu'il marche tout seul. Là, c'était toute la maison qui finirait par le faire. Il l'avait remplie jusqu'à ne plus pouvoir pousser la porte et c'était la maison qui le mettait dehors. Quand Louis, de mauvaise humeur, protestait avec mauvaise foi contre les conditions de vie qu'il avait contribué à créer, nous savions qu'il s'en prenait à Suzanne. Peut-être que la mesure du temps promis à leur couple était celle d'un remplissage forcené ?

Les moutons ont colonisé le balai. Partout, l'existence a fait son tartre. Elle a grippé les outils. La rouille a pris avec l'arthrose. Les tiroirs sont pleins, il est temps de partir.

Louis aurait pu faire son tas partout dans le monde. Dans tous ses ateliers, il y aurait les mêmes objets et les mêmes problèmes d'invasions d'insectes et de rongeurs. La question du lieu était surévaluée. La véritable page à tourner était celle du dessin. Son abandon entraînait celui de Suzanne. Je recommençais : la véritable page à tourner était celle de l'ancienne compagne. Le dessin suivrait. Je me disais que l'amour ne pesait pas lourd devant l'ambition.

Suzanne attrapait ma pensée au bond. De son fauteuil, dans sa petite pièce à siestes. « Pas la peine de pousser de hauts cris… », souriait-elle. « Ni d'en faire un polar… » Elle n'avait jamais compté sur personne. Elle n'avait jamais tablé sur le devoir, la gratitude ou la fidélité. Elle évaluait la situation où la mettrait sa nouvelle solitude, où il faudrait qu'elle trouve des forces. L'asthme s'y mettait pour les diminuer. Elle suffoquait de chagrin.

Je n'étais pas dans sa tête, mais c'était ce qui me venait quand j'étais à côté d'elle. Je pensais qu'à ses côtés, dans sa pièce lumineuse, rien de ce qui me venait n'était pas d'elle. J'entendais ce qu'elle déclarait sans paroles et sans confidences. Je recevais de front sa présence et elle me donnait du jour. Je ne soupçonnais pas une seule de mes pensées à son sujet de ne pas être la sienne au même moment. Je la voyais pour la dernière fois, c'est ce qu'elle me disait sans me le dire. J'avais cette image quand je prenais congé pour prendre mon car. J'en avais le cœur brouillé. Au moment où je suis parti, son dernier regard s'est affiché en moi dans sa plénitude de vie tenace. Son regard ouvert me plongeait dans cette profondeur. Il me disait l'acceptation forte d'avoir joué et perdu vaillamment. Il m'encourageait aussi, puisqu'il fallait que je m'en aille.

Nicolas et Jean aidèrent Louis à vider la maison des meubles et de la brocante accumulés. Ils entraient en ouragan dans un tonneau des Danaïdes. Ils tiraient les grandes tables de ferme coinçant dans l'escalier, les commodes à démonter parce qu'elles ne passaient pas la porte, les portes de placard, les pétrins, les tables basses, les guéridons. Le déménagement remplissait la placette avant de partir chez les antiquaires ou les compagnons d'Emmaüs. C'était un travail d'une quinzaine de jours ressenti comme une apnée dans le fumier d'une vie. Au fond des recoins stagnait le croupi. Il y avait des piles de livres dont les plus proches du sol avaient fondu. Parfois un pied de table restait dans les mains, moulu en poudre par les vers à bois. Aucun bouquet de fleurs entrant dans cette maison n'en était sorti, les secs et les gras, les gerbes, tout était foulé pour en faire de la poussière. Sous une couche, il y en avait une autre, Suzanne jetant des tapis sur la crasse. S'approchant des murs, Nicolas et Jean découvraient des buffets contenant de la vaisselle cassée et des journaux trempés par des pots de pisse renversés. Ils s'approchaient d'angles puant le chat en décomposition. Ils sortaient des dépouilles au rictus de canines. Jean allait dehors pour vomir. Il glissait en aparté à Nicolas : « Il a laissé ma mère vivre dans la merde ! »

Il m'arrivait d'avoir des insomnies. Je me levais dans l'atelier. Je partais à tâtons. La maison était agitée par une vie nocturne faite de galopades. Un coin du tas remuait, faisait le gros dos comme si une bête y traçait son terrier. J'entendais des cris stridents, venus du fil d'un rasoir, des zigouillages. Les bêtes se zigouillaient dans les dessous du tas. Elles en giclaient, comme venant d'être écrasées par une armoire. Le mulot tremblant attendait d'être avalé. J'avais secoué un matelas de filasse d'où dévalaient les avortons roses d'une portée de loirs. J'arrivais juste après le crime : déjà les cafards buvaient le purin d'un éventrement. La tapette à rats faisait un bond. Elle sautait en l'air comme un ressort. « Couic », disait la nuit. Le coup du lapin exorbitait les yeux du lapin. Ou c'était la plainte déchirante d'un dévoré vif boulotté par un bec en tenaille. Il arrive que le gémissement d'un animal soit humain. Il grince des dents quand on lui rentre le pal. Il jouit des coups de tarière lui entrelardant le corps. J'entendais les gémissements des bêtes qui s'accouplent en se poignardant le ventre. Des araignées coïtaient en se dévorant la tête.

Déménageant la maison, Nicolas et Jean vidaient le dessin. Ils avaient enlevé le bouchon de la bonde.

Louis partit quelques jours à Paris. Il avait des rendez-vous urgents. Nicolas en profita pour faire venir Jacques à Sillans. Notre grand-père le lui avait demandé avec insistance. Il désirait voir la maison où avait vécu Suzanne. Je ne saisissais pas cette demande. Personne ne me semblait plus déplacé que Jacques à Sillans. Je tombais des nues en apprenant de Nicolas que la maison appartenait à Jacques, qu'il l'avait achetée pour Suzanne. Je n'en croyais pas mes oreilles. J'apprenais qu'il avait toujours aidé pécuniairement aux aménagements divers. De même pour les achats de véhicules.

Nicolas avait reçu le vieil industriel. Il se tenait droit, les yeux dorés mi-clos, avec son fume-cigarette au coin de la bouche. Il s'excusait, craignant d'être indiscret, lui qui, parmi nous, était l'inconnu. Mon frère l'avait amené dans la chambre de Suzanne où elle conservait dans un vestiaire une rangée des vêtements de haute couture témoignant de son ancienne splendeur. Jacques avait avisé une paire de chaussures de soirée. Il les avait ramassées pour les serrer contre lui en sanglotant : « Elle les avait gardées ! »

De cet encombrement majuscule, il ne resterait rien. Tout ce qu'il y aurait à liquider, Richard, Anita et Jean le monnaieraient. À Louis revenaient ses œuvres, bien sûr, et ses bordilles. Sans l'étincelle allumant le regard du couple, plus rien n'était précieux. Tout s'était éteint. N'importe quelle broutille avait été un étonnement – quand nous étions dans la décharge, Louis me tendait quelque chose de putride en me disant « Tiens ! » comme on dit « Regarde ! » et la chose s'allumait d'une enfance instantanée –, et là, ça n'était plus rien. Ou c'était Suzanne, fouillant du bout de sa canne dans une coulée de boîtes de conserve, me disant « Ramasse ! » et je me penchais pour extraire des immondices un truc répugnant dont un seul coup de dépoussiérage dégageait l'émail.

Pour moi, il ne resterait rien de matériel, sauf un tout petit meuble à tiroirs en noyer offert par ma grand-mère. Je l'ai toujours à mon chevet. J'y pose deux ou trois livres en lecture et ma ventoline. Dedans, il y a un carnet de collages confié par un pion de Lacordaire, Marcel Gantier, qui, quand il jouait au football, était capable de sauter en étendant ses bras et ses jambes comme une araignée volante. En réalité, il m'avait confié deux carnets et j'avais réussi à lui en rendre un. Il habitait derrière le stade Vélodrome où je le visitais avec Jean-Paul Dufit. Par une suite de circonstances, je ne réussissais pas à lui rendre le second qui est encore là, dans ce petit meuble de chevet, attendant que j'aie l'occasion de lui rendre. Peut-être que je l'ai gardé pour garantir un rendez-vous futur avec Marcel Gantier ? Je me débrouillais mal avec ce qu'on me confiait. J'égarais, je perdais. D'une certaine façon, je me débarrassais. J'avais montré les carnets à Nicolas. Il m'avait jeté que c'était des collages paroissiaux. « Des trucs de scout… », avait-il ajouté.

Suzanne m'avait offert un brûleur de lavande en étain et une gouache représentant une file de chiens de toutes races debout attendant leur tour pour pisser contre un arbre, ce qui est dans la manière anglaise des images qu'on trouve malin de mettre aux toilettes. Elle venait de la dénicher dans un vide-grenier de Salernes et, au moment de sa trouvaille, dans le même geste, elle me l'offrait. Comme la gouache était encore sur une table, une visiteuse passant dans la maison pour la brocante avait voulu l'acheter et Suzanne avait refusé de la vendre parce qu'elle m'appartenait.

Garder me posait autant de problèmes que perdre. Sans rhétorique, je gardais mieux les choses quand je les perdais. J'ai toujours sous la main des choses égarées depuis longtemps. Plein de choses que je n'ai plus occupent de la place. Je garde mieux les choses en mémoire qu'en réalité.

Suzanne n'était pas une chose mais à aucun moment je n'ai eu conscience de la perdre. À l'instant même de sa disparition, j'avais commencé avec elle ma vie de ruminant.

## Barnum

À Sillans, Louis n'était pas chez lui. Il n'avait aucun titre de propriété et n'y habitait que grâce à Suzanne. Je n'en revenais pas. Il avait fait de cette masure sa tanière et il aurait pu la signer. Il en avait fait son dessin et son montage. Jamais je n'aurais pu imaginer qu'il devrait payer un loyer à Jacques ou à ses enfants, puisque celui-ci leur avait assuré que Sillans constituerait une avance supplémentaire sur l'héritage qu'ils attendaient.

Les enfants, ils auraient volontiers lavé à grande eau, aseptisé et désinfecté le moindre ferment faisant de cette maison la matrice d'une œuvre. La machine à produire, ils l'auraient vite débranchée parce qu'ils n'avaient qu'une attention superficielle à la création artistique. Tout ce qui pouvait être débarrassé de l'esprit du lieu le fut, sauf l'atelier où Louis préservait son monceau de fragments, sa mélasse homogène de débris discontinus favorisant les épousailles de la carpe et du lapin.

Il ne parlait plus de quitter Sillans. Il en avait parlé avant la mort de sa compagne mais, depuis, il ne le faisait plus. Nicolas et Jean avaient désengorgé le rez-de-chaussée et le premier étage. Sitôt ce travail effectué, déjà le royaume de Louis commençait à descendre les marches de son atelier pour se répandre aux étages inférieurs. Même les chats qu'il avait chassés revenaient sournoisement. Nous nous demandions si ça n'était pas ces vieux murs qui avaient la nécessité de pondre, si tout ce qui était vivant dans cette masure ne suivait pas par fatalité le fonctionnement du lierre qui grimpe, agrippe, étouffe et finit par démolir, descellant les pierres les unes après les autres.

Revenant de Paris, il s'était remis au travail sur des montages carnavalesques, des têtes vomissant de l'informe, des guignols scatologiques au bout de l'orgie, des figures de massacre pour la foire du Trône farcies de jouets, de mandibules d'ânes, de harnais de mulets, de bouées de sauvetage. Les monstres passaient la tête au travers des portes en les éclatant. Ils surgissaient de leur boîte face au spectateur. Ils étaient des exagérations avouant leur cousu de bouts de bois et de capsules. Ils étaient franchement goguenards dans leur jobardise, ce qui, pour nous, signifiait exutoire, délivrance. Ces montages, peut-être qu'il ne pourrait plus les regarder d'ici la quinzaine… Ils étaient sortis d'un coup dans l'exubérance. Tout le travail de Louis disait qu'il savourait une euphorie et qu'il allait redescendre. Le travail trop vite donné aurait sa gueule de bois. Mais il se permettait cette gambade qui était pour nous de bon augure. Il se dégourdissait les jambes. Nous constations : « Tu pètes le feu ! » et il approuvait, content, sans se souvenir qu'il aurait pu respecter la convenance d'un deuil dont l'oubli nous peinait.

Il était déjà aux antipodes de l'épreuve et de la perte, à mille lieues de la dévastation. Ça ne se présentait pas si mal que ça, quoiqu'il se soit inquiété auprès de Nicolas devant ses derniers montages : « Ça ne fait pas trop barnum ? » Mais comme Nicolas, en une autre circonstance, facétieux, lui avait retourné ses propres mots : « Il ne gueule pas trop, ton barnum ? », Louis en avait pris immédiatement ombrage, ce qui vérifiait sa susceptibilité d'artiste ne supportant d'ironie qu'émanant de lui-même. Nicolas m'avait écrit : « L'artiste a pris le dessus sur le veuf en un temps record ! » Il était donc revenu à la vie. Nous, il nous était difficile de penser à Suzanne comme au contraire de la vie. Nous grincions en secret.

Il serait vite contraint de quitter Sillans mais ne le savait pas encore. Il ne pouvait pas rester coincé ici sans voiture, tributaire des uns et des autres. Il prenait les navettes, les autobus reliant les villages quand Nicolas était fatigué de l'amener aux Arcs où il prenait son train. Il préparait une exposition de montages. Il ne dessinait plus. Il avait rangé les porte-plumes et son encre. Il avait abandonné le format raisin. Ses névralgies crâniennes avaient disparu. Le nerf optique ne lui bridait plus les yeux à force de tirer. Il n'étirait plus la nuque pour dégager l'épaule. Il avait déjà oublié de s'être autant plaint. Ses cheveux avaient repoussé. Sa tête de déterré s'était éclairée d'un sourire en coin. Il avait repris son pas de patineur en espadrilles. Il recommençait à remplir la maison.

Il ne savait pas encore qu'il devrait partir à cause de son impossibilité, non pas à conduire, mais à accepter de passer un permis de conduire. En réalité, il ne désirait vivre que là où était son tas de bricoles. Tant qu'il n'aurait pas trouvé le moyen de faire ailleurs son barrage de castor contre le monde, il resterait. Jacques n'aurait jamais songé à lui demander un loyer, sauf que ses terribles enfants voulaient en croquer le plus vite possible.

Les voyages à Paris se multipliaient. La raison ne pouvait pas en être les dispositions à prendre avec son galeriste. Le téléphone était là pour ça et il n'était pas connu pour se lier d'amitié avec les marchands. Qui fréquentait-il dans cette ville, en dehors d'André Queffurus ? Louis était de ceux préférant recevoir ses amis sur son terrain et dans son monde.

Par Lulu, nous apprenions la face cachée des choses. Nous faisions attention à discerner dans ses propos le chroniqueur et la langue de pute. Il avait de la truculence en faisant mousser les vilains secrets et les chaussettes sales. Il avait une façon crue de balancer à la bonne franquette, comme si la vie cachée de ses amis était leur bonne santé.

Nous apprenions qu'une femme entrait en tapinois dans la vie de Louis. Tapinois concernait les formes à garder pour une pareille annonce. Pour qu'un clou chasse l'autre, la décence demande un délai d'un an, à moins d'ignorer les bonnes manières...

Nous apprenions donc par gouttelettes d'indices qu'une femme entrait dans sa vie. C'était la formulation pudique répétée par nous sur un ton respectueux avec, quand même, un arrière-fond triste, parce que cela signifiait qu'avec une nouvelle compagne Louis n'aurait plus envie de voir les témoins de son ancienne vie. C'est ce qui nous apparaissait en premier, loin d'une aversion pour cette rencontre qui, pour nous, ne touchait pas Suzanne. C'était le genre d'épisodes qu'elle aurait narré avec sa verve épistolaire. « Archiprévisible ! » aurait-elle remarqué.

Nous ne pourrions pas nous empêcher de défendre son camp, l'ancienne contre la nouvelle, mais en prenant des gants hypocrites et en feignant d'être dépassionnés. Je ne sais pas si nous étions hypocrites ou si nous ne préférions pas rire sous cape. Nous nous contorsionnions pour ne pas montrer que nous avions pris notre parti.

Quand est-ce que nous n'avions pas choisi la conservation, la norme, comme dans le cas de Richard et Jean ? Quand n'avions-nous pas préféré le premier lit – le nôtre – au second, comme il est dans la convention de le préférer ? Faisions-nous vraiment tout pour combattre un parti pris aussi conformiste ? Tout ?

Il éclata le jour où Louis téléphona à Nicolas de Paris pour lui dire qu'il allait descendre à Sillans avec Nelly. Il fallait qu'il prépare la maison. Nicolas ne s'était pas offusqué de cette venue, il ne s'était pas formalisé des recommandations de Louis pour rendre hospitalière la maison. Il s'était fendu en quatre comme il le faisait tout autour de lui sans que personne n'imagine qu'il soit facile ou complaisant. Nicolas avait convenu avec Louis d'un rendez-vous sur la placette en fin d'après-midi pour les accueillir. À l'heure dite, personne, et une heure plus tard toujours pas la voiture de Nelly. La soirée s'écoulait où Nicolas s'inquiétait parce qu'il avait à faire de son côté. La nuit arriva et il avait perdu patience. Avant de quitter les lieux, il avait cloué sur la porte d'entrée un morceau de carton où il avait écrit : « Ceci est la maison de Suzanne, ça n'est pas un bordel ! » Le couple arrivant dans la nuit avait été cueilli à froid.

Nicolas et Louis ne se reverraient jamais de toute leur existence, eux qui avaient été les quatre dernières années comme les deux doigts de la main…

Le nouveau couple avait dû musarder. Quand Nicolas m'a raconté cette brouille définitive, il m'est venu les petits dégâts impolis que l'on se met à commettre aux premiers temps des amours, quand les autres n'existent plus. Ce qui nous chiffonnait, ça n'était pas d'imaginer que la situation aurait pu les érotiser, c'était plutôt que Louis aurait amené Nelly sur les lieux de sa souffrance, pour la rendre témoin des conditions dans lesquelles il avait vécu. Nous n'avions jamais vu cela ainsi, nous qui avions été surpris, interrogés, réveillés par la vie à Sillans. Où était la douleur ? Pour étayer ma supposition, je lirais quelques années plus tard, dans une notice biographique écrite par Louis : « J'ai longtemps habité dans un village une vieille maison délabrée qui a failli avoir ma peau », phrase à laquelle j'ai réagi en criant tout seul : « C'est toi qui as eu la sienne ! »

Je ne pouvais plus le regarder qu'au travers du lâche arrangement qu'il faisait avec lui-même à l'occasion de ce propos. Malheureusement pour notre amitié, aucun des sentiments m'habitant n'était imperceptible.

Nicolas et moi, nous nous étions couverts d'une mince couche de bons sentiments frelatés signifiant comprendre, admettre, ou faire mieux, alors que nous avions pris un parti si fort en faveur de la disparue que c'est nous qui compromettions une suite à notre amitié avec Louis, et surtout, nous nous fermions Nelly. Nicolas avait descendu la barrière.

Au retour du voyage à Paris où Louis avait rencontré Nelly, où il était sous le coup de la rencontre,

Odette et Jean, qui n'en savaient rien, l'avaient invité à déjeuner à La Louise avec son frère Georges. Les deux frères s'étaient retrouvés en se fêtant dans l'escalier montant vers la terrasse, Louis, survolté, pressé de raconter sa bonne fortune, prenant tout de suite Georges en aparté pour confier à propos de Nelly qu'il lui avait « mis un truc grand comme ça... ». Il tendait son avant-bras en y posant un index comme on montre la maille d'un poisson. Jean venu les accueillir était juste derrière. Il nous l'avait raconté. Il était outré. Il répétait : « Tout de même, ça n'est pas bien joli pour ma mère... »

Lulu faisait de Nelly une caricature de Suzanne en disant qu'elle avait tous ses défauts et aucune de ses qualités : « Le même genre de fieffée garce, mais sans poésie... » Georges me le disait autrement : « Ça n'est vraiment pas ta grand-mère ! » Beaucoup de proches voulaient précéder le jugement que nous aurions émis sur Nelly en abondant dans ce qu'ils croyaient être notre sens. Ils encourageaient la préférence. Vincente de Benedetti, qui la connaissait de longue date, nous disait qu'après avoir rencontré Louis elle avait « gardé pendant un temps son cadre à la SNCF ». Peut-être que Louis avait accompli son rêve en devenant le julot d'une demi-mondaine... ?

Ça venait ensemble, la bienveillance et la vilenie.

Ce qui nous gênait, dans la comparaison qu'on nous renvoyait, c'est qu'elle ait pu toucher Suzanne.

C'est pour cela que, sans connaître Nelly, nous la trouvions fausse. Cependant, nous imaginions Louis incapable de rencontrer un type de femme derrière laquelle il n'aurait pas pu s'abriter. Il aurait toujours mis le molosse aux avant-postes.

Je lui écrivais pour lui raconter des choses africaines : le caméléon, les fanfares d'enterrement au Nigeria, un disque intitulé *Accident boogie*, mes voyages à dos de camion à Sokoto, ma découverte d'un cinéma de plein air projetant des chutes de westerns montées avec des bouts de films indiens... Il me répondait avec des dessins, son bonhomme-oiseau nommé Snop. Il était entendu que nous nous verrions encore mais que nous ne nous fréquenterions plus. Le seul de notre fratrie que Louis, vivant avec Nelly à Paris, recevrait de temps en temps serait José. Il était celui des trois ayant le moins connu Suzanne. Il voyait Louis d'un œil sans passé. Nicolas et moi étions les témoins d'une histoire qui n'avait plus sa place.

C'était notre version, notre crainte aussi, peut-être pas la sienne. Nous nous gardions bien de faire allusion à la période de Sillans passée à la trappe. Le prénom de Suzanne était frappé d'interdiction. Elle n'avait jamais existé.

Un jour, il m'a surpris en me téléphonant. Il avait retrouvé le ton de notre ancienne amitié. Il me téléphonait pour se plaindre des prunes laissées par Nelly dont les sommes le révoltaient. Il était furax : « Elle m'a mis 50 000 balles de PV! » J'étais sûr qu'il était estomaqué d'admiration... 50 000 francs, un vrai standing! J'étais flatté qu'il me fît partager les prunes. J'essayais d'en rire avec lui. Il aimait les femmes qui lui en faisaient voir des vertes et des pas mûres. Ça ne le déridait pas tant que ça. « Combien il faut que je vende d'assemblages pour faire face? » Je saisissais que, mine de rien, il me disait qu'il avait réussi.

José me racontait que son tas d'ordures dans l'atelier allée des Frères-Voisin, à deux pas de la mairie d'Issy, était le même qu'à Sillans, mais qu'un escalier en colimaçon menait à un appartement propre et douillet qu'avait aménagé Nelly juste au-dessus, avec tout le confort moderne.

Une autre fois, j'ai vu une limousine se garer devant le Palais de Tokyo. Une petite femme brune est sortie par une portière et par l'autre, Louis dans un grand loden noir et en chaussures de ville. Il avait une écharpe rouge autour du cou. J'étais sûr que Nelly lui avait passé cette écharpe. Il ressemblait à un point rouge en bas d'un tableau.

Moins d'une année après la mort de Suzanne, Nicolas avait sculpté un gisant dans un bloc de chêne blond. Il allait chercher son bois dans la colline. Il travaillait dans une grotte de la falaise de Cotignac. Il avait taillé une figure allongée, écartelée. Il avait creusé l'onde de choc. La vision de Suzanne à la renverse sur le sol de sa chambre était monobloc, dure comme le sol où elle avait frappé. Il avait attrapé le bas-ventre fendu et la bascule. Il avait arrondi le moutonnement des plis, les montagnes russes du haut-le-cœur. Il y avait quelque chose du pantin, dans ce gisant, avec son plot en guise de tête, des cônes atrophiés en guise de bras. Le plot aurait pu s'emboîter. Le ventre était mouvementé, avec les cicatrices des grossesses, une fécondité de reine des abeilles. Le bas-ventre était fait pour mettre bas, ouvert par une énorme fendasse, une ravine. Le torse était poli dans le chêne clair et les mamelons avaient leur bouton de bois. Les moignons de bras étaient semblables au tronçon du lézard ayant perdu sa queue. Le bloc crevassé aurait été une Vénus paléolithique pour son bas-ventre labouré. Il était grandeur nature et à l'horizontale après la chute. La tête tape en premier. Le gisant est plus dur que le sol. Il avait dû faire du bruit. Le volume recevait l'impact, attirait le foudroiement. On abat le bœuf d'un coup de masse. On entendait la violence de l'écroulement. La sculpture contenait le choc. Elle était bouleversante.

Je me reposais la question de la nécessité. Si ça valait le coup d'écrire une ligne qui ne résulte pas d'une commotion. Je voyais la vérité sans preuves ni raisons dans cette sculpture. J'y voyais ce que j'aurais ressenti en entrant dans la chambre. Nicolas l'avait dégrossie de sa gangue. Il avait sorti le ventre du bois. C'était un fétiche, une idole, une divinité ou la bête de la métamorphose.

## Héritage

Je l'ai gardée comme un son. Au moment les plus inattendus de ma vie, il me fait sursauter. J'ai marché sur une branche morte. Parfois, dans la campagne en hiver, il arrive d'entendre son propre prénom sur lequel on se retourne. J'entends ce son dans le coup de fusil des battues. Il faut bien que j'entende quelque chose puisque j'écoute. Dès que la vie se peuple de morts, ils soufflent dans le cou. J'entends les disparus comme des appels et ça n'est pas le son du cor au fond des bois. Le courant d'air surgi de la brèche dans une cloison longtemps fermée sent leur haleine. Il n'y a pas de sanglot. Pas de violon. Je suis dans les feuilles mortes à mâcher la buée d'hiver. À un moment, je prononce familièrement : « Ah, tu es là ! »

Elle m'a donné l'élan pour sauter. J'ai hérité d'elle le plaisir d'être perdu. Je reconnais la joie de prendre mes jambes à mon cou comme proche de son rire. Tout ce qui est devant moi, je cours à sa rencontre. Elle m'a projeté dans une danse qu'il faut danser avant de la connaître. Je lui dois d'accepter de vivre en zigzags, je ne sais pas faire autrement. Elle m'a invité à être bien avec le trouble, à ne pas en faire un obstacle. Je n'ai jamais rencontré quelqu'un d'aussi prémuni contre la culpabilité. Elle ne se serait jamais préoccupée de savoir à qui il faut demander pardon. Rien ne l'aurait fait couler, même pas la défaite amoureuse. La maladie lui a plutôt insufflé l'endurance que la défaite. J'entre dans une densité de vie qui me galvanise. Je vois sa révolte au même endroit que sa souffrance. Elle est le corps insurgé. Je sens la force qu'elle doit à l'asphyxie. Elle ne peut pas gober l'air de la planète. Et de ce poids sur la poitrine, l'angoisse brute, elle fait quelque chose qui le dégage aux antipodes.

Elle savait toujours où nous amener, même si elle n'y était jamais allée.

Nicolas s'était installé sur une colline dans le nord-est de Cotignac, le Deffens Méridional, sur l'ancienne route de Salernes, là où le goudron s'interrompt, menant à l'embranchement de la route d'Entrecasteaux traversant le domaine de Riforan. José s'était installé dans la première maison de Nicolas, de l'autre côté de Cotignac, au sud-ouest, sur la colline de Boussarelle, pas loin de l'ancienne route de Correns dont le goudron interrompu donnait sur un plateau de roches friables. Mes frères vivaient au bord des routes empruntées par Suzanne mais ça se respirait et ne se disait plus.

J'étais resté cinq ans au Niger avec une année d'interruption l'année de mes vingt ans où j'étais parti faire l'instituteur à Saint-Laurent-du-Maroni en Guyane. J'étais rentré à Niamey par des moyens de fortune. Ma famille ne s'y trouvait plus. Je voulais devenir nigérien. Je faisais ma révolution personnelle à Haro Banda dans une maison de pisé où je m'éclairais à la lampe-tempête.

À la fraîche du matin, j'allais prendre un Nescafé chez un tablier où nous nous serrions sur un banc, les éleveurs souvent enveloppés dans un grand linge blanc tellement le petit matin ensommeillé était frileux. C'était le drap dans lequel ils avaient passé la nuit sur la natte. Le tablier possédait une toute petite cuillère à la queue torsadée mesurant les cuillerées de Nescafé à 5 francs CFA qu'il dissolvait dans de l'eau au gingembre. Il possédait la même pour le lait concentré qu'il laissait filer suavement. Personne ne se lassait du dessin de ce fil de lait posé sur le café. J'aimais le détail, je veux dire le prix au détail de la minuscule cuillerée contenue dans la cuillère au long manche torsadé. Le tablier vendait aussi des petits pains, borou, ou borodi, déformations djerma et haoussa de bread. À midi, je déjeunais d'une boule de mil fondue dans du lait caillé. Je rêvais de me consacrer à l'anthropologie. J'écrivais un texte à propos du shagali, version profane d'un rite de possession haoussa. J'accueillais dans la concession où j'avais mon banko une dame en pagne noir habitant dans une case en nattes où elle possédait quelques récipients en terre, un braséro et une marmite en aluminium. Elle avait les gencives rougies de kola. Elle gagnait quelques sous en prostituant son vieux corps aux seins tombés. Mon voisin Hosséini l'appelait maman par respect mais je n'osais pas le faire pour la respecter encore plus. Hosséini était devenu mon gardien quand j'ai commencé à enseigner avec un contrat local au lycée Kassaï, seul établissement public d'enseignement secondaire pour les Nigériennes. J'avais pu créer un emploi de gardien d'un coin de concession où il n'y avait rien à garder, n'étant équipé que d'une natte et de canaris pour me doucher grâce à l'eau que les porteurs d'eau venaient puiser dans un trou sans margelle devant mon banko. Le seul objet indispensable était la moustiquaire.

Au lycée Kassaï, à l'autre extrémité de la ville, avant Boukoki et sur la route de Filingué, j'apprenais à des secondes et des premières l'histoire des empires de Soundiata et d'Ousman Dan Fodio. En cours, j'étais devant trente reines. Parfois, j'avais peine à dissimuler que je venais d'être foudroyé par un geste, un port de tête, une lumière sur un visage. Je me tenais au bureau pour ne pas tomber. Perdu, je me détournais pour reprendre mes esprits.

Puis, un jour, je me suis dit qu'il fallait rentrer. J'avais fait ma révolution personnelle. Cela ne voulait rien dire : j'étais pareil avant et après. Elle avait consisté à ne plus céder à la démangeaison d'avaler systématiquement n'importe quelle substance pour effacer la moiteur de mes mains. Je ne cédais plus à la fébrilité. Je ne tabassais plus mes nerfs. Je commençais à maîtriser l'attelage. Il fallait partir. L'Afrique était le continent sans livres. Il me manquait la bibliothèque. Elle alluvionnait ma vie. La balance a penché.

Lulu, me retrouvant, m'avait dit : « Ce coup-ci, tu as avalé ta langue pour de bon... » Tous ceux qui ont séjourné longtemps sous les tropiques connaissent des sentiments de régression et d'inadaptation en rentrant au pays natal. Ils se trouvent nigauds, démodés, ploucs venus de plus loin que la pacoule. C'est pour cela que je me suis réfugié dans le Haut-Var, le temps de changer d'échelle. Nicolas m'avait dégoté une remise à outils dans les oliviers sur la colline de Troublen, juste en face de la sienne, le Deffens. Le en de Troublen se dit in et celui du Deffens an. Le sol de la remise était empierré de dalles. La moitié de sa superficie était occupée par une citerne. Parfois une belette passait par la bonde de la pile. Au-dehors, je voyais d'un côté le rocher de Roquebrune et de l'autre le massif de la Sainte-Baume.

L'hiver, j'allais me réfugier dans une maison spartiate mais plus confortable, celle des Paldacci, sur la commune de Carcès, au bord de l'écluse sur le Caramy, à l'endroit de ses plus fortes crues. J'y écrivais *Nina Violetti* jamais sortie de la broussaille. Je me disais que je n'attraperais jamais Suzanne dans *Nina*. La première version ne l'attraperait pas plus que la seconde. Je tournais autour. Je me sentais toujours aussi bien avec elle.

À l'Écluse, je humais les molécules de Sillans dans les feux de débroussaillage. Quand je bourrais à la fourche les flancs de mon brasier, il prenait une lueur de soufre. Je me racontais les années Nina en nourrissant les brûlis des talus. Je la prenais comme couleur et comme température. Je n'avais pas envie de faire son portrait mais de m'engouffrer dans son énergie. J'entrais à corps perdu dans la matière de l'insaisissable, avec son goût sur le bout de la langue. Mes lignes d'écriture lui couraient après. Je prenais rendez-vous avec le moment où je pourrais regarder mon ouvrage avec distance, moment qui n'arriverait pas.

J'en publierais quelques pages en revue. Une connaissance dirait avec entrain : « Quand faut y aller, faut y aller ! » Ou quelque chose qui aurait dit à propos de mon texte : « Allez, on y va ! », indiquant le saut dans le vide. En effet, c'était ce mouvement-là qui me venait en pensant à Suzanne.

Je demeurais entre Argens, Bresque et Caramy parce que c'était sur ce territoire que Nicolas, José et moi étions pourvus en emplois divers, dont cette fois où je devais faire des trous d'un mètre cube à la pioche et à la pelle pour y planter des oliviers et où je m'endormais d'épuisement au fond du premier trou.

L'aîné faisait la soudure entre deux expositions en prenant des chantiers. Il s'était inventé un métier en remontant les restanques. José et moi étions ses manœuvres. Monter une restanque, avec tout le travail de préparation en arrière du mur, me paraissait aussi fort que de sculpter. Il y avait une satisfaction à réparer le mur trop ventru qui s'était écroulé. J'aimais casser les pierres à la masse, en forçat. Je ne me chantais pas « Pauvre Martin, pauvre misère… ». Je me faisais des westerns avec l'odeur de pierre à fusil de la caillasse.

C'est au cours d'un de ces chantiers à trois que nous nous rendîmes à Cotignac chez le notaire maître Allouche pour renoncer ensemble à nos droits d'héritage. Nous ne renoncions à rien et n'avions pas d'héritage, mais Jean nous avait demandé de le faire pour pouvoir attaquer la veuve de mon père, Danielle, Richard s'étant approprié les parts de l'usine de la MAPOU alors qu'elles appartenaient aussi à son frère et à sa sœur. Jean et Anita se lançaient dans un procès et il aurait été gênant qu'ils aient à se retourner contre nous.

Alors que nous nous trouvions convoqués à La Louise, nous avions été mis au courant de cette histoire. Il était impossible que nous retenions nos moqueries. Nicolas avait lancé à Jean : « Tu vas donc hériter de nous ! » Jean n'avait pas pu s'empêcher de rire à la justesse de l'astuce et Odette l'avait fusillé du regard.

Richard était mort peu de temps après Jacques. Régine avait hérité de la plus grande partie de la fortune de son époux. Les enfants de Jacques détestaient la seconde femme de leur père qu'ils appelaient « la malgré elle » parce qu'elle était d'origine alsacienne.

Notre grand-père, deux ans après la fuite de Suzanne avec Louis, était allé traîner son chagrin au Drap d'Or, une boîte de nuit pour célibataires fortunés remplie de bunnies à pompons dont Régine Gérard. Les enfants de Jacques la peignaient en rosse. Ils disaient qu'elle avait été tondue à la Libération.

Odette, ne digérant jamais la moindre saloperie, nous avait raconté que, Richard et elle étant jeunes mariés, Jacques et Régine leur avaient proposé de passer ensemble un week-end à la montagne où chaque couple avait une chambre côte à côte. La nuit, derrière la cloison, elle avait entendu Jacques hurler contre Régine : « Viande à boches ! » Odette concluait : « Elle avait dû lui refuser une spécialité... » Elle prononçait ce jugement à l'égard de

Jacques : « Il est faible du tchitchou. » Elle méprisait cette faiblesse.

Les récits dégoûtants de pur défoulement au sujet de Régine n'avaient pas pour motif le fait qu'elle ait été tondue, l'adjectif déclenchait la solidarité d'Odette, mais avaient pour raison la certitude qu'elle travaillait en sourdine, avec une patience de fourmi, à faire mettre à son nom une partie de la fortune du grand-père. Souillée par toutes les insultes familiales, elle faisait le gros dos dans son vison de catin à bagouses, selon la description banale qu'on nous en faisait. Nous sentions au fond de nous que sa constance à affronter l'ordure méritait une compensation.

Deux ou trois mois après que Jacques avait fait de Régine sa maîtresse et qu'il goûtait aux premiers réconforts d'une femme qui le dorlotait, repassant ses chemises, lui qui n'avait jamais connu de vie domestique, annonçant en mufle à son frère Raymond : « Je vais épouser mon infirmière... », Suzanne avait envoyé au domaine d'Éoures un huissier muni de papiers en due forme pour un constat d'adultère, les surprenant au pied du lit, les draps encore chauds. L'humiliation de Jacques, phénoménale, l'avait rendu aphasique. Jamais il n'aurait pu rugir. Jamais il n'aurait pu décrocher d'un hurlement la couronne du Garlaban, montagne située juste au-dessus de sa propriété. Il était estomaqué. C'était au-delà de l'ignoble. Puis il avait casqué, assurant une pension alimentaire.

Nous étions dans une saison de la vie où nous apprenions des expressions nouvelles : le quart en nue-propriété en plus de l'usufruit sur tous les biens pour Régine. La nue-propriété et l'usufruit nous suggéraient que tout ce qui concerne les biens a quelque chose de pornographique. Parfois les mots embrassent avec la langue. Ils copulent la bouche avec satisfaction. Toute la confiserie se mélange à l'usufruit. Ça n'est pas un mot mais un cunnilingus. Beaucoup de salive a coulé sous les ponts.

Les enfants de Jacques n'auraient peut-être pas été malheureux s'ils ne s'étaient pas disputés, et surtout si Richard n'avait pas eu autant de dettes. Quant à nous, les petits-enfants, nous n'avions aucun mal à nous effacer. Cela ne nous coûtait rien, le renoncement demandé par Anita et Jean. Nous n'avions que dédain pour ceux renonçant à ce que personne ne songe à leur proposer. Nous n'étions pas Los Desdichados. Alors, quand ce fut à notre tour d'avoir droit à une cérémonie notariale, nous nous sommes rendus chez maître Allouche, dont l'étude était située à l'entrée de la route d'Entrecasteaux. Maître Allouche nous vénérait et nous ne comprenions pas pourquoi. Il nous tenait dans une estime dont nous ne connaissions pas les raisons. Il était archéologue à ses heures et il tenait à nous faire la primeur de ses découvertes : « J'ai mis au jour des bains rituels à côté de l'ancienne synagogue ! » voulait-il nous faire savoir en priorité. Il nous obligeait à nous demander si nous étions concernés. Ce jour-là, nous avions signé fièrement l'acte de renoncement à nos droits d'héritage. Nous nous sentions légers.

Quand Richard avait été proche de la fin, j'étais allé le voir à l'Institut Calmettes à Sainte-Marguerite, un quartier de Marseille. Il était resté là plusieurs jours. Il me demandait de lui apporter deux litrons qu'il cachait dans sa table de nuit. Il se remettait tant bien que mal d'une opération n'ayant servi à rien. Il continuait à fumer ses Gitanes. Nous jouions aux échecs. Je lui avais demandé ce qu'il comptait faire, pour cette histoire de la MAPOU, et il m'avait répondu qu'il cherchait à éviter un terrible embarras à sa femme et à ses enfants. Je comprenais : à ses enfants Vincent, Cécile et Magali, sa petite dernière née juste avant son départ du Niger. Nicolas, José et moi n'étions pas comptés. Nous avions un statut à part, celui des électrons libres.

Sur son lit d'hôpital, Richard et moi jouions aux échecs comme nous avions l'habitude de le faire. Je le mettais mat avec plaisir en sachant qu'il ne serait pas chagrin. Je profitais de son amitié. Puis mes frères et moi sommes allés à Agen l'enterrer.

Il était né sur un fil d'air où il tremblait. Il était suspendu. Il savait que ça allait craquer. Il avait vécu à la limite de la rupture. Je le voyais mettre ses fines chaussettes au petit matin sur la terrasse à Niamey. Il avait les pieds très soignés et pas un poil sur le corps. Il était imberbe comme un sang bleu. Il fréquentait la mort par son alcoolisme et la démesure de sa fatigue. Je le voyais partir au travail avec respect. Il aura vraiment été mon père. Ma peine, ma douleur, c'était son insistance à me persuader qu'il s'en fichait de mourir.

Ma seule consolation résidait dans sa dernière aventure. J'ai voulu qu'il me la détaille. Il ne cherchait pas à éviter les moqueries. Elles allaient tellement de soi qu'il les attendait avec calme. Il n'aurait pas protesté.

Quand il avait repris les anciennes tanneries de Barjols, il avait élu domicile avec toute sa famille dans le village de Bras et il faisait son aller-retour quotidien. Un soir d'hiver, il était rentré à la nuit tombée et il venait de passer le pont sur l'Argens. Il était sur une courte ligne droite quand sa voiture s'arrêta. Plus de phares, plus de moteur et inutile de tourner la clé de contact pour redémarrer. C'est alors qu'il vit descendre à l'horizontale un immense disque silencieux demeurant en lévitation au-dessus d'un champ. Des sortes de hublots sans faisceaux de lumière tournoyaient en toupie au-dessus d'un disque affecté par un mouvement giratoire d'une étrange fixité. Rien ne faisait du bruit. Il était entré dans une surdité des sentiments rendant la peur impossible, et plus encore la fuite.

Je n'allais pas lui demander avec un sourire narquois : « Tu n'avais pas trop chargé, ce soir-là ? »

Je respectais le silence de ce à quoi il avait assisté, l'ouverture dans le flanc de la soucoupe d'une source de lumière rectangulaire et verticale, ni jaune, ni bleue, ni blanche mais d'une seule onde opalescente et fixe. Il en sortait des taches anthropomorphes agitées de grésillements, comme si ces êtres étaient des ondes radio ou des champs magnétiques chargés de particules. Ces taches turbulentes ne sautaient pas au sol, elles s'y posaient. Elles étaient en apesanteur.

Puis toutes ces formes avaient été aspirées par la porte opalescente fermée comme on cligne de l'œil avec des paupières. Le disque semblait autant chair que métal. Il disparut dans une secousse qui n'était pas de la vitesse, nullement l'arrachage d'une fusée qui largue le sol. Là, il n'y avait rien à larguer parce que la soucoupe appartenait à un monde sans résistance et sans gravité. Richard vit les phares de sa voiture s'allumer et son moteur redémarra sans contact.

Il était revenu le lendemain matin en se rendant à Barjols et il avait constaté que l'herbe du champ, sur toute la surface de la soucoupe, n'était pas couchée ni brûlée, mais flétrie selon un beige verdâtre d'une laideur artificielle, comme si toute la végétation avait été dévitalisée par de la neige carbonique.

Je ne voulais rien décider du vrai ou du faux. La soucoupe se posait à côté des moqueurs. L'histoire nous faisait taire. Elle prêtait tellement le flanc qu'elle nous coupait le sifflet. Je croyais au réconfort apporté par cette vision. Elle me faisait entrer dans le sacré. Elle me disait qu'il restait de l'ange dans mon père.

Quand Jean et Anita ont entamé ce procès, nous nous étions dit que, si nos parents agissaient ainsi avec nous, c'est parce qu'ils nous savaient tirés d'affaire. Ils savaient depuis notre naissance que nous saurions nous débrouiller. Ils avaient eu l'intuition que nous n'aurions pas besoin d'eux. Nous saisissions à la lumière de cette circonstance qu'ils nous avaient invités depuis toujours à se passer d'eux. C'était une marque de confiance. Avec cette histoire d'héritage, nous n'en payions pas le prix, parce que de prix, il n'y en avait pas. Et sur le plan symbolique, comme disent les psychanalystes, pas un liard non plus. Menteur ! Cependant, nous n'étions pas plus délaissés que déshérités. Libre à nous d'en faire un coup de blues ou une fanfaronnade...

Tout de même, j'avais écrit à Danielle que, ne possédant pas un souvenir de Richard, j'aimerais bien avoir son échiquier, une marqueterie pliable doublée de feutre. Elle m'avait répondu que Vincent,

Cécile et Magali joueraient sans doute un jour aux échecs comme leur père. Alors je lui avais écrit à nouveau pour lui demander un des dessins à la plume de Louis représentant le faucon de Richard quand il pratiquait la fauconnerie. Il y en avait trois, saisissant d'acuité, le rapace déployé sous différents angles et emplissant le format. Ils avaient été faits à Camoins-les-Bains dans notre prime enfance, quand Odette et Richard étaient encore ensemble, au moment où nous visitions les cages de souris blanches destinées au faucon dans une remise du jardin. Il me fut répondu de même. Enfin, je demandais s'il était possible d'avoir la correspondance de Louis et de Richard, que je savais dessinée, facétieuse, remplie des blagues extraordinaires faites entre vieux copains, où ils se racontaient leurs incongruités plaisantes. Cela fut refusé et je n'en aurais tiré aucun dépit si je n'avais pas appris que les dessins des faucons et la correspondance avaient été vendus aux enchères à Bordeaux.

Alors que le procès se profilait, Jean m'avait demandé d'écrire une lettre aux juges témoignant de l'intégrité intellectuelle de Richard pendant sa maladie. Jean et Anita étaient allés à l'Institut Calmettes lui arracher un papier où il reconnaissait les droits de son frère et de sa sœur sur les parts de l'usine de Camp-Major. Jacques avait dû les mettre sur le seul nom de l'aîné pour des raisons juridiques. Il avait bien souligné en présence de ses enfants qu'elles appartenaient aux trois. Après la mort de mon père, sa veuve avait voulu invalider le papier signé par Richard en prétextant son état de confusion consécutif à de lourds traitements. Nicolas me disait de ne pas m'en mêler. Il me recommandait de rester en retrait de tout ça. Ce sont leurs affaires. J'écrivais une lettre aux juges déclarant que Richard jouait volontiers aux échecs avec moi pendant son séjour à l'Institut Calmettes. Jean et Anita gagnèrent leur procès. J'avais donné raison au parti du beau-père et de la mère. Plus tôt, j'avais demandé à Danielle, à propos de cet affrontement, si elle m'imaginait agir de pareille manière envers Nicolas et José. Elle m'avait répondu que « ça n'est pas pareil », supposant en cela que Richard considérait son frère et sa sœur comme des bâtards, pensée que je détestais chez lui.

C'était la liquidation d'une lignée, ce non-héritage. Bollène n'aurait pas de survivance après Jacques qui, peu avant sa mort, aurait fait chercher un chandelier dans le grenier de sa maison d'Éoures. Nous ricanions comme des bossus peu charitables.

Comme s'il y avait eu une sorte de malédiction de la momie autour de l'argent du grand-père, Régine serait morte peu d'années après Richard. On lui aurait trouvé une lointaine nièce alsacienne qui s'installerait aussitôt dans la propriété d'Éoures. C'était une motarde junkie spécialiste du burning. Elle avait reçu de quoi s'acheter une tonne d'héroïne.

Elle flamberait l'héritage jusqu'à sa mort par overdose. Comme elle vendait tout ce qu'il y avait dans la maison à son voisin, Nicolas supposait qu'il y avait chez cet homme deux de ses sculptures échangées avec son grand-père contre leur transport d'Afrique. De la fable d'une fortune familiale, il n'y avait plus rien à moudre. Elle existait peut-être, mais pas dans notre histoire. C'était un refrain lointain. Il nous parlait de ce à quoi nous tournions le dos.

J'avais reçu la nouvelle de la mort de mon père dans une cabine téléphonique. Aussitôt sa chair était venue s'agréger à la mienne et j'avais eu conscience d'être envahi. Je n'étais pas enceint d'un alien et je n'étais pas une poupée russe. C'était l'état animal du fils, le sursaut de la viande disant en un hoquet de quoi elle est faite, tumulte de matières emmêlées, avec mon quant-à-moi flottant comme un œil sur le bouillon. J'étais renversé par une vague. Son visage m'avait sauté dessus, comme celui de Suzanne quelques années auparavant. Ils étaient sous ma peau. Ils flottaient sous l'eau qui dort. Ils marchaient dans ma tête.

## Le mal de la terre

Le pays de ma grand-mère remontait jusqu'à Forcalquier. La personne la plus proche d'elle, à part Louis devant qui je ne pouvais plus l'évoquer, restait Lulu à qui je rendais visite. Il avait créé dans une maison imposante du bourg une fondation accueillant la plus grande partie de l'œuvre du poète russe Boris Bojnev qui avait vécu à Manes dans un jardin de pierres. Je prenais le train jusqu'à Manosque, puis le car passant devant Dauphin, s'arrêtant à Manes avant de grimper à Forcalquier. Il faisait froid dans cette maison qu'on aurait pu dire de maître, avec son escalier de pierres proportionné pour un château. Il s'était mis à neiger sur les amandiers en fleur de cette fin mars, des bourrasques de grésil, puis une neige lente et cotonneuse dansant dans les fenêtres. Lulu me disait qu'avant de partir, l'hiver fait toujours son malin. Je me rendais compte que, totalement fauché, il ne savait pas comment me nourrir et en était embarrassé. J'étais allé faire des courses et nous avions passé deux journées à parler de Suzanne où elle était tour à tour le cœur d'or et la perfide. Elle était le chaume et le bleuet. Il parlait de sa force sans poids, de son pouvoir sans moyens et sans levier, de son électricité.

Il avait lu quelques pages de la première version de *Nina Violetti* debout devant une commode. Il me disait qu'il avait toujours fait son métier de lecteur debout, sinon il n'aurait pas pu le faire. Il dansotait le texte devant sa commode. Il ne le piétinait ni ne le trépignait. Il passait d'une jambe à l'autre. Il tournait les feuilles volantes du tapuscrit comme s'il touchait du parchemin sur un lutrin.

Il me racontait comment il avait été chercher l'écrivain André de Richaud à l'hospice. C'était sa fierté, d'avoir concouru à la publication de ses derniers livres. J'avais sorti de sa bibliothèque *Le mal de la terre* et lui avais demandé de me le prêter. Le mal de la terre, je ne le ressentais pas, même si la chaleur du Ventoux était inflammable sur ma peau. André de Richaud me parlait d'un mauvais soleil noir et de la façon dont le vent a tourné en amenant la fièvre. Je ne connaissais pas encore le nombre de degrés qu'il faut à la fièvre pour pourrir. Je n'avais pas encore assez d'épaisseur pour sentir du tragique dans la Haute-Provence. Quand j'avais sorti le volume de son rayon, Lulu m'avait signalé qu'il ne lui restait plus qu'un exemplaire. Je le lui rendrais. Oh, il savait bien que je ne lui rendrais jamais ! « Livre prêté, livre perdu… ».

Je ne lui rendrais pas parce que le dernier jour de cette année-là, il serait assassiné. Comme à son accoutumée, il était allé régler ses ardoises aux commerçants du bourg en proclamant qu'il avait enfin touché la somme qu'il attendait. Il n'avait rien dit du pactole, mais son enthousiasme avait dû suggérer qu'il était tranquille pour un moment. Les boutiques des commerçants de sa rue étaient son salon. C'est ainsi que Nicolas, atterré comme moi, racontait l'affaire mieux que les journaux. Le soir de la Saint-Sylvestre, il avait reçu son neveu de vingt ans qui était son amant. Il l'appelait son petit neveu. En pleine nuit, ils avaient été surpris dans l'étreinte et le neveu était mort après avoir été poignardé deux fois dans les reins. Lulu avait été touché à son tour plusieurs fois et s'était battu pendant longtemps, comme en témoignaient des traces de sang et de lutte dans tout l'étage de la maison. Il aurait agonisé derrière la porte de son appartement et serait mort au matin. Quand j'ai entendu ce récit, j'ai pensé bêtement à la chèvre de monsieur Seguin.

J'ai entendu ses cris de colère et de révolte contre les coups.

Nicolas craignait que l'enquête ne soit bâclée parce que le meurtre concernait des homosexuels. Dans le noir que nous remuions, il y avait l'hypothèse d'un coupable, le père de celui dont nous ne savions pas comment Lulu aurait été l'oncle, et qui n'aurait pas hésité à tuer son fils par réprobation pour son homosexualité. Il se serait agi d'un crime familial, alors que nous apprenions peu après que la police et les journaux suivaient la piste d'un crime crapuleux. Un voisin serait arrêté à cause de dépenses qui l'auraient trahi. Ce chauffeur de poids lourds serait passé par une trappe entre les deux maisons, assassin haineux et jaloux ayant voulu autant poignarder que voler. Nous étions inquiets d'une ville tournant le dos à toute la vie que Lulu lui avait apportée. Sa fin signait son infamie. Le crime dont il était victime le repoussait dans le camp des criminels. La Fondation Boris Bojnev serait la maison maudite. Tout ce qu'était Lulu ferait presser le pas devant sa porte. Bien après la condamnation du coupable, un homme que beaucoup présentaient comme un célibataire de bistro – il avait avoué –, personne dans la ville ne croirait en sa culpabilité.

J'entendais la voix de Lulu alors qu'il me grondait. Il ne perdait pas une occasion de me faire la leçon. Il voulait faire des jeunes gens d'éternels petits garçons. Depuis mon retour du Niger, je prenais garde d'être ponctuel à tous nos rendez-vous, contrairement à autrefois. Il me disait : « Tu es comme les trains… » avec des yeux ronds consternés. C'est que je lui volais l'occasion de me gronder. Il ne comprenait pas que j'avais déjà un père.

La terre où il vivait s'est mise à ressembler à un couteau. Je voyais la feuille du boucher planer sur la Durance. La panse éventrée dégorgeait une humeur poisseuse nommée mélancolie. Je me disais que c'était le pays où les corbeaux volent sur le dos. La terre où il vivait avait mal. Nous la sentions gémir avec des lèvres gercées de soif. Toute la Haute-Provence proclamait la folie. C'était comme si, de Forcalquier à Ganagobie, le bleu intense du ciel virait au noir. Quelque chose avait cramé et je verrais toujours cette campagne roussie par le gel.

Composition : Soft Office

Achevé d'imprimer par CPI Firmin-Didot
en mars 2024
N° d'éditeur : 2883 – N° d'édition : 629417
N° d'imprimeur : 179106
Dépôt légal : mai 2024